魅丽文化 天下同萌

# 公子成双 1

溪畔茶 / 著
XIPANCHA
WORKS

百花洲文艺出版社
BAIHUAZHOU LITERATURE AND ART PUBLISHING HOUSE

**图书在版编目（CIP）数据**

公子成双．1／溪畔茶著．-- 南昌：百花洲文艺出版社，2018.12

ISBN 978-7-5500-3085-5

Ⅰ．①公… Ⅱ．①溪… Ⅲ．①长篇小说—中国—当代 Ⅳ．①I247.5

中国版本图书馆CIP数据核字（2018）第247968号

**公子成双．1**

**溪畔茶 著**

| | |
|---|---|
| 出版人 | 姚雪雪 |
| 责任编辑 | 郝玮刚 |
| 特约编辑 | 孙宇航 余竹青 |
| 设计总监 | 周 辉 |
| 封面设计 | 黄 梅 |
| 出版发行 | 百花洲文艺出版社 |
| 社址 | 南昌市红谷滩新区世贸路898号博能中心A座20楼 |
| 邮编 | 330038 |
| 经销 | 全国新华书店 |
| 印刷 | 湖南凌宇纸品有限公司 |
| 开本 | 880mm×1230mm 1/32 印张 10 |
| 版次 | 2019年1月第1版第1次印刷 |
| 字数 | 224千字 |
| 书号 | ISBN 978-7-5500-3085-5 |
| 定价 | 39.80元 |

**赣版权登字：05-2018-468**


网址 http://www.bhzwy.com

# 公子成双 1

## 目录


第一章 边疆世子 001
第二章 格局生变 015
第三章 风波暗起 030
第四章 北上赴京 046
第五章 雪中初遇 065
第六章 一见如故 080
第七章 到府理事 096
第八章 友谊之门 110
第九章 天家兄弟 128
第十章 遭遇弹劾 144

# 公子成双 1

## 目录


第十一章 禁闭寺庙 158
第十二章 过招御史 171
第十三章 庶弟出生 185
第十四章 少年意气 204
第十五章 知交渐深 219
第十六章 皇子冠礼 233
第十七章 正旦异样 250
第十八章 花灯盛宴 268
第十九章 心猿意马 282
第二十章 亲人骤逝 299

# 第一章 边疆世子

傍晚。

暮色里，一片片飞雪打着旋儿，轻盈地落下来，地上，树上，或茅草或青瓦或琉璃堆砌的屋顶上，很快皆染上了一层湿意，那湿意层层累积，缓缓覆白。

广阔庄严的滇宁王府静静地矗立在这片冬日的初雪中，门楣前悬挂的宫灯在雪花飞舞中散发着莹莹温暖的光，朱红兽头正门紧闭，只有西侧角门还半开着。几个青衣小帽门房小厮缩在阶边角落里，跺脚哈手地取暖，似在等候着什么。

万物颜色渐渐改变，又过一刻，一行马队自长街尽头而来，马蹄声“嗒嗒”敲在铺设齐整的青石板道上。

马队为首的是一匹通体雪白的骏马，那马和中原常见的高头大马不同，矮墩墩的，但身姿健美流畅并无丝毫逊色，而且踏步十分稳健。只是因那小短腿，对比之下脑袋就显得大大的，迎面奔来时很有几分憨态可掬之态，与马身上的少年相映成趣。

这少年也是个矮短身材，裹着一件朱红氅衣，足蹬鹿皮小靴，生着一张圆乎乎的脸，因为风雪所侵，露出来的脸颊冻得红通通的，眼睛也在飘雪里微眯着。但仍看得出他眉目清秀，肌肤白皙，有江南山水之淡雅，与他身后那些红铜色肌肉勃发的本地汉子大为不同。

小厮们见到这队人马，忙都奔了出来，待头前的少年驰到近前，马速慢下来，立刻牵马的牵马，扶人的扶人，训练有素又殷勤万分。其实，少年骑的马乃本地特产的滇马，腿短却耐力强，以少年本人的身高也可以轻松跃下。他很显然是个脾气不错的人，由着小厮们献殷勤。其中一个小厮一边半弯腰陪着他往里走，一边道："丁香姐姐在门房里等着世子呢，您出门的时候这天看着好好的，下午忽然阴下来落起雪来，不知您什么时候能从武定回来，那边能备上蓑衣不能。唉，看您这衣裳，定是一路淋了回来。"

少年正是这一代滇宁王的长子沐元瑜。在这块天高皇帝远，上位者的权力很多时候可以代替律法的地界上，沐元瑜这样脾性温和的少主人很是罕见，所以连门房上的小厮们都敢多嘴跟他絮叨两句。沐元瑜也习惯了，不多搭话，只是点了个头。

小厮很高兴，到了门前，跳着抢上两步去敲倒座房小间的门，高声喊着："丁香姐姐，快出来，世子爷回来了！"

那门原是半掩着的，听得叫唤，一个身量高挑的少女快步走了出来。她穿件藕荷色短袄，水色长裙，袅袅婷婷，手里拿着把油伞。一见沐元瑜站在雪地里，她忙把伞撑开了遮到他头顶上，又伸手去拂他身上的落雪，心疼地嗔道："哥儿看下了雪，不拘哪里躲一躲，遣个人回来报信便是了，偏顶了雪回来，看这小脸冻的，娘娘见了可不得心疼坏了。"

她是滇宁王妃身边的二等大丫头，所以对他的称呼不同，透着亲昵。沐元瑜仰脸含笑回道："怕母妃等着着急，再者，姐姐那边的好消息，我也想亲口告诉母妃一声。"

滇宁王妃育有一子一女，沐元瑜之上，还有个相差了足足十五岁的嫡长姐，闺名芷媛，封号广南县主。

广南县主于十一年前出嫁，嫁与了云南都司都指挥使家的长子展维栋，婚后连得了两个千金，随后便因生产太频，有些伤了身子，今年年初才终于再度有孕。这两日就是稳婆推算好的预产期了，不想倒是神准，沐元瑜一早去，晚上回来就得了好消息。

小厮退了出去，丁香撑着伞，伴着他继续往里走，闻言眼神一亮："县主那里……"

沐元瑜脚步轻快走着，答道："母子平安。"

"哟，这可好，娘娘悬了这么久的心，这下终于可以放下来了！"

沐元瑜笑着点头："正是。丁香姐姐，我先去给父王请安，你知道父王现在书房还是清婉院那边？"

提到这一点，丁香原本飞扬高兴的语调马上降了两度下来，有点慢腾腾地道："……清婉院。"

沐元瑜的眼睛还是笑眯眯地弯着，道："那我们过去吧。"

丁香答应着，小心地投来目光望了他的侧脸一眼，心中不免叹气：这样好的小世子，性格宽和大方，处事举止有度，文化和武功都用心去学，比外面那些土司家无法无天的少爷不知出息上多少倍，偏偏王爷……唉！

再多惋惜与不满，也不是她一个女婢可以轻易出口的，丁香只能默默地撑着伞，陪着他一路行到了清婉院前。

整座王府的建筑都以阔大威严为主，尽显王家气象，独有这处不同，粉墙漏窗，花光柳影，诸般布置摆设典雅细致得如同自千里之外的某处江南园林中挪移而来一般。

迎出来的女婢名唤结香，亦是身量娇小，相貌娇美，低身福了福，柔声道："请世子稍待，婢子这便通传。"

她身姿婀娜转身去了，很快又出来，面上有着歉意，道："王爷已经歇下，说知道了，天色已晚，请世子去见王妃娘娘吧，娘娘一定挂念着。"

这意思就是不能让沐元瑜入内请安了。

沐元瑜早已习惯这般待遇，面色不变，在伞下垂手听完，回道："是。有一事请上覆父王，长姐于今日午时二刻生下一子，重五斤二两，母子均安。"

结香愣了愣，笑道："那可恭喜县主了，请世子稍候，婢子这便去禀告王爷。"

"不必了。"沐元瑜叫住她，"父王既然已经歇下，我就明日再来请安。"

结香微有犹豫，道："世子……不等一等？也许王爷想要知道县主的细况，其实方才我们夫人也劝了两句……"

沐元瑜笑着摇摇头："不打搅父王了。"

结香还有点嗫嚅，沐元瑜却已经转身离去。

清婉院，西次间里。

窗下的紫檀雕螭纹罗汉床上铺着猩红毛毡，身着家常乌绒道袍的滇宁王姿势放松地坐着，一只手搁在中间的小几上，微眯着眼，半斜着身。

床边立着一位丽人，穿粉色对襟长袄，绾着简单发髻，髻上只插着一根珠钗，她抬着手，轻轻替滇宁王捶着肩头，随着她一下一下的动作，那珠钗钗头上镶嵌的明珠跟着微微晃颤。床脚摆着一架宫灯，灯光珠光交相映衬，映得丽人清婉动人。

这丽人便是自进王府就一直盛宠不衰的柳夫人了，随着结香掀开锦帘，进来禀报广南县主之事，她停下了手里的动作，着意望了一眼滇宁王的表情。

只见他眼睛睁开，眉梢向上一耸，嘴角跟着舒展开来。

这是显而易见的喜悦神色，柳夫人柔声细语地向结香道："有这样好的消息，怎么不早说来？世子呢，还不快请进来，说一说究竟，女人生产，可是件极不容易的事。"

她一边说一边留心着滇宁王，见他虽未首肯，但也未反驳，应该便是默认了。柳夫人不着痕迹地松了口气，转望向结香，目中含了催促之意。

结香看得懂主人的眼色，却没法依言出去，只能轻声道："世子听说王爷已经歇下，便回去了……"

滇宁王的嘴角垂下，才生出的喜意退了个干净。

柳夫人张了张嘴，想说什么打个转圜，却又不好说——这个时辰，将将到用晚膳时，离滇宁王惯常安歇的时候还早得很。滇宁王先前那么说不过是个不想见儿子的托词，这也不是头一回了，父子两边心中都有数。但赶上今天这种情形，世子带了好消息回来，明明是有机会进来请安的，却还是毫不犹豫地掉头便走了。

虽说是滇宁王自己的意思，可在他的角度看来，恐怕仍会觉得被儿子扫了面子。

他此刻身上散发出的冷意便是明证。

屋里陷入沉默，结香感觉到气氛不对，有点不安，张嘴想说"世子还没有走远，不如请他回来"。她话未出口，柳夫人察觉到了，抢先一步道：

“外边晚膳让人摆了没有？”

结香硬把话吞了回去，转道：“已经吩咐人去了厨房，应当快回来了。”

柳夫人点点头，转回去柔声向滇宁王道：“王爷，妾身先出去看一看，若好了，好请王爷用膳。”

滇宁王垂着眼，无可无不可地“哼”了一声。

柳夫人脚步轻盈地带着结香出去。

厚厚的锦帘一放下，柳夫人面上温婉的表情就尽皆转成了无奈。

结香尚有两分不解，把声音压得低低地道：“夫人，为何不让我请世子回来？有县主的好消息传回，难得王爷心情好，世子岂不领夫人的情……”

柳夫人摇摇头：“世子若没走便罢了，走都走了，再叫回来，不是那个味儿了。”

结香闻言有点领悟，但她年岁尚轻，上位成为柳夫人的心腹年份不是很久，还没有摸到这座滇宁王府尊荣之下掩盖的暗流，那不解更多地仍旧留存着，于是嘀咕道：“嫡亲的父子，王爷膝下又只得这一根独苗，连个偏心的地儿都没有，如何还有这许多计较？”

柳夫人幽幽叹了口气：“你问我，我也不知该问谁……”

她是江南姑苏人氏，天生一种柔婉态度，面上轻愁一笼，结香同为女子都禁不住心疼起来。她跟在柳夫人身后往门边走了两步，劝道：“罢了，以后夫人别管这些事了，管来管去都是白效力，谁领夫人的情呢。”

柳夫人宽容地道：“该我说的话，我提一句罢了，又不费力。”

结香道：“夫人说得是，只是世子走得也太快了些，他要肯等一等就好了。”

柳夫人素手挑开一线帘隔，望着廊外细密的小雪，嘴里轻轻地道：“你不懂。王爷不想见世子，但真见不到，又要不高兴；最好是他不要见，但世子孺慕恳切，一心巴着他求着他，就要承欢膝下，他才觉得畅意。世子又不是奴婢之流，平白无故为什么要受这个排揎？他可以低这个头，也可以不低，王爷拿他又有什么办法？”

结香似懂非懂，不大懂的事，她多想也没用，就转而叹了口气，道：“夫人要是能自己生养个小主子就好了。”

柳夫人在滇宁王跟前承的是第一等的恩宠，这一座仿柳夫人故乡景致造就的清婉院就是明证，滇宁王自从纳她以后，再没有踏足过其他小妾的住处，可惜，这恩宠多年来未能转化为更实在的好处。

柳夫人至今未能养得一儿半女。

滇宁王已近知天命之年，柳夫人却才三十，老夫少妾，柳夫人眼下风光无匹，可将来晚景如何，是清婉院众人的一块心病。

这一块心病在结香这样下人的身上，更在柳夫人自己的心头。

“……”

听到这一句话，柳夫人的眼中闪过了极其复杂难辨的光芒，她低下头去，往自己平坦的小腹看了一眼，轻轻道：“罢啦，我已经这个年纪。总算世子温和知礼，不是残暴之人，就算将来……想来也不至于为难于我。”

这不是个愉快的话题，结香一时多嘴，说完也后悔了。正好见到回廊里几个着各色比甲的丫头过来，手里捧盘提盒，她忙转移话题道：“夫人，摆晚膳了，您往里面站站，这里在风口上，一会儿帘子打起来，仔细受了寒。”

柳夫人点点头，离开了帘隔边，莲步轻移，往里面走去了。

被亲父拒之门外的世子沐元瑜脚步不停，跟着来到了位于王府中轴线上的荣正堂。

他的母亲，现任滇宁王妃，就住在这里。

滇宁王妃非汉人，乃滇宁王在本地迎娶的百夷女子。她与滇宁王不同，滇宁王拿架子不大搭理沐元瑜，她却是把这个儿子当宝的。一见沐元瑜身上落了雪，她就忙道：“瑜儿，你怎不先去沐浴换衣？来我这里急的什么，快去，先叫丫头侍候你把这身湿衣裳换了再来。”

沐元瑜笑着应道：“是。”

他往后堂走，他住的恒星院离荣正堂极近，出后房门过一条小径就到了。

一时洗浴过，又喝了滇宁王妃命人送来的姜汤驱寒，他换了身墨蓝棉袍，用一根青玉发笄束了发，重新走回了荣正堂。

滇宁王妃这里已经命人摆上晚饭了，待用过了饭，滇宁王妃方细细问起女儿广南县主那边的情形来。

“……很顺利，姐姐准备做得足，稳婆大夫早早便候着了，我到时姐姐已经发动，我不好进去，就和姐夫在院子外面等。”

滇宁王妃忙道：“怎么维栋也在？他今儿不去卫所当差？”

“原是去的，得了姐姐的消息，又跑回来了。”

滇宁王妃不由得满意地笑了笑，沐元瑜就接着往下说。不过生产既然顺利，其实没什么可多说的——即便过程中有什么，他一个半大少年，这样的事肯定不会叫他参与，他也很难说得出什么来，叙述的重点就放在了新生儿上。

他说到婴孩体重样貌，如何康健，哭声如何嘹亮，滇宁王妃真是百听不厌，一样样都反复细问，恨不得那小外孙就在眼前，她能抱在怀里，亲手摩挲才好。

但是渐渐地，她望着儿子含笑的面庞，笑意变得惘然。

沐元瑜摸了摸脸，笑道：“母妃，怎么了？难道我脸上沾了饭粒？”

他脸上当然并没有沾什么，只还泛着些从热汤里泡出来的微红，五官清秀里蕴一股英气，是个十分讨长辈喜欢的小儿郎面相。

屋子里没有外人，滇宁王妃低声道：“瑜儿，是我害了你。不然，你同你姐姐一样多好。”

柳夫人倘若能听见滇宁王妃的这句话，那么她所有的疑问都将迎刃而解。

是的，沐元瑜这根滇宁王府金贵的独苗苗，现滇宁王世子，下一任滇宁王，身上其实少了点关键的部件。

他不是他，而是个“她”。

但柳夫人不可能有机会知道，因为这个天大的秘密，不是由滇宁王妃一人筹谋，而是出于滇宁王的授意。

其中的根源得追溯到沐元瑜出生之时，那一年，滇宁王上山打猎，遭遇刺杀，虽侥幸被贬谪南疆的犯官之女柳夫人路过救了偷偷藏起，但等到滇宁王府的护卫找去，护送回王府医治时，因伤势沉重，好几日一直徘徊在生死线上，脱离不了危险。

而当时的滇宁王膝下只有四女。

更糟糕的是，滇宁王在他这一辈中行三，最顶上的长兄已经过世，曾和他抢过王位的二哥沐二老爷家里却有三个儿子。

假使滇宁王不治，王位的传承将只能回到沐二老爷那一支。

滇宁王为王位殚精竭虑，不惜娶百夷女子为正妻——滇宁王妃娘家势力极大，其父乃云南当地的第一大土司，又跟兄弟闹到反目，付出这么多，结果却因无子而拱手将王位送了回去，那叫他如何甘心？

西南远离中枢，天威笼罩有限，于是人的胆子也大，滇宁王一边挣扎在死亡线上，一边做出了将才出生的第五女当成“第一子”养育的决定。

其间种种血腥封口不必多叙，总之，滇宁王在自己的地盘里有绝对控制权，哪怕于垂死中，仍旧把这事办成了。

其后，在整个西南地区名医的通力合作下，滇宁王把命从阎王那里抢了回来，但是身子骨受到了极大损伤，好几年断断续续仍旧病着。

这病还不太好说得出口，因为滇宁王在那场刺杀中不幸伤到了下身，所以，咳，他那男人的威风，出现了一点问题。

如此滇宁王觉得有个“儿子”还不足够，到沐元瑜满了四周岁，看着白白胖胖像个能养住的样子了，就向朝廷请封沐元瑜为世子，把继承人的名分正式敲定了下来。

…………

对于被人为决定性别的沐元瑜来说，她“世子”的身份经过了朝廷的官方认证，是桩极为危险的事。

如果没受世子的敕封，那她是男是女，其实没多大要紧，滇宁王爱拿女儿当儿子养，谁管得着呢。可有了敕封就不一样了，涉及朝廷爵位的任命更迭，尤其还是本朝仅余的一个异姓郡王这么高的爵位，此事一旦败露，她性命堪忧。

沐元瑜渐渐长成懂事，知道自身所背的风险以后，很是苦恼了一阵子。

苦恼着苦恼着，她转成了淡定，毕竟是在她才出生就已经定下的事，她又改变不了。她再愁也没用，成天这么战战兢兢的，别还没被朝廷发现，她先自己把自己吓死了。

心宽是她生来的优点，看见滇宁王妃发愁，她还反过去安慰她：“母亲，没什么，我现在过得挺好的。”

好好的宝贝女儿，弄得不男不女的，滇宁王妃怎么会觉得好？她叹了口气道："都怪我当年糊涂，听信了你父王的鬼话。不然，你如今同你大姐一般，封个县主，再大两年挑个人品端方的好夫婿，谁也不敢给你气受，那才是快活日子。"

她忽然想到什么，又竖起眉来，问道："刚才你去给你父王请安，他是不是又没见你？"

沐元瑜老实应道："嗯。"

她也不替滇宁王描补，没什么可描补的，滇宁王如此，不是第一次，也不止一日了。

滇宁王当年迫于形势做出了那个决定，滇宁王妃在产床上，产妇精力能为都有限，糊里糊涂地答应了，然而事到如今，夫妇俩是都后悔了。

这对尊贵夫妻的不同之处在于，滇宁王妃是深觉自己对不起被换了性别养的女儿，为此给了她十二分的宠爱宽容；而近年来滇宁王同样觉得后悔，却是自觉这个决定做得有点草率，没虑后事，但他的心态不是反省自身，而是嫌弃起沐元瑜来，不愿意再看见她。

要说沐元瑜对此毫无感觉，那是假的。滇宁王不是没有对她好过，为着不露馅儿，也要十分表现出对她这个"爱子"的喜爱，直到她十岁以前，滇宁王在她面前都是个慈父的模样，对她的宠爱不比滇宁王妃来得少。

若不是如此，她在被冷漠对待之后，也不会暗里地和滇宁王那么别扭。

——你不想见我？哼，我也不想见你！

滇宁王不见她，她掉头就走，一句也不肯求他。

"现在只有母妃待我好啦。"想着，沐元瑜的心情有点低落，向滇宁王妃求安慰，"我只有母妃了。"

一句话让滇宁王妃的心化成了一摊水，她忙不迭地道："你理那没良心的人做什么？有娘疼你就够了，你这孩子就是要强，你看看你二姐夫，快三十岁的人了，成天晃荡，没一件正事，不也过得快活得很？"

滇宁王妃这说的是王府另一位夫人孟氏所出的次女沐芷芳所嫁的夫婿，沐元瑜叫他一声二姐夫。她这位二姐夫姓杨名晟，成日呼朋唤友，斗鸡走狗，就是那种很典型的土司家的大少爷。

沐元瑜憋不住直笑："母妃，哪有你这样的，难道叫我去学二姐夫不成。"

别人家只有愁儿孙不上进要使劲鞭策的，她母妃倒好，只要她高兴，学浪荡子都没事，这心也是偏得没边了。

滇宁王妃也笑了："学了又怎样？娘只要你快活。你父王那边，你压根不用管他，我知道他心里想什么。"

她说着，眼睛里的光冷下来，说道："当初自己出的馊主意，现在怕兜不住，就怨怪到孩子身上，亏他有脸！当初我就跟他说不行，他入了魔障，听不进去，如今年纪大了，胆子倒小了，想起怕来，拿你撒气又有什么用。你不必多搭理他，他嫌你是个女儿，你也不用把他这个爹当回事，万事有娘替你操持。"

沐元瑜嗓子里一声"嗯"未来得及出来，先听到帘外一声重重的冷哼。

沐元瑜蓦地直起身来，同滇宁王妃对视一眼，忙站了起来。

帘子在这时掀开，露出滇宁王那一身乌绒衣袍，再往上看，是他漆黑如墨的脸色。

一旁角落里，许嬷嬷苦着脸站着。——滇宁王妃母女俩私语，下人们都被屏退在外了，只有她一个心腹在外间守候听传，结果滇宁王走了来，令她不许出声，她也不能违背。

滇宁王妃款款起身，神色依然淡定："王爷来了。"

滇宁王冷冷地瞪她一眼："你跟孩子胡说些什么！"

滇宁王妃并不畏惧，不疾不徐地回道："我何曾说什么，王爷不喜欢看到瑜儿，我叫她懂事些，少去烦你罢了。"

滇宁王噎了一下，待要反驳，却又忍住了。他给沐元瑜闭门羹吃非止一日两日的事，这句强辩便是他以王爷之尊也无法硬说出来，只得又冷哼了一声，径自走到主位前坐下。

滇宁王妃也不再说什么，执了许嬷嬷送进来的茶壶亲手给滇宁王奉了一杯茶。

这对夫妻少年结缘，历经夺爵、以女充子等诸般要紧事体至今，曾有过的热烈情愫所剩无几，如今相处起来更似合作伙伴，无论彼此有多少不满，利益交缠，这一辈子总是拆解不开了。

"怪道瑜儿现在不逊得很，都是叫你在背后挑唆的，你以后少和她说这些。”滇宁王到底意难平，喝了口茶，埋怨了一句。

“我心里不乐，确实抱怨了几句，但瑜儿又不曾听，便是你懒得见她，她每日晨昏定省又有哪一次缺了？这样还要说她不逊，王爷真该去见识见识别人家那些能上天入地的宝贝少爷。”

滇宁王妃一句不让地顶了回去，但滇宁王听到耳里，脸色反倒好了些。如他这样的上位者，是典型的只许州官放火，不许百姓点灯，他能冷待沐元瑜，不能允许沐元瑜不恭敬。滇宁王妃正话反说，明面下的意思恰是说沐元瑜仍把他这个当父王的放在心上，他听着反觉舒畅。

便是先头沐元瑜亲口抱怨他的那句，也没让他多生气，沐元瑜当面和他比着冷淡，一副毫无所谓的样子，背过身却委屈地和她母妃诉苦，这就显得她当面的冷淡全是强撑，反合了滇宁王的意。

沐元瑜听着父母交锋，眼神飘忽了下，无语。

她其实不是没听，是滇宁王来得太巧，她答应的那声没来得及说出口，幸亏如此，若不然，母妃替她圆话可就难了。

被这美丽误会蒙在鼓里的滇宁王因此情绪和缓下来，语气淡淡地说了一句：“总是你太过惯孩子。”

他转而示意沐元瑜：“行了，坐下吧，有话跟你说。”

沐元瑜甚是听话地在旁边坐了，她这个白嫩微丰的面相很有欺骗性，滇宁王每常想到这个易钗而弁的女儿觉得烦恼，不愿意见她，但真见到了，毕竟是放手心里宠爱过的，又实在对她狠不起来，心情颇为复杂。

暂将那些抛过一边，滇宁王说起话来。原是有一老滇宁王的部将子侄被贬到云南下属的某县为官，路过府城，投了帖子，想来拜见一下，滇宁王同意了，定在了后天见他。

“后日上午你就不要去上学了，到我书房来见一见这人。此人是从京里贬来的，有些门道。你一天比一天大，该增长些见识了。”滇宁王说道。

沐元瑜愣了一下。这个话本身没什么问题，不过她之前去清婉院请安连门都没进得去，现在这种随便喊个丫头都可以传的话，滇宁王大晚上亲自跑来？

这实在有些奇怪。

她一时没有回应，滇宁王的脸已威严地板了起来，说道：“我跟你说话，你走什么神？”

沐元瑜站起身来，虽是不解，但她答应得也痛快：“是，孩儿知道了。”

滇宁王的脸色这才缓下来，他没立即就走，又问了两句长女产育的情况，问完了又问沐元瑜的功课，教育她要尊师重道，不要自满。

沐元瑜莫名其妙地答着，慢慢地终于回过了味来：滇宁王现在不乐意看见她，但拢共一个“儿子”，没吵没闹没犯错，无端把她打入冷宫，看在旁人眼里未免怪异。滇宁王因此也不敢冷淡她太久，她拧着劲，掉头就走，滇宁王那股劲反而下来了，找个话头主动到荣正堂来了。

爹闹脾气的时候沐元瑜可以不予理会，但他现在又要父慈子孝了，沐元瑜不能不配合，她不接招，由着滇宁王的脸摔地上，那回头该没她好果子吃了。

要不都说伴君如伴虎呢，滇宁王虽然离“君”还差了点，这股子难伺候难琢磨的劲儿可一丝不少。

沐元瑜藏起腹诽，面上只是一一应了，又有眼色地给滇宁王添了回茶。滇宁王见她这样乖巧，终于把严父的架子放下了些，告诉她：“对了，你前阵儿要的那会说暹罗话的通译已经找了来，依我看，学那些外夷小国的东西并没多大用处，但你想学，那就好好学，不要三天打鱼两天晒网，新鲜劲过去就抛到了脑后。”

沐元瑜听到此时才真正欢喜起来，忙道：“是，多谢父王。”

滇宁王不觉得有必要学那些夷语，找个通译简单得很，但她不一样，她背了个要命的秘密，通译不能给她补全这份缺失的安全感。

她要自己学，就算也许其实没什么用，但是有在一直学习，心里就好像要安定一点。

古话说得好，技多不压身嘛。

滇宁王好一阵没怎么见她了，不想竟然还记着她先前提过一句要找暹罗通译的话，沐元瑜确实开心，看这个爹也没那么拧巴了，又谢他一声，笑眯眯的，眼睛都弯起来，道：“等开春了，我去猎几块好狐皮给父王做件皮裘。”

滇宁王嘴角翘了翘，又强自压了下去，若有似无地“嗯”了一声，算是接受了她的孝心。

很快到了后日一早，客至。

这位被贬来的京官姓张名桢，是个二十七八岁的年轻男子，眉目端正，文人模样，只是眉心藏着一点郁气。

见礼毕，滇宁王让人看了座，张桢起初有些紧张，但不过两三句话后，他就很快恢复了自如。

沐元瑜坐在下首，听他报了详细履历。

张桢现任的职位很惨，只是个邻县的主簿，正九品。但不能以此给他下定论，因为他乃上一科大比中的二甲进士，观政后被选入都察院为御史，这份履历很是光鲜，综合他的年纪，说一句年轻有为毫不为过。

只是不知为何，他的似锦前程拦腰遭斩，如今一贬贬到了南疆来。

就本朝疆域体系来说，想找出比云南还偏远穷恶的地区是不太容易了。

所以，张桢来拜见滇宁王爷很好理解，难得有这么点关系，再牵强也得试一试。滇宁王府世镇云南，要是肯拉他一把，那不管是在云南本身的政绩，还是将来的起复，还发愁什么？

滇宁王端起茶盏沾了下唇，意态舒缓地开口发问：“与先王有旧的故交们多是以武传家，不想小辈中出了你一个读书种子，难得你如此出息，却不知今番因何蒙难？”

张桢先欠身道“不敢”，而后露出了微微的苦笑：“劳王爷动问，说来这都是晚生无状，惹怒龙颜之故。”

沐元瑜听到这一句，不由得眼睛一亮。怪不得滇宁王说他“有些门道”，这张桢既能惹怒龙颜，就是在皇帝面前挂上了号，虽然不是什么好事，但这个“惹怒”的资格还真不是谁都能有的。

能与皇帝产生直接交集的人，那是很值得滇宁王一见了。

沐家自开国不久就受封镇守南疆，世袭罔替，这尊贵不是平白来的。当时的第一代滇宁王本是贫苦出身，幼年时全家丧于兵乱之中，他在流浪途中为太祖夫妻收养为义子。其后他追随太祖南征北战，十数年间战功赫赫，忠心耿耿，立国后论功行赏，最终得封郡王爵，比太祖诸亲子的亲王位只差了一级。

第一代滇宁王与太祖堪称君臣相得的典范，不过，他毕竟只是义子，不是亲子。根正苗红的皇子们什么也不用干，从生下来就有一份基业等着，滇宁王这一脉却没这优势，后代们须得小心地维持着，这如何维持，很大一部分当然是看当今在位的皇帝心意了。

沐元瑜认真听滇宁王接着问：“哦？竟是如此，不知所为何事？”

张桢张口回道：“王爷可能有所耳闻，因宫中已有四位皇子，圣意却迟迟不决太子，大臣们心有焦虑疑惑，这几年间不断上书提及。”

这不是秘密，沐元瑜也知道。

当今天子在婚姻上的命格比较奇特，弱冠登基，不过五年换了三个皇后。

这不是天子性情上有何不足，纯属命中带霉，第一个皇后生大皇子时难产，没了；第二个皇后生二皇子时难产，又没了；直到第三个皇后命硬些，挺住了，生子后好好地活到了现在。

看上去天子妻宫虽然有碍，但于子嗣上还是顺畅的，膝下光嫡子就有三个，怎么也不必为国本发愁了。但其实不然，排行居长的两个皇子一个生得太晚，一个生得太早，先天皆有不足，都打不会吃饭起就要吃药，堪称一对难兄难弟。

并且不止于此，元嫡所出本该是毫无疑问太子人选的大皇子更惨些，因为他不但身子弱，据说脑子也有些——咳，愚钝。

大皇子幼时被天子护得十分严实，内外只以为是因大皇子体弱，直到渐渐长成，大皇子作为最可能的太子人选，无可避免地受到各方瞩目。即便是天子也无法把他如深闺少女般一直藏着，他脑子可能有那么点微恙的弱处终于暴露在了人前。

# 第二章 格局生变

关于这些事，滇宁王当然比沐元瑜更为清楚，他没有多问，只颔首道：“不错。”

张桢继续道：“晚生位卑言轻，但既被选为御史，食君之禄，当分君之忧。皇长子展眼便将弱冠，陛下不定立国本便罢，连开选秀择皇长子妃都一直拖延，晚生座师杨阁老为此多次催促上奏，陛下只是回避此事，晚生情急，面君时便谏了几句……”

他倏然收住话头，大约是下面怼皇帝的话不太好说出口，只是神色萧然，叹了口气，道：“便惹怒了陛下。”

滇宁王目光微闪，道：“如此，世侄是为国尽心了，一时磨折，不必放在心上。”

张桢听他口声和气，忙道：“不敢当王爷夸奖，都是晚生分内之事。只恨晚生无能，终究没能劝得陛下改变心意。”

滇宁王问：“依你看，是为何如此呢？”

“陛下只是咬定大皇子体弱，不宜过早成婚。”

滇宁王闻言沉吟不语。成婚跟体弱其实并不冲突，暂不圆房就是了。

他又问道：“本王久居南疆，不熟悉京中境况，四位皇子各是什么脾性，不知你可否为我分说？”

张桢一怔，这一问等于要他点评皇子，虽则本朝言路宽松，茶楼酒肆里指点江山的大有人在，但他作为在朝官员，面对藩王又是另一回事，说话不能不慎重。

但他既是来求庇护，滇宁王有问，他也不能不答，犹豫片刻后，便斟酌着道："晚生为官日浅，要说皇子们的脾性，着实不是很清楚，只能将听到的一些闲语转述，还请王爷见谅。"

滇宁王随意点了点头。

张桢想了一想，道："要说大皇子殿下，因他先天体弱，陛下极少让他出现于人前，连先生都是单独命了翰林院一位饱学的童翰林进宫为他讲习。这位童老翰林学识渊博，性情敦厚，自成为皇子师之后，就心无旁骛，只一心教授大皇子。据他对人夸赞，大皇子性善可亲，品行仁厚。"

滇宁王见客，沐元瑜能被带来旁听，但这个场合她不便随意开口，枯坐到这时，腰有点酸，忍不住悄悄动了动。

滇宁王的目光忽然看过来，问道："瑜儿，你想说什么？"

沐元瑜："……"

她没想说话，但招了她爹的眼，不好说"没什么"，只好想了个问题："孩儿是有一点疑惑，那位童老翰林不管任何外务，即使连立国本及大皇子殿下娶妻这样的事也不发一语吗？"

这就怪了，大皇子身体再弱，只要他还活着，就是最强有力的皇位继承者。而作为大皇子的老师，童老翰林在这两件事上都非常有发言权，他出面为大皇子争取很正常，始终保持沉默才不对头。

张桢望了过来，目中是毫不掩饰的讶异。

滇宁王轻咳一声，道："容你来听就是宽纵你了，哪来那么多歪理！"他又向张桢道，"世侄不要介意，本王膝下独此一子，有些宠坏了。"

张桢知情识趣，拱手道："王爷太谦了，晚生斗胆说一句，世子能发此问，不但聪慧过人，见识亦出类拔萃，实在矫矫不群。"

沐元瑜忍不住脸热——这读书人吧，夸起人来也太狠了。

但滇宁王好这口，没真儿子，弄个假的显摆显摆也行，张桢场捧得好，他虽面上不动声色，声音却又缓了两分："你不要太吹捧了他，这小子能安稳坐上半天就算难得地守回规矩了，哪里知道别的许多，不过是有点小聪明而已。”

沐元瑜只有低头装乖微笑。

张桢虽然肯定了沐元瑜的发问，夸了她一通，但并没有就此做出解答，滇宁王也没有在这一点上追问。说到底，两边初次见面，只是泛泛聊一聊罢了，不论听的说的，都不便交浅言深。

张桢继续讲道：“再来是二皇子殿下，他于三年前从内宫迁出居于十王府中，不过一般因体弱甚少出府，外臣们也不甚有机会接触，只是听说，这位殿下似乎性情有些冷清。”

“冷清”单从词意上看是个中性词，没什么褒贬之意，但对比张桢先前说大皇子的“性善可亲，品行仁厚”，差别就很明显了。这位脑子不大好使的殿下都能得朝臣两句好话，二皇子却缘何……

滇宁王手指摩挲着茶盏，说道：“本王曾依稀听闻，大皇子与二皇子两位殿下间似有不和？不知确有此事？”

张桢点头：“两位殿下旧日确实发生过矛盾，大殿下身边的小内侍对二殿下有些不恭敬，惹怒了二殿下，二殿下命人当场打断了他的双腿。此事报到御前，陛下十分恼怒，碍着二殿下体弱，不好深加责罚，只是过得两年，便将他提前迁出了宫。”

这事他说得很痛快，因为在京城这不是什么秘闻，虽未到寻常百姓都传说的程度，但官面上知道的人不少。

滇宁王能问出来，当然表示他本也就知道。张桢心念一转，顿了顿，压低了声音继续道：“听说，二皇子命人责打小内侍时，大皇子正在当场，受了惊吓，涕泗满面，随后还病了一场。”

这种细节类的事情就不是谁都知道的了，张桢留意着滇宁王的表情，见他听得十分专注，与先前闲适模样有别，当是初次听闻，心内松了口气。

沐元瑜暂时没空注意他们的眉眼，这件事她是头回听说，手段如此狠辣，敢不经长辈直接下令打断内侍双腿，还当了兄长的面，而比弟弟大了两岁的大皇子无力约束不说，还吓哭了……

这大皇子恐怕是真的有点傻。

而二皇子的性情用“冷清”这个中性词来形容是已经经过了修饰，单此一事来看，说残暴都不为过。太监阉人的命不值钱，那是对于天子来说，就是天子，一般也没有当场就拉倒人活活敲断双腿的，这等血腥场面不适合体面人观瞻。

退一步说，哪怕这小内侍真干了什么该当受此重罚的事，宫中有天子有皇后，有权做主的人都在，也轮不到二皇子自己出头。何况，从皇帝的后续处置上看，恐怕二皇子并不占理，否则他就不会被撵去皇宫外的十王府了。

虽从法理上说，十王府本就是建来安置未成年还未去就藩的皇子的，二皇子住进去也不算错，但跟大皇子一对比，差别就出来了。大皇子如今已经十八岁，还是安安稳稳地住在宫里，据说是因为身体弱，皇帝不放心把他迁出来，但二皇子身体也弱啊，年纪还更小，他怎么就出来了？

…………

所知毕竟还是太少，沐元瑜只能就现有信息随意琢磨了一通。她耳朵没闲着，竖直了仍旧听着张桢说话，下面就说到三皇子了：“三殿下是宫中贤妃所出，于去年也迁入十王府中，这位殿下身体康健，时不时会出来在附近的棋盘街上走一走。晚生经人指点，也曾见过一两回，三殿下看着甚为和气，对着贩夫百姓一般温煦。”

滇宁王不在意地点了点头，四个皇子里，三皇子是唯一的庶出，这个出身上的劣势太明显了，他人再好，大位同他也很难有什么关系。

“再还有四殿下，他年岁最小，不过听说是极孝顺的，很得陛下喜爱，身体也未有什么不妥。”

四个皇子的八卦听完，沐元瑜的思路转回去，想到了引出这个话题的起因：国本未定。

她大逆不道地把自己带入皇帝的角度想了想，发现这国本还真不好定。

皇子们数量是不少，质量却堪忧，几乎都各有毛病。最小的四皇子听上去似乎是没问题，但前面挡着好几个兄长，兄长们毛病再多，立嫡立长是从开国就定下的国策，也是圣人门生们奉行的至理，绝对不是可以轻易更改的，所以要轮到他，还早着。

滇宁王的想法应该跟她差不多，喟叹道：“如此，陛下拿不定主意，实在也有陛下的难处。”

张桢没有说话，他就是为这事被贬出来的，这时候要附和，好像反手自打了一记耳光似的。

滇宁王也不过随口一句，他是不会就此事做出任何公开表态的，就算能在立储事宜里博个从龙之功又如何？他和别人都不同，他已是郡王，人臣极致，再想进步，除非谋朝篡位了。他只需安生在南疆窝着，不论谁上位，他不施恩也不结仇，镇守好这一片地方就是了。

当下漫无边际地又闲聊了一阵，这回滇宁王的问题就是围绕着张桢自身了。张桢只带了两个小厮上任，家小都没跟来，因路途太远，恐怕妇孺承受不住。

滇宁王抚慰他了一句："世侄不要着急，当徐徐图之。"

张桢忙起身谢过，不过眉间郁气仍存。总算滇宁王很够意思，没光给他轻飘飘的客套话，又补上一句："你将任职之地，在本王大女婿的卫所辖区之内，如遇有难题，可往询商。"

云南这地，复杂就复杂在流官与土官并举，汉人与百夷杂居，初来乍到的外来官员很难着手治理。夷人受文治教化有限，民风彪悍，在许多事情的处理上有他们自己的一套风俗，并不怎么买官府的账。一般流官到此，不要说刷什么政绩了，能平平安安把任期待满，不要激起民变把自己赔进去就算很好了。

滇宁王给出这句话，相当于给张桢兜了个底，万一他遇着最坏状况的时候，能有个求助的地方，不至于走投无路。

张桢面露喜色，忙躬身道："多谢王爷指点，晚生到任后马上便去拜访展千户。"

滇宁王并没提过展维栋的名姓职位，他能就势一口报出来，可见事先功课做得不错。

这个张桢年纪虽轻，人倒稳重，也有眼色，滇宁王对他的印象还不错，至午时留了顿饭方令他去了。

他走后，滇宁王微有倦意，但没让沐元瑜告退，留下她问道："你听四位皇子事，有何感想？"

这是个很严肃的问题，沐元瑜表情严肃，回道："孩儿觉得——好爱我母妃啊。"

大多数情况下，她都是个挺矜持的人，不这样奔放地直抒感情，滇宁王冷不防听到这么一句，登时把牙都酸倒了，嘴角直抽：“你……”

沐元瑜仰头冲他眨巴眼：“父王睿智胜我十倍，应当不用我多嘴解释吧？”

这四个皇子的现状，沐元瑜再一细想，就觉得挺唏嘘的：怎么说呢，有娘的孩子就是好，四皇子最年幼，然而孝顺的名头已经先刷起来了；三皇子差一点，但起码没人说他坏话；顶上两个都没见过生母的兄长却是一般的倒霉蛋，一个脑子不好，一个品行不端，还都自带了天赋属性——体弱。就这样还不团结，还要挥霍着本就不丰裕的血条互掐，哪天掐见了底，底下的弟弟们就该捡个现成便宜了。

滇宁王当然懂这层意思，女儿这般机灵，他原该夸两句，偏偏她用这种方式说出来。滇宁王先倒了牙，跟着那股酸劲又酸到了心里去，结果只剩了一股不满，没好气地道：“都是叫你母妃教坏了！”

滇宁王妃性情外放，是能搂着沐元瑜讲出“娘的心肝儿”这种体己话的，滇宁王作为一个严父，就绝不是这个路数。

沐元瑜这方面随了滇宁王妃，并不拘泥，坦然笑道：“父王也要孩儿表达一下？”

滇宁王挥手道：“去去去，谁稀罕你！”

沐元瑜从善如流地去了。

滇宁王对着她的背影感叹：居然真去了！

所以他不乐意见这倒霉孩子，该听话的时候不听话，不该听的时候又听了，越大越不好管教，但偏偏正经事上又十分清明，闻一知三。

滇宁王心情复杂地想：这要真是个儿子，他还愁什么！

可惜，她不是。

借着见客一事，滇宁王与沐元瑜这对父“子”算是和好了，沐元瑜每天再去请安，滇宁王也不把她拒之门外了。

再过去几日，时间就走到了年根底下。

荣正堂里出奇忙碌起来，滇宁王府亲眷友朋的节礼陆陆续续送来，一一要登账入库，准备回礼；庄子山头铺子等各样进项上的管事庄头也赶了来，带着一年的账目成绩等候回禀；再有就是还要预备年底祭祖，过年开宴的种种琐事，直把滇宁王妃忙了个脚不沾地。沐元瑜每日完成自己的课业之后，也来从旁协助。

其实王府后院姬妾不少，但包括最得宠的柳夫人在内，对于王府内务统统沾染不上一个指头。这倒不是滇宁王多有情义，格外尊重正妻，而是他与滇宁王妃有一个共同的秘密——沐元瑜。滇宁王疑心甚重，在这件事上除了沐元瑜生母滇宁王妃外，不信任任何人，因此也不许她们插手理家事宜，只是分了几个院子，各自圈养起来算完。

人忙起来的时候，时间会过得很快，不觉就到了除夕这一日。

一大早，滇宁王府三张朱红正门大开，里外焕然一新，沐氏主脉旁支子孙陆续到来。

滇宁王于神殿前先摆了香案，设了炉瓶，与滇宁王妃领着沐元瑜向北而跪，遥拜过天子之后，往祠堂方向而去。

他们在宗祠大门前恰好遇见了前来的沐二老爷一家。

沐二老爷身后队伍很壮观，从高到矮依次排开，跟了两对儿子儿媳并一个小儿子沐元茂。沐元茂年纪还小，与沐元瑜是一年生的，只月份比她大一点，沐元瑜要叫他一声“三哥”。

沐二老爷一行人看见滇宁王，脸色都很冷淡。

滇宁王的脸色也“唰”地沉了下来——看到兄长那一窝子嗣，他觉得扎心！

抢赢了王位有什么用，生不出儿子，到头一场空！

他看沐二老爷不顺眼，沐二老爷看他更不顺眼，招呼都不跟他打，冷哼一声，转头昂然就迈步进了祠堂。

沐大沐二夫妇默默跟着进去，个头最矮走在最后面的沐元茂慢腾腾地走着，忽然转头来，冲沐元瑜扮了个鬼脸。

作为一个少年来说，他的长相极其秀美，用“面若好女”来形容毫不为过，哪怕做出个眼斜嘴歪的怪相，都不减他的“美色”。

他跟沐元瑜站一块儿，看上去更像女扮男装的那个一定不是沐元瑜。

看见他的鬼脸，沐元瑜“扑哧”一声笑了。虽然滇宁王和沐二老爷这对亲兄弟关系极差，她和沐元茂这个小堂兄却很玩得来，不过沐二老爷不大乐意看到，所以他们的交好有些偷偷摸摸的，尽量背着沐二老爷。

走在前面一点的沐大似乎察觉到什么，脚步顿了一下，转过头来，冷淡地说道："三弟，你走快一点，做什么慢腾腾的。"

沐元茂仰脸望天，翻着白眼拉长了声音："哦——"

他跟自己的哥哥关系倒是很不怎样，一个是因为年岁差得远，另一个则是不同母，沐大沐二都是原配所出，他娘却是沐二老爷的续弦，隔了这么一层，平日就少不了些矛盾了。

矛盾虽多，这时候却不是闹的时候，沐元茂还是听话地进去了，各人按自己的位次排好，祭祖正式开始。

仪式十分冗长而肃穆，但连最小的孩子也不敢胡乱动弹，都老老实实地站着。

"啊——"

日头渐渐高起，庄重的气氛中，祠堂外忽然传来一声惊叫。

正往案上摆供品的滇宁王闻声不悦地转过头。

滇宁王妃往外走去，过一时回来，不在意地道："是柳氏，忽然晕倒了，我已让人送她回去并请大夫来看了。"

滇宁王皱起眉来："她也太娇弱了些，有不适，早不说，偏在祖宗面前失礼！"

滇宁王妃似笑非笑了一声，懒得接他的话茬。

她惯常这个脾气，滇宁王也拿她没什么办法，只得算了，祭祖仪式继续进行下去。

这一个小插曲本来谁都没有在意，直到仪式结束，滇宁王正被几个族中的老人围拥着说话时，柳夫人的丫头结香有别于平时的规规矩矩，冲过来，满面都是压抑不住的喜色："王爷，我们夫人有喜了，有喜了！"

她已是连说了两遍，再清楚不过，但这一瞬间，滇宁王还是失态地瞪大了眼睛，脸颊的肌肉颤抖着，仍是追问道："你说什么？你再说一遍！"

"婢子是报，夫人有喜了！"结香大声地道。

滇宁王："……"

无法用确切的语言来形容他这一刻的表情，"狂喜"两个字，算是最轻描淡写的了。

同一时刻的清婉院里。

大夫刚走，柳夫人倚靠在床头，手按到自己的小腹上，她低下头去，好似是发了一会儿呆。但她的眼神实则极为清醒，同时又十分复杂，其中所包含的种种情绪除了她自己，恐怕再没有第二个人能分辨清楚。

她的右手始终没从小腹上移开，过了一会儿，微微向下使劲，似是想感受一下胎儿的存在，光洁的雪缎料子泛出层层微浪一般的皱褶。

她保持着这个姿势坐了好一会儿，才慢慢松开了手来。

云南的春日比别处都来得早些，年后不久，就进入了一年中最美的时节，山茶、玉兰、杜鹃、海棠、百合等次第开放，鲜花满城，暖香拂面。

滇宁王的心情也如春风吹过一般，如鲜花绽放一般美好，如头顶上蔚蓝的晴空一样敞亮。

不过，他的好心情没有持续很久。

因为柳夫人的身孕似乎不那么稳。

她开始了孕吐，吐得十分猛烈，几乎吃什么吐什么，眼瞧着人就憔悴下去。

滇宁王非常焦虑，把满府城在妇科上有点名声的大夫都拎来试了个遍，结果都没能阻止住柳夫人的消瘦。最终实在没法子了，他死马当活马医，信了其中一个大夫战战兢兢提出来的建议，亲自带了人马，把柳夫人送到了城外西山半山腰上的圆觉寺里，指望着用无边的佛法安抚护佑住这位据说命格贵重，所以十分能闹腾的未出世的幼子。

对此，滇宁王妃的心情也不太好。

柳夫人有孕这件事是全然在她意料之外，因为伤的地方医治比较麻烦，连滇宁王自己对子嗣都不再存什么指望，不然他不会把沐元瑜请封了世子。他会专宠柳夫人也跟此有关——不是他有多么色令智昏，滇宁王还真的不是这种王爷，他只宠柳夫人，单纯是因为他没有精力去宠更多人了，又不想让昔日姬妾发现他雄风不振的事，所以就势纳了柳夫人。

对于滇宁王在这个毛病上的痊愈进度，滇宁王妃起初是会关心一下，但随着时日推移，滇宁王的状况一直不见好转，脾气都为此渐渐古怪起来，滇宁王妃察觉出来，便不好再去过问了。你想，哪个男人受得了被人老打听“你现在还行吗”？

反正摆在明面上的状况是，打从沐元瑜降生以后，王府里再没有过新生儿的啼哭。

而整整十三年后，这个局面终于将要被打破。

沐元瑜看出来了滇宁王妃的不乐，她很奇怪，因为一直以来，从她母妃的立场来说，非但不排斥滇宁王再有新子嗣，而且简直是盼着他能弄出个真儿子来，好让她这个假的能摆脱现在这种日子。那么，滇宁王妃在烦恼什么呢？

沐元瑜前去相问，滇宁王妃敷衍了她，沐元瑜当面罢了，背后却又去缠了许嬷嬷追问。

许嬷嬷欲待不说，沐元瑜直接就拉扯她的胳膊撒娇：“嬷嬷，就告诉我吧，我见着母妃那样，心里放不下啊，我都听不进去先生的课了。”

许嬷嬷看着她从一个肉团团长到如今这么大，挨不住她软磨硬泡，只有败下阵来：“好，好，可别晃了，嬷嬷头都晕了。哥儿想要知道，告诉你就是了，其实没什么大事，只是娘娘心里有疑虑，暂时寻不着头绪，所以闷住了。”

许嬷嬷说着，低下头来，贴着沐元瑜的耳朵道：“柳夫人这回去圆觉寺静养，王爷不知是有意还是无意，娘娘这里的人手一个也没要……”

柳夫人的清婉院里自有下人，不带荣正堂的人很正常，但许嬷嬷说的显然不是这层浅显意思，人手有表面上的，也有暗地里的。滇宁王妃不正面挑战滇宁王，没往清婉院近身伺候的人手里下钉子，但那些洒扫的、跑腿传话的，乃至后院的厨房、前院的车马房都有滇宁王妃的暗牌在。

但这回这些人一个都没能跟出门。

滇宁王妃当时还没反应过来，过后核看随行名单的时候方回过味来。

要说，这似乎不算个事，暗牌的数量本就不多，多了，也不叫暗了，没被滇宁王点走好像也没什么。但前后联系起来看，明的没必要去，暗的被排斥了，这就不好再单纯以巧合看了。

柳夫人现在等于已经脱离了滇宁王妃的掌控，滇宁王妃如想知道她的近况，只能从滇宁王口中得知。

滇宁王妃因此感到不安。

沐元瑜听得绷起了脸。

她已经察觉出了许嬷嬷未尽的意思，这不是她有多么聪明，而是她很了解滇宁王这个爹，这件事如果是出自别人的作为，还可能是巧合，但滇宁王干的就一定是别有用心。

他很少肯痛痛快快地展露出自己的意图，就喜欢曲道而行，这样的人不会做没有意义的事，他的每一个看似无意的举动，背后必然会有一个明确的目标。

柳夫人那边能弄出什么花样？

如果这个滇宁王寄托了极大期望的孩子又是个女儿，难道要再来一出以女充子？很显然，毫无必要。

直接偷龙转凤真从外面换个儿子来？这也不可能，因为滇宁王还没有疯到这个地步。

沐元瑜再缺零件，她也是纯正的沐家人，血脉是一点儿也没有作假。

沐元瑜好一会儿不吭声，许嬷嬷怜爱地道："哥儿别费神了，好好念书去吧，你小小年纪，别操心这些，娘娘知道该怨我多嘴了。"

"嬷嬷才说我长大了。"沐元瑜笑回了一句，她踮起脚凑近过去，说道，"嬷嬷，其实我想了个主意，只是不知道妥不妥，嬷嬷帮我参详参详。如今形势未明，母妃不便轻动，但我可以。我年前曾说要给父王猎几块好狐皮做皮裘，等过几日我休息，若是天气晴好，我就带了人去。中午跑累了，我就往圆觉寺去歇一歇脚，讨一份素斋——圆觉寺不许普通香客进出，总不至于连我也拒之门外吧？"

许嬷嬷听得眼睛一亮，别说，这有因有果的，还真是个可实施性很强的主意。

滇宁王怕别人打扰到柳夫人静养还罢了，难道连亲儿子进寺歇一歇也不许？沐元瑜一向风评都好，不像那些只会淘气的顽劣少爷。

"嬷嬷放心，我心里有数，不会私自做什么主，我进了寺，知道柳夫人在，去请个安是应有的礼数对不对？柳夫人愿意见我最好，若不愿意，我也不打搅，仍旧回来就是了。"

许嬷嬷凝神听完，咬一咬牙，说道：“哥儿说的都在理，如今娘娘确实是找不着个入手的地方，所以心烦好几日了。过一时等娘娘理完这一拨家事，我就禀告给娘娘，看娘娘如何安排。”

沐元瑜点点头：“好，那我先回去书房，午间再回来见母妃。”

沐元瑜真想说服人的时候，成功率一向还是挺高的，她那一套设计完整的流程由许嬷嬷转述给了滇宁王妃，便是绝不想将她牵扯进来的滇宁王妃也动摇了，只是一时还未拿定主意，便先嗔怪许嬷嬷道：“这些事都有我呢，如何告诉给瑜儿了。”

许嬷嬷解释：“哥儿特意背着娘娘来问了我，我哪里忍心瞒她，这也是哥儿的一片孝心。”她又劝，“我听哥儿说的有道理，不如就由着她跑一趟。那些封山的不是外人，都是自家家兵，大半肯定都认识哥儿，最坏的结果不过是王爷禁令下得太严，连哥儿也不许放进去罢了，断没有一点危险的。”

滇宁王妃又想了一会儿，叹了口气：“唉，我宁愿是我想多了。”

在柳夫人有孕这件事上，不论于情于理，滇宁王都实在没有防备滇宁王妃的必要。沐元瑜只是个假儿子，世子位置再好，作为一个正常的母亲，滇宁王妃怎么可能希望她一辈子不男不女地孤独地活下去？

荣正堂和清婉院之间根本不存在子嗣上的竞争问题，这一点外人不清楚，始作俑者滇宁王不可能不知道。

但道理再明确，滇宁王妃也很清楚，一定就是有哪里不对，夫妻多年，从情热如火到反目成仇又到相敬如宾，滇宁王有一点不同寻常的动向都瞒不过她，这是大半辈子捆在一起带来的纯粹直觉，只是她暂时还摸不透滇宁王到底剑指何处而已。

在没有更好办法的情况之下，滇宁王妃最终还是同意了沐元瑜的主意。

天公作美，五日后沐元瑜能休息的那天是个大晴天，她在前晚和滇宁王说了要去猎狐皮的事。

滇宁王见她一直记着，心里挺舒畅：“我知道了，你去吧，猎不猎得到狐皮在其次，把人带足了，别自己私自乱跑，早去早回。”

隔日一大早，沐元瑜就带着她的那队私兵出发了。

春天其实不是打猎的好时节，沐元瑜装模作样地领着人在西山上晃了半天，只打到了几只山鸡。倒是遇着两回鹿，一回是小鹿，大约是生存经验还不足，见着这么多人吓傻了，也不知道跑。沐元瑜令人不许放箭，在马上同那小鹿湿漉漉的大眼睛对视了片刻，那小鹿才仿佛一下醒过来，蹄子在地上点动，轻灵地飞快逃走了。

又一回是母鹿，跟在沐元瑜身侧的私兵头领刀三看到那鹿在山林间的半个身影就笑了："是只怀了崽的。"

打猎有打猎的规矩，一般不打怀胎母兽，一行人便都停下没追过去。

至于狐狸，他们却是连影子也没见着。

沐元瑜本来醉翁之意不在酒，转悠着挨到中午，她就表示累了饿了，要去附近的圆觉寺歇息一下。

圆觉寺建在半山腰上，佛门清净之地，一群人不便骑马呼啸着过去，只能步行。沐元瑜把人分了一半，一半留在当地看守马匹猎物等，一半随她往圆觉寺去。圆觉寺所在的那一段周围地势相对平坦，走过去也并不累。

隔着那重重庙宇尚有百余步时，他们撞上了滇宁王府挎刀执枪的家兵。

有好几个当即认出了沐元瑜来，笑嘻嘻地上来请安："世子今儿兴致好，跑山上来耍了？"

沐元瑜笑道："想给父王猎几块狐皮，顺便也散散心，只是跑了半日，一条狐狸尾巴也没见着，倒是跑得我又累又饿。"

几个家兵立刻七嘴八舌地夸起来，个个说"瞧我们世子这份孝心"，乱哄哄夸过一通，有个机灵的挥手轰其他人："好了好了，没听见世子说累了吗？你们这些没眼色的，只会废话个没完。世子，您是要进寺歇息一刻？"

沐元瑜点点头："不知方便吗？我恍惚听见说父王把这里封了，要不是惦记着寺里大师傅的素斋手艺，我也不过来了。"

"瞧世子说的！再封，还能把您封在外面吗？"那家兵忙抢着道，"您只管进去，再没人敢拦的。不过，您手下这些兄弟，小人就不怎么敢做主了。"

沐元瑜爽快地道："行，他们就在外面歇了，都是些粗人，进去搅了清净地也不好。但是这午饭你们可得管了啊。”

家兵哈哈笑：“世子放心，都是自家兄弟，我们还能亏待了不成。”

他们一路在沐元瑜后面跟着，快到山门外时停了步，说道：“世子，小人还有公务在身，不便进去伺候，您若有什么需要小人帮忙的，叫个大和尚传个话就行。”

沐元瑜应了：“只管忙你的去，这寺里我来过几回，路都认得，不要人伺候。”

然后，她就顺利地进去了。

守门的知客僧正在打盹——滇宁王把寺封了，没香客来，他也用不着迎客了，就歪在门洞里偷个闲。沐元瑜上去喊了两声，才把他惊醒过来。

这僧人见沐元瑜的次数很少，但仍然一眼就把她认了出来，没这份眼力，也没这本事守在这道门了。

当下他和气地把她引进去，要请方丈出来接待，沐元瑜摆了摆手，说：“不要打搅住持的清修，我只是路过歇歇脚，请师父替我随便安排些素斋即可。”

知客僧双手合十应下，路上招呼过个小和尚来，往厨房传了话。

入庙随俗，等斋席的工夫里，沐元瑜到大殿上去给神佛上了香，许了个一家平安的愿，又往功德箱里投了些香油钱。

然后，她提出来想去见一见柳夫人。

在知客僧看来，这都是一家子人，既到了一处，做晚辈的要拜见一下长辈纯属正常，他就双手合十道：“请世子随小僧来，那位夫人住在本寺最僻静的一处蕉林精舍里。”

沐元瑜一边跟在知客僧身后走过一处处殿阁法堂，一边心内纳罕，说实话，从她见到那些家兵开始，其实每一步都是一个关卡，有一个拦着她的，她就只好打道回府了，但到目前为止都很顺遂，难道是她和母妃都误会了滇宁王，想多了？

她一路疑惑着到了精舍附近，这片地方的屋舍都是专建来供进香的贵人们休憩的，花木掩映，曲径通幽，倒真是个适合静养的好地方。

柳夫人所居的蕉林精舍是其中最大最好的一处，隔着一段距离，能望见门前错落着种了几棵芭蕉，绿叶阔大扶疏，映着竹编的窗扉，看去更觉清幽。

到这里知客僧就不便上前了，精舍外还守了一圈仆妇，沐元瑜自己走过去，这些人比外面的家兵自然更熟悉沐元瑜，忙着进去通传了。

很快，仆妇出来回话：“夫人十分高兴世子前来，请世子入内。”

# 第三章 风波暗起

那“高兴”两个字，沐元瑜原以为只是客套话，等到进去堂屋，见到柳夫人的面，只见她站起来，不但笑容满面，清丽眉间竟货真价实地有些欣悦之意。不等沐元瑜行礼，她就忙道：“世子太多礼了，难得世子到此处，想着来坐一坐，结香，快上茶。”

沐元瑜：“……顺路到此，自然该拜见一下夫人的。”

她心下嘀咕，柳夫人是在这儿静养得太无聊了，怎么见到她会有这样的表现？她又不是滇宁王。

她在客位坐下，眼神很有分寸地打量了一下柳夫人。

柳夫人在圆觉寺住了有大半个月了，还别说，真有些成果，她的身条还是很瘦，与在府里时那种整个人都吐得蜡黄的气色大异。

对柳夫人腹中的这个孩子，沐元瑜的感情其实比滇宁王妃还要复杂。

一方面，她知道这个世子位她坐不长久，也不能坐得长久，她现在是年纪还小，装男孩子没有什么障碍，也没有多大压力，但她越长大，身上的女性特征越明显，暴露的危险也就越大。

另一方面，即使有这样致命的危险，她也还是觉得，做男孩子真好啊。

太自由了。

想到如果有个弟弟，她就要换回女儿身，她突然十分舍不得。

结香捧着个淡描青花的茶盅过来，笑道："世子尝一尝这茶，住持师父送来的。听说就是后山上才采来的新茶，不是很名贵的品种，但同我们府里那些比，倒有些不一般的味儿。世子尝了若不喜欢，婢子再换我们府里的茶。"

沐元瑜接到手里，正好在外面跑了半日也渴了，便喝了两口，回味了一下，说道："这茶很好，不用换，清香且十分解渴。"

柳夫人笑："世子喜欢就好。"

说过两句，沐元瑜问候她："夫人在这里住得可好？我瞧夫人的气色明亮了一些，可见佛门确实能静心养神。"

柳夫人点头表示赞同："世子说得是，我在这里住着，每日听着佛语纶音，晨钟暮鼓，心里不知不觉就宁静下来。府里当然也好，但不知怎么，就是不如此处能叫人心静。"

"夫人饮食上都用得惯吗？在这里可能动用荤腥？夫人若想什么吃的用的，这里一时没有，千万别怕麻烦，只管使唤人往府里去说。母妃早都叮嘱了，一切以夫人身体为要。"

柳夫人道："多谢娘娘关心，暂时不缺什么，若缺了，再劳烦娘娘安排。住持知道我有孕在身，特许了这精舍里可以动荤，只是我用着寺里的素斋，倒觉更合胃口，暂时便还没有用。"

沐元瑜点头："夫人吃着舒心便成。不过我听人说，有孕的妇人一人吃，两人补，夫人身上若好些了，还是用些荤食才好。"

柳夫人会做场面，她也不差，嘴边两句好话，横竖惠而不费。

柳夫人听得一愣，旋即忍俊不禁。

沐元瑜反应过来，她是一个未成年"男"孩子，说这个话大概听在别人耳里有点奇怪。

想到此，她有些不好意思地笑了笑，站起来道："那就不扰夫人静养了，我到别处逛逛去。"

不管她想没想多，起码现在柳夫人这里看着一切正常，她跟父妾不便久待在一起，尽过慰问之意就该告辞了。

倒是柳夫人迟疑了一下，说道："世子没有急事的话，再坐一坐，我有几句话想说。"

沐元瑜就是来探情况的，哪有什么别的事，怔了一下，便又坐下来。

柳夫人向结香使个眼色，结香便站到门前去，左右张望了一下，回头道："夫人，附近没人，您放心与世子说话。"

柳夫人斟酌了一下，开口道："世子此次前来是真的凑巧，还是什么人在娘娘面前说了闲话？"

这一问突然而直接，沐元瑜微笑："夫人，您说呢？"

她其实心里莫名其妙，她来当然不是凑巧，是因为觉得滇宁王的动向不对头，其实跟柳夫人本身的意愿关系不大，但听柳夫人这么问，她好像疑心到自己身上了？

柳夫人平时觉得沐元瑜比一般少年稳重是个很大的优点，双方能保持一个礼貌的来往，使得她免受一些可能的来自嫡子的难堪，但这时候就只有苦笑了。

她只得直接道："世子，我就有话直说了，不知府里是不是有一些我的孩儿要取世子代之的传言？我可以向世子保证，我绝对没有这个妄想，请世子不要误会于我。"

沐元瑜眨眼："……"

这个传言，府里是真没有。

谁会那么傻呀，柳夫人怀胎到今天还不到四个月，是男是女都把不准，就要取代原配王妃所出已经半成年且早向朝廷请封过的世子了？

但柳夫人特地把她留下来，认真的样子又实在不像开玩笑。

沐元瑜试探着道："这些时日，说夫人的话确实有一些……"

柳夫人露出"果然如此"的表情，道："如今我在这里，不好亲向娘娘解释，但我一向的为人，娘娘应该清楚。"

她顿了一顿，道："王爷虽然私下与我许诺，说我怀的如果是个男胎，就许他世子之位，但那只是因我先前怀相不好，王爷安慰我的话而已，我绝对不敢当真，王爷也不是真有此意。"

柳夫人的态度看上去很诚恳，继续道："请世子替我转禀娘娘，那都是小人无事生非，借此添油加醋出来的话。妾身这个孩儿如果是男孩，将来只会教他孝敬娘娘，恭敬长兄，生在这样的人家，无论如何也亏待不了他，做个富家翁总是一定成的，如此妾身也就心满意足了。"

“夫人想多了。”沐元瑜答着话，心念电转，总算把事情弄明白了。

大概是柳夫人刚查出怀胎那阵状态太不好了，滇宁王很忧心这个梦寐以求的幼儿变成空欢喜，于是送柳夫人出来静养之后，还悄悄给她透了点底，把这个孩子将可能成为世子的未来告诉了她。

但滇宁王恐怕没想到，柳夫人根本不相信他。

柳夫人不知道沐元瑜是个假儿子，她想不通凭什么她生的孩子能凌驾于嫡子之上，要是滇宁王是那种宠妾若狂的昏王也就罢了，但柳夫人清楚他根本不是。

并且同时，她也不知道这回她被滇宁王人为地与滇宁王妃隔绝起来了，这边的事根本传不回王府。在她长久以来的观念里，王府后院就是由滇宁王妃管着的，所以她身边多少一定有滇宁王妃的人，这个话要是传回去叫王妃知道，她可怎么解释？

沐元瑜的到来让她确定了自己的疑虑，她觉得滇宁王妃一定是知道了，所以才派沐元瑜来探探情况。

这不见得是件坏事，柳夫人抓住这个“机会”，主动捅破了窗户纸，向滇宁王妃表了忠心。

事情理顺，沐元瑜很有种荒谬的无语感，她爹真是，习惯于站在高处摆弄人，就没有想到人心会有自己的轨道，即使他施与的是好意，也未必会全照着他的意思走。

不过，话说回来，要滇宁王站在柳夫人的立场上，从她的脑回路考虑事情也是有点难为他了。在他想来，大概柳夫人知道孩子可能获得无比尊贵的地位就振奋抖擞，一定会把全部心思放在肚里的孩子上吧。

“夫人的意思，我明白了。”沐元瑜开口道，“我回去后会一字不改地说与母妃，这不是什么要紧事，夫人不用再为此耗神多想。请夫人好生静养，王府里多年不闻新生儿的啼哭，不但父王有添丁的愿望，便是我，也很欢喜将有一个弟弟或是妹妹。”

这是很善意的回应了。

柳夫人表情一松，露出笑容来：“世子这样说，我就再没有忧虑了。”

沐元瑜提着一堆山鸡回了府。

这个时辰滇宁王不在府里，她就直接去见了滇宁王妃。

一通转述后，沐元瑜下了结论：“母妃，据我看，柳夫人说的这些话应当都是真的。父王对她隐瞒甚多，她许多事不知道，有此忧虑合乎情理。”

滇宁王妃专注听罢，神情中隐含的郁闷没有消去，只是自言自语道：“如此，那确实是王爷一人的决断了。”

她原还想着是不是有万一的可能，是柳氏借孕在滇宁王面前撒娇排斥了她的人手，但如今看，如果是柳氏的要求，她应该知道圆觉寺的消息传不过来，再跟沐元瑜说那些话就显得多此一举且自相矛盾了。

滇宁王到底为什么要把柳氏弄出王府，脱开她这个当家主母的掌控？

他怕她对柳氏不利吗？

沐元瑜顺利地见到了柳氏不能代表什么，至多意味着滇宁王还没打算跟她撕破脸。

他的防备之意从得知柳氏有孕，就已经隐隐表露了，左一个大夫，右一个大夫，全是滇宁王亲自派了人找来的。只是那时候滇宁王妃没有多想，柳夫人腹中这个孩子不仅关乎滇宁王的求子梦，事实上也关乎王府上下的性命之忧，滇宁王格外重视，为此亲自奔波是理所当然的。

直到她发现她无法再直接得到柳夫人的消息，再一桩桩回想过去，才发现那些其实都是征兆。

滇宁王到底在防备她什么？又为什么要防备她？

怎么想都觉得没必要！

那死贼汉葫芦里卖的什么鬼药！

滇宁王妃紧紧蹙着眉头，越想火气越上扬，要不是沐元瑜还在底下坐着，以她的脾性恐怕就要直接破口骂出来了。

做了一辈子夫妻，杀头的事都陪着干了，活活坑进去一个千百般乖巧伶俐的女儿，到头还落得个这样的结果！

嗯，等一等，女儿……

滇宁王妃如遭一盆冰水兜头浇下，心里先是一愣，然后便自周身每个毛孔里都散发出战栗的寒气来。

她怔怔地望向沐元瑜。

沐元瑜正喝着水，感觉到了她的注视便放下茶盅，笑道：“母妃可是还有事要我去做？告诉我就是，我闲工夫反正也多得是。”

滇宁王妃不说话，目光从女儿光洁的额头下滑，落到乌黑的眉毛，挺秀的鼻梁，再到她含笑的微翘嘴角上。

她心中一痛。

剧痛。

她太迟钝了，居然现在才想到，正常情况下，她是不会伤害柳夫人的，但假使柳夫人伤害了她，她当然会报复回去。

柳夫人没有伤害她的能力。

滇宁王有。

他早早地预计了，他有可能对荣正堂一脉做出令她发狂的事，她很有可能会迁怒报复到柳夫人头上。所以，他未雨绸缪，借着柳夫人怀孕初期剧烈不适的机会把她先弄了出去，令她够不到她。

柳夫人初期那种外形上的消瘦作不得假，一眼就可以看出，所以她一点都没有怀疑，以致落到了这个迟钝被动的位置上。

“瑜儿，”滇宁王妃的声音里含着克制不住的颤抖，她伸出手去，“过来。”

沐元瑜已经觉出不对劲了，但不知道为什么，有点懵懂地起身走过去，立刻被滇宁王妃一把揽住搂紧在怀里。

这是沐元瑜小时候才有的待遇，随着她长大，这几年滇宁王妃一般只是搭一搭她的肩，不会再亲密无间到这个程度。

母亲的怀抱温暖而柔软，但带上微微的颤抖就让沐元瑜没法安心了，她挣出手来绕到滇宁王妃的后背去，轻轻拍着她，从她的怀抱里努力发出沉闷的声音来：“母妃，发生什么事了？您别着急，有我在，我大了，有能力帮您，您告诉我。”

滇宁王妃眼中已经泛出红色，但闪烁着的并不是柔弱哀伤，她的牙关死死咬着，周身泛出一种护崽母兽般的凌厉气势。

滇宁王如在当地，她或许能直接扑上去咬死他。

沐元瑜没得到回应，她所知也不如滇宁王妃多，想不出滇宁王妃为何会有如此反应。但她可以从这个结果倒推，她母妃早已不会和小妾置闲气了，能令她如此暴怒的，只可能是关系到她和已出嫁的大姐姐。

沐元瑜拍抚的动作停了一下，低声道："母妃，和我有关，对吗？"

滇宁王妃仍是没有说话。

沐元瑜有点艰难，也有点不可置信地继续问："父王打算对我做什么？"

说她天真也好，说她幼稚也罢，尽管她心里一回回地吐槽过亲爹，但她是真的没有想到，滇宁王这一番作态的目标会是她。

并且，还这么快。

不知道是被滇宁王妃传染的，还是她自己打从心底泛上的那股寒意，沐元瑜也有点颤抖起来，明明什么都还没有发生，她的眼圈却控制不住地发酸。

大概是因为，她和滇宁王的父女之情不假，但她同时也太清楚滇宁王是个什么样的人吧。

她憋不住了，扑腾着硬是挣开了滇宁王妃的怀抱，仰着脸问："母妃，父王容不下我了是吗？"

关于她未来的出路问题，滇宁王与滇宁王妃是有过铺设安排的。

滇宁王伤的不是最要紧的地方，他有可能会好，也可能不会。如果不会，滇宁王这一支真的就此断绝，那沐元瑜成年以后就会继承王位，她特殊的身份注定她这一生不能留下后代——历代滇宁王有镇守之职，如边疆或外藩动乱求助，朝廷旨意下来，滇宁王是需要领兵出征的。这种事没有固定时间，沐元瑜没办法隐身数个月不见人，所以她将只能选择过继。

而如果滇宁王好了，那问题将会简单一点，起码沐元瑜不用装一辈子了，她会在合适的时机诈死，而她的"双生妹妹"会在合适的机会归来。

这一局从十二年前就布置好了，不得不说滇宁王干这种宅斗类的事是把好手。在这个说法里，滇宁王妃当年生育的实则是对双胞胎，有人趁着滇宁王与滇宁王妃一个重伤、一个刚刚生产，皆无力约束府内事宜时，悄悄偷走了一个。

滇宁王在垂死中也要大开杀戒，为的就是被偷走了一个女儿。

只是可惜，终究还是没能追回来。

但滇宁王府这么多年都没有放弃，派出一队私兵一直在外秘密寻找。

嗯，以上，九成是瞎话。

唯一的一成真话是滇宁王府是真的有派人在找那纯属捏造的小女儿，

他们可能找到，也可能找不到，一切只取决于滇宁王能不能生出个真儿子。

至于接生的产婆看诊的大夫之类，这些假造起来对滇宁王来说更没有什么难度了——大夫甚至都可以不用管，临到生产，说好的男娃变女娃，生完一个发现还有一个这种事不罕见，哪个产婆都可以嘚啵嘚啵说几出。

破绽不是没有，比如滇宁王当时为什么不大张声势地寻找，但可以圆过去，因为怕偷孩子的人狗急跳墙对孩子不利嘛，刚出生的孩子，多弱啊，一点点风吹草动就足以害了“她”的小命。

总之，路是铺好了。

只是别说将来，就是眼下，这条路滇宁王也不想要她走了。

大概真的可能将有儿子了，心态就不一样了。

他开始觉得有风险，所以要断了她的路。

滇宁王妃被她这一问，爆发了，站起来喷火道：“我这就问他去！瑜儿别怕，他真敢对你干什么，我就敢跟他把官司打到金銮殿，看看谁怕谁！”

“娘娘，您千万要冷静！”

许嬷嬷原本只是默默待在一旁，刚才的情况不适合她说话，但眼看滇宁王妃暴走，她不能再束手了，忙走过来说道：“娘娘，您现在去和王爷闹，能闹出什么呢，王爷要不承认，您也不能怎么样啊。”

滇宁王妃冷静了片刻，旋即又杀气腾腾起来：“点人！把我们的人都带着，去圆觉寺把柳氏拖出来，怀的那阿物儿是男是女还把不准，姓沐的就替他（她）早早地把埋伏都打好了，他敢动我的心肝，我就敢动他的！”

许嬷嬷忙又苦劝：“娘娘，柳夫人值得什么，您就弄死了也没什么大不了，可后院里那么些女人，王爷能令柳夫人有孕，自然能令那些女人有孕，现在去找柳夫人只是泄一时的愤怒，对咱们哥儿没有多大益处。”

沐元瑜先有点被吓住——滇宁王妃是真的宠她，没当过她的面如此没有顾忌地发过这么大的火，但许嬷嬷一劝，这两句话的工夫她定了心神，也上前道：“母妃，父王的动作虽快，我们察觉得也不算晚，您别难过，也别冲动，我们先商量着再说。”

两个最亲近的人都劝着，总算是把滇宁王妃劝得慢慢坐了回去。

但这天她们并没有商量出什么来。

因为滇宁王妃的情绪太愤怒，而沐元瑜的心情又太低落，两个主人都不能心平气和，单指望许嬷嬷是没有办法的。

从乐观的角度想，如果柳夫人这胎是个女儿，那滇宁王的这些防备可能也就像没发生过般，默默地过去了。

但这是没有用处的乐观。

问题的核心从来不在柳夫人身上，只要滇宁王动了向沐元瑜下手的心思，那等到下一个女人有孕，这样的事势必还要再上演一遍。

心情再差，晚间滇宁王回来的时候，沐元瑜还是得去见一见。

她见柳夫人的事瞒不了人，要是回来就称病不出门了，那滇宁王的疑心病说不得要犯。

饶是如此，滇宁王还是看出她不高兴了，问道："怎么回事？放你出去玩一天还玩出不乐来了，和谁起争执了？"

沐元瑜勉强挤出笑容来，答道："并没有，只是我先前说了大话，结果没有把狐皮给父王打回来，有点不好意思。"

"就你那个打法，见到小鹿也心疼，见到兔子也下不去手，能打回来才奇怪了。"滇宁王心情倒是不错，嘲笑了她一句，又转了口气道，"罢了，父王领你这片心意便是。"

沐元瑜"哦"了一声，顺口把见到柳夫人的事说了。

"我看夫人比在府里的气色要好些。"

滇宁王没有说话。

沐元瑜挨了一会儿，挨不住了，抬头去看他。

滇宁王面上看不出什么，只忽然问："柳氏和你说了什么？"

沐元瑜心跳漏了一拍，力持镇定回答："没说什么，不过一些家常问候。"她明白，形势未明时，卖了柳夫人自己并没好处。

"柳氏一贯都很恭谨。"滇宁王慢慢道，"不过，毕竟是后宅妇人，不大出门，见识只在这四面高墙之内。如果她现在心大了，和你说了什么你不爱听的话，你瞧在她怀了你弟弟的份上，暂且不要和她计较。"

沐元瑜心中陡然升起一股怒气，夹杂着一点悲意——才四个月，妇科圣手都不敢说准了是男是女，滇宁王已经一口一个"弟弟"地叫上了！

有了弟弟，所以她活该让路了是吗？

她这点抑不住的情绪变化落入了滇宁王的眼中，滇宁王便以为她的不开心确实是因此而来了，他接下来的语气中带了点安抚之意：“瑜儿，父王与你交个底，你弟弟生下来，是预备交到你母妃膝下养的。”

沐元瑜一愣。

滇宁王目中含了点笑意，他相貌生得出色，即使到知天命的年纪了，气质也仍然儒雅潇洒，微黄宫灯下五官又比平时显得柔和，一眼看上去真像是个好爹爹的模样了。

“这些年，难为你了。”

滇宁王似乎要将这温情进行到底，竟又说了句平常他绝不会说的话：“为了我沐家的祖宗基业，你比你姐姐过得辛苦许多，父王心里有数，将来的事都已经替你打算好了，你，不要多担心。”

沐元瑜心中忽然出奇地冷静。

怎么打算的？让她消失，把柳夫人的儿子抱给母妃当补偿？

太可笑了。

她笑的不是滇宁王，而是自己。

还是她母妃看得清看得透，也可能母亲保护孩子的直觉就是强到可怕，而她要到此时才彻底死心。

她不怀疑滇宁王说打算把孩子抱给滇宁王妃养的话，柳夫人是个什么成色，娘家凋零，自身如笼中金雀，绝对没有能力养育滇宁王府实质上的下一代继承人。

所以，问题也就出来了。既然滇宁王连孩子都决定要交给滇宁王妃养，那还防备着滇宁王妃做什么？

心中因着这矛盾，她不由得冷笑，又因为灭失了仅余的一点侥幸，沐元瑜反而能扮出甜笑了：“我知道，我相信父王。”

好似是为了加强自己的肯定之意似的，她笑眯眯地望着滇宁王。不多一会儿，滇宁王垂下了目光，道：“这就好。行了，你跑了一天不累？歇着去吧。”

“父王这一说，孩儿确实觉得有些腰酸腿疼，那就去了，父王也早些安歇。”

沐元瑜从善如流地告退。

回到恒星院，若按正常的安排，沐元瑜应该再照着笔记背半个时辰的暹罗语，但她今晚着实没有学习的心思与热情，早早洗浴过就上了床。

大丫头鸣琴以为她白日出门跑累了，替她掖好了被角，放下循着节气才换的轻容纱绣青竹帐子，就熄了灯火，蹑手蹑脚地往外间去了。

沐元瑜听着她的脚步声远去，把被子一蒙，缩到里面。

她其实是想静一静心，好好想想对策，但到底还是没忍住，先悄悄哭了一会儿。

与滇宁王妃比，滇宁王这个爹当得很不称职，养一后院女人，为了自己的私心利益把她换了性别养，脾气还常常难以捉摸。

但毛病再多的爹，凑合也是个爹，给的父爱再掺水分，她心底还是有一点稀罕。

可是，她这样不停地鞭策自己，在第一等富贵乡里拿出一百分的自制力，奋发向上，难道就是为了给滇宁王当过渡的垫脚石，用过就扔的吗？

才没有这么便宜的事！

这么想着，沐元瑜心中那点哀伤又没了，胡乱在被子里蹭了蹭脸，把眼泪蹭掉，又气得抓着被角咬了咬。

然后她睁着微肿的眼，瞪着帐顶发呆。

瞪了一会儿，她渐渐适应了室内的昏暗。今晚月色好，她的床上才换了轻薄软柔的纱帐，透光性比之前的锦帐强不少，隐隐约约地，她不再像之前那样满眼漆黑，能略见着一些东西的轮廓了。

她的脑子也如这视线一般，逐步清明起来。

滇宁王大概没有到要她的命那么狠心。

但也只是大概而已，她做起打算来，不能照着这个所谓的“大概”去，那跟听天由命没什么差别，如果是她高估了滇宁王的人性呢？

她必须从最坏的情况去思考。

也就是，照着自己将会被处理——被病逝或被意外这种可能来应对。

如果滇宁王出手，她可以做什么反抗？

窗外春虫细细的鸣声中，沐元瑜在心中想出一个主意，划去，想出又一个主意，再划去，想出第三个，第四个……

统统划去。

纯属无用功。

在云南这块地界上，滇宁王坐地为王，不要说她一个嫩苗苗，连滇宁王妃都无法抗衡。

滇宁王妃母族势力虽然强横，无奈生的是个女孩儿，这点先天上的欠缺无论如何都弥补不了。滇宁王妃能往娘家去要金要人，不能要求娘家支持沐元瑜做女王，这个爵位是朝廷的，不隶属于夷族，在这件事上，滇宁王妃无法把娘家拉出来当后盾。

惹不起，那就只有躲了。

但这招是沐元瑜不愿意用的，她母妃更不会愿意。

因为这很有可能也就是滇宁王的打算，让她隐姓埋名，远遁他乡，一生不要再踏足云南半步。

如此，对于滇宁王来说，这当然比弄个与前世子长得一模一样的“双胞妹妹”回来来得稳妥且没有后患了。

可是凭什么呢？

她要放弃她应得的身份，她将从此一生不能和母妃相见，前者她或可委屈，后者她决不答应。

……答不答应，也不是她说了算。

滇宁王真要这么干，她除非和母妃说的气话一样，上金銮殿去亮明身份，拼个鱼死网破，别的实在没法子了。而就这点也无法拿去威胁滇宁王，因为她还有个大姐姐，滇宁王知道她肯定不敢真去，事情一旦暴露，沐芷媛不可能不受牵连。

太烦了。

沐元瑜又把自己想得生气起来，然后又再压下来，再想，再……

一堆下人看顾着叮嘱着，她平时的作息很好，年纪又还小着，到这个点实在撑不住了，稀里糊涂地睡了过去。

翌日。

沐元瑜早上起来，一照镜子，发现脸上很罕见地挂上了两个黑眼圈。

昨晚她虽然还是睡着了，但是睡得很不好，一夜梦了不知多少莫名其妙的东西，早上醒来一样也记不起，只觉得人出奇地累，好似梦里背了座大山似的。

没法子，她心再宽，也没宽到剑已经悬到头顶上还能酣然高卧的程度。

她身边伺候的一共有八个大丫头，都是滇宁王妃从自己娘家住在最深山里那一支生苗部落里精心选出来的，阖族捏在滇宁王妃手心里，非常可靠，知道她女儿身的秘密。

丫头们对着她肿肿的眼圈又惊讶又想笑，鸣琴温柔地问她："世子昨晚明明睡得比平时还早，怎么反倒生出这个来了？可是做噩梦了？"

另一个观棋活泼些，跑到隔壁厢房去把自己擦脸的茉莉粉拿了来，笑嘻嘻地道："世子，来，我替你打扮打扮，擦上保准就看不出来了。"

临画有不同意见："你那茉莉粉红红的，世子擦上岂不要招人笑？依我说，世子是昨日在外玩累了，今儿索性别去读书了，就在院里歇上一天，歇好了自然就消下去了。"

又一个丫头奉书拧了条热布巾递过来，说道："世子先敷一敷，总要舒服些。"

总算有个靠谱的主意。沐元瑜接过布巾，闭上眼睛，往脸上一盖，热乎乎的水汽蒸腾进疲惫发涩的眼周皮肤，果然舒服了些。

她敷了一会儿才拿下来，结果一睁眼，观棋和临画两个还围在旁边，眼巴巴地望着她等回答，她无奈地挥挥手："我不擦粉，也不在家歇着。"

"唉！"

两个丫头齐齐遗憾地叹一口气，分头各自忙去了。

照常洗漱收拾过，沐元瑜顺小道去见滇宁王妃，母女俩一照面，皆愣了一下。

滇宁王妃立刻道："快过来我瞧瞧，怎么脸色这样差？"

沐元瑜听话地上前，轻声道："母妃也是一样。"

她望着滇宁王妃一夜过来眼角唇边就仿佛深了些的细纹，因此而显出的那一层老态，心中不由得闷痛，道："我让母妃操心了。"

滇宁王妃轻拍了她的手背一记，说道："要不是我当年糊涂，你哪里用受这个罪。"

眼下不是感伤的时候，趁着时辰尚早，荣正堂里还清静着，滇宁王妃抓紧时间嘱咐了两句。

“瑜儿，从今日起，你尽量不要再出门了，若必须出去，一定带齐了人，也不要跑远。”

沐元瑜一听便明白了，滇宁王妃这是和她想到一处去了，她低声道：“我懂，不过不会那么快的，圆觉寺那边，还不知将会如何呢。”

滇宁王埋线虽早，但离发动应该还有一段时日，起码，得等确定柳夫人肚子里的确实是个“弟弟”吧。

滇宁王妃冷冷一笑：“你父王那个人，哼，我是一点也不会相信他了。他同我说过多少笑死人的甜言蜜语，一朝登上王位，再都不记得。这些过去的事我不计较也罢了，但他许诺过以后会待你怎么样，若敢食言——”她声音狠辣下去，“我必要他知道‘报应’二字怎么个写法！”

沐元瑜听她声气不对，忙看了眼许嬷嬷。

她清楚这个娘亲的性情，为人光明坦荡，然而秉性过刚，便有易折之患。若为着她的缘故而使滇宁王妃做出什么与滇宁王两败俱伤的事，那她还不如顺了滇宁王的意走了呢。

许嬷嬷向她苦笑摇头：“娘娘想了一夜，还是打算找个时机向王爷挑明。若是娘娘坚持，想来王爷也不至冒险一意孤行。”

虽然这么说，但从许嬷嬷满含忧虑的口气里可以听出来，她并不怎么看好滇宁王妃的这个决定。

这很正常。沐元瑜也不看好。

道理很简单，滇宁王足够狠心，而滇宁王妃却非如此。

滇宁王妃有她和长姐，就等于有两个软肋，滇宁王想拿捏一点也不难。

“母妃，您千万不要冲动。”沐元瑜劝道，“我知道您心疼我，可是，您和父王谈，恐怕谈不出什么结果来，就算父王做出了什么承诺，您刚才说了，那都是靠不住的。假使父王口头上答应了您，之后照旧做出了什么来，您不依，他拿大姐姐作伐子，您能怎么样呢？”

滇宁王妃怔了下，不语。

许嬷嬷松了口气：“还是哥儿明白，我也劝了不少，只不能像哥儿说得这样条理清楚，娘娘便听不进去。”

滇宁王妃揉揉眉心，长长地叹了口气："说来说去，总是怪我当年瞎了眼，看上一个狼心狗肺的东西。"

这不过是句气话，其实没有什么用。正面硬杠不是个好主意，但别的法子一时又没有，几人一时都沉默了。这时间说多是多，离着柳夫人生产还有大约半年，但说少也少，因为不可能等到那时再做出反应。滇宁王的整张大网都织好了，沐元瑜才动，那哪里还有机会破局，真要为人鱼肉，毫无还手之力了。

耗的工夫久了些，便有丫头进来传话，说有个什么主簿家的娘子送了两盆鲜花来，门房上本不要接，但这娘子说她家相公原蒙王爷召见过的，还赐了恩惠，她家简陋，拿不出什么好东西来，只她有一手侍弄兰花的好手艺，就大胆送了来，滇宁王妃见不见她都不要紧，把花留下，就是她尽了一点心意了。

门房上听说王爷见过那主簿，不敢怠慢，方把话传进来了。

滇宁王妃皱着眉，想不出这是个什么人物。沐元瑜提醒了一句："就是年前来拜见过父王的那个，倒是有些根底，是从京里贬来的进士。"

不过当时他的家眷没跟来，如今可能是安定下来了，便把妻子接过来了。江南离此处路途遥远，算算时间，这娘子应当将将过来，就来登滇宁王府的门了，却是和张桢一般的敢出头会做人。

沐元瑜胡乱想着，心中忽然一动，京里？

她本已被四面八方尽皆堵住、往哪儿去似乎都只有碰壁的思路裂开了一条缝：云南她不能待，因为她在这块地方完全无力反抗滇宁王，别处她不能轻易去，去了可能就回不来，往好的方向想，滇宁王可能派人拦截将她看押住，然后宣布她"病亡"，往坏的方向想，滇宁王直接让她这"病亡"变成事实……只有一处地方，滇宁王无能也无胆对她下手。

那便是京城。

滇宁王绝对承担不起她在京城出事的后果，她是王世子，下一代的滇宁王，如果在京中身亡，天子必将亲自过问。

而滇宁王有什么理由阻止天子的插手？

她如果到了京中，滇宁王非但不能再打她的主意，更要盼望着她平安无事最好连个喷嚏都不要打，不会有任何非沐家势力外的大夫接触到她才对。

至于风险，当然有。

她要是在京中暴露了女儿身，那真的只有祈求沐家列祖列宗保佑了。

但其实风险不会比留在滇宁王府更大。

说到底，她还是不甘心。

她不甘心作为一枚弃子，听由滇宁王的摆布或男或女或生或死，如果生来只是为了做个傀儡，那活这一遭又是何必？

# 第四章 北上赴京

早上的闲暇实在有限，滇宁王妃要理事，沐元瑜也要读书，被接连打断了两次后，便只得先暂停了说话，各忙各的去。

沐元瑜人坐在书房内，先生在讲课，她不觉走了神，想起自己的心思来。

堵滞的思路照进一丝亮光后，再往后推想就顺利许多，她在晨光中正襟危坐，表情严肃地望着眼前翻开的书卷，心实则已经不知飞去了哪里。

柳夫人腹中的孩子确定下来男女大约是何时，滇宁王何时可能动手，柳夫人生产又是何时，需要用到的信使来回费时几何，千里之外的朝廷又能在多久内做出反应……

沐元瑜紧张地一样样默算时间，眼神愈加专注。想到如果做成功，能大大地摆滇宁王一道，她心中甚至有点小亢奋。

讲解着经义的褚先生狐疑地一直注视着她，他总觉得今天这个学生不太对劲，但又琢磨不出是哪里不对。看了快一炷香工夫，他终于忍不住，停下来，忽然提了个问题。

“世子，‘尔忱不属，惟胥以沈’，作何解？”

沐元瑜瞬间回了神，平时积攒的好功底派上了用场，她很顺利地把这句话解释了一遍：“面对问题的时候，不能齐心协力，只是自己怨怒，那没有什么用处。”

褚先生又问出处，沐元瑜也答了："出自《尚书·商书》中的《盘庚》篇，盘庚要迁都，国中贵族不服，百姓也有疑虑，盘庚所以训示臣民。"

褚先生这才点了点头："说得不错。不过，我还没有讲到《商书》这一章。"

沐元瑜："……"

太勤快预习有时候也会出问题。

由于她金贵的世子身份，褚先生打不得她的手板，但做老师的想对付学生总是有办法的，褚先生就会这么冷不丁地给她一下，以此来树立起自己的师道尊严。

被抓到了就要认，沐元瑜爽快地道："先生，我错了，我刚才走了神。"

褚先生问："世子在想什么？"

想给爹爹一个好看——这种大实话当然是不能说的，沐元瑜心念一转，道："我在想，先生这样大才，只教我一人读书甚为可惜，若是我堂兄也能来就好了，他定下了以后要考科举的。"

她说的堂兄是沐元茂。褚先生这个人确实很有才华，那些晦涩难懂的经义经他一讲都清楚分明，只是才子命格却奇特，他二十岁上就中了举人，踌躇满志进京赶考，不想连考了十二年都金榜无名。而在这期间，他为补贴家用在京中坐了几个馆，他教过的学生竟都很有考运，乃至有中一甲进士的。

这对比实在伤人，又试了一科，过了三十五岁仍是蹉跎，褚先生自觉今生大概就是与金榜无缘了，死了心往户部去选官候缺。但他没背景不通门路文凭又不够硬，候了两年才候到个缺，却是到了这边疆云南。

褚先生傻眼，硬着头皮跋涉了来。这地方各方势力盘根错节，他一个外官什么油水也刮不到，拿着一点俸禄挨了两年，听到滇宁王府在招先生给小世子启蒙，他牙一咬，索性假托抱病把那芝麻官辞了，进了府重新给人当起先生来。

他自己举业不成，教人却很有一手，滇宁王试过了他的课都很满意，他就此在王府里安顿下来。

沐元瑜是想着，她过一阵要是顺利跑路了，褚先生就该失业了，而沐元茂跟两个英武的兄长不同，他在武艺上没天赋，扎个马步都打晃，只能转而去学文。云南偏远，在人才上凋敝得很，以沐元茂的家世找个好先生也不容易，现在只是在府衙举办的义学里凑合学着，若是褚先生能过去，倒是两得其便。

褚先生哪里知道学生竟是在给他打算后路，只看出她没说实话，不便继续追问，顺着说了一句：“世子的堂兄甚有志气。”

他重新讲起课来。

沐元瑜被抓包了一回，不好意思再走神，努力把那些乱七八糟的想法赶出脑外，认真听起讲来。

老实挨到中午，她方跳起来，收拾了书本往荣正堂跑去。

路上，沐元瑜的脑子也没闲着，一路疾走一路把自己的想法又完善了一下，等到进了荣正堂，屏退下人，呈到滇宁王妃面前的时候，已经是个可以实施的方案了。

她的目标很明确：往京城去，先避上几年。

这个目标实现起来其实并不困难，作为异姓藩王的世子，她天生的苗苗就不怎么正。滇宁王虽然名义上没有掌兵权，战时才临时接诏令受委任，但沐氏盘踞南疆多年，此地数得着的兵将几乎都是跟随历代滇宁王出征有功、受赏而升的，这股势力一时也许不显眼，但一代代累积下来也不可小觑。要说天子对此一点想法也没有，沐元瑜绝不相信。

这不是说天子就想要做些什么，南疆总是需要人镇守，沐氏几代以来都做得不错，也从未有任何反迹，一切平顺的情况下，只要当政者不脑残，就不会贸然出手改变现状，把各方本来好好处在一个平衡点上的南疆搞乱。

但，作为掺在一水儿朱家王爷中的一个姓沐的，又实在是很显眼，让人有一种奇妙的惦记。

如果沐元瑜主动提出久居边疆，甚慕中原文德，想趁着未接任王位时进京习学几年，想来天子没有任何理由拒绝。

——能看看下一任滇宁王的脾气秉性，顺带着给他洗洗脑，多灌输灌输忠君爱国的思想，何乐不为？

沐元瑜以为这里面存在的最大问题是：作为未成年的继承人，她不能自己向皇帝申请这个进京习学资格，必须得借滇宁王的名义。

仿滇宁王的字不甚难，她初学习字时用的就是滇宁王写的字帖，一模一样不可能，仿个七八成没有难度。

但除此之外，她还需要一份向朝廷正式行文的奏章，盖了王印的那种。

这就有点超过她的能力范畴了。

沐元瑜打算向滇宁王妃求助，如果滇宁王妃也没办法，她再试着自己去偷。

“……母妃，您觉得怎么样？”

滇宁王妃有些发愣。

许嬷嬷则直接是目瞪口呆。

她一贯知道她们家哥儿聪慧，遇事不但有想法，也有实际施行的办法，但她没想到，她这么敢想，也这么敢干！

这是直接把滇宁王蒙在鼓里开涮！

许嬷嬷在滇宁王妃身边伺候多年，已然不算没有见识的了，但听沐元瑜这番话说出，仍是觉得心惊肉跳。

这挑战的不只是父权，甚至还有皇权，要命的是，这样一般人绝不敢想的胆大妄为，听上去居然很有成功的可能。

皇帝对这个请求没什么拒绝的理由，而只要皇帝同意，滇宁王哪怕晴天挨了霹雳气炸了肺，他也得捏着鼻子认了。

不然怎么说？这是犬子的私人作为，滇宁王本人并不想送子入京？

那皇帝就算本来没多想，也不得不多想了。

许嬷嬷甚为纠结，她一方面觉得这个破局的路数因为可实行性很大而具有诱惑力，另一方面又觉得实在太大胆，而且前路未知。

滇宁王妃就干脆许多，第一反应直接说了个“不行”。

“瑜儿，我现在恨不得你一步不离我左右，你竟要跑到京城去，那远隔千里万里，倘或出了什么事，娘帮都帮不到你，那怎么得了？”

沐元瑜承认：“是有风险。但母妃，我如今的处境，已经找不出一条没有风险的路了。”

退一万步，她咽了这口气，隐遁远离，就绝对安全了吗？一辈子那么长，万一她在他乡遇到哪个曾见过世子的被认出来，她要怎么解释？她可以说只是长得像，她不知道什么滇宁王世子，但别人信不信呢？

这就是风险。

既然往哪里走都有荆棘，不如向上，迎难拼一把。

滇宁王妃沉默了，沐元瑜说的这些她没想到吗？不，她早都非常明白。

所以她才坐困愁城，不知该如何应对。因为她总想给女儿找出一条安全无虞的道路，但是，苦于找不到。

滇宁王妃又一次品尝到了当年的草率行为带来的椎心之痛。这一刻，她实在希望滇宁王就死在那场刺杀中，她伤心一时，好过现今把女儿推进如此复杂棘手的局面。

“你让我想一想。”良久后，滇宁王妃说道。

“母妃，如果您觉得这个法子本身没有什么不妥，那必须尽快了。京城云南两地往返耗时不短，我们的信使可以日夜兼程，朝廷的反馈走的是驿站，这不是军情急件，按部就班的话未必会给得那么快。父王何时发动，我们暂时不知，但应该不会拖到柳夫人生产之后。”

因为滇宁王并非只有柳夫人这一张牌，他既然能令柳夫人有孕，那后院那些女人就都有可能，非得呆板到下一个儿子出来了，沐元瑜才没了，以滇宁王的多疑性情，多半不会让自己留下这个巧合。

而要再拖几年，让这个时间差长一些，不那么凑巧可能性也很低，滇宁王这块心病横亘多年，从柳夫人一有孕他就防备起滇宁王妃便可看出，他有多么迫不及待解决掉这个问题。况且孩子越大越难控制，再过两年，沐元瑜就该试着接触沐氏一脉的部将了，这是历代世子的必经之路，滇宁王没有理由隔绝，越拖解决的难度会越大。

“我弄到父王的奏本需要时间，而万一朝廷不允我进京，我们要另设他法，这里也得留出时间。”

说到底，最大的问题就是抢时间，向天子上书的时间越快越好。

滇宁王妃随口道：“奏本的事你不用管，我这里有。”

满脑子紧迫感的沐元瑜一脸吃惊：“……啊？”

滇宁王妃摸摸她的头，道：“你父王信不过我，其实我也早就信不过他了。盖好王印的奏本我这里有几封，我没想好要派什么用场，不过觉得该预先做些准备，以前就使人弄来了。

沐元瑜心悦诚服地向滇宁王妃灌了碗迷汤：“母妃英明。”

要不怎么说姜还是老的辣呢，滇宁王妃一下就解决了一个大问题。

不过英明的滇宁王妃面对女儿将要离巢这件事就没那么容易决断了，她反复考量，最终去找了滇宁王。

她其实难以说清自己到底是什么心思，可能是自己无法决定，下意识想寻求外力推一把，看看到底向前还是向后。

她借着张桢妻子上门的事先扯了两句，她没见张妻，但收下了她的花，也请她进门喝了杯茶，问滇宁王如此处置可有怠慢。

滇宁王表示那不是什么要紧人物，无妨。

滇宁王妃接着便闲扯般提起来："我听瑜儿说，柳氏在圆觉寺静养得不错，身子已经好起来了，那是不是该把她接回来了？毕竟还是府里的条件好些，柳氏想什么吃的用的都方便。"

滇宁王"嗯"了一声，摇了摇头："暂时还是不必，柳氏一贯身子骨就不强健。她那个模样，你也见着了，风吹吹就倒，倘若回来了，那个毛病又犯起来，白折腾一遍，过一阵再看吧。"

滇宁王妃心下冰冷。

三日后。

一名信使自云南秘密出发，马不停蹄地赶往京城。

大半个月后，一封奏本摆在了皇帝的案头。

皇帝颇有兴味地把这封奏本来回看了两遍，沉思了一下。

"汪怀忠，把褚有生的密揭拿来。"

立在一边的司礼监掌印太监汪怀忠忙应了声，脚步轻捷地去墙边的紫檀木雕山水楼台顶柜里取出一个木匣子来。

从他熟练而毫不犹豫的动作看，这个木匣子应该是经常使用的。

匣子打开，里面摆放着一沓不算多也不算少的密揭。皇帝伸手拿起最上面一张，打开。

与其所使用的朴实无华的纸张一样，这封密揭的内容也很简洁。

——臣秉奏：柳孕，避居于外，边王格局恐有变。

这封密揭到达皇帝手里的时间仅比"滇宁王"的奏本早七八天。

皇帝的目光注视回奏本上，奏本边侧已经附上了内阁的票拟意见。

“先生们都同意？”

这先生指的是内阁的大学士们。

汪怀忠微笑着回道：“是的。”

“倒是难得。”皇帝评说了一句，又问，“汪怀忠，你说，沐氏的格局要变，会是怎么个变法？”

汪怀忠躬了躬身，回道：“世子将要长成，王爷拣这个时候送子入京，依老奴想，似乎正好隔绝了世子与边将接触的机会。据说那位有孕的柳夫人极为受宠——这里面有些事也许是老奴想多了，也许确实不那么好说。”

“与边将疏离的下一任沐氏王……”

皇帝意味不明地笑了笑，把手里的密揭丢回去，亲自执起朱笔来，往奏章上批了“照准”两个字。

他搁下笔，往后伸了个舒适的懒腰，吩咐道：“用印。”

“是。”

汪怀忠上前，小心翼翼地拿起宝印，端正地盖了下去。

时间一日日过去，从明面上看，滇宁王府一如往常运转，柳夫人那边养胎满了六个月，专在那边侍候的大夫给了准话：应当是位小公子。

滇宁王内心高兴自不必说，回来告诉了滇宁王妃，同时也当面正式地把欲将这个孩子抱来荣正堂抚养的意思说了。

谁稀罕那个小崽子！

滇宁王妃勉强维持着平静的表情，心里怒骂，但这给她提了个醒，她如母狼看顾幼崽般把沐元瑜看得又紧了些，轻易哪里都不叫她去。

如同滇宁王妃能注意到滇宁王的细微异常一样，其实以滇宁王的敏锐多疑，本该也能注意到滇宁王妃的。滇宁王妃行事再谨慎，但这世上的事，走过就必留下痕迹，或感觉或实据，总不能抹到蛛丝马迹也无。

但滇宁王这阵实在太忙了，自身许多要事琐事缠身。第一件最要紧的是他盼了多年的真儿子眼看将要成真，不免常常往那边跑；第二件则是沐元瑜，对这个女儿，他并非没有愧疚，但那些愧疚与他的权势稳固比起来，分量就相当不足了。其实他最初排斥滇宁王妃的势力时，更多的是弄权本能，习惯把事做在了头里，并没有想定了要将沐元瑜如何——这是最得他心的女儿，如果不是造化弄人，她能好好作为一个女孩儿长大，他一定会给她不下于长女的荣耀，好好地为她挑一个夫婿，十里红妆将她隆重地嫁出去。

但随着柳夫人怀胎日久，又确定出来是个男胎，他心里的天平不可阻挡地倾斜。照当年的约定“认”沐元瑜回来，等于在府里放上一个明晃晃的把柄，他当年以为他有能力掌控住这个局面，但多年后的今天，这个局面真正摆在他面前的时候，其中蕴含的风险将化为实质。他开始怀疑，他真的可以堵得住所有人的嘴吗？

他老了，没有那样旺盛的精力，与强横得一切尽在掌握的壮年心态了。

让这个被错误安排人生轨迹的孩子远遁他乡其实是更好的安排不是吗？

这个想法在柳夫人的男胎确认以后决断下来。

滇宁王着手布置后局。

再有第三，是一些日常要处置的公务。

与前两件比，这反而是最不重要的一件了。如今边关安宁，没有战事，民政有布政使司及辖下各级府州县衙门照管，他很可以偷一偷闲。

从京里来的诏书经驿站一层层流转，最终发到滇宁王府的时候，滇宁王很讶异，因为他想不出朝廷非战时找他有什么事。

诏书是由内阁代拟的，通篇溢美之词。

但滇宁王打开一看，只觉头晕眼花，几欲昏厥。

诏书里先夸他忠君爱国深明大义，后夸沐元瑜孺子好学，最终归结为一句话：朝廷同意了他送子进京习学的请求，鉴于沐氏忠心，天子也给了特惠条件，沐元瑜进京以后，将直接与诸皇子一同上课，接受最饱学翰林们最高等级的教育。

滇宁王的眼睛死死盯在那一句“依卿所奏”上，几乎看不懂这是四个什么字。

依、卿……“卿”是谁？

他什么时候奏的？

梦里？

他为什么一点都不知道？！

滇宁王喉咙腥甜，是真的忍下了吐血的冲动，才把那驿传的小吏打发走了，而后迈开大步，如离弦之箭冲向荣正堂。

沐元瑜这个时辰在上课，本不知道她一直盼望的消息已经来了。

但滇宁王与滇宁王妃在荣正堂里大吵，下人们尽皆被赶了出去，隔着院门都能隐隐听见滇宁王压抑着狂怒的声音。这番动静很显然不同寻常，许嬷嬷知道内情，猜着是事发了，跌跌撞撞地跑去找沐元瑜。

"哥儿，娘娘叫我不要来找哥儿，但娘娘的性子哥儿知道。"许嬷嬷眼泪都急出来了，喘着粗气道，"娘娘是必定不会退让的，都在气头上，我怕有个不好……"

被叫出来的沐元瑜一点头，道："我知道。我现在就去，嬷嬷，你进去替我跟先生说一声。"

她说罢迈步便跑，以最快的速度飞一般往荣正堂赶。

她赶得巧，跨过台阶掀开帘子冲进室内时，正见着滇宁王面目狰狞，扬起手来。

沐元瑜闷声不吭，借着未停的步势一路冲过去，用力推了滇宁王一把，把滇宁王妃挡在身后。

滇宁王没有防备，这一推踉跄了一下，不可置信的目光射向沐元瑜："你……你这逆子！"

反正已经撕破脸，沐元瑜也不惧了，淡淡道："父王说错了，您的儿子在圆觉寺呢。"

滇宁王一口气憋在心口，沐元瑜一向不算顺从，但她很有分寸，滇宁王以往觉得她的一点小个性很有趣，但用在此时，他才发现能把他气死！

他真是……太放纵这个孩子了！

"好，好，你都知道了，"滇宁王语无伦次，他自己都有点不知道自己在说什么，"所以你就能忤逆父亲了是吧，你这不孝子，你眼中还有谁？！"

"我眼中有父王，心中也有。"

说真的，真面临这个局面，沐元瑜发现并不如她想象的那样畅快，至亲的人扯下温情互相伤害，不论输赢，又怎么会有人觉得愉快呢？

"但是父王眼中没有我了。"她忍着喉头的哽咽说出了下一句。

这一句把滇宁王烧到头顶的怒火浇熄了，他深吸了口气，忍耐着道：“瑜儿，你先出去，我知道你是受你母妃蛊惑——”

“母妃没有蛊惑我什么。”沐元瑜打断了他，“进京的主意是我出的，父王的奏疏也是我写的，您有什么怒气，冲我来吧。”

滇宁王：“……”

他失了语，脑中都仿佛空白了一下。

沐元瑜立在对面，张开双手护住滇宁王妃，她脑袋高扬，眼眶发红，但眼神明亮锐利。

不知是错觉，还是这段时间他时刻挂念柳夫人那边而忽视了这边，滇宁王忽然发现沐元瑜好似长高了些，使得他对眼皮底下的这个孩子竟有了些陌生感。

沐元瑜又补充了一句：“父王要打要骂，我都受着，但事到如今，父王总该留下我一条性命了。”

滇宁王：“……”

这事要是滇宁王妃安排的还罢，但出于沐元瑜的手笔，他的不可置信实非任何言语所能描叙，他从未想过后院妇孺能翻出什么浪花，结果一朝不留神，着火到了完全无法收拾的地步。他原以为一切都在掌握之事，褪去那一层假象，扭曲重组成完全超乎他想象的东西，劈头盖脸教了他一回做人。

以至于他第一个想起的问题只能是：“瑜儿，你在想什么？你以为我要杀你？”

“虎毒尚不食子，”他质问道，“你把你的父亲当成了什么人？”

“敢问父王，”面对这诛心之问，沐元瑜颜色不变，不答反问，“孩儿不往远处扯，就在一年之前，父王是打算如何安排我的？”

如何安排？那时柳夫人尚未有孕，一切风平浪静，自然是照着早年间与滇宁王妃的约定了。

然而如今……

滇宁王懂了，这就是沐元瑜的回答。

但沐元瑜似乎生怕他不懂，接着把内里的含义挑明了细讲：“父王何以改变主意了呢？是我做错什么事了？还是情势变化出什么危急之处？”

“都没有。”她冷静地自问自答，“只不过是因为父王的心偏了。”

滇宁王恼怒地辩解：“那是当年我考虑不周全，云南地界上见过你的人那么多，我如何能控制住所有人？假使有人找了证据出来，你这条小命才真是保不住了！”

“所以父王想要驱离我。”

“什么话！我当然会安置好你，保你一生无忧！”

他说不下去，人各有立场，他当然觉得自己有无数不得已的理由，也觉得自己尽了心力在安排沐元瑜的后路。但沐元瑜觉出不对劲没有向他当面质问，而是直接绕过他向朝廷上了书，胆大包天的同时，也是表明了丝毫不再信任他的态度。

他再说这些又有什么意思？

难道现在还能把沐元瑜无声无息地送走吗？

根本不可能。

她于无声处轰了他一记惊雷，一出手就通了天，闹出了最大的动静，如今这事态，他才是真的控制不住了！

他想想又气得头脑发昏，指着她道：“你、你真是好大的胆子！什么都敢干，不知天高地厚！”

“父王错了，孩儿其实胆小。”沐元瑜回道，“孩儿怕不久之后，父王会忽然发现自己的考虑仍旧不够周全。我从云南消失就可以让父王没有后顾之忧了吗？人有脚，会走，我能走，别人也能。除非我从这世上彻底消失，化烟，化灰，否则——”

“瑜儿！”一直被阻拦住的滇宁王妃听不得这种摧她心肝的话语，再也忍耐不住，喝道，“不许胡说了，你会长命百岁地活着，有娘在，谁都不能伤着你。”

她说着转向滇宁王，声音凄厉地道：“你想要我的女儿隐姓埋名流亡在外，与我一生不能相见，柳氏的儿子承袭王位坐享荣华富贵？我告诉你，你别做梦，绝不可能！”

滇宁王怒道：“我都说了，柳氏那个孩子抱来与你养，哪怕从此不让柳氏见他都是可以的，你们一个两个，都将我当作了寇仇，难道我没有为你们打算吗？！”

“我自有孩儿，谁稀罕那个贱——”

“母妃！”沐元瑜提高声音打断了她。

滇宁王妃接下来这个词肯定不好听，她要走了，但她母妃还需在府里度日。柳夫人那个孩子，从利益的角度讲，最好也必须是抱给滇宁王妃来养，那就不能由着性子闹成了死局。滇宁王日思夜想盼来的真宝贝蛋，会喜欢他在滇宁王妃的眼里是个“贱种”吗？

“父王，我以为您应当知道，我才是母妃的心肝，”沐元瑜把声音又降回来，她不想刺激着滇宁王，那封诏书已经足够把他刺激发狂了，她接着道，“您夺走了她的心肝，说是为了她好？”

滇宁王被问得失语了片刻，方才道：“……这些话你之前何不与我说？！”

他看出来了，这个女儿固然胆大，但未必妄为，她对自己做的事情心里非常有数，一个只图痛快不顾后果的人，是不会有这样理智的态度的。

他到现在，也才是真的相信了上奏疏的主意确实是沐元瑜出的了。

“我说了有用吗？父为子纲，父王会听我的吗？若是不听，我又能怎样？”

滇宁王被这无赖话简直气笑了：“你还能怎样！你可有的是办法，现在是我拿你不能怎样了才是。你还有脸说‘父为子纲’这四个字——哼，你都能替你老子向朝廷上书了，我竟不知谁是谁的纲了！”

“砰”的一声，沐元瑜干脆利落地下跪，膝盖在地砖上发出一声闷响，她诚恳地低下头道：“孩儿错了，请父王恕罪。”

滇宁王妃为那动静心一抽，忙俯身拉她：“使这么大劲干吗，快起来我看看。”

滇宁王脸登时又拉下来，一挥袖把手背到背后，道：“慈母多败儿！”

跪一跪他这个做老子的都要担心她跪疼了膝盖，往日说这婆娘惯孩子，她还从来不承认！

滇宁王妃这回当然还是不承认，张嘴就回：“王爷有儿子了，我瑜儿就成根草了，我多心疼心疼怎么了！”

沐元瑜倒还是老实地跪着，她是没必要向滇宁王低头了，但总得替滇宁王妃考虑。

“如母妃所言，父王有了弟弟，还有没有我这个女儿就不再重要了，可母妃不这样想，孩儿自己也不甘心就此认命。”她伏在地上道，“蝼蚁尚且贪生，父王，我想活下去。”

“父王问我为什么先前不说，我那时来说，对于父王没有一丝分量，我不想只能眼泪涟涟地来哀求父王不要这样对我，也不想等到无路可走时，再来质问父王为什么要这样对我。”

“我长大了，我该自己解决这个问题。”

滇宁王望着她头顶乌黑的发，听得又痛恨，又抑制不住地自心底泛出一丝激赏——沐元瑜的所做所想，都绝不符合一个普通闺阁千金该有的德行，但她本来也不是当千金养大的，她完全是作为滇宁王府的继承人。

以一个继承人的标准来说，她能想，敢做，沉得住气，不感情用事，同时还敢担责任，稚嫩的她还没长成，已经能将母亲护在身后，而不是躲在母亲背后，由着母亲冲锋陷阵。

滇宁王妃这么能惯孩子，到底是怎么把她惯成这样的？

这念头不过一闪而过，滇宁王到此时其实已经冷静了不少。当此关头，沐元瑜都能始终保持住理智，他作为一个掌权多年的上位者，更不可能长久地放任自己陷在无意义的愤怒中。

这一来一去间，沐元瑜已经算是把事情交代得清楚明白。

滇宁王问她：“你所谓的解决就是进京？那你有想过如何收场吗？”

“没有。”

滇宁王瞪眼：“你……”

“计划跟不上变化，我所知道的一些京中情形都不过是道听途说，作不得准，如今就说将如何如何做，恐怕这制订出来的计划多半是废的，不如不带任何立场，由我亲眼所见之后，再行应变。”

这其实也是一种计划，并非愣头青的顾前不顾后。滇宁王又问：“如果你在京中暴露——”

“我会小心，非常小心。”沐元瑜抬起头来，说道，“请父王不必为此多虑，孩儿为求生入京，又怎会在京中大意，自寻死路？”

话说到这个地步，滇宁王实在再没什么好说的了，粗声粗气道：“好，你确实大了，自己有本事把主意都拿了，我管不动你，再教训你也晚了。

皇命已下，不可违背，你要去便去，在京里待两年做个样子就回来！”

“那就要看父王了。”

沐元瑜灵机一动，她本没打算说这句话，今天能不挨揍就算她运气爆棚了，但没想到滇宁王的接受度要比她想象的好得多，她机敏地从中看到了得寸进尺的余地。

她大着胆子道：“我比父王，自然有一百个不足，只有本事闯祸，没有能耐收拾。求父王替我安排个周全之策，父王什么时候安排好，我就什么时候回来。”

滇宁王愣了一愣，怒道：“你还威胁上老子了！”

他气得要抬脚踹她，沐元瑜挺着没躲，倒是他自己想起来，这是个女儿，外表看着再健朗，内里其实柔软，和可以胡打海摔的儿子不一样。

他恨恨地收了脚在地上一跺，道：“你还有什么废话要说，都说出来，把老子气死算完了！”

“孩儿不敢，再没有了。”

滇宁王拂袖而去。

沐元瑜与滇宁王妃都以为滇宁王被气走，去酝酿什么大招去了，很是警惕担忧了几日。不想滇宁王并没来搭理她们，倒是忙着开始在家兵中抽调精锐，又把沐元瑜的那队夷人私兵抓去练了练，再找了张桢来，让他给沐元瑜讲课。这讲的不是四书也不是五经，而是京中的一些情况介绍，不拘什么，公侯伯爵，文武群臣，贩夫走卒，只要是跟京中有关的就行。

滇宁王当然也找得着自己的人来讲这些，但张桢在京时为监察御史，清流文官，他看事情的角度与高度又不一样，如今临时抱佛脚，抓紧时间多给沐元瑜塞一些总不是坏事。

这行为便很明显了，就是在给沐元瑜进京铺路做准备。沐元瑜很为纳罕地与滇宁王妃嘀咕了一回：“父王打我一顿还罢了，他这么快就好像消了气，我心里毛毛的。”

滇宁王妃也很忙，忙着替沐元瑜算账，想着她该带哪些东西走，家具器皿，衣裳饰物，下人银钱等等。她百忙中抽出空戳了下她的额头，道：“什么话，你还皮痒了不成？管他想什么呢，好好做你自己的事去。”

沐元瑜无奈，只好溜达出去。

不过她倒想起一事，便去找着滇宁王道："父王，柳夫人的身子不知现在如何了？若是大安了，还是接回府里来养着更好些。"

滇宁王"嗯"了一声，不置可否地道："我知道了。"

感觉滇宁王似乎不是很想看见她，沐元瑜说了两句话，又识趣地溜达走了。

她不知道滇宁王注视着她的背影，露出了十分复杂的表情。

他等这个台阶其实已经等了好几日了。滇宁王妃不知道是没想起来，还是想起来了不愿意给，总之提也没提过一句。

还是沐元瑜跑来说了。

要说他现在是什么心思，其实不难理解。

惊觉孩子大了的同时，更会惊觉自己老了。

他已过知天命之年，而他的儿子还在娘胎里。

如此悬殊的父子年龄差距之下，他能看顾幼儿多久？他来不来得及如养育沐元瑜一般，把他养成一个合格的沐氏继承人？

人到这个岁数上，无法不服老。

如果他的时间不够，那么有沐元瑜这样一个姐姐在，是不是可以放心一些？

不错，沐元瑜的存在仍然是风险，但在她显示了自己成事的能力之后，不再单纯只是风险。

她自身的价值可以抵消掉一部分。

保住她，或许是一个更好的选择。

整座王府的人都因为预备沐元瑜进京的行装而忙碌得团团转。

滇宁王妃恨不得把恒星院的砖瓦都拆下来给沐元瑜打包带走。

沐元瑜招架不住，也不忍拂了滇宁王妃的心意，只好由着滇宁王妃准备。这一日，滇宁王妃把她叫来问道："瑜儿，你明日有事没有？"

沐元瑜想了想，摇头："没什么要紧的事。"

她的课业已经停了，褚先生知道了她要进京，主动去跟滇宁王请辞。滇宁王考虑过后，还是把他挽留了下来，横竖王府并不多一个吃闲饭的，褚先生学问是有的，当个幕僚也不错。

这让她把褚先生拐去给沐元茂当老师的愿望落空，这当口也不适宜去跟滇宁王抢人，只得先算了。

滇宁王妃点点头："既然得闲，我明日去那边府里，找二太太说些话，你要不要一同去？"

沐元瑜吓了一跳，沐二老爷丢了王位，后来活动回来一个奉国将军的虚职，自立了门户，她长这么大，不记得滇宁王妃登过奉国将军府的门。

"母妃怎么忽然想起来去那边？"

滇宁王妃道："你跟他家茂哥儿不是玩得好？我去问一问，他要不要和你一起上京，京里好先生好学堂多，他要读书，在南疆难读出多大名堂，还该往人文荟萃的地方去。"

这个话沐元瑜一听之下懂了——滇宁王妃哪可能会替不亲近的隔房侄子考虑那么多，明面上这样说，实际是为了她。

她的相貌虽然更多地遗传自滇宁王，清异端秀，不属于艳丽那一款，但也不是硬朗型很能迷惑住人的，沐元茂那个长相，有他跟着，如同随身携带了个护身符。

按说打掩护的清秀少年不难找，南疆这块也能扒拉出一些，但沐元茂的价值与这些人都不同，他是沐家人，与沐元瑜同一血脉。京中人没见过沐大沐二，只见到他们两个去，那多半会以为沐家人都是有些男生女相，对相貌上的怀疑概率大大降低。

沐元瑜既感动又觉好笑，滇宁王妃这是殚精竭虑地在替她考虑了，但她只能拒绝："母妃，我不能这样对三堂哥，我为了自己方便就千里迢迢把他拐到京城去，这样很不好的。"

"他在家里才真不好。"滇宁王妃道，"他两个哥哥生怕二老爷偏疼了他，把他当贼防，唯恐他多分了家产。他那点年纪，怎么和成年的哥哥斗？在家里只是怄气，不如出去闯一闯，有出息了，别人才不敢小瞧他。"

"母妃，您连这些也知道呀。"沐元瑜惊讶地笑了笑。沐元茂和她玩耍的时候抱怨过，她也挺替沐元茂抱不平的，道，"他在家是不好，二伯父说宠他，也不管管。"

"二老爷管有什么用？前头两个儿子都成年了，哪里是那么好管的。"

滇宁王妃说着，顺带着嘲了滇宁王一句，“譬如你父王，他管得住你吗？”

沐元瑜：“……咳。”

旁边的许嬷嬷都禁不住笑了：“那是我们哥儿能干。”

“就是这样了，”滇宁王妃总结道，“我对茂哥儿没坏心，他进了京，不论是进书院还是找个书香门第人家办的学堂附读，对了，他们家还有个国子监的荫监名额吧？不知用掉没有，若用掉了，我们家的给他也是可以的，横竖你用不着。这么多条路，哪条不比窝在云南好？”

沐元瑜听了，不由得认真思索起来。她是从没往这方面考虑过，现在让滇宁王妃一说，发现其实不错。

就师资力量而言，云南和京城差得实在是太远太远了，沐元茂在云南考个秀才乃至举人还凑合，但要再往上，那必须得往文化发达的地方去，既然迟早得去，那晚去不如早去。

“哥儿，你还犹豫什么呢？娘娘若不是为了你，也不会亲自去那府里的。”许嬷嬷劝道。

“……那就去问一声吧。”沐元瑜犹豫着应了。

就算是双赢的局面，但她自己心里清楚有在算计沐元茂，这令她难免有受谴责之感，她决定明天去问沐元茂一句，他不愿意她绝不勉强哄骗。

结果，让她没想到的是，她隔日跟着滇宁王妃到了几乎没有踏足过的奉国将军府后，见到了秀色依旧的沐元茂，只刚把这意思一说，沐元茂就跳了起来。

“瑜弟，还是你待我好，有好事都想着我！”

他跳完居然还上来抱着沐元瑜绕了个圈圈。

“好了，三堂哥，快放我下来。”他相貌与性情截然不同，跳脱得很，沐元瑜被他的胳膊勒得生疼，连拍带赶地躲开了。

沐元茂哈哈笑：“我开心嘛，瑜弟，我俩真是心有灵犀，好兄弟！”

他又大力拍拍沐元瑜的肩膀。

然后他激动的情绪总算宣泄掉一些，拉着沐元瑜坐下，滔滔不绝地开始大倒苦水，说他日子有多难过。

“这个家待得一点意思都没有，我早看透了，哼，什么手足兄弟，就只怕我爹偏着我一星半点，占了他们的便宜。我懒得跟他们啰嗦计较，我要凭自己的本事出人头地，以后跟他们分家，我领着我爹娘出去单过，这个府里我什么都不要，他们喜欢，自己争去！”

他这番话虽有埋怨但并不自苦，透着的是一股奋发向上的劲儿，沐元瑜不由得向他竖了竖大拇指，赞叹道：“三堂哥，有志气。”

沐元茂摸摸头，又嘿嘿笑了：“我听说你要上京的消息了，到京里长长见识多好的事啊，我当时就想找着你一起去，但怕你有什么不方便，我说了，你又不好意思拒绝，再难为住了。现在你来找我，太好啦。”

他说着又要跳起来：“我这就和娘说去！”

沐元瑜忙拉住他：“我母妃应当在说了，我们等等吧，看二伯母同意不同意。”

沐元茂是一拍即合迫不及待的态度，沐元瑜觉得沐二夫人答应的概率应该是很大了，沐元茂是个男孩子，出去哪怕不为读书，游历几年也是很寻常的事。

沐元茂勉强按捺住了，说道：“我娘要是不同意，我就和我爹说去，我爹肯定同意。哎，三婶人真好啊，还亲自过来一趟，是不是怕你一个人上京，没人做伴，到时候受了别人欺负也没人帮你？哈哈，你放心，”他拍拍胸脯，“以后哥哥罩着你！”

“……我母妃是有此意。”

沐元瑜干咳了一声，她那点心虚都快让沐元茂的激昂情绪搅和完了，不过这样也好，沐元茂自己有上京的需求，总比受了她坑蒙拐骗来得让她舒心许多。

两人干等沐二夫人那边的消息也无聊，就开始聊起上京以后的事来。沐元茂大概真在家里憋屈坏了，特别能展望，说到要选哪里读书，沐元茂倒是知道一点，说道：“我家那个国子监的名额早年间给大嫂的一个娘家侄子了，当时我还小，我们家世代都是武将，我爹觉得这名额自己留着也没什么用，就送人了。”

沐元瑜马上道：“没事，我回去和父王说，我们家的给你。”

她受沐元茂的热情影响，对入京以后的生活也生出一些轻松的盼望了。

《易经》上说，穷则变，变则通。也许离开这里以后，前途确实会豁然开朗，另有一番天地吧。

沐元茂对父母的估计略有失算，沐二夫人是同意的，沐二老爷自尊心发作，不想占滇宁王便宜，反而有点不乐意，但沐二夫人与他大吵：“难道我不心疼茂哥儿吗？不想他常在我身边吗？可老爷看看家里，哥哥们乌眼鸡一样盯着他，茂哥儿哪里静得下心读书，有多少好时光禁得住浪费？一步差，步步差！”

沐元茂道：“爹不许我和瑜弟去，我就自己去！”

沐二老爷被闹得无可奈何，最终不得不打破那点多年来的固执，松口让了步。

沐元茂连一个人上京的话都放出来了，沐二老爷还真怕这个小儿子天不怕地不怕，哪天自己偷偷跑了，讲真，那还不如让他跟沐元瑜一起去呢。王八蛋弟弟歹竹出好笋，若论沉着靠谱，恐怕还真是沐元瑜更强些，叫人放心。

上京的一应准备已经完成。

滇宁王妃再有万般不舍，也不能一直拖延下去，在一个宜出行的黄道吉日里，清早，沐元瑜在王府门前告别诸人。

滇宁王和滇宁王妃都亲自送了出来。

“父王，孩儿去了，您在府中珍重身体，勿以孩儿为念。”

从未离开过身边的孩子将要远赴京城，滇宁王心中有一丝怅然，便有残余的怒意此时也淡了，面上虽未显出，当着众人，话却多了些，要“戒骄戒躁，谨言慎行”之类的临别叮嘱翻来覆去说了两遍。

沐元瑜都应了，再转向滇宁王妃道：“母妃，您不要担心我，我会小心，会照顾好自己。也请您一定要保重身体，等我回来。”

滇宁王妃眼中泛泪，用力点头：“有什么事，及时打发人回来说，莫怕路远麻烦，更别瞒着，天大的为难事，有娘在，你都别怕。”

沐元瑜也是忍住眼泪，下人过来放了锦垫，她下跪叩首，拜别父母。

而后，七月流火中，沐元瑜领四百家兵，一百私兵，恒星院八大丫头并滇宁王妃所遣奴仆若干，携二十辆大车的行李出发。

她于事先说好的东城门外会齐了沐元茂，车队滚滚出城，壮兵两侧护卫，北上而去。

# 第五章 雪中初遇

旅途漫漫，不过沐元瑜与沐元茂两个做伴倒也并不觉得无聊，沐元茂是个十分能找乐子的个性，带着沐元瑜也消停不下来，遇城投宿时，若当地有什么好景致，两人都会跑去看一看。

两个都是从没出过云南的土包子，自家乡赴京城由南至北，几乎算是跨越了大半个疆域，沿途种种风土人情各不相同，繁华重镇无数，都颇有大开眼界、不虚此行之感。

随行无数的出行并不辛苦，太平盛世里，便有盗匪也不敢来劫滇宁王府这支一看就兵强马壮的车队。这般连走带玩，时令由夏转秋，又转初冬，他们在路上总共耗了大约三个月的时间，于十月中旬，终于遥遥望见了京城巍峨高耸的城墙。

这是天下第一城，盛景非常，照理两个人更该要逛一逛，但他们连马都不骑了，缩在马车里，车帘拉得严严实实的。

无他，实在是太冷了。

沐元茂把能找出来的最厚的裘衣都裹在身上了，仍是冻得直哆嗦，抖着声音和沐元瑜道："瑜弟，这鬼地方怎么会这么冷啊。"

沐元瑜抱着个聊胜于无的手炉，也没比他好到哪里去，一般冻得缩成了一团。

“可能是下雪了吧。”

是的，他们运气太好，赶上了京城的初雪。

“怎么会这么早就下雪呢？阿嚏！”

沐元茂一句话没抱怨完，打了个响亮的喷嚏。

外头的动静倒是渐渐热闹起来，雪是小雪，细细地飘着一点，妨碍不了多少，来往行人的说话声，路边店铺摊贩的叫卖声，小孩子清脆的笑闹声，人声鼎沸，车行速度被迫缓慢下来，一点点往前挪。

这龟速让沐元茂忍耐不住了，加上外面听上去实在热闹繁华，好奇心最终还是胜过了寒冷天气的影响，他掀开一线帘子往外望。

枯坐在车上实在无趣，沐元瑜也学了他，凑过去观望。

她望了好一会儿，还是在望着这一段。

他们这车队太长了，走得实在太慢。

他们的目的地是位于城东的沐家老宅，但这段街道尤其喧闹拥挤，看这态势，不知几时才能挤得出去。

又发了会儿呆，沐元茂受不了了，说道：“瑜弟，我们不如下去吧。在车上也一样冷，你看前面好像有个包子铺，热气腾腾的，我们不如去买些包子吃，暖和暖和。”

那包子铺离这里还有点距离，周围围着人，只能从人群的簇拥当中看到蒸腾而上的热气，在寒冬里，那热气看上去确实很有诱惑力。

沐元瑜同意了。车子动起来还好，不动耽搁在这里，人就只能干缩着挨冻，还不如下去跑一跑，说不准还暖和些。

当下两人下了车，跟带队的王府总管说了一声，就跑到前面去买包子。

热乎乎的包子不但吸引他们，也吸引别人，他们还排了会儿队，但等包子到了手，回头再一望，车队还没跟上来，只是往前动了一点点。

沐元茂不乐意回去了，真下来跑动了发现其实也还堪忍受，没有想象里会被冻死的忧虑。两边店铺林立，他兴冲冲地拉着沐元瑜进去一家家逛。

作为来自边疆的两个小土包子，他们不知不觉渐逛渐远，脱离了车队，只有沐元瑜的私兵统领刀三尽忠职守地跟了上来。

“哇，瑜弟，你看对面那家店里有卖皮毛的，我过去看看，买几条我们好做棉衣，家里带来的都不暖和！”

沐元茂眼睛一亮，跑过去了。沐元瑜来的这家店里是卖首饰的，她心里算计着要给滇宁王妃买一些送回去，就口头应了一声，没马上跟过去，继续挑选自己的。

结果，只是她看一块红宝石的工夫，守在门口的刀三忽然过来，咧着嘴道：“世子，三爷好像被人调戏了。”

沐元瑜：“……”

她一回头，果然望见对面店里沐元茂隐约被几个奴仆模样的人围在中间，似是和人起了争执。

她忙丢下手里的东西往对面跑，一进去，就听见一个立在旁边抱着手臂的公子哥儿脚点着地，流里流气地嗤笑：“还嘴硬，把这小娘们的裤子给爷扒了，爷要亲自验一验！”

奴仆们哄然大笑应诺，沐元茂在中间怒骂躲闪。沐元瑜大怒，但目前己方只跟了刀三一人，她心念电转，没管沐元茂，先一指那公子哥儿，说道：“刀三哥，把他给我扒光，光屁股吊到门外幡子上去！”

刀三干这种捣蛋惹祸的事很有热情，闻言响亮地应了一声，上去就把那公子哥儿掀翻。那公子哥儿哪里是他的对手，还没怎么反应过来，裤子已先被刀三连扯带撕地弄了下来，昂贵的绸缎撕裂声惊呆了他。

“你……你敢！”他吓得只剩惨叫，叫了两声才想起来要求救，“富贵，你们是死人吗，啊啊，还不快来救爷！”

奴仆们忙丢下沐元茂围过去要救自家主子，却都不是刀三的对手。刀三大脚把公子哥儿踩在脚下，一只手对付他们，另一只手还见缝插针地去扒公子哥儿的衣裳。

他把公子哥儿扒得鬼哭狼嚎，又骂自家奴仆废物没用。

这动静闹得外面很快围了一圈人看热闹，毛皮在京里是受欢迎的好生意，这家店铺开得十分大，楼上还有一层。

楼上的人也被惊动了，有几个人慢慢走下来。

公子哥儿慌乱地到处乱骂乱望，一瞥间看见了楼上下来的人，如见救星，忙放声大叫：“二——二爷，救我，呜呜，这蛮子要杀了我！”

楼梯上为首的是个少年，裹在一身白狐裘里，闻言只望了公子哥儿一眼，就转开了眼神。

但他身边跟着的两个人似是得了示意，还是加快了脚步，冲了下来。

刀三应付几个奴仆并公子哥儿虽然不算吃力，但这两人看体态步伐应当是练家子，再要加入进来，刀三恐怕就有些力竭了。

沐元瑜在云南时人人都夸她脾性温和，但她也是锦衣玉食养起来的，长到这么大除了亲爹没受过别人的气。她不无故找别人的麻烦，可麻烦来找了她，她也不惧，见状衡量一下，估计自己是打不过两个练家子，就索性绕过他们，直奔楼梯上的少年而去。

这少年裹在狐裘里都看得出身形瘦削，果然，人也一推即倒，他的位置隔着地面还有几级阶梯，毫无反抗能力地被沐元瑜斜斜扑在了上面。

沐元瑜伸手探进他狐裘里，摸到腰带上的搭扣，巧得很，和她常用的一样，她极顺手地扭动扯开了，往下势如破竹地"唰唰"几下把少年两层裤子都拽下来，然后厉声威胁他："叫你的人住手，不然把你也挂幡子上去！"

少年歪倒在楼梯上，面无表情，目光空茫，整个人表现出一种惊呆的状态。

倒是少年后面还跟着的一个矮小的青衣小帽的小厮如被卡住脖子般尖叫了一声："殿下！天啊——你、你大胆！"

"殿下"这两个字钻入耳中，沐元瑜也呆住了。

人在极端震惊中，能做出的事就只是下意识的，她呆呆的目光往下，雪白的狐裘已委顿两边，顺着里面因她粗鲁动作而发皱的衣裳下摆，她看到了大半条白生生的大腿，至于另外一条半，咳，还好，连同重点部位一起被下摆掩住了。

哪里好了？！

沐元瑜终于回过了点神，脑中闪电惊雷交错，把她劈得焦黑焦黑的。

她冒险进京，为避难也为寻机遇，未尝没有找条靠谱大腿抱一抱的意思，现在，她扒了可能的大腿之一的裤子，看到了他的大腿……

她该怎么办啊？

求来个人告诉她，她下一步要怎么做，才能显得不那么尴尬一点点？

人还是要活得久一点，见识才能多一点。

就在今天以前，不，就在下楼梯之前，朱谨深都从未想到过，他竟会遭遇到被人当众扑倒，扒掉裤子这样的事情。

这甚至是梦里都不可能会出现的情形。

荒唐的感觉压过了其他一切感官情绪，他从下往上仰视，目光在压着他的沐元瑜脸上足足来回扫视了三遍，才终于聚焦起来，看清了这个胆大包天之人的一张滚圆包子脸。

现在这张包子脸上红红白白，带着一种不知所措，单看这张脸上的表情，居然还有一种纯良无辜。

当然，如果沐元瑜的手不是还拽着他的裤管的话。

朱谨深试着动了动腿，动不了。

他生来体弱，这包子脸只胖一张脸，体魄其实不算强壮，但膝盖往他腿上一压，也足够制得他动弹不得了。

不过他这一挣虽未挣出来，也终于给了沐元瑜提醒，让她从被天雷劈到的震悚里醒过神来。

与此同时，那青衣小帽的小厮也带着一种死了爹似的可怕表情冲到前头来，要把她扯起来。

两个练家子也想赶回来，但已经跟刀三缠斗上，一时半会儿脱不了身。

沐元瑜原要顺着小厮的力道起来，忽然想起什么，忙又将膝盖一沉，重新压了回去。

朱谨深：“……”

他闷哼了一声。

小厮尖叫：“你这贼子，你还敢对殿下不敬，你要死了！”

沐元瑜一边抵抗着他的撕扯，一边着急慌忙地把朱谨深的裤子一层层重新扯上去。因为旁边一直有人干扰，穿本又比脱要费劲不少——脱一扯就行了，加上她还得注意避开不要看见不该看的，这一通忙活把她汗都累出来了，才终于凑合皱皱巴巴地完了工。

然后她爬起来，试探性地伸手去扶还无骨般瘫在楼梯上的朱谨深，心里不合时宜地庆幸了下：幸亏这位殿下摔在这里，腰后正好有空当，若是在平地上，没他的配合她绝对无法独立把裤子给他穿回去。

她没等到朱谨深搭理她，因为小厮先恶狠狠地把她撞向了旁边，吼道：

“谁要你假好心，这会儿后悔，晚了！”

“就是，晚了，晚了！”大堂中间的公子哥儿大声号着，又怒瞪勇斗群敌下居然还坚持踩着他的刀三，骂道，“挨千刀的蛮子，还不滚开，爷要你全家好看！”

刀三动也不动，只抽空挑眉望了沐元瑜一眼。

沐元瑜苦笑挥手：“刀三哥，放了他吧。”

虽不知道这货是什么人，但打狗看主人，这位应当是行“二”的殿下令人出了头，那不得不先搁置了。

但她转头盯了那公子哥儿一眼，只见他表情跋扈扭曲，不过相貌本身的底子应当还不错，高鼻梁，浓眉大眼。

很好，她记住这张脸了。

因为她说了话，公子哥儿用力翻着白眼往后望要看她，正好与她的目光对了个正着，身子一抖，立时又号了起来：“你、你还想找我秋后算账是不是！二公子，你看，你看，这个三寸丁臭小子多嚣张！”

刀三原本正要移开脚，闻言一刀背拍飞一个奴仆的同时，就势又往下用力一踩，把公子哥儿踩得如条活蹦乱跳的鱼一般手脚一抽，方满意地移了开去。

“咳咳——”公子哥儿呛咳不已，愤恨地想跃起找他算账，但一时居然爬不起来。

他只能边咳边放狠话：“你，咳咳，你等着，我不会放过你的！”

刀三道：“哦，我好害怕。”

他这一句里终于显出了一点喘意，公子哥儿听出来了，一喜，躺在地上挥拳吆喝：“快都给我上，他不行了，打残他，爷重重——咳咳，有赏！”

沐元瑜习武至今，由于年纪小自身武力值一般，但眼力是有的，她能看出两个练家子加若干公子哥儿的奴仆都不是刀三的对手。但刀三看似恣意，其实出手有顾虑，他知道惹上了贵人，没有真的下死手相搏，而另一边打他是毫不留情的，此消彼长，他就渐渐落了下风。

“殿下。”

她硬着头皮回身仰脸望向朱谨深，求情道：“这是一场误会，可否请殿下先命他们停手？”

朱谨深此时已经在小厮的搀扶下站了起来，小厮忙前忙后地给他整理着衣裳，但沐元瑜给他穿裤子的时候太着急，没怎么穿好，小厮怎么弄都还是有点皱巴，而又不可能当着人把裤子脱下来再重穿一遍，气得不停地念叨，咒骂沐元瑜“大胆无礼”。

说到第三遍时，把朱谨深念叨烦了，他到此时，终于启口说了事发以来的第一句话：“闭嘴，走开。”

声音低沉，微带一点沙哑。

“哦。”小厮委屈地应了声。

“是。”沐元瑜同时出声。

两个人一起往旁边走了走，又都一愣，转脸，面面相觑。

沐元瑜反应过来，不是叫她闭嘴走开呀！

她就厚着脸皮又走回去，试探性地道：“殿下。”

朱谨深扫了她一眼，他的目光与常人比，显得淡漠许多。或者说，他整个人与常人比，都显得要淡一点，但奇异地并没有因此变得存在感低微，他因这淡而显得分外干净，并因这干净而醒目。

然后他的目光扫向那边的“战场”，拢了拢衣裳，白狐裘顺垂而下，掩盖了他不那么妥帖的裤子，他用微哑的声音说了第二句话：“把他拿下。”

两个练家子闻言，不约而同加快了攻势。

沐元瑜急了：“殿下，冒犯殿下的是我，与我的属下无关，我认打认罚，求您——”

这惩罚要在她身上，她不是很怕，她有世子身份，又是公子哥儿惹事欺负人在前，就算皇子也不至于为点误会拿她怎样，可落在刀三一个武夫的头上就不好说了。

她的求情没能说完，因为门外忽然一阵喧哗。

“瑜弟，你没事吧？”

“哪个不长眼的欺负咱们世子？”

“世子别怕，兄弟们来了！”

门外围观的人群被推开一条道路，十数个精壮汉子一拥而入，打头的是跑得气喘吁吁的沐元茂。

原来他也机灵，两个练家子自楼梯俯冲下来后，他见势头不那么妙，没在此间耽搁，而是立刻寻空隙跑了出去，找到离此不远的车队人马，把事一说，飞快带了援兵回来。

"……"

公子哥儿身上的疼痛缓解了些，正要爬起来，爬到一半，见此又跌坐回了地上。

他目瞪口呆地望着瞬间快把大堂占满的汉子们，更可怕的是外头络绎不绝，还有人在陆续往里挤。

"我出门带上你们已经觉得很威风了……"

他喃喃自语着望向自己的七八个奴仆，目光里满满的嫌弃之意。

奴仆们已经停了手，一个刀三就已经打得他们横七竖八了，再来这么多个跟刀三看上去差不多的大汉，还不躲开，是等着为主捐躯吗？

两个练家子忠勇些，朱谨深没下令，他们就不收手，于是，瞬间被私兵们拿下拧成了两只姿势奇异的鹌鹑，速度快得沐元瑜根本来不及阻止。

面对此情此景，朱谨深眉目不动，声音缓慢地道："世子？"

"滇宁王世子？"

手下太得力也有麻烦，沐元瑜简直想要掩面，只能以一种债多了不愁的光棍心理躬身向他行礼道："臣沐元瑜，见过二殿下，之前因误会多有得罪，请殿下恕罪。"

她带的这些私兵画风太明显了，都是夷人，与一般兵士明显不一样，她将要进京的消息皇子这个级别的也肯定知道，能被猜出来她一点也不奇怪。

朱谨深没有回话，只是望向了她背后的私兵们。

沐元瑜忙回身摆手，让私兵们把人放了。

她又向沐元茂招手："三哥，来见过殿下。"

既然已经亮明了身份，那一个也跑不掉，缩着不见人可不礼貌。

沐元茂跑得太及时，早在两个练家子过来帮战、沐元瑜加入战局的时候已经冲出去了，没有听到后来小厮嚷的话语，此时呆呆地张大着嘴："殿下？"

就是说，他瑜弟为了给他出头，于光天化日之下，扒了一位皇子的裤子？

他傻愣愣地过来，依言行礼。

先前情势太乱，两个人分开站着还不明显，现在凑到了一起，公子哥儿捂着胸口走过来，抬眼左右一扫，忽然乐了："怎么回事？你们沐家不是武将世家吗？怎么你两个都这个模样？"

沐元茂最讨厌听见这种话，闻言立刻回神，抬头怒视。

沐元瑜则心里一咯噔：这公子哥儿能这么自然地提起王爵之家，很显然身份也不简单。

朱谨深下一句话证实了她的猜测，他没再理他们，而是向公子哥儿道："舅舅，我有些头晕，先走一步。"

舅舅？能被皇子称呼为舅舅的是什么人？

这纨绔公子哥儿看上去也就弱冠年纪，没比朱谨深大几岁，居然是个国舅？！

沐元瑜的脑子有点吃力地嘎吱嘎吱运转起来。她想起来了，皇帝元后娘家承恩公府是有个年纪与大皇子差不多的小国舅，因是老来得子，十分得承恩公宠惯。

这公子哥儿玉冠锦袍，奴仆环绕，她让刀三出手前已看出他不是一般人家的子弟，但没有想到这么不一般。

…………

好了，她进京不满半天，已然解锁了拳打国舅、手扒皇子的双项成就。

受害者之一的皇子殿下，目光从国舅那边转回了她脸上。

沐元瑜想到他说"头晕"的话，心下一紧，慌忙回忆起来。她之前虽不知道朱谨深的身份，但他的样子看上去就不甚结实，她扑倒人的时候留了意，确定没磕着他的脑袋呀？

这位殿下不会是知道现有的状况不能怎么着她，于是打算把事情搞大点，跟她碰个瓷吧？

至少在传闻里，他可绝不是个善茬。

疑似碰瓷的朱谨深目光莫名地看过沐元瑜后，却没再说话，而是走了。

他带着的三人忙都跟上去，一行人便在细雪中翩然而去，把余下众人包括小国舅在内皆晾在了当地。

众人都愣了片刻。

他要当场发作，那不管怎么发作，沐元瑜心里都还有点谱，可就这么走了算是怎么一回事？

你等着。

这事没完。

这两句含义丰富的潜台词不受控制地跳到她的脑袋里，虽然她清楚地知道事实上朱谨深一个字也没有说，纯粹出于她的脑补，可她就是没法不多想。

这可是个货真价实的天家子。

当众叫她冒犯至此，说一句颜面扫地都不为过。

再是事出有因，朱谨深本人也是无辜的。

他才下楼，未必知道小国舅先前干了什么，看见舅舅被人按在地上，让人帮忙是理所应当的。

打了小国舅沐元瑜没什么心理负担，两人论道理肯定她占先，论身份不定谁更值钱，再论实权，呵呵，看看大堂中此刻悬殊的实力对比就很清楚了。

但朱谨深……

沐元瑜一想心里就没底，他怎么就那么走了呢？

这种完全揣测不出对方下一步将出什么招的未知感，太让人不安心了。

有鉴于此，她望向还留着的小国舅的眼神便变得不善起来。

小国舅捂着胸口往后一缩，问道："你还想怎么样？"

缩完他觉得自己被个半大少年吓成这样有点窝囊，便挺起胸膛又想往前迈进，但满屋精壮汉子的威慑力太强大了，靠山外甥不在，他这一步硬是迈不出去。

"你、你等着，世子有什么了不起？本国舅跟你没完！"

他倒是把这两句话放出来了，沐元瑜环胸挑眉："国舅的意思是，我今番把你得罪狠了，没有和解的余地了？"

小国舅的表情看上去像是松了口气，嘴更硬了："不错，我告诉你，你现在后悔也晚了，你即便是跪下求饶，也得看看本国舅的心情怎么样。"

"既然已经不能和解，我跟你求什么饶？"沐元瑜脸色一变，喝道，"揍他，索性再得罪得罪！”

“啊啊——”

小国舅吓得大叫，连滚带爬地直往门外冲去，带着他的奴仆们一起，头都不敢回地飞奔而去。

奴仆们倒还好，小国舅的衣裳先前被刀三扒得成了个丐帮新晋弟子，这一跑，好几块扯坏的布料在寒风中招展，惹得私兵们哈哈大笑。他们其实没有要追上去的意思，沐元瑜说话的同时给了手势，并没叫他们动。

吓唬走了小国舅，沐元瑜打起精神，回头安慰沐元茂：“三堂哥，没想到这坏人还有点身份，现在不好怎么着了，以后有机会再给你把这口气出了。”

沐元茂吞了口口水，道：“……不，不用了，瑜弟，我不生气了。”

他忽然觉得小堂弟好威武怎么办？

沐元茂十分致力于维持自己的男子气概，这一对比，他觉得自己不能输，豪气便也上来了，一把揽住沐元瑜的肩膀道：“走，刀三哥已经教训了他，我这仇算报过了。我们原为买毛皮来的，别为小人坏了心情，还是照样逛我们的！”

沐元瑜点头：“好。”

刀三先前和奴仆们过招，难免打坏了点家什，掌柜的知道这几方人马哪一方都不好惹，愁眉苦脸地缩在角落里不敢动弹。眼瞧着两拨人马先后走了，本都做好了自己认赔的准备，此时听说这第三拨人马还有留下来继续光顾的意思，他心里有些乐了，不管他们买点什么，总比甩手就走好啊！

他一下抖擞起精神来，忙蹦出来，殷勤指引介绍。

沐元茂自己先挑了两件，见沐元瑜没怎么动，催道：“瑜弟，你不冷啊？快挑。”

他是真的心大，说逛就真逛起来了，先前的事差不多抛脑后去了。沐元瑜比不得他，她脑子里时不时还晃悠着朱谨深的那半条大腿呢，哪有心思看什么毛皮？

但也确实需要，她随口道：“三堂哥，你先挑着，你挑剩的我都要了。”

掌柜的瞪大了眼，眼中放光！

沐元茂也有些惊讶：“你买那么多做什么？”他环顾了一眼四壁，说道，

“虽然这里确实冷得厉害，不过也用不了这么多吧。”

“还有我的丫头呢，都是女孩子，这些日子也冻得不轻。”

沐元茂点了点头：“哦，也是。”他又向沐元瑜挤挤眼，悄声道，“瑜弟，你说你出个门，带八个丫头，你现在一天比一天大了——那什么，可得把持住啊。我听说男人那个太早了，嗯，对身体不好。”

有离得近的耳朵尖的私兵“扑哧”笑起来。

“……”沐元瑜无奈地道，“你想什么呢，没那回事。”

沐元茂家里管得严，其实也半懂不懂，“嘿嘿”又笑两声就罢了，重新看起毛皮来。

一会儿他选好了，沐元瑜果然就让把剩下的都包上了。掌柜的满面红光算好了账，给了个数字，又主动把零头抹了。沐元瑜听着差不多，她的私兵们还没走呢，料想掌柜也不敢狮子大开口，就命人出去找马车上的鸣琴拿了银票，回来会了账。私兵们各自扛起一些东西，出门去寻车队。

掌柜的一路躬身相送，十分不舍，出了店铺大门还送了一段，旁边一家绸缎铺子的店主扯住他，羡慕地道：“老章，这哪里来的阔客，把你店里都买空了？”

“好像是南疆的什么世子，可有身份的贵人。”掌柜此刻很有显摆的需求，就跟他吹道，“买空了算什么？你知道人家买回去干什么吗？给身边的丫头做衣裳穿的，十八个呢！你说，是不是得多买点？”

店主咋舌：“给丫头用这料子做衣裳？啧啧，我的娘啊，这样的阔客怎不到我店里来看看？！”

掌柜的矜持地鄙视着他：“你那料子是不错，不过人家不缺啊。你想想，这样豪阔的贵人家里怎么会少了绫罗绸缎，我这也是赶巧了，人家刚从南疆来……”

两人聊着，又吸引了几个相邻的店主过来，一帮人哈着白气，硬是在雪地里聊得热火朝天起来。

王府的车队挤出了那条热闹街道，继续行进，慢慢接近了位于城东的沐家老宅。

沐氏自先祖起就镇守云南，这处御赐老宅，后来的历代滇宁王都使用极少，只有偶尔应召入京时才居住一下。宅院里大半时候是空着无主的，只有几房下人在此看守打扫，算起来，这些下人在此繁衍生息，也传承几代了。

在沐元瑜上京以前，滇宁王已先送了信过来，通知了世子将要入住的消息，命留守的下人们对宅院进行翻新整修。

与在云南的滇宁王府相比，沐家这座老宅要显得低调许多，门楣上悬挂的匾额只很简单地题了“沐府”二字，几辈都不曾换掉，这是沐氏对皇家表示的衷心臣服，不在京里彰显异姓王的存在感。

车队在门前停下，沐元瑜自马车上下来，只见门前已乌泱泱站了一大片人，粗粗一扫，男女老幼总共有五六十人。

见到她露面，众人一齐下跪伏地，跪在最前列的是位大约五十岁的老者，绒帽锦袍，慈眉善目，穿着和相貌都很体面。他抬头拱着手，用有些苍浊的声音道：“老奴等恭迎世子。”

这便是老宅的现任管家陈孝安了。沐元瑜了解过，陈家是这一代才接任了管家之职，上几任原都在另一房楚姓家人的手里，因上任楚管家时运不济，两个儿子都因病去世，再没有可接班之人，这总管的位置便只得易了手。

她加快了一点脚步，上前亲手扶起了老人，道：“大管家请起，不必多礼。”

她又加大了一点声音向其后跪的众人道：“都起来吧。”

众人依令陆续起身。陈孝安满面笑容地道：“自接到王爷的信起，老奴们就翘首以盼，时隔将近二十年，终于又有幸见到主子的面了。外头天气冷，世子快请进去，里面的屋舍老奴都已亲眼看着让人收拾打扫过了，只不知道合不合世子的意，若有哪里需要再修整的，世子只管和老奴说。”

他又招呼后跳下来的沐元茂，命人指引车马等，诸般安置起来。

沐元瑜和沐元茂并肩进去。他们初来乍到，皆不知道老宅如何模样，只能先随陈孝安走着，一路走一路看，偶尔问一两句，陈孝安一一解答了。

老宅正房只有滇宁王亲来时才有权居住进去，沐元瑜也不便僭越。陈孝安替她安排的是离正堂很近的一处院落，将要走近时，陈孝安抬手指点着：“世子，三堂少爷，请看，那便是春深院，取的是‘读书不觉已春深’

之意，内里的上房大小隔间加起来共有五间。”

刚说到此，一个老宅小厮喘着粗气飞跑进来，大声喊道：“陈爷爷，门外来了个内官，说有上谕，召世子觐见！”

沐元瑜一愣。

虽然她进京是肯定要见到皇帝的，但按正常流程，该是她先递进请见奏疏以后，皇帝才召见她才对，怎会这样急慌慌，她才进家门椅子都还没摸着就把她找了去？

她便问那小厮：“是叫我现在就进宫去？”

小厮点点头又摇摇头：“内官老爷说是立召，但不是要世子进宫，而是去十王府里。”

这个地点一出，沐元瑜同沐元茂对视一眼，两人都明白过来了。

沐元瑜心底不由得涌上一股酸爽：才扒了儿子的裤子，转眼做老子的就找上门来了……有种混成不良少年的强烈即视感。

沐元茂一拉她的手臂，道：“瑜弟，我和你一起去，这事为我才惹出来的，我跟你去解释，根本怪不着你。”

沐元瑜不想再搭上一个，待要拒绝，但沐元茂不听她的，拉着她就往外走。她想着外面的内官多半不会肯答应多捎上一个，就先出去了。

结果到得门口，沐元茂抢先上前一说，那年纪不大的小内官点点头：“皇爷就为此事召世子前往，既然这位少爷牵涉其中，那就一道去吧。”

…………

这就无法了，只得两兄弟同甘共苦了。

十王府也在东城，与沐家老宅这两处离着皇城都很近，坐了车去不到一炷香时间就到了。

这是一片连着的建筑群，占了一整片街区，作为最早迁出宫来的皇子，二皇子朱谨深住在其中方位最好的一座里。

进了朱门，这时候沐元瑜也没心思看景致和殿舍如何了，默默地走过前堂，来到后宅，刚进院门就见到国舅爷抱着手臂站在廊下，伸长脖子往外望着。

见到他们进来，他眼神一亮，冻得有些发红的面上露出一个得意的笑容。

沐元瑜秒懂：告状的原来不是朱谨深，是这货！

先前那顿揍真不该给他省了。

上了台阶，擦肩而过时，她轻轻启唇，低声道："告状精。"

小国舅李飞章："……"

他生平头一次听到这个词，但奇妙地瞬间领悟了这个词里的精髓之意。

他几乎要暴跳起来，这三寸丁太坏了，怎么、怎么能这么鄙视人呢？！

# 第六章 一见如故

小内官掀帘进屋通传，沐元瑜还需在帘外等候一下。李飞章反应过来，借此空当气愤地凑过来道：“你还嚣张，我告诉你，二殿下病了，被你害的，这回我看你在皇爷面前怎么解释，一定打得你屁股开花！”

沐元瑜还未来得及回话，沐元茂拦上去怒瞪他：“你吓唬谁，你先欺负人，还好意思恶人先告状，不要脸！”

李飞章翻了个白眼，道：“谁欺负你了，不过是爷心情好，跟你逗个闷子，你自己不识逗。”

“二殿下真病了？”沐元瑜懒得跟他打嘴仗，打断了他直接追问。

李飞章倒也不瞒，道：“我骗你干吗，人在里面躺着呢，回来就发起热来了。”他转头拿下巴往帘里的方向示意了下，幸灾乐祸地笑，“我想着二殿下走的时候说了头晕，不放心跟来一看，可吓到我了，立刻跑去找皇爷了。”

发热是个比较典型的受寒症状。沐元瑜不由得沉默了，听说过朱谨深身体弱，也亲眼见到他确实不结实，但仍没想到他弱成这样。

她把他扑倒在地总共加起来也没多久的时间，那小厮喊出来她很快就停了手，结果他还是倒了。

这种话只好在心里想想，进去了可千万一点不能流露出来，把人家的孩子弄病了还埋怨人家孩子身子弱，那她可真是自找板子挨了。

“好威风的沐世子，这回知道怕了？晚啦！”

李飞章将她的默默思索当成了恐惧，得意地道：“这才只是个开始，你说你招惹谁不好，你惹上二殿下，敢当街把他的裤子扒了，啧啧，你可真叫爷开眼。”

他说到这里，特意停顿了好一会儿，以留给沐元瑜充分的想象空间，然后才接着道：“爷劝你，你识相点自己把脖子洗干净了，说不准二殿下看你认罪心诚，还能留你半条命。”

沐元瑜道：“哦，我会好好道歉的。”

李飞章表情滑稽：“……哈？”

他被噎住般瞪了下眼，快意的表情都不见了，问道：“你、你就服输啦？”他又生气地道，“臭小子，那你对爷那么横，什么意思！”

沐元瑜道：“没什么意思，我是知礼仪讲道理的人，我做错了事，当然就要认。”

太正气凛然勇于担当了！

好生气哦，好想揍他！

李飞章板起的脸上明确地写了这八个大字，但他没能来得及实施，因为厚厚的帘隔打起，从里面出来了一个提着医箱穿青色官员常服的人。

这很显然是太医，大约是因为他在里面看诊，所以沐元瑜等在外面的时间才会长了些。

果然，先前进去通传的内官跟在后面出来了，道：“皇爷传二位见驾。”

沐元瑜和沐元茂都有些紧张起来，互相以眼神示意鼓了鼓劲，走进门槛。

这等热闹李飞章当然不愿错过，也跟着挤进去了。他年纪不大辈分却高，乃皇帝的小舅子，小内官看了他一眼，也没拦。

朱谨深住在西次间里，门上悬着的五福云纹锦帘一掀开，扑面而来一阵暖融融的热意。

北方冬日寒冷，为方便取暖，即使是豪贵人家的卧房其实也不甚大，一眼便可以见到朱谨深半靠在床头上，不知是因为屋里的热意，还是他本身在发热，与在皮毛铺子里比，他的面容上多了些血色，眼角甚而有点红，这使得他原本有些寡淡的五官显得鲜明了一些。

先前的会面太过混乱，沐元瑜其实只注意到了朱谨深的皇子身份，对于他本人的仪容则根本没空留意，此时这一眼方看真了。

只见他乌眉长睫，眼神平淡中带一丝疲倦，一点也不凌厉，但他的眼睛本身生得好，黑白分明，以至于随意一眼望过来，沐元瑜便觉如被锁定，然后自心底泛上一股清冷之意。

但这清冷与惧意无关，只是朱谨深本身的气质透过眼神传送了出来而已。从外表上看，他其实既没有传闻里欺凌长兄的暴戾，也与刚才李飞章吓唬人时说的随随便便就能报复掉人半条命之类的形容全然扯不上关系。

沐元瑜现在觉得，其实朝臣的判断还是准确的，这位殿下看上去确实就是一个“冷清”的人，这两个字的评语下得实在贴切。

她心底同时松了口气：还能这么半坐着，看来问题不甚大，要真烧得人事不省，她就麻烦了。

旁边，床边的一张紫檀高背椅里，坐着一个穿明黄八龙团袍的中年人，腰系宝带，头戴着翼善冠，白面微须，粗一看与别的中年男人似乎没什么区别，只是他的服饰彰显了他天下至尊的身份。

至于细看，沐元瑜暂时还不敢，她很快低了头，同沐元茂一起，两人跪在地上，行了三拜九叩的大礼。

“起来吧。”

皇帝的口气听上去挺和善，不像动了怒的样子。见到沐元瑜和沐元茂爬了起来，兄“弟”俩站在一处，一般的容色清秀，他还笑了笑，又格外注视了沐元瑜两眼：“你同你父亲生得像，朕记得，显道年轻时，差不多也是这么个模样。”

滇宁王上次进京是将近二十年前的事了，皇帝居然还能记得他的长相，这多半是客套话。但他说得情真，沐元瑜就腼腆地笑了笑，道：“皇爷好记性，臣与父王确实相像。”

“不过这脾气，可是不大像。”皇帝接着道。

这一句就很难让人听出轻重了，沐元瑜犹豫着要不要爽快点跪下认错，皇帝接下来的声音中已又含了笑意：“小世子，朕的皇子怎么得罪了你，你要当街扒了他的裤子？”

沐元瑜这下是肯定站不住了，“扑通”又跪倒在地道：“并没有，臣与二殿下间只是有些误会，全因臣冲动鲁莽，所以冒犯了二殿下，请皇爷恕罪。”

皇帝道：“朕已先听飞章说了说，但他就是个闯祸的头子，他的话，朕信一半都不知是不是信多了。你既是当事人，就也说一说吧。”

李飞章在旁垮了脸，喊了声：“皇爷——”

皇帝抬起手轻轻一挥，他不敢违逆，只好气鼓鼓地闭了嘴。

“回禀皇爷，事情的经过是这样的，臣与堂兄初初到京……”

沐元瑜就一五一十地说起来，她没添油加醋，但就这样李飞章也不肯认，一口咬定他没有想调戏人，就是逗个闷子，且振振有词：“我又不是瞎的，我调戏个大男人干吗？恶心不恶心！”

沐元瑜心平气和地和他道：“你当街指使奴仆扒我堂哥的裤子，只是想逗他玩儿？”

李飞章下巴一扬，道：“不错，都是你们自惊自怪的！”

“那我让我的家丁扒你的裤子，也不过想和你逗个闷子，你叫得杀猪一样做什么呢？”沐元瑜问他，“你大方一点，叫我扒了，不是大家都开心吗？又何必扭捏，向二殿下求救，害得二殿下被牵扯进来呢？”

李飞章：“……”

“噗。”沐元茂没忍住，漏了一点笑声出来。

不过无妨，因为连皇帝都笑咳了一声。

这还没完，沐元瑜继续问他：“你以为是无聊寻个乐子，你有没有想过，假如我堂哥真是女子呢？她受此羞辱，还有活路吗？”

这个罪名比前面说的严重，李飞章可不愿意认，把脖子一梗，道：“要真是个女的，大不了我娶他！”

沐元茂不高兴了，怒目而视：“呸，你骂谁呢！小爷铁铮铮的一条汉子，你看不见？”

李飞章结舌：“嘿，又不是我说你是女的，你弟弟说的，你冲我来什么劲？”

沐元茂道：“我瑜弟能说，你不能说。”

他这个话说得太理所当然了，李飞章被噎着了，涨红着脸道：“凭什么？”

“因为你长得丑。”

李飞章其实不丑，他长得还挺有男人气概的，问题也就出在这里了，沐元茂被沐元瑜怎么调侃都无所谓，因为沐元瑜的长相和他是一挂的，他觉得他们同病相怜。但李飞章这样的就不行了，沐元茂被他欺负了一回，现在看见他就来气。

两人当着皇帝的面一句接一句地拌嘴，最终还是皇帝出声喝止了：“飞章，你将二十的人了，还是没个正形，干这种糊涂事，还在这里嘴硬不肯认错！”

李飞章方低了头，不吭声了。但片刻后，他又道：“我错就我错，可他们害了二殿下也是真的。皇爷，你别被这小子装乖的模样骗了，他先前可不是这样，‘砰’的一声把二殿下扑倒在地，那动静，我听着都觉得疼，二殿下身上指不定还有什么暗伤呢。”

皇帝闻言，转头望向朱谨深。

朱谨深靠在缠枝花草纹大迎枕上，开了口：“我没怎么摔着，皇爷不必听舅舅危言耸听。”

好人呀！

沐元瑜听到他这么公允的回答，简直要为自己先前“碰瓷”的想法羞愧死了，她原想好了不带任何立场进京，但事到临头，到底还是先入为主，以恶意揣测人心了。

皇帝沉吟片刻，道：“此事朕已清楚了，确实不能责怪沐家小儿郎。不过，”他目光转向沐元瑜，“你行事也确有莽撞之处，有误会不与谨深解释，先动了手。但你又是事出有因——罢了，你两个小辈的事朕不插手了，你自与谨深赔礼吧，由他处置。”

这算圣谕了，沐元瑜就跪着应了，而后爬起来移步到床前，躬身道：“二殿下，致使殿下生病是臣之过，臣惶恐惭愧，不敢辩解，殿下有罚，臣尽领受。”

朱谨深望着她，一时没有回应。

沐元瑜心里怪怪的，她觉得这目光好像有点熟悉，同朱谨深从皮毛铺子离开时望她的那一眼一样难以捉摸，且注视的时间有些长，她不觉就记了下来。

朱谨深只是在确定一件事情。

他确实不生气。

遭遇到这样的荒唐之事，他居然不生气。

这感觉太奇异了，以至于他自己都不能相信，是以要这样再三确认过，方能肯定。

他想象了一下，如果换个人这样冒犯他，他现在应该已经不会再看见这个人了。

他不能继续想下去，因为头已经有些发重起来。

这样想着，他好像又有那么点生气了。

因为生病太麻烦了，就是这包子脸害得他病了。

他抬头按了下额角，说道："林安，打他十下手板，戒一戒他急躁的性子。"

沐元瑜："……"

惩罚来得猝不及防，十下手板当然不算重，她受得起，可皇帝那个口气，都说不能责怪她了，明显是打算放她一马，把人情让给儿子做了，结果他却要揍她？

她发着蒙，沐元茂急了，道："二殿下，瑜弟是为我才出头的，他没错，要打打我！"

朱谨深道："哦，林安，也打他十下。"

沐元瑜与沐元茂对视："……"

沐元茂的意思明明是"替"，不是"也"啊。

她都要以为他是个好人了，结果闷坏了这二皇子！

林安就是那个很能叫嚷的青衣小帽小厮，此时回到府中，他已经换了装束，着一身青贴里，原是个内侍。

沐元瑜一看应声领命的是他就知道不好，他可是亲眼见证了她怎么冒犯他主子的，这会儿怎可能手下留情？

但也不可能再讨价还价了，她自己说的"尽领受"，结果连十下手板都领得不痛快，那她道歉的诚意又在哪里？

她只好眼睁睁瞧着林安去找了根戒尺来，戒尺为竹制，约六寸长两尺宽，尺上还刻着排版工整的馆阁体小字，沐元瑜运目看去，辨出了几个，猜着应该是《千字文》之类。

这明显是先生训示蒙童用的器具，戒尺通体油亮光滑，当是常被人握在手中使用，不知打肿过多少手板。

沐元瑜跟沐元茂站了并排，苦着脸挨个伸出手来。

林安得此机会，果真毫不手软，戒尺高高扬起，打得十分尽情。

“啪啪啪啪啪……”连响了二十下。

打完，两人的手肉眼可见地迅速红肿起来。

李飞章看得乐不可支，“嘿嘿嘿”直笑，还假惺惺道：“别忘了，殿下说了，戒骄戒躁啊，这顿手板挨了，下回该长长记性了。”

不想他这句话说完，皇帝道：“还有飞章，打二十下。”

李飞章乐极生悲：“……哈？”

皇帝道：“此事皆由你脾性顽劣而起，沐家的儿郎们都受了罚，难道你反而无事？那朕岂不成了不能明辨是非的昏君。”

李飞章垮脸哀求：“皇爷，我知道错了，以后再不敢了。这回就饶了我吧，那戒尺都是打小孩子使的，我这么大人了，挨了多丢份儿啊。”

朱谨深在床上插了句话：“舅舅要体面的大板子，我这里有。”

因生了病，他的声音更哑了些，还带了点鼻音，吩咐林安：“去前面让侍卫取来。”

林安应声便去。

这回轮到沐元茂笑出来，他此时正往热胀疼痛的手掌心吹着气，这一下手上的痛楚瞬间轻了三分。

沐元瑜也忍不住笑了，道：“多谢皇爷主持公道。”

她又小心地捧着挨过打的那只手转个身，向朱谨深躬身道：“臣也多谢殿下雅量教导。”

其实她嘴上说得周全，心里却感受到了一点这位二皇子风评的由来：敲了他们十板子还罢了，连舅舅也不放过，这是不分敌我无差别攻击啊。

李飞章再小，好赖也是个长辈，虽然说这舅舅是元后家的，并非他自己的亲舅舅，但就是因为不是亲的，才该额外保持个礼貌客气呀，哪有反起哄架秧子的？

得亏他还病着，都这么不消停。

李飞章大惊失色，忙转头道："殿下，我可是替你报了信的，你怎么不帮我呢？"

朱谨深道："我帮了。舅舅不是嫌戒尺太小家子气吗？"

这算哪门子帮！李飞章气得要跳脚，又忙向皇帝哀求起来。

皇帝想了想，道："今番你没闯出大祸来，自己也算吃了些亏，换成板子，二十板是有些重了。"

李飞章一喜，就听皇帝淡淡道："那就减半吧。"

说话间，林安响亮的声音在外面响起："启禀皇爷，板子拿来了。"

他说着，弯腰小心地掀开半边帘子，把拖来的板子给皇帝看，那其实更近似于一根木杖，度其长度尺寸，绝不是打手心用的。

李飞章一见就大惊失色："皇爷，这、这可万万不行，我哪里受得了这个！"

皇帝道："你就是平时没受过，受一回，才能有个惧怕，行事才能有些分寸。你如今还好用年少轻狂遮个羞，明年就加冠成人了，再叫人为这种事告到朕面前来，丢不丢人？你不要脸面，大郎总是要的。"

他说罢不再理会李飞章，吩咐左右："好生服侍二郎，若有什么，再来报与朕。"

他目光转向沐元瑜，想说些什么，又止住了，只是道："罢了，二郎病着，这会儿不是说话的时候，你们兄弟俩远途跋涉初进京来，先回去休息一下吧，安置好了递折子进来，陛见时再说。"

沐元瑜和沐元茂忙都躬身应了。

皇帝遂站起身来，领着人去了。

沐元瑜见此，也就接着向朱谨深告了退。

朱谨深点了点头，神色有些恹恹的，看不出喜怒。

而李飞章一见皇帝没有亲自监刑的意思，又活过来，立时又来纠缠朱谨深，叫他作假放水。

沐元瑜觉得这场景实在可乐，耍赖耍出这个结果来，出门路过那木杖时，就用不大不小的声音说了句："果然此物方配国舅身份。"

李飞章气得拿手指往外点了点，咬牙道："小子，你给爷等着！"

沐元瑜早已头也不回地出门去了，到廊下要走时，沐元茂把她拉着，嘿嘿笑道："瑜弟，横竖没事，我们等等，看姓李的挨完大板子再走。"

沐元瑜笑道："好吧。"

两人就等着，并不知道他们两个外人出去后，温暖的卧房内已换了一番气氛。

此时林安要请李飞章出去受刑，李飞章只是不肯，赖着蹲在了床前。

朱谨深目光幽深地看了他一眼，低声道："舅舅，你再装疯卖傻试试。"

李飞章瞪大眼："殿下，你说什么呢？"

"舅舅若不懂，就出去。"朱谨深并无耐心跟他纠缠，闭上了眼，道，"我不管你想做什么，只是你不要烦我。不然，我叫你什么都做不成。"

李飞章似个大马猴般蹲在床头，身子微微僵住，再要纠缠，朱谨深身上散发着一股拒人于千里之外的冷寂气息，令他怎么也无法下手。

锦帘掀开，一个小内侍小心翼翼地端了碗黑乎乎的药进来，说道："殿下，药熬好了。"

林安忙接过来道："我来服侍殿下。"

他又向李飞章赔笑："国舅爷，我们殿下还病着呢，您看……"

李飞章站起身来，道："我知道了。"

他忽然利落起来，转身就出去了。

出去了也跑不掉，皇帝知道他的秉性，竟特意留下了行刑的人，在外面守着。

这可没法子了，李飞章挣扎不开地被人按在了阶下中庭间，木杖携带着风挥下去。

"啊……哎哟，痛死爷了——"

"轻点！哎哟——"

李飞章的惨叫持续了挨打的全过程，打完了他就爬不起来了。有内侍过来要扶他，他一把甩开，奄奄一息地道："有点眼色没有，爷被打成这样了，哎哟，还不找个物事来把爷抬着，还叫爷自己走！哎哟，哎哟——"

沐元茂在屋檐下鄙夷道："不过才挨了十板子，就这个脓包模样，真丢人！"

沐元瑜赞同地点点头，内侍打国舅，不可能下死手打，最多只是皮外伤，哀号成这样真是太夸张了。

李飞章不肯走，也没人敢硬拉他起来，有两个小内侍只得跑进旁边耳房里抬出张藤木长凳来，把呻吟不断的李飞章抬上去，方小心翼翼地出去了。

热闹看过解了气，沐元瑜与沐元茂便也要走了，正此时只见旁边帘幕一掀，林安端着药碗走了出来。

沐元瑜无意扭头一望，只见那药碗冒着微微的热气，内里盛着大半碗黑乎乎的药汤，竟似乎是没有动过。

林安越过她身边，下了台阶就要往旁边的地上泼。沐元瑜忙抢上两步握住他的手腕问道："这药殿下没用？怎么就要倒了？"

林安本为这药愁眉苦脸，存着心事，没注意她还没走，吓了一跳，瞪着眼道："你干什么？！"

待反应过来，林安躲开了她的手，白了她一眼道："不关你的事，不敢劳世子费心。"

不关她的事就怪了，朱谨深没找她麻烦——十下手板这点惩罚其实不能算，那就没必要装病，既不是装病，那太医开的药就该喝了，倒了算怎么回事？

他不喝药，病就不能好，若不能好，这回病的源头可是从她而来，她又能落着什么好？

沐元瑜道："我关心殿下啊，可是殿下嫌这药苦，不爱喝？"

林安不乐意，道："世子瞎说什么，殿下又不是小孩子，怎会如此。"

沐元瑜不跟他啰唆了，外头这么冷，再耽搁片刻药该凉透了，她就直接问："殿下是不是应该喝这药，但是不肯喝？"

林安犹豫片刻，点了点头。

沐元瑜重新伸手去捏他的手腕，另一只手借机稳稳地取走药碗，说道："给我，我试试。"

林安手中空了，在冷风里愣住了，片刻后才道："嘿，你试什么呀！"

眼瞧着沐元瑜动作飞快地已进去了屋里，他忙追上去。

沐元瑜进去卧房一看，里面静悄悄的，人都已经散光了，只有朱谨深躺着，绫被盖到下颌处，闭着眼，面上的红晕比先前又明显了些。

听见脚步声，他眼也不睁，冷声道：“林安，你胆子大了，又来啰唆什么。”

沐元瑜轻声道：“殿下，是我。”

朱谨深眼皮一颤，眼睛睁了开来。

“你怎么还未走？”一眼见到她手里的药碗，他道，“多管闲事，拿走。”

他虽冷言以对，但沐元瑜不知怎的并不怕他——大概扒过他的裤子以后她在心理上微妙地有了种上风感，也不太觉得对他陌生，坚持走到床前笑道：“殿下，你生着病，怎么好不吃药呢？这样病怎么能好起来？”

“怎么好不起来？”朱谨深看上去很不耐烦，“不是什么大毛病，焐一焐就好了。”

沐元瑜无语，一般人受了寒也许焐一焐发了汗确实就好了，但这位病秧子殿下很显然不具备这样的体魄，只从他脸上的晕红便可看出他的病又沉重了些。这样还扛着不肯吃药，怎可能不药自愈？

她劝道：“殿下，你病着不难受吗？把药喝了，总是好得快一些。”

“有什么好不好的。好起来也不过那样。”

朱谨深看上去更不耐烦了，似乎恨不得沐元瑜赶紧走人，不要烦他。

林安原也要过来拉沐元瑜出去，但他听了两人这两句对答后，反而有些迟疑了，不再动弹。

他家殿下居然没有第一时间喊他过来撵人，还屈尊跟这个边疆来的胆大包天没有礼数的土霸王说这些话。

这两句话听上去没什么了不起，但林安知道，这是实话。

如果是李国舅在这里，绝不可能听到这样的实话，殿下只会要么客气糊弄要么直接撵人。

沐元瑜不知道这许多，鉴于朱谨深的病是拜她所赐，他再不耐烦，她也有的是耐心，继续劝道：“怎会一样呢？身体好了当然人要舒服多了。我知道这药不好喝，但已经半温了，殿下屏住气，一口就能喝掉，苦也只是苦这一时。”

朱谨深道：“你怎有这许多废话？我喝不喝药，跟你有什么关系？”

“当然有呀。”沐元瑜笑道，“国舅爷在外面的叫声，殿下听见了吧？殿下若不喝药，病好不了，那大板子就得敲到臣身上了。”

林安掀着帘子瞪眼：这土霸王真蠢！在外面明明讲是关心他家殿下，就算是假的，这话听上去也更好听吧？！

有这么劝人的吗？哼，就是把你的屁股打烂，殿下也不会心疼的！

朱谨深果然扭开了头，把眼都重新闭上了，说道："我不喝，你出去。"

他没再听到说话，过了片刻，忽然觉得有微凉的东西碰到了他的嘴唇。

他一睁眼，只见那药碗已抵到了唇边，再往上看，沐元瑜状似不大好意思地冲他笑："殿下，臣只有一只手方便，您别乱动，药洒在被子上就不好了。"

朱谨深："……"

他冷冷地望向帘子边的林安，道："你——"

他一开口，苦涩的药汁就流入了口中。

林安一只脚提起，欲动不动，自己纠结死了——这土霸王敢给他家殿下灌药自然是胆大妄为，可……可殿下能喝药也是极好的事呀！

他没胆子灌，有人敢，他为什么要拦呢？反正不是他灌的，殿下要算账也不会算到他头上。

林安如此想着，于是就转头专心地去数帘子上的五福花纹了。

沐元瑜其实做好了朱谨深挣扎着起来打翻药碗的举动，但这位殿下大概如外表一般，十分好洁，不能忍受黑乎乎的药汁洒在身上的感觉。他的眉头深深拧着，居然由她喂着把药喝完了。

沐元瑜松了口气，旋即松了口气："嘶——"

她放在旁边的那只已肿成馒头样的手被人用力捏了一下。

遭了报复，但这报复跟十下手板一样，都不是正经结仇会有的手法，她便仍不畏惧，把手拿到朱谨深眼前晃了下，皱着脸还跟他确认了一下："殿下，先前臣冒犯殿下的事，算两清了吧？"

朱谨深瞥了眼她的手，说道："一事不二罚。"

皇子殿下挺讲道理的嘛。沐元瑜放心了，十下手板换既往不咎，这笔买卖其实很划算。

不想朱谨深接着道："所以现在，就剩下你灌我药这一件事了。"

沐元瑜："……臣是为了殿下的贵体着想。"

就算她大胆了点，可既然是讲道理的人，当知道她的好意，为这罚她不应该吧？

朱谨深道：“不，你是为了自己不挨板子。”

沐元瑜：“……”

她对着朱谨深说实话，是没来由的一种直觉，就是觉得对他这样的人说虚的没用，不如坦诚以待。结果事实证明，上位者想给下位者穿小鞋，那怎么都能穿上。

朱谨深望着她，心情似乎好了点，勾了勾嘴角。

这是沐元瑜头回见到他脸上有疑似带着笑意的表情露出来，就算他嘴角其实还沾了点药汁，沐元瑜也不由得愣了下。

她忍不住想，这位殿下笑起来跟平时完全不一样，真好看啊。

冬日日头落得早，她打十王府出来后，已是暮色四合，待回了沐家老宅，天便黑透了。

沐元瑜和沐元茂各捧着一只馒头手回来，可把丫头们心疼得不轻。

春深院里此时已收拾得差不多了，鸣琴把两人引到预备待客用的东次间里。两人上了炕，各据炕床一边，把手伸在中间的炕桌上。

沐元茂舒服地呼了口气，完好的那只手好奇地摸了摸炕上铺着的猩红毛毡，道：“我以前听人说北边人冬天都睡炕上，十分暖和，真的呀，这毡子都热乎乎的。”

沐元瑜“嗯”了一声，问鸣琴：“有什么吃的没有？我和三堂哥都还没用晚饭。”

鸣琴忙道：“吩咐下去了，厨房里有现成做好的，马上就送来。”

观棋脚步急促地甩开帘子冲进来，手里拿着两瓶跌打损伤的药膏，一边匆忙往外倒，一边心疼得直念叨：“世子在南疆长到这么大，一根指头也没挨过人的，这可好，才进京就被人把手板打高了两寸，京里的人真是太坏了。”

鸣琴面色也不好，不过她稳重些，没抱怨出口，只拿过另一瓶，倒出来给沐元茂涂抹。

很快，两人的手包成了两只粽子。

这时晚膳也上来了，几个大食盒一放，一道道肉菜在炕桌上摆开。

耽搁到这个时候，沐元瑜和沐元茂皆是又累又饿，吃什么都是香的。两人挨打时都留了个心眼，伸的是左手，此时便也还能凑合着自己用饭。

他们正吃着，门外传来女子的说话声。

沐元瑜听着那动静陌生，不像是自己这边的丫头，以为是老宅里原有的，咽了口饭，腾出空向鸣琴道："我这院里有你们就够了，不需要别人进来，老宅的人还让他们干自己的事去吧。怎么了？"

她忽然发现鸣琴和观棋的脸色都变得难看起来。

观棋气呼呼地道："世子，还没来得及跟你说呢，这府里在咱们之先，还住进了别的人！"

鸣琴想拦没拦住，只好道："你急什么，好歹等世子用过饭再说。"她又向沐元瑜道，"不是什么大事，世子别担心，先用饭吧。"

外面的动静却又大了点，且还有男子声音，沐元瑜哪里还吃得安稳，向沐元茂道："三堂哥，你先吃着，我出去看看。"

沐元茂把筷子一丢，说道："我吃饱了，瑜弟，我们一道出去。奇了怪了，这是咱们沐氏的老宅子，为什么别的人能住进来？"

两人一起要下炕，鸣琴弯腰给沐元瑜穿鞋，抓紧时间解释道："是刀三他们巡视的时候发现的，前院后院竟各有一处屋舍先住了人，起初以为是主子们长久不在，下人们大胆住了进去，但一想又不对，便是原来放肆，知道世子进京的信也该偷偷搬出去了。近前一看人，穿戴不凡，却是像个正经人家。再一问，方知是三姑奶奶婆家那边的亲戚，在这宅里已住了差不多有半年了。"

这所谓的三姑奶奶，是沐元瑜的三姐姐沐芷霏。滇宁王虽然生不出儿子，女儿倒很不少，不算沐元瑜也有四个，长女次女嫁在云南，三女四女则远嫁到了京里。

这可真是件稀罕事。沐元瑜扬眉道："问了陈管家没有，他怎么说？"

沐芷霏既是晚辈，又是出嫁女，双亲高堂俱在，她是没有权利将老宅私自做主借与人住的，且住了半年之久都不送封信到滇宁王府去请示一下。

鸣琴道："他只说很为难，不好拒绝三姑奶奶。"

这跟没说一样。沐元瑜又问："三姑奶奶的亲戚具体什么来路？"

鸣琴一边抱了裘衣来给她披上，一边道："说是文国公夫人的娘家妹子一家子，那家老爷原在湖广那边某个州府里做知府，两年前一病死了，抛下一家人没着落，那家的太太就带着两个儿子并三个女儿进京投靠了文国公夫人，中间不知发生什么事，叫我们三姑奶奶兜揽了来，住到这里来了。”

两儿三女……这人口可真不少，怪不得前后还占了两处屋舍。

沐元瑜掀帘出门，站到廊下，一阵寒冷晚风扑面而来。

只见中庭里站着一男二女三个陌生人，年纪都不大，男子十七八岁，一身斯文气息，看着像个读书人，两个姑娘则一个十四五岁，另一个还要小些，只得十二三岁，相貌皆十分秀丽，从穿戴上看，也是根底不错的人家。

这样的人家怎么会沦落到借住别人家宅子？

见到她出来，男子很有礼貌地拱了拱手：“可是沐世子？在下姓韦，草字启瑞，先前本要拜见世子，不料世子蒙皇上召见，在下晚了一步，只得现在前来，还请世子见谅。”

沐元瑜拢了拢裘衣，笑道：“晚了一步？不是晚了半年吗？”

她此语一出，阶下三人皆变了颜色。

两个姑娘立时红了脸。

韦启瑞质问道：“世子这是什么意思？”

沐元瑜看着形势不对，这几人还挺理直气壮的，便仍旧笑道：“没什么意思，我不知这宅里先住了人，几位前来，吓了我一跳，所以和诸位开个玩笑。”

韦启瑞勉强重新露出笑容：“先前我们跟世子的护卫们已解释了，听说世子这边不知道我家借住的事，我们也十分惊讶。所以，天色这么晚了，在下也不得不前来亲向世子说明一番，以免生出误会。”

沐元瑜点了点头：“原来如此，请韦公子说吧，我洗耳恭听。”

她话说得和气，却根本没有请人入内的意思，韦启瑞的脸色又不大好看了，当着这院里许多下人的面，要说自己为何寄人篱下的事，真正的主家居然还并不知道，这怎么说得出口？

他一赌气，直接道：“此事文国公府里沐大嫂子尽知，世子与大嫂子是一家人，更好说话，直接问她去吧。”

这话一出，气氛就僵住了，沐元茂忍不住帮腔嘲笑：“嘿，你横什么呢？

你自己说要解释，叫你说了，你又不说，叫我们问别人去，那你来干吗的？就专门给我们兄弟脸子看？”

韦启瑞脸庞一下涨红了，争辩道：“是你们没有礼数。”

“哥哥。”一旁那个年纪大一些的姑娘轻轻拉了他一把，而后盈盈福身道，“世子不要见怪，我哥哥性子急些，并无不敬之意，此事确实由沐大嫂子从中操办，并非我家私自做主，世子如有疑问，尽可前去询问。”

沐元茂道：“你们是一家的？”

韦启瑞是成男，不好老叫未成年的妹妹顶在前头，忍气又开了腔：“是我二妹。”他又指了指另一个小些的姑娘，“这是在下的小妹。”

沐元茂嘀咕道：“怪不得呢，一般的说话不痛快，还是叫我们去问别人。”

韦启瑞：“……”

他脸又拉了下来。

沐元瑜问他：“韦公子前来还罢了，不知两位姑娘所为何事？”

天可都已经黑了，照规矩讲，韦家这两位姑娘实在不该选在这个时辰来拜访初次见面的外男，哪怕韦启瑞这个兄长跟着也不行。

韦启瑞自己显然知道说不过去，脸色就摆不下去了，讪讪地道：“两个小丫头没见过世子，想来给世子问个安。”

沐元瑜懂了，大概她是被当西洋景看了。她对女孩儿家的脾气天然要好些，便没多说什么，只道：“按理，该请韦公子进去坐坐，只是——”她晃了晃自己的粽子手，道，“见驾时才受了罚，屋里又刚安顿下来，有些乱糟糟的，实在不大方便，韦公子见谅。”

她的手原是笼在裘衣里，室外光线又不佳，韦启瑞此时方见着，愣了一愣，道：“哦。”

然后方反应过来，总算得了这个台阶，他一方面觉得心里好过了些，一方面也实在不想再留下来招惹难堪，便道：“是我来得莽撞了，事已说清，在下等就不打搅了，请世子好生歇息。”

说完，他就有点迫不及待地领着两个妹妹转身离去。

沐元茂站在一旁，抄着手，莫名其妙地道：“他说清什么了？我还是不知道他为什么能住进老宅里啊，三堂姐难道能做这宅子的主？”

沐元瑜转身进屋，道：“有人能说清。”她吩咐鸣琴，“叫陈管家来。”

# 第七章 到府理事

陈孝安很快被传来了。

他心知是为了何事，过来路上已打好了腹稿，待进了屋，见沐元瑜命人给他看了座，态度同先前一般客气，便放了些心，苦笑着主动提起来。

“此事世子竟不知道，老奴也大感意外。说起来，那一家子也是可怜，两年多前，韦家老爷在湖广任满，听说考功得了上等，原都活动好了要调进京里来，结果韦老爷积劳成疾，得了痨病，一病不起，没等进京，人就撒手去了。”

沐元瑜叹气道：“那确实是可惜了。不知这位已故韦老爷本家如何？韦太太为何不投韦家而去？”

陈孝安道：“韦老爷出身一般，韦家只是普通富户，但韦老爷在读书上极有天分能耐，是当年他那一科的状元郎，算是鸡窝里飞出来的金凤凰。韦太太是侯府的千金小姐，当年下嫁，是建安侯看中了韦老爷本人的状元身份，至于他本家那一家子，韦老爷在的时候还好，一朝去了，两边家世相差太远，韦太太绝不肯归到夫家去依附的。”

这就是了，沐元瑜原已有些奇怪，姐姐是国公夫人，妹妹只是个知府遗孀，便是个庶出，嫁女多看父，也没有相差这样远的。

原是韦太太的父亲想抓个潜力股。

算算年纪，韦老爷去世时至少已四十开外，作为状元只混到了知府，看来这个潜力股的潜力是没有发挥出来。

“那又为何不回去建安侯府呢？”

虽然孀妇回娘家日子也不一定好过，但总比投靠已嫁到别家的姐姐强吧。

陈孝安回道：“世子不知，建安侯府是庶子承爵，老建安侯府夫妇皆已过世，现今的这位建安侯向日与两个嫡姐都很不睦，自打老建安侯府夫妇不在后，便是国公夫人也极少与娘家来往了。韦太太丧夫回来，膝下儿子还未立业，家业凋零，回去了必要看庶弟与弟妇的脸色，所以宁可在外面麻烦些，也不肯回去受气。”

沐元瑜又明白了一些，接着问道：“那又是怎么住到我们家来了？韦家人口众多，文国公府也不至于腾不出几间房舍吧？”

“原是住在那边的，后来主要是韦二公子……”陈孝安听她一样样问得细致有条理，不由得自己也加了些小心，声音放低了道，“老奴也不知真不真，隐隐听着些影子，说是那边国公府里的四姑娘跟韦二公子似乎走得近了些，两姨表亲，两家的男女大防便不同外人般管得那么严，不想就……也不知里头到底怎么样，应该没真的出什么事。韦太太心里，大约还觉得是门好亲，但韦二公子现下只是个秀才，与国公府姑娘怎么算得般配？国公夫人与韦太太就生出了点心结来，韦太太因此不好在那边住了。”

“不过国公夫人与韦太太是一母同胞的嫡亲姐妹，本来感情是极好的，国公夫人虽拒绝了妹妹，心里却着实不好意思，硬还是挽留住了韦太太，说负责给她另寻住处。文国公府要说别院也有两三座，但都在外城了，若住到那里去，韦公子还在国公府的家学里附着学，外城太远，来往未免不便。寻来寻去，最终寻到了三姑奶奶头上，三姑奶奶不好推辞婆母的话，只好答应把人接了过来。”

末尾，他又补充了一句：“文国公府里的那些事，老奴都是听三姑奶奶来时说的，中间或有些不明之处，老奴这个身份，也不敢赶着主子一直追问。世子若还有什么不明白的，可以相询三姑奶奶，那就一清二楚了。”

陈孝安说了这么一大通，实是有些口干舌燥，奉书默默地适时送了杯茶来。

沐元瑜等到他喝了茶水，冷不丁问道："陈管家，我三姐姐在你们眼里，是不是一个极好的顶缸人选？"

沐元茂歪在一边，他不耐烦听这些家长里短，原已听得快要睡着，想找个理由溜走了，被沐元瑜这句一说，一下直起身来。

他莫名其妙了片刻，方反应过来，道："对啊，你也让去问三堂姐，先头韦家那些人也让去问三堂姐，难道这事和你们都不相干不成？"

陈孝安："……"

他顿时觉得手中空了的茶盅比满着时反而更重起来，坐不住了，忙站起来。

"不知世子和少爷何出此言，世子问话，老奴凡知道的都已尽说了，不知道的，也不能生编硬造。世子请想，老奴日常只在这里看守老宅，文国公府的事，老奴自然有许多是不知道也没处知道的。"

沐元茂犯着困，脑袋有些迟钝，听着又觉得有道理起来，望着沐元瑜道："瑜弟，好像也对哈？"

对什么对！沐元瑜哭笑不得，她说沐芷霏是"顶缸"，只是不想才进京就跟她闹翻。其实这件事沐芷霏肯定是主谋，没她这个沐家人居中首肯，韦家人再有本事也住不进来。

沐元茂不懂，先前觉得她替沐芷霏找的托词说得对，跟着又觉得陈孝安也对起来，诸人都没问题，那她还追根究底干什么？

韦太太这家人她是不可能留下来的，她揣着个要命秘密，怎可能允许卧榻之侧出现这么一家外人。说句不好听的，要是沐家自己人识破了她的秘密，她处理起来总能掩人耳目些，可这么一户外姓人，让人闭嘴的难度直线上升。

从这件事上算起，不但韦家人，陈孝安她也是肯定不能要了，他在老宅里经营这么多年，正主多年不在，他这管家起码抵得上半个主子，里外人等不知叫他收服了多少。他若忠心还罢了，但凭空里冒出了一个韦家，足证他只是面上装得好罢了，对这样的不确定因素，只有叫他走人她才能安心。

这些话跟沐元茂不好说，她就只是道："三哥，你困了就去睡吧，这也没什么事了，我再问两句。"

沐元茂觉得这些话听起来确实没意思，就打着哈欠点了点头："好，那我去了，瑜弟，你也早点睡。"

他也带了不少下人过来，住的是另外一个院子，鸣琴打着灯笼送他出门过去。

屋里，沐元瑜重新转过头来，看着陈孝安笑道："你也知道你看守老宅，那三堂姐和你说了，你就把人放进来了？"

陈孝安听她口气不对，像要发作的样子，他自觉自己知无不言言无不尽，沐元瑜便不高兴也挑不着他的刺，谁知她年纪虽轻脸却不嫩，说得好好的，说翻脸就要翻脸了。

好在他也不至于就此被问得张口结舌，愣了下就克制住涌上的羞怒，道："世子这问话老奴不敢领受，好教世子知道，当日三姑奶奶原是送了信去云南与王爷，王爷同意了老奴方才让韦家进来借住的。"

"我父王的回信呢？你亲眼见着了？"

不知是不是屋里的火炕烧得太热，热气散发开来，陈孝安的脑门上出了一层细密汗珠。他说道："……没有，但三姑奶奶亲口来同我说的，当时这宅里还有三四人在场见证，世子如不信，可亲召他们前来询问。"

沐元瑜一句到嘴边的"我要见那些人做什么"忍了回去，心念一转，道："都有谁？"

陈孝安忙报了几个人名出来。

沐元瑜目视观棋，观棋点头示意记下了。沐元瑜便又看回他："你的意思是，这些人同你捆在一起的分量，便抵得过我父王的亲笔书信了？"

陈孝安不料她又绕了回去，郁闷地道："不是，只是三姑奶奶——"

沐元瑜道："好了，不要总把三姐姐拿出来堵我。天色这么晚了，你再兜圈子，可就要兜到天亮去了。陈管家，你见我对此事毫不知情，才一进门就说了'大感意外'，既然如此，你应当已经知道其中出了差错，那又为何还把三姐姐告知了父王的话拿出来再三说呢？你难道想不到这蹊跷之处？"

对于这个问题，陈孝安无可辩之处，他若说就是没想到，未免显出自己蠢得离奇，若说想到了，那他闭口不言只拉扯沐芷霏问题更大，额上的汗不由得出得更多了。

进这道门之前，他绝对没想到自己能被一个初来乍到的半大少年的问话逼到墙角去。

不知是不是叫沐元茂走时那几个哈欠传染的，沐元瑜忍不住也掩口打了个哈欠，眯着眼道："三姐姐那边是什么情况，我明日自然会去询问，现在我单问的是你。你看守老宅，没有亲见父王书信就随意放外人进来，我以最善意来揣测你，你也有个失察与轻信对不对？"

"最善意"已经往他头上扣了两顶锅，这要"非善意"，不知他还能落得什么罪名了。

陈孝安心中下意识滚过这句话，他守着这宅子又不是开善堂的，沐芷霏没使银钱喂饱了他，他怎肯装糊涂冒风险把韦家人放进来？

他本身不干净，再被问下去，他的错处只会滚雪球般越滚越大，此刻继续嘴硬强辩，实非上策。

他一咬牙，跪下道："是，老奴知错，三姑奶奶亲自上门送了韦家人过来，老奴实不敢把人拒之门外。此事老奴确有不是处，求世子看在老奴远离主子在京枯守这么多年，没功劳也有苦劳的份上，恕老奴这一回。"

沐元瑜笑了笑，道："认错就好。不过，恕不恕你我说了也不算。"

到京这半天经历的事太多，她确实疲困交加了，不由得又打了个哈欠，揉着眼道："行了，你先回去吧，这事明天再说。"

陈孝安心中忐忑，可也不敢纠缠，只好弯着腰告退出去。

翌日早上。

沐元瑜抱着被子闭眼打着瞌睡，挨手板的那只手伸在被子外头，鸣琴轻手轻脚地替她把包扎的布条解下来，将她的手浸入床边观棋端着的一盆温水里洗净，再涂上新的药膏。

林安使的劲着实不小，过了一夜，她的手掌越发红得发亮起来。

鸣琴心疼地道："看这手打的，世子下回可得小心些。即便要帮三少爷出头，也不该去扒别人的裤子，像您这样，以后可怎么娶妻呢。"

沐元瑜半梦半醒的，知道她的真实意思其实是说她是女儿身，干这种事太出格，万一叫人知道了以后不好嫁人。她闭着眼含含糊糊道："那就不娶，我好稀罕娶个人回来管着我吗？"

鸣琴失笑道："世子一时懂事得不得了，一时又净说孩子话。"

"什么孩子话，我是说真的。"滇宁王反了悔，她早年议定的后路不再作数，仓促进京，未来一片混沌，保住性命才是头等大事，哪还有工夫管嫁不嫁人这种小节？

她顺口调笑道："我有你们几个就够了，到时候，我封你做个夫人，你替我管着内宅，我看也不差什么。"

鸣琴笑嗔："世子，你真是没睡醒！"

"世子，我呢我呢？"观棋却是眼前一亮，把盆放下扑在床边道，"我也很能干啊，只比鸣琴姐姐差一点！"

沐元瑜顺口继续画饼："好，好，你也做夫人。"

观棋欢欢喜喜地笑道："多谢世子，那我们说定啦！"

外边忽然传来奉书斥责人的动静，她一向内敛，极少大声说话，沐元瑜睁眼道："怎么了？"

观棋起身出去，过一会儿进来道："是个送花的小丫头，送了还不走，探头探脑的，在这窗子底下耽搁，奉书撵了她。"

她又抱怨道："这宅子里不相干的人也太多了，又不好直接封了我们这院子不许人来，依我说，寻理由撵走几个才好，不然天天防贼似的，也是烦人。"

沐元瑜倒不生气，坐起身来，伸了个懒腰道："昨晚陈管家说的那几个人名你还记得吗？"

观棋不明所以地点点头。

"你出去通知刀三哥，让他领着人，把这几家子连同陈管家一家在内，通通捆了送到外城家兵那里去，叫他们回程时押着一起带走。"

她来时共有四百家兵、一百私兵护送，天子眼皮底下，这四百家兵目标太大，是不会跟她留在京城的。他们护送她到这边后，休整几日就要原路回去了，此时还在外城歇着。

她说着冲观棋眨眨眼，道："陈管家要喊冤，就跟他说，他自作主张，放外人进来，自己也认了失察之罪，现在我给他机会，让他亲向父王请罪去，恕不恕他，父王做主，也许父王看他劳苦功高毫不计较也不一定。那几个人当时在场，不知吭声，一般失察，那就一般处置，有不服的，都等见了父王自己说去。”

什么恕不恕都是幌子，云南山高水长，这些人这一去，还想回来？

观棋听得眼睛发亮，欢呼一声：“世子英明！”

她掉头就冲出去了。

陈孝安跟他报出的那几家人口可不算少，加在一起有二十余人，这一被剔出来，老宅原本的下人一下去了三分之一。

打击来得太骤然，自然有人不服，但来捆人的是粗壮婆子或小厮之流还好闹一闹，私兵们雪亮的刀锋一亮，便自命资格再老腰杆再挺的家奴也不敢硬来，只能吓得放声大哭，又要喊冤。刀三面粗心不粗，三言两语，把错全推到了陈孝安身上，只说是他拉扯了众人下水，以致惹恼世子。

这些人只见了沐元瑜一面，连她的长相还记不太清，更揣测不来她的心性。而陈孝安则不一样，俗话说得好，管家三年，人憎狗嫌，世上就没有全然不招人怨的掌事者。这些人中本已有对陈孝安衔怨已久的，这一来，无处倾泻的仇恨尽皆发到了他身上，口里被堵上了骂不出来，心里也要问候问候他的祖宗。

这一通闹腾，饶是私兵们动作再麻利，也难免惊动了些人，比如借住的韦家人。

韦启瑞一打听到私兵拿人的理由就羞怒交加，寻着母亲韦太太道：“母亲，这里住不得了，那世子分明是指桑骂槐，给我们难堪！”

韦太太年过四旬，她坐在临窗炕下，穿一身藏青色对襟袄，发髻上簪了三四样银器，眼角眉梢皆生出了淡淡的细纹，肤色也不大好看，泛着些微蜡黄，整个人都透着一种形于外的不如意与颓然。

听到儿子的话，她默然了片刻，勉强笑道：“瑞儿，你又多心了，人家处置奴婢，和我们有什么关系，你不要去管就是了。”

韦启瑞急道：“哪里是没关系，那个话音再明显不过了，母亲你听不出来吗？”

“听出来了又能怎么样？”

韦二姑娘从内室绕出来，温温柔柔地道。

韦启瑞被问得愣了片刻，道：“当然是离开这里！咱们家又不是差钱，没路可走，必须寄居在别人家里，往外去或买或租，哪里住着不好，非要在这里看人的脸色不成！”

韦二姑娘在韦太太身侧站下，道：“可是哥哥，出了这个门容易，再想进来，就千难万难了。”

韦启瑞莫名其妙：“我为什么还想进来？”

韦二姑娘抿住了唇，脸庞微微泛红，道：“哥哥虽不想……”

韦启瑞这回发愣的时间更久，足有一刻钟的时间才反应了过来，然后他的脸也红了。

他是个一般正常的少年，完全没料到温柔娴静的妹妹忽然流露出要跟他谈谈感情的意思，一下先把自己尴尬得不行。

“瑶娘你……”他结结巴巴地道，“你，那小子……你、你怎么看上他了？”

韦瑶道：“哥哥，你说沐世子小，可论心性，我看人家比你还稳得住些。”

韦启瑞立时不服气了：“你这说的什么，那世子那样无礼——哎，不对，不扯这些了，你、你这到底怎么回事啊？母亲，”他颇有些无措地向韦太太求助，“您听听瑶娘的话，这丫头，我都不知道该怎么说了！”

韦太太声音有些虚弱地开口：“我知道，这些事你不要管。瑶娘和你说，只是要你不要添乱，你妹妹什么品格，你一向知道的，至少再没有人厌烦她的，这件事若能成就，我从此省了多少心事。”

母亲居然知情还支持，韦启瑞简直觉得脑子不大够用，茫然道：“我都不懂你们在想什么，对了，那许泰嘉呢？他自见过瑶娘一回后就很倾慕，他是隆成侯府的世子，现还做着二殿下的伴读，论前程不比沐世子差在哪里，论性情文雅得多，难道不正是瑶娘的良配吗？”

韦太太慢慢道：“许家的大爷是不错，但是我们家如今这样，他和瑶娘，齐大非偶啊。”

韦启瑞愣了下，道：“不对啊，许泰嘉母亲都觉得他家世太高，那沐世子怎么反而能成？”

他再觉得被沐元瑜扫了颜面，对她的身份是不能不承认的。

韦太太知道这个小儿子只知闷头读书，别的都不大通，不得不点了他一句：“许家大爷高堂在上，出入多少双眼睛盯着，有什么不妥，顷刻就有人报上去，而沐家的这位王世子就不同了。”

沐元瑜远离双亲，京中比她年长的不过是已出嫁的庶姐和隔了房的堂兄，以她一言不合说捆人就捆人的脾性做派，这些人怎管得起她？

许泰嘉空有尊贵身份，行事却有掣肘，说了未必算，沐元瑜没有，至少眼下没有。

这就是机遇，只看有心人能不能抓住。

韦启瑞发着呆，他被家人护佑得好，心里只记着父亲是状元，天下文魁，自己也是奔着这条路上去的，只要他努力，早晚出头。而世情的残酷，他目前为止是一点没体会到。

韦太太道：“你只不要理会这些事就行了，好好读你的书。”

“娘！”

韦慧笑嘻嘻地走了进来，说道：“外头那样闹腾，我出去打听了一下，娘猜我听见了什么？”

韦启瑞回了神，老大不高兴地道：“不会是说我们的吧？我就说不要留在这里看人的脸子。”

韦慧笑道：“哥哥，不是。是一个小丫头，说她去春深院送花，结果隔窗听见沐世子和贴身丫头们调笑，两句话就把两个夫人位份许出去了，他真大方啊。”

韦慧天真，半懂不懂，她这个话一传，把韦太太、韦启瑞和韦瑶的脸色都传僵了。

过片刻，韦启瑞一跺脚，想要说什么，当着一屋女眷又不好说，憋着一肚子气转身大步走了。

倒是韦瑶收拾了心情，恢复了娴雅模样，安慰韦太太道：“娘，没什么，大家公子房里放两个人是常有的事，谁和她们计较。”

韦太太被说得勉强笑了一下，拍了拍她的手道：“我的儿，只是太为难了你。家里现在这样，唉！”

韦瑶脑中闪过沐元瑜那张脸及昨晚的一举一动，心中说不上是什么滋味，但她觉得自己应当是……

“娘，你不要多虑，我，我并不觉得怎么为难……”

据说，“懂事太早”的沐元瑜很快也接到了这个流言的传报。

她刚吃完早饭，奉书给她端了漱口的茶过来，闻言将茶盅向桌上一搁，道：“我认得那小丫头，我去提她过来。”

沐元瑜叫住她：“慢着。”她想了下，忽然笑了，“由她说去吧，这倒未必是坏事。”

她起身扫一眼鸣琴、观棋，道：“只是，要委屈两位姐姐了。”

屋里几个丫头都是心腹，很快皆反应了过来，鸣琴抿唇笑道：“我有什么委屈的，只要世子不嫌婢子们颜色粗陋。”

观棋更是嘻嘻哈哈的：“世子，这下人都知道，你可不能抵赖了，我这‘夫人’稳当了。”

说笑了几句，沐元瑜就站起来，她今日定好了要出门往文国公府去，去见一见庶姐沐芷霏。

入京头回见亲戚，丫头们很用心，拿过来见客的大衣裳，铆足了劲围着她足足收拾了一炷香的工夫，方心满意足地散开来，打量着她啧啧夸赞：“看世子这人才，什么王孙公子都比下去了。”

沐元瑜不很在意这些，笑着抬脚出门。

公侯勋贵扎堆居住，沐家老宅离着文国公府也不甚远，车行小半个时辰就到了。

刀三跳下车去递帖子，过一会儿回转来，掀车帘探头进来道：“世子，那门房上的小厮说三姑奶奶病了，不见客，叫我们过几日再来。”

“病了？”沐元瑜微微纳罕，旋即道，“你同他说，我不是外人，三姐姐病了，我更该探望才是，叫他再传。”

“是。”刀三干脆地应了，返身又去。

过了差不多的时间他又回来，一摊手：“说三姑奶奶病得重，起不来身，非推着叫我们等几天。”

病得重娘家来人了不是更该见见？或是诉诉委屈，或是有什么要交代的，更该盼着来人才是。沐元瑜被这颠倒的逻辑弄得失笑，也明白过来了，道：“既然三姐姐不敢见我，那就求见国公爷。”

刀三再去。

这回十分顺利，文国公没理由拒绝又是长媳娘家人又是郡王世子的请见，立刻让人请她进去，并亲自站在书房的紫檀大案后迎候。

沐元瑜上面的几个姐姐里，论感情的亲近度自然是一母同胞的长姐沐芷媛排第一，至于说到和其余庶姐的感情嘛，不好不坏，就那么回事。

感情一般归一般，面对外姓时，她们总还是一家人。虽然沐芷霏不省事，给她找了韦家这么个大麻烦，但她在处置之前，还是想先和沐芷霏通个气。沐芷霏能自己解决掉最好，解决不了，那就她出面当这个恶人。她是男子身份，比沐芷霏的行事自由度要大上许多，些许恶名，她背得起，也不介意背。

但不想沐芷霏窝囊成这样，她都找上门来了，居然装病拒绝见她。

沐元瑜没那么好耐心慢慢和她周旋了，处理这种事的要诀就一个字：快。越拖下去越麻烦，等于默认收留韦家这事实，一个宅子里住了一阵再去撵人，还不如开初就动手，速战速决。

这是她不能如沐芷霏的意等几天的原因，沐芷霏要装病逃避，就由她装好了。

要不怎么说男人身份方便呢，沐芷霏能跟她装这个糊涂，文国公绝不可能这么掉价，她直接往上找说话更算话的人就行。

果然，沐元瑜一进去，文国公十分周到又亲热地接见了她，晚辈礼都没叫她行就拉着她的手寒暄起来，夸她人长得精神，又问滇宁王好。

沐元瑜笑道："我父王一切都好，来前再三嘱咐了我，叫我不要躲懒，我们两家至亲，叫我第一个就要来给国公爷带好问安。"

文国公乐得呵呵直笑："王爷太客气了，你小小年纪走这么远的路，该多歇两天才是，哪里就这样着急起来。"

然后他就问起她的粽子手来——其实他第一眼就看见了，不过总得先走个初见的过场。

沐元瑜摆出个不好意思的脸，把被召见然后挨罚的事说了一下，但仍旧隐去了她冒犯二皇子一节——就算这事发生在闹市店铺，多半瞒不住，也不该从她嘴里说出来。

事情昨天才发生，文国公暂还不知道，也完全没有这么大的脑洞想到她敢对二皇子干那种事，就只以为是她不大通晓陛见礼仪，所以挨了罚。

少年人出这种糗总是觉得丢人，他便也善解人意地不在这个问题上多言，转而问起她一路上辛不辛苦，到京里来有什么不习惯的，若缺什么，不要客套，只管来说之类。

沐元瑜顺着问话和他聊了聊路上的风物，聊着聊着，渐渐就说到了进京以后的事，以及戏肉，沐元瑜先以寻常一点的口气提起了韦家人借住的事。

文国公一怔，眼中便有克制不住的怒气一闪。

这火气来得也太快了点吧？她还没说什么呢，也没说韦家不好呀。

沐元瑜仔细往文国公面上一打量，看出来了，那怒气不是冲她来的。

那就只能是冲着另一方了。

她这才放下心来。她就觉得以文国公的尊位，做事应当不会这样糊涂，也犯不着这么做。为妻子的寡妹在郡王家宅上捣鬼，图什么啊？

沐元瑜以为文国公大约是原本知道韦家借住沐家老宅的事，沐家那宅子，将近二十年没人住，沐芷霏自己出头同意，他也就默认没反对了。但一旦知道她将上京习学之后，文国公应该有通知过这事，让韦家搬出来，但韦家装了糊涂，结果出了这纰漏。

以上皆出自她的揣测，既然文国公看着不像要偏袒韦家人的样子，她就也不打算说得太明了，说到底是文国公夫人的亲戚，多少需给人留点颜面。

文国公憋住了心中的怒气，笑道："说到这事，我正要就便跟贤侄说一声，韦家本已另置了处宅子，谁知找的修宅子的工匠不好，前阵子下雨，堂屋的屋顶竟漏了雨，故此来与我说，另找了相熟的工匠去全部翻修了一遍，为这耽搁住了，不然早该搬了出来。"

韦家的所谓宅子置没置天知道，但文国公这么说了，那就是没有也要有。见他这个态度，沐元瑜也就大方地笑道："自家亲戚，多住两日无妨的，这点方便不行，做什么亲戚呢。"

当下又说了阵话，文国公知道她来肯定要探望沐芷霏，就着了人亲自送她过去，又再三叫她不要着急走，多坐坐，午膳就在这里用。

沐元瑜都笑着应了，跟着文国公的小厮往后院去，才到二门时，便见一个梳双髻的丫头如热锅上的蚂蚁般在那儿团团打转。

见到她来，那丫头眼睛方腾地一亮，忙迎上来道：“世子！世子可来了，婢子苦候好久了！”

她跪下麻溜又高兴地磕了个头。

这是当年滇宁王府里随沐芷霏一起出嫁的陪嫁丫头新茹，沐元瑜认得她，笑道：“三姐姐不是病了不见我吗？这么快病又好了？”

新茹正放着光的脸上表情一僵，忙道：“没有的事，肯定是外头那些个人传错了话，知道世子来，奶奶欢喜都来不及，哪可能不见呢？”

沐元瑜心知肚明，这肯定是知道她先去见了文国公，沐芷霏的态度才来了个一百八十度的大转弯，这会儿她不定该多悬心了。

韦家的事已经解决，她反正是不着急了，就慢悠悠地跟着新茹往里走，新茹急得不得了，不敢催她，只得按捺着在前面引路。

文国公府是京里老牌世家，这座府邸传下来，经一代代维护修缮，如今亭台楼阁，一草一木，皆浸染着世代尊荣的传承，堂皇不凡。

沐芷霏嫁的是文国公长子兼现任世子，住的院落便十分阔大轩敞，也不偏僻，不多时便到了。

一进院门，院子里的丫头们向外迎候的迎候，往里通传的通传，沐元瑜几乎没耽搁一点工夫，直接就被引进了堂屋，差不多与此同时，一个年纪二十许的少妇疾步从旁边的次间里走出来。

这少妇穿一身海棠红折枝梅绣撒金长袄，梳着家常发髻，面庞白皙，姿容秀美，这便是孟夫人的第二女沐芷霏了。

沐芷霏神色焦灼，上来就对着她问：“小弟，你见过国公爷了？”

沐元瑜点点头。

“说了韦家的事了？”

沐元瑜又点点头。

沐芷霏的焦灼登时都化作了绝望，她腿一软，居然站立不稳，旁边的丫头忙抢上去扶住。

沐芷霏半个身子都倚靠在了丫头身上，表情很是惨淡，她却似毫无所觉，只喃喃道：“你害死我了，我这么久的经营……你叫我怎么去见太太，还有国公爷，完了……”

沐元瑜又好气又好笑，道：“我说便说了，多大点事，值得三姐姐如此？”

沐芷霏望她一眼，眼珠又转开来，颓然道："你懂什么，你是男人，怎么知道后院的苦楚。你莽莽撞撞的，把事说穿了，以后人该怎么看我，我……"

新茹禁不住哽咽道："世子，您不知道，这京里的风俗和云南好些不一样。我们奶奶做着这世子夫人，多少双眼睛盯着她，挑她的错，有刻薄的还要背地里编排出些歪话，好不容易慢慢熬了过来，借着韦家的事在太太跟前博了些脸面，日子将将好起来，您这一说……"

主仆皆如此愁云惨雾，沐元瑜吃不消了，知道她俩的心病在哪里，只得吐了口，道："好了，我没说你没告诉父王私自做主的事。"

沐芷霏："……"

她一下直起身来，瞪大了眼："你没说这个？"

沐元瑜简单"嗯"了一声。

沐芷霏最怕的就是这桩，她在对文国公夫人是说禀知过滇宁王的——不然文国公夫人也不敢使亲戚去侵占沐家老宅。但实则她并没送信，文国公府又不是小门小户，哪里找不出点地方安置亲戚？那个理由到滇宁王跟前根本通不过，她全然不敢去说，但同时也不敢拒绝文国公夫人，逼到没法，只有自己扯了个谎。

这个谎要是戳穿了，连文国公及文国公夫人在内都要跟着丢面子，后果她哪里承担得起？

当下她如闻天籁，整个人都一下精神起来，忙握了沐元瑜的手道："瑜弟，多亏了你识大体有分寸，三姐先前急昏了，要说了什么你不爱听的，你别往心里去。"

说完，她就拉着她往里间去，又连声嗔着丫头们还不上茶。

沐元瑜摇摇头，无语地叫她拖了进去。

# 第八章 友谊之门

进到西次间里分宾主坐下，沐芷霏终于注意到了沐元瑜的手，想起来关怀一下，沐元瑜不免又费工夫解释了一下。

沐芷霏很讶异，她与文国公不同，她清楚沐元瑜的脾气，当年她出嫁时沐元瑜在大场面上已经显出很少有的沉稳了，要说这个弟弟会在被召见时干什么出格以至于失仪被罚的事，她是真的难以相信。

她不由得问道："你可是不留神得罪了皇上身边的内官，叫人在皇上面前说你了？"

不是，她是得罪了皇子。咳，沐元瑜不欲和她闲话这些。沐芷霏自己日子过成这样，就不是个拎得清的人，和她说了也没用。

她反问她："三姐姐，我没什么大碍，再养两天就好了。倒是你，为何把韦家弄到我们老宅去？你就没想过背着父王行事，万一穿帮会有麻烦吗？"

"我哪里没想过！"一提此事，沐芷霏登时变出一副怨气冲天的哀怨神情，"瑜弟，你不知我多烦韦家那一家子，人口又多，事又多，自打他们来，我多添出多少烦恼来。太太心疼娘家人，什么都要供给最好的，这还罢了，府里也不缺这点嚼用，但这还不足，有一星半点不到，就要疑心我慢待亲戚，找了我去敲打。后来四丫头和那韦二闹出事来，也要赖到我的头上，说是我照管小姑们不力。她是四丫头的亲娘，亲闺女和亲外甥在眼皮底下暗通款曲，她这个做娘的都不知道，凭什么我就该知道！”

沐元瑜捧着茶盅喝了口茶，说道：“三姐姐，你说得有道理，这事确实不该赖你。”

沐芷霏如找着了撑腰的，忙探身过来道：“是吧？瑜弟，还是你向着我，太太若有你一半讲道理，我也不至于办出这糊涂事了。”

沐元瑜抬眼问道：“你这些有道理的话，和你们太太说过没有？她怎么说？”

沐芷霏发着呆，道：“和太太说？这些话怎么好和太太说？”

“为什么不好？你又不是强词夺理，明公正道占着理，你们太太若不认同，反驳回来，那再另说。你说都不说，岂不是白认了这个亏吃？”

沐芷霏摇着头，看不懂事的孩子般看她，又苦笑：“小弟，你不懂嫁到人家做媳妇的难处，太太说我，我只有听着，哪有一句句对着嘴堵回去的？饶是这样，还都说我粗俗不懂大家规矩呢，我再犟着闹起来，更加不知道要怎么说我了。”

沐元瑜扬眉问她：“你们太太不分青红皂白只管给你派不是，就是他们大家的规矩了？当日你在王府时，见着我母妃曾这样做过吗？我们家不敢说是第一等的门户，比这文国公府，总还是比得过吧？”

沐芷霏仍是摇头：“小弟，你说的都在理，但这个理，我这个做媳妇的没法去和婆婆较真。难道我愿意收留韦家吗？那一家子和我有什么关系，我才不想管韦二方不方便读书，他们搬得远远的才好呢。但是为着之前的那些事，太太已经对我很不满意了，我再不听她的，日子就更要难过了。”

沐元瑜冷静地把沐芷霏半抱怨半叙事的一串话捋了捋，问她：“三姐姐，你才嫁来三年多，已经掌理中馈了？”

若不管家务，那韦家的好歹无论如何也派不到她头上。

沐芷霏点点头：“太太倒是肯器重我的，前年就把一些家事交给我管了。”

新茹在旁帮腔道：“我们奶奶才嫁来时，日子是极好的，国公爷重视，太太和气，姑爷也喜欢，妯娌们初相与时也都好说话，谁知现在……唉！”

她感伤地叹了口气，红了眼眶，低下头去。

沐芷霏拿帕子拭了拭眼角，道："瑜弟，我也憋得慌，可我不知有什么法子。你说太太不分青红皂白一味教训我，倒也不是，她说我大半时候还是有来由的，比方说我嗓门太大，走路步子太快，招待客人时遣词不够文雅……"

"停停。"沐元瑜实在受不了了，不可思议地打断了，望向她，"三姐姐，你连说个话走个路都叫人挑出刺来，你还觉得你们太太说得在理？"

文国公夫人简直就是洗脑高手啊。

沐芷霏解释道："不是，瑜弟，你在京里住一阵子就知道了，京里的姑娘奶奶都是这样的。我们南疆的规矩与京里比，确实粗陋了许多。我是长媳，得给下面的弟妹姑娘们做个榜样，我还不如她们，那怎么说得过去呢？"

"你和她们有些差别，就是不如她们了？"沐元瑜扶着额头，她觉得不可思议，这是什么道理。

"大家都这么说嘛。"沐芷霏一副不太甘心但又不得服软的样子，说道，"我开始也不服气，可渐渐连下人都在背后议论我，我听见了生气教训她们，回头让人告到太太那里，太太反说我不稳重，太喜欢动气，大家子有大家子的规矩，应当说给管事娘子再教训她们。再碰着下回我就找了管事娘子，可背后说闲话的人不是一个两个，我找了几回，太太又找了我去，说我是长媳，应当度量大一些，成天和小丫头看门婆子们计较，落在人眼里不好看。瑜弟，你说，我有什么办法？直到后来我改了一些，太太又带着我理起家务来，那些小人才有了些畏惧，不怎么胡说了。"

这时代，做人媳妇真是太难了。

沐元瑜深深地体会到了这一点，她心里叹息，道："三姐姐，那你现在和姐夫怎么样？也不好吗？"

说到这个，沐芷霏更加有一腔苦水："我才来时很好，渐渐地不知哪里出了错，他待我一天比一天不耐烦起来，嫌我多事。我和他说话他也不爱听，我难过埋怨两句，他反先生气起来，说他在外面忙了一天，回家还要看我的脸色——天地良心，我哪里敢给他脸色看！总之，是厌烦了我。我看他那样，也不敢再和他多话了，结果他还是不满意，我也不知他想怎么样了。"

好嘛，这是一手好牌打了个糟糕。

沐元瑜道:“三姐姐,我瞧你脸色比在家时差了好多,想必很耗心力吧?你还要管着家务，不累吗？”

沐芷霏点头：“累啊。”

沐元瑜一看她，又是一副将倒出一大堆苦水的模样，忙抬起粽子手止住：“累就别管了，跟你们太太辞一阵子，你好好养养身子。”

沐芷霏瞪大眼：“那怎么能行？幸亏我管着两样家事，腰杆才直了些，我只怕太太嫌我做得不好再收回去呢，怎能自己先辞了？”

沐元瑜反问她：“你现在的第一件要务是管家吗？”

沐芷霏这回马上反应过来了——这也是她的一件心病，所以一点就知道了，抬手捂上了自己的肚子，泫然欲泣。

新茹含蓄地在旁解释道：“奶奶也请大夫看过，都说没有问题，不知道怎么会这么久了还没有……”她又转头劝沐芷霏道，“奶奶，世子这个话说得极是，您那两样家务管得再好，不及膝下添个小主子，不论男女，您有了倚靠，心里都要松快多了。”

沐芷霏苦着脸道：“难道我不想吗？这小冤家就是不来，我有什么办法。”

沐元瑜听她口气，文国公世子应当没到绝对不来的程度，两人话说不到一起去，该干的事还是没少干，只是不知为何光见播种，不见出芽。

这种问题她没辙，就只道：“你先听我的试试，把你那家务辞了。你怕人说你，没事就少出门，不相干的事也别管，好好养几个月。”

沐芷霏吃惊地道：“这、这肯定不成，我是文国公府的世子夫人，你门都不叫我出了，应酬也不应酬了，我底下两个妯娌呢，太太倘或器重起她们怎么办啊？等我休养好了，这府里还能有我的位置吗？”

“你也知道你是世子夫人，谁能排挤掉你的位置？难道他们家能休了你？”

沐芷霏不假思索道：“那不可能。”

时人嫁娶缔结的是两个家族的利益，到滇宁王府与文国公府这个位次上，牵扯更加大，莫说休弃，和离都没戏，这一点便是沐芷霏也明白的。

“那你怕什么？”

沐芷霏不自觉吐了实话："我怕看太太的脸色，我不敢去说。"

"你现在样样听她的，连娘家老宅都扯谎借了出去，她就不给你脸色看了吗？"

"总是要好不少。"

"那我告诉你，我才见了国公爷，国公爷的意思必会让韦家人离开，你觉得你们太太以后还会给你好脸色吗？"

沐芷霏脸色发白，但她也知道这件事是她太过胆大，沐元瑜没整桩戳穿已是给她留了极大的颜面。她怪不着沐元瑜，只得自己去想文国公夫人知道后的反应，把自己想得忐忑不安，更加畏怯起来。

沐元瑜望着她的脸，无奈地道："三姐姐，你听我的，我也不叫你干别的，你就报个病，休养身体，不要出去听那些闲言碎语。谁要是没眼色到这院子里说起来，你这里的人总不至于这点刚性都没有吧？该拿下打的不要手软。你们太太若为此有什么话，你不敢驳，也不要憋着，我看你再憋两年，好好的人该憋出病来了。我们两家离得近，你就使人去告诉我，我来替你拦她，如何？"

现阶段跟她说文国公夫人如何藏奸没用，一则沐芷霏未必相信，二则她信了，但未必能沉住气，要闹出来，又没切实证据，她自己倒是叫人抓了一头小辫子。不如先退开来再说。比如韦家，沐芷霏是照管了做了事才叫人挑出错来，若撂开手站在岸上，那就想拉扯她也拉扯不着。

新茹脸上放出光来："这可是好呢！"

她大胆地去推沐芷霏，说道："世子说得对极了，哪里还要过两年，我看现在奶奶就已经憋出病来了，在家里时，哪一日受过这些气！好不容易现在世子来了，愿意给奶奶做主，奶奶还等什么？"

沐芷霏心动了，她实在也是熬得太累太憋屈了，道："瑜弟，那你预备怎么做？太太是个很重规矩的人。"

"你怕她也挑一挑我的规矩？"沐元瑜笑了，"那没什么，我也是南疆来的，规矩比他们家的大家公子大概也差着不少，不过我不在乎，她说就说吧。指不定她看了我这样没规矩，回头再看看你，又觉得安慰了许多，从此不挑你毛病了呢。"

沐芷霏连着新茹都止不住笑了，新茹奉承道："世子还没规矩，当日在府里时，谁见了世子不夸，太太就想挑，也难挑得出什么来。”

沐元瑜摆了摆手道：“不敢。我只好问一问她，韦家的二姑娘与三姑娘天色黑透之后去见我是什么规矩。我与韦家，可不是什么两姨至亲。”

真到那一步，无非互相伤害嘛，来啊。

沐芷霏：“……”

她嗓门一下高了八度，问道：“有这事？！”

“就昨晚上。韦二公子领着，我不知有他们，吓了我一跳。”

沐芷霏这下想不到这里面也有她的锅了，亢奋又鄙夷地一拍炕桌，道：“好大的脸，居然敢打你的主意！也不瞧瞧自己是什么破落户，配是不配！”

沐元瑜：“……啊？”

她自知性别，因此很难因为两个小姑娘去看了看她就生出什么多余的心思来，不想沐芷霏这样能脑补。

沐芷霏可不觉得是自己想多了，反过来郑重地嘱咐她：“瑜弟，家世好德行好相貌好的好姑娘多的是，你配个公主都配得起，可千万不要搭理她们。”

她想着都后怕，要是沐元瑜年轻不懂事，叫个小知府的女儿拿下了，滇宁王能从云南杀来撕了她！

沐元瑜：“……人总是要走了，不用管这些。你听我的主意不听？”

沐芷霏这回坚决地点了头：“听！小弟，也不用你和太太说，她再挑我的毛病，我自己问着她！”

她打从嫁到文国公府没多久就过上了憋屈的日子，一憋憋到如今，也算是忍到了头。沐元瑜接着叫她不要再等，择日不如撞日，现在就称身子不舒服，去请个大夫来，她也答应了，即命人去请。

文国公府本有常来往的大夫，一请即来，过来也没什么新鲜话。沐芷霏说她觉得自己头昏心闷不舒服，大夫有眼色，知道这些贵妇人常闹这些毛病，并不多话，开个滋阴养心的太平方，轻松拿一份诊金走人。

沐芷霏有点小激动，问：“瑜弟，接下来我怎么做？”

“什么都不要做。”沐元瑜道，“你就放宽心，好好养着，谁再说你不爱听的闲话，你愿意教训他就教训一顿；要怕太太说你，不敢动手，那你就‘病’得更重一点。什么了不起的奴才，知道你生着病还安心气你，这种奴才不受罚，你们太太的规矩往后还立得起来吗？”

沐芷霏点头如捣蒜：“对，对！其实以前张妈妈心疼我，也叫我装过病，不过她单叫我装病躲人，没说你后头那句，我觉得没什么用，就没听她的。我要知道还能这么想，早不用受这些罪了。”

她又殷切地望着她道：“那瑜弟，我就什么都不管了？”

她有了韦家两个姑娘的八卦做把柄，这下底气足多了。

沐元瑜见她那样，想起来刚才说的，叮嘱了一句：“三姐姐，韦家姑娘的事不要随便说出来，也不要在外面提起。”

以她本心来说，并不觉得韦家姑娘来看她一看有什么不行，两家对垒时，顾不得许多，当利用一切可利用之事，但不牵扯到这个利害关系时，她不想为此坏她们名声。

沐芷霏不解：“为什么？”

沐元瑜道：“真传扬出去你就跟你们太太结了仇了，她是婆婆，往后几十年若都想着为难你，你难过不难过？再者，把柄还在你手里时，才叫把柄，你随便扔出去了，那就没有了，三姐姐，你说是不是这个道理？”

沐芷霏忙点头：“你说得是。”

沐元瑜在文国公府待到大约下午，把孟夫人让捎带的还有自己添上的几样礼物交给了沐芷霏后，才带着沐芷霏塞的一些回礼回去了。

姐“弟”俩都忽视了一个重要问题：沐元瑜待在文国公府这么久，硬是省去了给文国公夫人请个安的程序。

沐芷霏是真没想起来，她只记得沐元瑜都见过文国公了，那好像就可以了？

沐元瑜就是故意的。

她不至于和文国公夫人当面对撕，但她释放出了一个非善意的信号，她相信以文国公夫人这么能琢磨人心的本事，一定感觉得出来。

文国公夫人确实感觉到了。

她知道沐元瑜上门的消息就在等着了，听说先去见了文国公，正常，再见了沐芷霏，也正常，他们姐“弟”厮见过后，接下来的程序应当由沐芷霏引着过来见一见她这个长辈了。

结果没有，人走了。

文国公夫人这一口气堵的，险些上不来——这倒不纯是她气量狭小，而是先前文国公已经来训了她一场了，问她为什么不让韦家挪走。她寻了几个理由，比如滇宁王同意在先之类的。文国公听也不要听，上京的是郡王世子，打小不知怎么金尊玉贵养起来的，难道能忍跟外人玩什么合住？知道的第一时间就该把老宅还给人家，居然拖着装糊涂！

“这个糊涂也是你装得起的？！幸而沐家那小爷还算有礼，先来试探着问了问我，他若不问，直接叫人把韦家撵出去，那一家人现不现丑？你到那时去跟他讲道理吗？韦姨太太占的是人家的宅子，说上天去也是人家有理！”

他又问着她：“你到底告没告诉韦家沐家世子要到京的事？”

文国公夫人犹豫了一下，说告诉了，文国公恐怕从此就要恶了韦家一家，他本来还算喜爱韦启瑞这个外甥的；可说没告诉，那韦家清白了，这个锅全到了她背上。

不用她说了，文国公看她连这个简单的是非题都不能马上回答已经知道了答案，冷笑一声，抬脚就走了。

两人几十年的老夫妻，让文国公当着一屋下人的面劈头盖脸训了一顿，文国公夫人又羞又气。长姐这个娘家弟弟面尚未会着，已经给了她这么个难堪，更可气的是明明调唆了文国公，文国公还觉得他“有礼”！

生气也没用，文国公夫人活了这么大把岁数，早知生气解决不了问题，遂勉强按捺住了，一边等待沐元瑜过来，一边打起精神想着要怎么解释。她没打算当着面对沐元瑜怎么样，她还不至于这样糊涂。

不想，她忍了一回，第二个难堪跟着又糊了她一脸！

“真走了？”

丫头低着头，不敢看她的脸色，回道：“是，已经出了大门，上车去了。”

“啪！”

文国公夫人将半温的茶盅重重撂在桌上，茶水溅出来，湿了周围一片。这是非常没规矩的举动，但当然不会有人敢出言说文国公夫人的举止。另一个丫头默默上前将茶盅取走，拿帕子把桌子擦净。

“好，好，”文国公夫人忍怒道，“大奶奶呢？叫她过来！”

丫头传了话，沐芷霏没来，只有新茹来了。

文国公夫人一见只传了个丫头过来，五分的怒气本已升到了七分，再一听新茹说沐芷霏病了，不但不能来，以后连家事都不能照管了，要辞了请她另择高明。

文国公夫人这一怒，怒极攻心。

哪里有这样巧的事！早不病，晚不病，娘家弟弟一来就病了！

这是找着撑腰的，一点也不把她放在眼里了！

新茹觑着她的脸色，心里痛快极了。

她一点也不害怕文国公夫人气极了把她拿下教训一顿，真打了她还好呢，她立马出去跟世子哭诉去！

可惜文国公夫人没让她如愿，再知道沐芷霏弄鬼，她也有病的权利，文国公府夫人素日既然是个重规矩重礼节的人，那就不可能直接逼到沐芷霏的床前去拆穿了。

不过她没到百忍成圣人的境界，口气中多少还是带了出来，硬邦邦地道:“那就叫她好好养着吧！身子骨这么虚也是不行，怪不得至今没有消息。我虽不着急，你们奶奶自己该上些心了，这毕竟是她一辈子的着落。”

新茹老大不服气地想，要不是她们奶奶一直受气，又被家务缠身，为此还渐渐跟世子生分起来，哪至于一直没信？大夫明明都说了奶奶的身子没问题！

她没大胆到敢跟文国公夫人回嘴，腹诽着诺诺应了要走，文国公夫人忍来忍去，终于还是忍不住叫住了她问：“我听说沐家的世子来过了？”

新茹点点头：“给我们奶奶带了好些东西，奶奶强打着精神让人分着，正准备要送来些孝敬太太。”

文国公夫人沉下脸，她稀罕那些东西吗？！沐元瑜本人不来见，就是对她最大的忽视无礼，给个原样的金人都弥补不了。

若是沐芷霏来，还好指着她问一声，可来的只是个丫头，对着她指责这些只会显得自己更加掉价，文国公夫人憋着气不耐烦地摆摆手，让她赶紧走人，别站在这里碍眼。

新茹很有点遗憾地走了。夫人没打她，唉，错过了跟世子哭诉的机会。

沐元瑜那边，没多久晃晃悠悠地回到了老宅。

沐元茂听说她回来了，忙跑出来迎她。

“瑜弟，我跟你说，就你不在这半日，韦家那些人忽然搬走了，一个自称文国公府管家的人找了来，不知和他们说了什么，他们就开始收拾起东西来，不多大一会儿就走了。瑜弟，可是你去文国公府闹了一场？这种事怎么不叫着我一起？”

“没有闹，我只是问了问国公爷，国公爷不知他们还没走，所以遣人来处置了一下吧。”

沐元瑜对此并不觉得意外，她和沐芷霏其实没那许多话说，有意多耽搁了半日，就是给文国公留出时间来，他若明白，自然趁着这个空当把韦家弄走了，不然等她回来，两边干瞪眼看着，那可就尴尬得很了。

鸣琴也上来禀报：“只是还有一桩，韦家那大爷不在家，不知道此事，国公府的管家和我们说，恐怕他还得回这里来，那家大爷很不省事，假使要为这个闹起来，请我们多包涵包涵，横竖两家离得近，到时候直接去国公府找人来处置也是使得的。”

沐元瑜还没有见过韦家这个长子，遂问：“他是做什么的？也读书吗？”

鸣琴摇头：“听管家说，他不是读书的材料，韦老爷在日还能约束着他，自打韦老爷过世，韦太太一个寡母根本管不了他。他成日在外浪荡，结交些狐朋狗友，几日不着家是常事，流连的地方也不固定，所以没法让人去告诉他一声。”

沐元瑜颔首：“不用多管他，告诉刀三哥一声，让护卫留意便是。”

沐元茂又问：“瑜弟，你明日有事吗？我该去报名了吧。”

沐元瑜忙点头：“没事，那就明日去好了，我也该去通政司投奏疏了。”

当下说定，沐元茂当真跑回自己院子读书去了，沐元瑜则把丫头们召集起来，问了问她不在时理事的成果。

她又和人商量了一些家事，诸如定下接任的管家人选之类，这一日的时光也就差不多过去了。

天色黑了又明，到京第三天，沐元瑜同着沐元茂一起出门，正式开始办起正事来。

沐元茂将要就读于国子监，但他报名的地方不在国子监内，而是掌录天下学校事的礼部。

礼部和通政司两处相距不远，自大明门进入，东边头一座官署就是礼部。滇宁王府的荫监缺照理是荫子，不过荫到侄子头上一般也没人挑这个理，故此出示了滇宁王的手书后，一应手续很快办完了。

只是沐元瑜有些奇怪，因为负责办理的那仪制司官员总是拿眼角瞄她。

奇了，她不过是个陪客，要进国子监的又不是她，他总看她做什么？

不熟不好轻问，她这个身份容易让人觉得是找碴，只得压下心中的纳闷，出得门去再走一段，就到了西边的通政使司。

通政使司的主官作为九卿之一，这个衙门也是十分清贵，但跟它隔壁的一座衙门一比，再清贵也不够看了。

锦衣亲军都指挥使司。

简称锦衣卫。

沐元瑜在云南的时候就听说过锦衣卫的大名，不过因她家太远，云南那地界，能在那里做官的一半以上都是不得志或本已倒霉被发配了的晦气官儿，即使锦衣卫要为难构陷人也不会往那石头地里榨油去，故此她一直还没感受到著名皇家鹰犬的威力。

此时见到大本营，她不由得好奇地绕了点路，隔着段距离去打量了下。

不知道是心理作用还是锦衣卫确有其邪门的地方，只见那座衙门门前站着两排穿罩甲挎宝刀的兵士，服饰鲜艳，人物整齐，看着十分挺拔精神。但不知怎的，她硬是觉得有点凉飕飕的，好似打那儿刮来了一阵阴风般。

紧邻在这周围的五军都督府也是武事衙门，门前一般有人站岗，就没有这种感觉。

给他们引着路的一个老宅小厮小声道："世子，走吧，这里面的人可不好惹。"

沐元瑜回了神，应一声，与沐元茂一起绕回去前往通政使司。

她要办的事很简单，把手本交上去就成，然后就可以回去等着皇帝的召见了，可能很快，也可能很慢，这个说不准。

但她在这里得到了和先前在礼部时一样的待遇，那负责收手本的经历官职低些，人也不那么会掩饰，就见面的一会儿工夫，他的眼神几乎没从沐元瑜脸上移开过。

他眼神中含着大写的“惊叹”两个字。

她忍不住问道：“可是我有什么不对？你这样看我做什么？”

她心里已经有了不妙的预感，她滇宁王世子的身份不足以受到如此瞩目，人看她的目光顶多是“好奇”，应该到不了“惊叹”这个程度。

所以，很可能是，也只可能是……

那经历城府不深，本已憋着话了，一见她主动相询，往左右一望，见无人近前，忙压低了声音回道：“世子勿怪，下官只是听到了些荒诞的流言，世子初到京中，不知可是得罪了什么人？”

沐元瑜试探着道：“你说李小国舅？”

经历点头又摇头：“不止，还有……”他把嗓门压得更低了，“还有二皇子殿下，人都说，世子对二殿下……当然，下官是决然不信的！下官今日见世子谦恭有礼，断断干不出那等事来，不过这等流言传扬开来对世子甚为不利，下官冒昧提醒一声，世子还是早日澄清为是。”

沐元瑜没好气地想，你不信？你不信你那样看我！

经历则瞪大了眼，他没城府，不表示他没眼色，他从沐元瑜的表情上得到了答案。

于是他的眼神就变成了惊叹的放大加倍版。

沐元瑜早知这事瞒不住，但传扬开的速度仍然超出了她的意料。不过，她再一想，又不算意外，礼部与通政司这两个都属于中央衙门，消息灵通些正常，而再一想隔壁那座锦衣卫衙门，就更正常了。

有什么事能逃脱掉专业刺探人士的耳目？

她对上那经历一脸掩饰不住的兴奋及看勇士的表情，隐隐头痛起来。

尊贵的二皇子殿下应该有说话算话的良好品德吧？

一事不二罚，希望在他知道她当日的壮举满朝皆知之后，仍然能作数啊。

去时心无挂碍，回程时沐元瑜添了两桩心事。

一桩是有点担忧朱谨深那边的后续反应，还有一桩则是因为见到了锦衣卫的衙门，她的警戒心被触发，她知道她为什么看到那地儿觉得阴风阵阵了——她是个有大秘密的人啊！

作为有秘密的人，看到这种专业刺探秘密的机构当然不会舒服了。

简直有天敌感。

为此她把今日打算再去看望沐芷静的行程都往后推了推，先亲自把宅子里的守卫又过了一遍，幸亏她从云南带来的人手都很靠得住。因为滇宁王比她还怕她露了真相，除私兵外，给配的其他人手也都是精锐，这些人一铺开，基本用不上老宅原本的人了。他们仍然有差事，但已被从围绕沐元瑜的核心圈子里排斥了出去，且还有人暗暗盯着他们的行踪。

确定周围重新全部安上自己人，她才算把从锦衣卫衙门那里丢失的安全感找了回来。

然后，就有客上门了。

客是林安。

沐元瑜的手本已渐渐消肿好了，看见这个眼睛大大的娃娃脸小内侍，顿时觉得手心又隐隐作痛起来。

手痛的同时，她心还发虚。

难道朱谨深这么快就知道自己的糗事宣扬了出去？这也不奇怪，他是京城土著，耳目肯定比她灵通，都到了她出门惹得官员侧目的程度了，还不知传成了什么模样。

不过她再打量林安一眼，林安没穿内侍服饰，和初次见面时一般打扮成了个不起眼的小厮，表情有些焦虑，但并不含愤怒。

他看着不像来找碴的。

沐元瑜心定了些，让林安进去喝茶，林安不肯进去，站在门口和她说道："奴才有一桩事求世子帮忙。"

沐元瑜问："何事？"

问她借钱？除此外想不出她有什么能提供帮助的了。

结果林安道："不瞒世子，是我们殿下。殿下连着两日不肯喝药，奴才心焦得不得了，实在没法，只有来求一求世子了，求世子去劝劝我们殿下。"

沐元瑜吓了一跳："二殿下还发着热？！"

天哪，那是前天的事了，若算到现在，已经过去将近两天两夜，发热这症状不比风寒咳嗽之类，他的热度若至今没降下来，恐怕能把人烧成傻子！

据说大皇子的脑筋就不大好使，这二皇子再傻了，她用不着等锦衣卫来抓着她的马脚了，很快就可以直接进诏狱深度参观了。

林安摇头："不是，那日多亏世子帮着殿下喝了药，殿下发了身汗，当晚就缓过来了。只是我们殿下天生有些不足，日常就开着药在吃的，如今却不肯吃了。"

沐元瑜提到嗓子眼的一口气方松下来："哦——"恐怕自己事不关己的态度流露得太明显，她忙又换了副关心的表情，说道，"不吃药可不行，耽搁了病情怎生是好。事关殿下安泰，你该去回皇爷啊。"

林安摇头："殿下不许我去。"

沐元瑜："……那你就不去？"

这小内侍那天护主及后来打她手板的时候看着可不是这么呆木的样子，就不说什么"担忧主子身体"的虚话了。朱谨深有病不吃药，拖出问题他这个贴身内侍第一个要倒大霉的好吗！

但林安的表情很坚决："我是殿下的人，殿下不许，我不会背叛殿下的。"

沐元瑜收了无语之心，哪怕是愚忠，也是忠诚，是一种好的品质，不是可以轻易评价调笑的。

但她同时换成了无奈的口气："那你就来找我？"

"殿下没有说不许找世子。"林安很理直气壮地道。

那是因为她本来也管不着朱谨深吃不吃药啊，朱谨深要是特意下这个禁令才奇怪了。沐元瑜叹着气向他道："可是你找我有什么用呢？这个忙我实在帮不上。"

但林安不这么觉得，他充满信任地道："世子可以的，前天殿下也不肯喝药，就是世子帮的忙。"

沐元瑜不好跟他说这是她"两害相权取其轻"之下的所为——灌朱谨深喝药，大不了再挨十个手板，放任他烧下去，手板可能换成大杖乃至更严重的后果，若不是起因在她，她犯得着冒风险再去冒犯朱谨深？

现在被林安拿这件事堵住就很为难了。

"你不会是想让我再去把药给你们殿下灌下去吧？"

林安眼神飘了飘，他不说"是"，也不说"不是"，只道："奴才相信世子一定有办法。”

他还赖上她了。沐元瑜道：“你有这个需求，你自己就可以做嘛。你这样忠心，想来不怕因此被殿下责罚吧？”

林安单薄的胸脯挺了挺，说道：“当然不怕！”说完又颓了下去，“可是就算我豁出去，也只能做一次啊，殿下肯定不会再许我靠近他了。”

沐元瑜奇道：“难道我还有第二次机会？”这不是都一样？

林安居然点头：“世子和奴才不一样的，殿下对世子十分另眼相看，世子去劝，一定劝得动。”

沐元瑜终于忍不住斜眼看他：打哪儿看出来的？

她刺了他一句：“可你打我的手板，可一点没有比三堂哥来得轻。”

这是被他主子另眼相看的待遇吗？

林安“扑通”往下一跪：“奴才无礼，听凭世子责罚，不论打还奴才二十板、三十板，只求世子去看一看我们殿下，奴才绝无怨言！”

沐元瑜发现她小看了人，朱谨深身边的这个小内侍，不过十七八岁，看着一点不起眼，却是软硬都来得，便是叫他缠得烦了，看在他忠心为主的份上也不好对他如何。

好声好气地劝了两句，见林安仍是不起，沐元瑜只好使个眼色，贴门边靠着的一个私兵过来，提着林安的半边肩膀一拎，方把他拎起来了。

“我不是不想帮你，我也盼望二殿下康泰，可给他灌药算什么法子？二殿下身份尊贵，又一望便知秉性高洁，怎能忍受别人这样勉强羞辱他？便是我今日去做成了，难道以后次次都如此行事吗？”

林安被她问得答不出话来。

沐元瑜到京未满三日，对京中风向尚未来得及体会，她事先在云南所听所做的那些功课，只能算个参考，不自己切身感受，她不打算草率下什么结论，更不打算随便倾向谁。

林安逼到门上来，她也不会妥协去给朱谨深灌药。亏他想得出来，以朱谨深那个身子骨，灌出问题来算谁的？他是忠心耿耿不惜殉主，她图什么踩这个雷啊！

但也不能直接撵人，她还是多问了一句：“二殿下到底为着什么不肯吃药？这块心病不除，药便是强灌下去，他仍旧郁结于心，旧病不去，恐怕新症又生，可不是治标不治本吗？”

不想她不问这句还好，一问林安居然大胆瞪了她一眼：“世子还问为什么，殿下不是告诉你了吗？你全没放在心上！”

他很为自家殿下的“明珠暗投”生气，但也觉得沐元瑜说的确有道理，遂不再纠缠于她，耷拉着脑袋自己去了。

留下沐元瑜站在门洞里，吹着寒风，挖空心思想了半晌，把前日朱谨深和她说的每句话都寻出来想了一遍，终于抓着了点头绪。

“有什么好不好的，好起来也就不过那样！”

她当时没留意，听过就算了，现在加上了林安的背书，她方读出了它的真实含义。

这句听上去像是随口的抱怨之语，却很可能是朱谨深人生的真实写照。

“好好吃药病很快就会好起来”这种美好的哄劝，朱谨深大概是从小听到大，但残酷的是从来没有成真过。

他是早产儿，胎里带来的不足，治了这么多年未见明显起色，大堂里露了下大腿回去就躺倒了，一旦能代入他的心境，就会发现他不愿喝药并不是多么奇怪的行为。

喝了又能怎么样？

又不能治好。

仍旧这么虚弱地活着。

没意思。

这再发展下去，妥妥的是厌世了。

她和朱谨深接触不多，不确定他这个心态具体发展到了什么程度，但从林安已经病急乱投医到找上她这一点看，他的情况应当不容乐观了。

死亡的威胁固然可怕，但病痛缠身一样让人无法专心感受生的乐趣，活着对他来说，因此不具备那么大的吸引力，如此情况下未必所有人都有强烈的求生意志。

若有至亲的慰藉或许会好很多，但朱谨深丧母，亲娘的面都没见过。

和皇帝谈父爱，则有点奢侈，当然他有，可是已经不知被分成多少份了。而传闻里，朱谨深是不为皇帝所喜，以至于被早早挪出宫的那个。

大冬天里，沐元瑜硬是把自己想出了一身汗，她入京前，听到的是朱谨深是一个残暴欺凌兄长的病秧子，入京后，亲身接触到的却是一个冷清厌世的中二少年。

这两个人设的差异会不会太大了点？

如果有的选，她宁可选前一个。起码，现在她的纠结要少很多。

知道别人有厌世倾向，她明明可以提供帮助却袖手旁观，如果真这么做了，以后她的良心能不能过去这道坎儿？

当然，有非常非常大的可能，她去了也一点作用不起，林安根本就是自己想太多，这听上去本就荒谬。

就她本人来说，她是一点都不觉得自己莫名其妙居然会对朱谨深有了影响力。

所以，沐元瑜一脚在前，一脚在后，陷入了深沉的思索里。

情况就是这么个情况，她到底是去，还是不去？

林安忧心忡忡地回到了十王府。

他轻手轻脚地掀开帘子进到室内，只见朱谨深坐在炕上，面前炕桌上摆着一方棋盘，黑白纵横。朱谨深右手虚悬，二指间捏着一枚黑棋，棋子乌黑，衬得他手白皙如玉，金色的温暖阳光自窗子洒落进来，整个场景犹如一张画卷。

林安却没心情欣赏，他第一眼只见着炕桌角上那碗黑乎乎的药汤。

他走时什么样，那碗药汤现在还是什么样，唯一的区别是它不再冒一丝热气，已然凉透。

朱谨深听到动静，抬眼望了他一眼，低低开口："你再拿那个脸色对着我，就出去。"

林安忙把丧气的表情收了收，搭讪着找了个话题道："殿下猜我刚才去见谁了？"

朱谨深懒得理他。

林安只好自己接下去道："我去找沐世子了！"

朱谨深要往下放的黑棋子顿住了，总算看了他第二眼。

林安得到鼓舞，忙道："我看殿下这两天都病着，没有到前殿去上课，独自闷着无聊得很。上回沐世子来，他这个人行事虽然和京里的规矩不合，但他来了，我们这里还热闹些，我看殿下也不厌烦他，所以想请他来陪着世子说说话，排解排解。”

给他八个胆，他也不敢说想把沐元瑜找来给他们殿下灌药。

朱谨深没说话，但那枚棋子始终没有放下去，这就是要继续听的意思了。

林安表情转为气愤：“但他居然不肯！我劝了半天，他也没有松口，我只好回来了。”

朱谨深默了片刻，道：“谁跟你说我无聊的？”

林安想说“殿下总是一个人坐着”之类，不等出口，朱谨深已接着道：“你在这里，我都觉得很烦，出去。”

“……是。”

林安委委屈屈地倒退着出去了。

室内重新陷入他熟悉的安静，朱谨深低下头，自己默默对着棋盘望了一会儿。

林安是打小起就跟着他的心腹，他的感觉其实没有错。

他对那个云南来的沐世子的容忍度确实要高些，这种由心而发的感触是假装不来他也不想压抑的。

那少年说话做事时都透着股明快，令他联想到书里看过的云南风物，听说那里四季如春，艳阳天格外通透灿烂。

他没有什么朋友，以前也不觉得自己需要，但见到沐元瑜后，他忽然想和他交个朋友。

人有千百种脾气，这一种似乎正好合上了他的。

但他被拒绝了。

“砰。”

朱谨深听到自己心里头一回主动向人开启的友谊之门，关上了。

# 第九章 天家兄弟

直到进入十王府所在街区的时候，沐元瑜都还在犹豫着。

先前林安特地跑去请她她不来，现在反悔自己跑来了。

她一般很少让自己陷入这种难以抉择的境地里，要么做，要么不做，总得要个痛快。

马车在十王府那片建筑群的外围停住了，沐元瑜下了车，迎面一阵凛冽的穿堂寒风刮过来，差点把她刮得站立不稳。

北地真是太冷了，她戴上兜帽，裹紧斗篷，有点哆嗦地加快了脚步往里冲。

不管那么多了，来这一趟，有没有成效另说，总之，她是对得起自己的良心。

这一片朱门虽多，但目前只住了二皇子和三皇子两个人，府邸里有无人居住的差别还是很明显的，沐元瑜虽只来过一趟，也顺利摸对地方了。

但接下来就不顺利了。

因为里面有人传了话出来："二殿下不见客。"

这可怪不得她了。

沐元瑜的心理负担一下尽皆撤去，她开开心心扭头就走。

她没走两步，被从另一边过来的一行人叫住了。

那一行人为首的是个身材高大的年轻人，弱冠年纪，穿一身大红衮龙袍服，翼善冠上围一圈毛茸茸的暖帽，相貌端正英武。

他身后跟着的三四个人则进一步说明了他的身份——都是内侍打扮，簇拥左右。

出声叫住她的是为首的年轻人，他嘴一咧，露出大大的笑容道：“你是谁？我怎么没有见过你？”

沐元瑜躬身向他行礼：“臣滇宁王之子，沐氏元瑜见过大皇子殿下。”

大皇子朱谨治惊讶地“啊”了一声：“你倒认识我啊。”

能穿皇子常服又是这个年纪的还能有谁？

就这短短两句话的工夫里，沐元瑜看出来了，这位大皇子的脑子可能确实有些问题。

单听他的话其实没什么问题，但配上他的表情，就有一种说不出来的微妙怪异感，可能是他的语调缺了点什么，也可能是他看人的眼神过于直勾勾的，总之，他身上确有与常人不那么一样的地方。

但朱谨治并不是一个招人讨厌的人，他的态度还很热情，又问道：“你是我二弟的新朋友吗？我听说他病了，所以我来看看他。你也是来看他的？”

沐元瑜含糊地点了点头。

“那你怎么不进去呢？”朱谨治应该是不大懂人际间的微妙关系，直通通地就问了出来，“我在那边就看见你了，你一直站在这里。”

沐元瑜老实答道：“二殿下可能病着，不舒服，所以说不见客。”

她心里同时把传闻打了个问号，朱谨治作为一个先天智力发育迟缓以致储位至今未定的人，是不可能做戏的，他能这么阳光地来看望弟弟，可见至少他和朱谨深的关系没有传闻里那么坏。

“见客是很麻烦的，又要换衣服，又要和人说好多话。”朱谨治同情地点了点头，“二弟原来就不喜欢这些事。”

沐元瑜想告辞了，她看到朱谨治后面跟着的一个小内侍一直在悄悄地扯朱谨治的衣襟。他这样的身份，又是这样的毛病，出门肯定有专人负责提点他的言行，那小内侍可能觉得他话太多也太实在了，急得不停地眨眼。

但她话未来得及出口，朱谨治就热忱地接着道：“不过你是二弟的朋友，不是客人啊！我是二弟的哥哥，也不是。好了，我们可以一起进去。”

沐元瑜：“……哈？”

她傻着眼，朱谨治已经走过来了，居然还先摸了摸她的脑袋，哈哈笑道：“你好小啊，没想到二弟喜欢和你这样的小孩子做朋友，怪不得他以前都不搭理别人。”

他拉着她往里走，嘴上还絮絮叨叨的：“我知道我舅舅就总来找二弟，二弟都不理他，舅舅还来找我帮忙。不过二弟不喜欢他，我也没有办法的，我要替他跟二弟说话，二弟连我都要训了，说我多管闲事。”

他话连着话，沐元瑜不好打断他，结果就硬是一路都没找着说话的机会。朱谨治上门，府里不可能有人拦他，他就这么直接拉着沐元瑜走到了正院里。

林安大概是接到了传报，急匆匆地从堂屋里出来。

沐元瑜以为他是要迎接朱谨治来的，结果林安埋着头，小跑着从旁边的穿廊走了。

这是什么意思？

这样对大皇子也太不敬了吧？她都没躲而是马上行礼了啊。

她下意识抬头看朱谨治，结果朱谨治的反应更离奇，他不生气就罢了，可能他一颗稚子心，不懂和下人计较礼仪，但他居然露出了恐惧的表情。

沐元瑜觉得他拉着自己手臂的力道都变大了。

“那个、那个是不是林安？”朱谨治转头小声问自己身边的内侍。

内侍忙道：“他已经走了，走得远远的了。”

他说着望了沐元瑜一眼，把下一句到嘴边的“殿下别怕”忍了回去，但沐元瑜当然看得出来。

这情景也太神奇了，朱谨治堂堂一个皇子，且是嫡长皇子，居然会对一个小内侍畏之如虎。

她一点没看出林安有这么大本事。

看来当年这对天家兄弟之间，应该确实还是发生了点什么事。

朱谨治得了内侍的安慰，才好像放松了点，让内侍护着继续往前走了。

门帘再次被掀开，长兄上门，朱谨深亲自迎了出来。

见到站在旁边的沐元瑜，他表情冷淡，不由得一怔。

沐元瑜心下跟着一紧，她多少是要面子的呀，在门前被婉拒还罢了，进都进来了，再叫人撵走，那可连个遮羞的缓冲都没有了。

冤枉的是，真不是她厚脸皮主动赖进来的。

朱谨深没理她，先望向了兄长："皇兄，你拉着别人做什么？"

朱谨治忘性大，见到弟弟又高兴起来了，道："这是你的朋友，我在门口遇见，所以一起来了。"

沐元瑜忙道："是大殿下误会了，臣只是来探望殿下。"

以她和朱谨深至今为止的交集，她疯了才敢在外面自称是他的"朋友"。

朱谨深显然是了解长兄的脾性，没就这点多说什么，他幽深的眼神转过来，问出来的话却是更不好回答："林安先前找你，你不是不愿意来？何故出尔反尔？"

好嘛，做人真的不要反复，果然为这事吃亏了。

沐元瑜在心里自嘲，认错的话到嘴边了忽地止住——不对，这个问话，朱谨深难道还很期待她来给他灌药不成？

林安这小子一定没说实话！

她腰杆瞬间直了，摆出一个耿直的表情道："殿下容禀，林安的请求，臣当然不能从命。"

一旁的朱谨治本已放开了她，闻言重新扯了扯她的衣袖，小心翼翼地道："林安去为难你了？算了，他好吓人的，你还是忍一忍吧。"

他的插话没造成任何影响，朱谨深当成了耳旁风，只说了一个字："哦？"

这个字还是对着沐元瑜说的。

朱谨治莫名地怕一个小内侍，沐元瑜可不怕，林安敢给她背地里下眼药，她就敢当面找回场子来——这样一来，她又庆幸自己跑这一趟了。她马上跟着又来，朱谨深虽然有不虞，还是愿意听她说两句，要是拖下去，这一点小误会说不定得拖成心结了。

她道："不知林安是怎么跟殿下回禀的？他在臣那里是说，殿下怕苦，又不愿意吃药了，他劝不动，想起前日的事，所以去找了臣。但殿下前日不计较，是殿下大度，臣怎能不知上下，接二连三对殿下行此不敬之事呢？所以臣坚定地拒绝了他。”

当着朱谨治的面，她没把话说得太明白，皇帝都不知道朱谨深不愿吃药的事，朱谨治更不会知道，朱谨深也不会想让这个长兄知道。

“叫林安来。”

沐元瑜打起了精神，准备进入对质状态，但朱谨治目光一抖，哀求地看向弟弟：“不，不，我不要见他。”

朱谨深改了口，重新吩咐左右：“去通知林安，叫他到前面领十板子。”

这么快就相信她啦？

沐元瑜眨了下眼，这位殿下的气质淡了些，但处事倒是一点不拖泥带水，挺能明辨是非的。

她没忘记朱谨深的第二个问题，继续回道：“但臣听说殿下贵体仍有微恙，心下挂念关切，所以还是冒昧登门了。”

朱谨深的目光自她冻得红通通的脸颊上一扫而过，心下掠过了诧异之情。

他这个身体，从小到大听过最多的就是旁人的慰问之语，不论亲戚还是大臣们见他，总免不了要表示对他身体的关切，别的他或许不能通盘分辨，但这所谓的关心几分真几分假，他是再清楚不过了。

有些人，嘴上说得再好听，眼神中甚至舍不得放一丝感情；也有些人，话没说两句，情意充沛得怆然涕下，好似恨不得替他把这个病生了。

这些人不知道自己把“别有用心”四个大字明晃晃地贴在了脸上。

比如，李飞章。

他从他贴上来的第一时间就知道他想做什么，所以他从来不想搭理他。

但很古怪，这个少年表露出来的情感居然是真的。

不论多少，但是是真的有在替他担忧。

他现在有些不大确定地想：难道是因为年纪小一点，所以感情会纯挚一点？

不管怎样，他心中确实为此舒服起来。

这种久违的情绪一直持续到了进到屋里，炕桌上，那碗凉透的药还放在那里。

朱谨深："……"

朱谨治进来时没有等传报，他接到消息的时候，人已经快走到正院了，他赶着让林安躲开，忘记了还有这么个幌子摆着。

朱谨治咋咋呼呼地已经宣扬起来了："二弟，你真的怕苦没有吃药啊？你的朋友说，我还不相信，你生着病，不吃药怎么行呢？你还怕苦，哈哈……"

他觉得弟弟会怕苦这件事很有意思，翻来覆去说了两遍，才带点小骄傲地道："我都不怕。"

说罢，他眼神若有所盼地环顾四周。

朱谨深紧抿着嘴唇，面无表情。

朱谨治身边的内侍接了他的话茬，夸赞道："殿下真是英武不凡。"

朱谨治这才满意地点点头，坐下了，然后伸手摸了摸药碗，说道："都凉了，这天气喝凉掉的药可不好。"

他扬了头："把它拿去热一热吧，再端来给二弟喝。"

屋里的两个内侍没有动弹，他们是朱谨深的人，主子不发话，哪怕是朱谨治的吩咐他们也不敢领命。

沐元瑜左右看了看，叫她再给朱谨深灌药她不敢，但有傻乎乎的大皇子在前面顶着雷，她给敲敲边鼓还是可以的，于是就蹭过去伸手拿了碗道："两位殿下聊着，臣闲着没事，跑个腿去。"

她也不看朱谨深的脸色，飞快地溜出去了。

朱谨深常年病弱，隔壁就有个耳房放着炉子，专门替他熬药烹茶的，沐元瑜端着药一出去，很快被指引了方向走进去了。不过她端过去的那碗药没派上用场，炮制中药很有讲究，一般人家药凉了重新加热下没有什么，到朱谨深这里是直接倒掉重新煎制的。

沐元瑜在小内侍给她搬来的一张椅子上坐着，她没有等待多长时间，因为炉子上原就没有断了药。

沐元瑜为此试探着问了那小内侍两句，发现负责经手药材的都算是其心腹之人，而朱谨深身边这些比较亲近的人里，都知道他现在不怎么愿意喝药，所以药铫子才不离火，预备着他哪一时心情好愿意喝了，能及时送上去。

沐元瑜："……"

长得那个高冷模样，干这种任性耍赖的事好吗？

不过她同时发现一点，这些人都知道这件事，居然都不曾上报外传。

她到现在对朱谨深其实还没有留下多深刻的印象，他身上最显著的标签是病弱，以及由此衍生而出的对外物的冷淡，这一点很大程度上掩盖了他本身的性情。他表露在外的就是似乎没有什么事放在他的心上，也没有什么值得引起他的兴趣。

这样一个人要说他有什么厉害的手段，实在好像不太可能，但据她眼前所见，他身边的人又确实被管得铁桶一般。

天家子，看来再简单也没有简单的。

药材煮沸了，带着微涩的草木香的热气缭绕而上，沐元瑜嗅着这香气，又等了一小会儿，管药的内侍满面殷切地把新熬的一碗药汤交给了她。

沐元瑜接了药，回到正房里去，才进堂屋门就听到朱谨治声音响亮地说着什么，再进得次间，她不由得一愣。

朱谨治旁边多了个人，穿的服饰同朱谨治一般，年纪同朱谨深差不多大。

今天是什么好日子呀，她不过满怀犹豫地走了趟十王府，结果一下见着了三位皇子，只差当今皇后所出的那位就集齐了。

朱谨治话快，先跟她介绍："这是我三弟。"

沐元瑜把药碗交给迎上来的内侍，上前行礼问了安。

三皇子朱谨渊十分和气，笑着站起来搀扶住了她："沐世子不要客气，沐家先祖乃太祖膝下的义子，你我关系与别的臣子们不同，兄弟们当亲近些，便唤我一声'皇兄'也使得的。"

沐元瑜幸亏把药碗给人了，不然得泼出来。天家这三位皇子殿下的性格真是太分明了，那都是几辈前的事了，她多大脸跟正经皇子论兄弟？

朱谨渊这自来熟令她有些不适应，只能连称“不敢”。

但朱谨渊仍旧很亲切，朱谨深捧着内侍传过来的药碗要吃药，没有说话，他就和朱谨治两个一句接一句地聊，时刻不忘把沐元瑜拉进话题里去。

讲真，沐元瑜并不怎么想说话，她不是对朱谨渊有意见，三兄弟里，前两个一个傻一个冷，朱谨渊的态度其实算是最周到的，但这是朱谨深的居所。

她是来探朱谨深的病的。

那和朱谨渊聊得火热算怎么回事呢？

她不好表露出来得罪朱谨渊，只能适时以微笑附和。

朱谨渊以为她初来腼腆，就更主动找着她说话，问她来京里习不习惯，吃住如何，又告诉她京里有哪些好玩有趣的地方，可以带她去逛。

这是一个非常有心的主人家了，唯一的问题是，这不是他的家，真正的主人正喝着药。

朱谨治一个傻子进来都知道关心一下弟弟的病。

沐元瑜记得张桢提到三皇子时是说他“和气温煦”，现在对照着看也不能算错，但放置在这个场景里，就是有点怪。

因为她的有效回应不多，便说话也是一些“多谢三殿下”之类的套话，朱谨渊终于不大说得下去了。朱谨深又不发一语，他难道真跟朱谨治聊得下去？

他站起来笑道：“没想到在这里见到沐世子，一时高兴，多说了两句，搅了二哥的清净了。”

朱谨深道：“哦。不是你见着了沐家的马车停在外面，使人上去问了吗？”

…………

有生以来，沐元瑜经历过的比这还尴尬的场景不多。

这一巴掌扇得太狠了，她几乎都能听见忽然安静的空气里那道破空而过的风声。

他们兄弟有不和私下起争端还罢了，但此刻她还在场。

多大仇。

沐元瑜礼貌性地回避了不去看朱谨渊的脸色，她觉得他此刻应该恨不得把那句话的每个字都重新塞回嘴里去。

朱谨渊再温煦，也还没有修养到唾面自干的境界，铁青着脸站起身来，一言不发地去了。

他没强辩吵嚷，这风度其实也还算不错了。

被衬得略像个反派的朱谨深丢下药碗，不罢休地还补了一枪："东施。"

沐元瑜："……"

她知道朱谨渊为什么走得那么痛快了，朱谨深已经发作，他敢留下来，能被嘲讽得仿佛揭了一层皮。

朱谨治大人似的叹了口气："二弟，你又把三弟气走了。唉，他也是，撒这个谎做什么呢。"

他很照顾地向沐元瑜解释道："你刚才没在时，你们家的车夫往里递话，说有侍卫模样的人问他是谁，为什么停在这里，你家的车夫怕惹到了麻烦，所以要告诉你一声。"

沐元瑜明白了，这片拢共就住了两个皇子，朱谨深这里知道她来，自然不会使人去问，那就只有朱谨渊那边的人了。

他也真是太矬了，不知道他来之前已经被车夫报了进来，强行"巧遇"，结果失败，被当场揭穿。

不过她跟着想到朱谨深后加的"东施"一词，她直觉反应这是很狠的两个字，但不知道为什么，按捺不住好奇心，便问朱谨深道："敢问殿下，西施是谁？"

说朱谨渊效颦，那总得有个被效的对象吧。

朱谨深："……"

他的脸色慢慢黑了。

沐元瑜极力忍笑："哦，我懂了，不劳殿下解释。"

看来他嘲别人嘲得凶残，没留神把自己也装里面了。

只论病弱这一点，他还挺像的。

这种有点拐了弯的笑点朱谨治就不懂了，茫然地来回转头看着他们。他又带着点担心劝道："二弟，你不要跟你的朋友发火，他好心来看你，你把他也气走了，你一个人多无聊啊。”

朱谨深对兄长的态度要好不少，道：“我没发火，三弟也不是我气走的，他是被自己蠢走的。”

朱谨治不认同地摇了摇头：“三弟再笨，还能笨过我吗？你总对他没有耐心，这样对你也不好，我在宫里都听见人说你了，我说你不是这样的人，别人当面说相信我，我还没走远，就又说起来了。”

“那又怎么样？”朱谨深漠然道，“叫这些人到我面前说试试？”

朱谨治没办法地道：“唉，人都知道你苛刻，谁敢到你面前说。”

“那不就好了。”

“可是他们背地里说啊！”朱谨治苦口婆心地劝他，“你生着病，应该好好保养自己的身体，不要总是和三弟生气。”

朱谨深往身后的迎枕上一倚，道：“我说了我没生气，跟蠢货有什么好生气的，那我整日没第二件事干了。”

沐元瑜在一旁十分纠结，不知该努力缩小自己的存在感，还是努力扩大自己的存在感以提示这两位殿下她还在。

她是很想走，可没人叫她回避，她自己走开也很怪啊。

好在以朱谨治的智力，能劝弟弟到这一步已经很不容易了，再往下他就不知该说什么了。待了一会儿，他转而向沐元瑜道：“你们是朋友，好说话，你多劝劝他吧。”

继林安之后，第二次被人拜托劝说朱谨深，沐元瑜都要有错觉了，难道她跟朱谨深关系真的不错？

很显然，没这回事。

但朱谨深居然没有对此加以反驳，不知是懒得再和弄不清状况的哥哥说话，还是真就默认了她这个被哥哥硬塞给他的“朋友”，总之，他是没有吭声，身体半斜着，长长的眼睫垂着，有点慵懒疲惫的样子。

沐元瑜：“……”

要是到此时还感觉不出他的友善之意，她就太迟钝了。

朱谨深披着一张清冷的皮，可是嘴毒到能对亲兄弟下“东施”评断的人。

忽然感觉有点受宠若惊怎么办？

另一边，朱谨渊没有回自己的三皇子府，而是一腔怒气地进了宫。

他涨红着脸，冲着母亲抱怨道："母妃，我再也受不了了，就没有别的方法了吗？非得叫我去二哥那儿受气！"

贤妃端坐着，神色不动，温柔地问他："今日又怎么了？"

朱谨渊十分恼火地把自己受的羞辱说了，末了道："我惹不起他，我都走了！他还追着讽刺了我一句！"

贤妃道："甚好。"

朱谨渊："……母妃！"

"母妃知道你委屈，"贤妃目光柔和地望着他，"可是没有你二皇兄的尖刻，怎么衬出你的大方呢？他越没有手足之情，你越要恭敬对他，这样方才显出你的好来。"

朱谨渊憋着气道："我又不是就他一个兄弟。"

"可是你大皇兄是个傻子，你跟他有什么不和，人家只会说你的不是，连个傻子都不能宽容。你四弟，皇后娘娘当眼珠子护着，你我打不了他的主意。"贤妃安然道，"好孩子，你想当人上之人，就要吃过人之苦。这个道理，母妃和你说过许多次了。"

朱谨渊喝了两口内侍送上来的莲子茶，神色慢慢平静下来，道："是，母妃，我知道了。"

贤妃的脸色愈加温柔："这就对了。好孩子，我知道你受了委屈，等会儿让厨房多做两道你爱吃的菜，你就留在这里吃饭吧。"

朱谨渊应了，又道："母妃，还是您有慧眼，二哥成日装作那不食人间烟火的样儿，我还以为他真对那位置没兴趣呢。滇宁王世子一进京，他第一个变着法儿打上交道了，哄着人家去看他，就这样，还好意思说我效颦！难道只许他和沐家的世子说话不成！"

贤妃安抚他道："你二皇兄什么个性，你不清楚吗？沐家的世子叫他丢了那样一个大脸，他当着皇爷的面揭过去了，心里怎可能不记恨？这两个人面和心不和，迟早有闹翻的一天，你压根不必在意。你只要做好你自己，用你二皇兄衬着，让朝臣们夸赞你的友孝宽和就够了。"

朱谨渊心里便又舒服了不少，道：“母妃说得是……”

朱谨治劝不动弟弟，只好再嘱咐了朱谨深两句好好养身子好好吃药，就无奈地领着人离开了。

沐元瑜走这一趟，成功让朱谨深喝下了一碗药，虽然功劳大半不是她的，自觉也算完成了任务，就要跟着告退。

朱谨深忽然先一步问她：“你会下棋吗？”

沐元瑜望着炕桌上的棋盘点点头：“会。”

“与我下一盘吧。”

朱谨深不算征求她的意见，直接说了，就坐直了身子，把他先前自己摆的棋子一颗颗收回两个青玉雕成的棋罐里。他宽大的衣袖略微捋起，露出骨节分明的玉白手腕，动作间如行云流水，棋子互相敲击的清脆声响衬映着，令他气度一下子高雅起来。

沐元瑜：“……”

她不是看愣了，她是后悔了，朱谨深这个架势一看就是弈棋高手，而她所谓的“会”，不过是知晓围棋规则而已。在这个领域内，他吊打她恐怕根本不费吹灰之力。

她早知道说个“略懂”还好挽回点颜面。

沐元瑜没有死要面子的习惯，既发现情势不妙，她就打算在适当的时候主动承认一下自己不精棋道的真相，平常只是偶尔玩玩，没对此下过很大工夫。

但让她没想到的是，她连这样的机会都没有。

朱谨深作为邀请人，有风度地没和她猜子，直接把装白棋的棋罐递给了她，让她先走。

玩游戏最忌一方不投入不努力，哪怕注定是输，也要挣扎过才有意思，沐元瑜便很认真地落起子来，她打算在发现自己显露败迹的时候再解释。

棋盘渐渐纵横黑白，未过十步，朱谨深抬头问：“你‘会’下棋？”

他那个重音所落的位置一下就把沐元瑜问得心虚起来，她忙对着棋盘望了望，嘴上道：“跟殿下比自然远远不如，臣平常杂事多，不大静得下心来。”

没看出哪里不对呀！她在赶着围朱谨深的棋嘛，虽然目前为止还未成功，总是差了一步。

朱谨深摇摇头，把手里拈着的一子放回棋罐里，把棋罐推远了些，说道：“你先走的子，才开局已经变成跟在我后面追着堵截。你不擅此道，还是算了吧。”

沐元瑜这下就不大服气了，她要已经叫人围了大龙也就罢了，如朱谨深所说，才开局，怎么就断定她要输了？虽然她是会输，但不是还早得很吗？

她就伸手过去，把那棋罐又往朱谨深面前推了推，说道：“我愚钝，殿下国手，叫我见识见识？”

今日以前她不至于这样干，不下她走就是了，但先前让朱谨渊一对比，她赫然发现林安说得不错，另眼相看什么的不一定，但她在朱谨深这里的待遇正经还挺不错，心情也就跟着放松下来了。

朱谨深望她一眼，勾了下嘴角，道：“你恐怕见识不了多少。”

他给了她面子，重新拈子下起来。

棋局在扩大，黑白子继续占领各自江山。准确地说，是黑子在不断扩张。

因为从第十五手开始，朱谨深几乎每落一子都要带走她的一颗或几颗白子，她补棋的速度居然都比不上损失掉的。

沐元瑜都没来得及弄懂自己为什么会被围住，就已经损兵折将，完全没有翻盘希望了。

她唯一模模糊糊感觉到的，就是自己的棋不知道为什么特别散，反观朱谨深的，处处都是布局，随便哪里落下一子，就能将她封锁住。

她知道自己棋力不佳，但没想到“不佳”到这种连输都不算的地步。这盘棋有什么输赢？根本就是朱谨深闲着没事逗她玩了玩。

扯到输赢都是给她脸了。

“还下吗？”朱谨深问她。

沐元瑜脸微微发热，飞快摇头。

朱谨深就又低头收拾起棋子来，沐元瑜也帮忙收着自己的白子，她收得很快，因为棋盘上就没剩下几颗。

等她收好抬头的时候，朱谨深还在一颗一颗拈着。他做这件事的时候，神色是真的很温和宁静，又带着些寥落。他的气质弱，但相貌其实一点不娘，和沐元瑜、沐元茂不是一个风格。他的眉目乌黑分明，鼻梁高挺，只是唇色浅淡了些，与他过于苍白的肤色一样，显露出他先天带出的体弱不足。

可能是气氛太安适，沐元瑜禁不住就问道："殿下，我看今日大殿下来时的模样，似乎很好？"

朱谨深没抬头，问道："你想说什么？"

沐元瑜慢慢组织着用词："臣听说——"

"你又不是正经当官，就说'我'好了。"

"是。"沐元瑜干咳一声，她是有点紧张，换回了正式的自称，重新道，"我听说，大殿下以前也有恙在身，且和殿下一般，也是胎里带出的毛病。但我才见大殿下，他中气足，声音洪亮，肤色红润，似乎已然痊愈了？殿下先前曾说吃药无用，从大殿下身上看，分明是有疗效的。"

她余下一句话含着没说——不像你，吃个药三天打鱼两天晒网，想吃才吃，不想吃就不吃，十分药效能发挥出三分就不错了。

朱谨深道："你懂什么。"

沐元瑜："……"

林安这小子还是诓她，他哪里对她另眼相看了！

"这么大脾气？"

朱谨深此时刚好捡完了棋子，抬起头来，一眼见到她绷起的面孔，轻嘲了一句，道："我不是那个意思。道听途说的话，听听罢了，信就不必了。"

沐元瑜那点不快没了，脑子里开始转动起来。

什么意思？她刚才说的话里哪桩事不对？

朱谨治的身体没好？不对，如同朱谨深显而易见的体弱一样，朱谨治的精气神也是形于外的，一个真正胎里弱的人不是那个模样，这一点一对比就看出来了。

那就是……朱谨治没病？！

这个反向倒推险些把沐元瑜惊出一身冷汗，好在她才亲眼见过朱谨治，确认他的智力问题同样是掩盖不了的，便是他以前因什么宫廷隐秘而有些做作，现在已经成年，对一个成年嫡长皇子动脑筋的可能性几近于零，他大可自行“痊愈”。

排除掉两项不合理的推论，就只剩下一桩合理的：朱谨治确实有病，但疾只在脑，而不在身。

外界会有他体弱的传言，恐怕是以前皇帝对他实则智弱的掩饰，不过他如今大了，想藏也藏不了，必须得出来露一露面。从朱谨治的举止看，他能被教到这个地步，应当是花费了身边人很大的心血，也因此皇帝才敢让他出宫了。

这就有点麻烦了，她见到朱谨治，原以为他是一个上好的榜样例子，不想内情如此，对建立朱谨深痊愈的信心根本没有一点帮助。

“瞎操什么心。”朱谨深口气和缓地道，“生死有命，我长到如今，若连这一点也看不穿，该早把自己为难死了。”

他要说自己就是“不想活了”那沐元瑜也就罢了，一个人死志已定，那不是她一个萍水相逢会过两面的人有能力拉得回来的。但听到这个话，她就有点气笑了：“殿下那是看穿了吗？分明是胡来！”

感觉口气太生硬，她呼出口气，忙又把声气放软了些：“殿下说生死有命，但我以为殿下有疾不愿吃药，这生死并非由命定，而是殿下自己选择的，何必推给命呢？所谓命定，便譬如我先前与殿下下棋一般，明知我与殿下棋力相距甚远，仍旧坚持到崩盘，那时才好说一个，我注定当输。”

朱谨深瞥了她一眼，道：“棋下得不怎么样，倒挺会给自己脸上贴金。”

沐元瑜憋不住要笑，赶着回了句嘴：“殿下，我实话实说。”

朱谨深没在这一点上和她争辩，话锋忽然一转，问道：“你既然听闻了大哥体弱的传言，那不会单只一桩吧？多半也有关于我的。比如说，我与大哥不和，暴虐打断他身边人双腿之事？”

沐元瑜点点头，心里吐槽：不但如此，还听闻你把你哥吓哭了呢。

朱谨深问：“你信不信？”

沐元瑜脖子僵了片刻，还是摇了摇头：“我的想法，本也与殿下一样，耳听为虚，眼见为实。就我所见的殿下，并不是会对兄长不敬之人。”

她顿了下，因为感觉身后有动静，转头一看，只见帘子掀开，林安捂着屁股一瘸一拐地走了进来。

他看到沐元瑜露出一个惊讶的表情，他当然知道她来了，不然他也赚不到这顿板子，只是没想到朱谨治都走了，沐元瑜还留在这里。

他再望向自家主子，便见他家主子伸手向他一指，懒懒地道："哦，是真的。就是他动的手。"

朱谨深手虽指着他，并没看他，他的目光注视在沐元瑜脸上，还用低哑的声音诚恳地提出了佐证："不然你以为，我大哥来，为什么这么怕他呢？"

沐元瑜："……"

中二少年好烦人啊。

她无语地望向屋顶华美的雕梁。

# 第十章 遭遇弹劾

跟中二病发的少年对话，苦口婆心是最没效果的，沐元瑜索性也不跟他扯别的了，就顺着他的话道：“是吗？那我对小林公公多有失敬了，今番害小林公公受了罚，下回再碰着面，我没有大殿下的威势身份，当主动退避三舍才是了。”

被强行加戏的林安一脸蒙，片刻后反应过来忙解释：“世子说什么呢，世子别听殿下的玩笑话，奴才哪敢干那事？不对，事是奴才干的，但奴才绝没有想吓唬着大殿下，那是正好赶上了。您以后总有一天会知道的，总之，绝不是像外头瞎传的那样！”

他不解释沐元瑜还没多想，一解释她就若有所思，看来里面是真有事，而且不是一般的事，不然以林安的护主劲儿，不会到现在还藏掖着不肯说。

林安虽然没有吐出真相，但是对于朱谨深的名誉因此多年有瑕一事很不甘心，嘟囔着补了句：“外人不知道还罢了，世子不是一般人家，怎么也会被无知传闻蒙蔽住呢？”

沐元瑜斜眼看了看他：“我以前听到的是无知传闻，今日这句，可是你们殿下亲口所说。”

林安不说话了。但看其模样，明显憋得不轻，只是不能出口。

沐元瑜那点所思便加深了，如林安这等连给自家主子灌药的主意都敢动的，是一等一的心腹，他敢动这个主意，就不会惧怕此时规劝两句，他为什么不说？

朱谨深那句所谓玩笑，可大可小，若换成她初进京对他并无一丝了解时，听到他这么若无其事地说着自己的一个内侍就把长兄吓得至今尚如避猫鼠儿一般，她对朱谨深会是什么看法？

不用细想，总之不会有一个好词。

想到这里，她忽然看向朱谨深。

朱谨深还是那副懒洋洋的样子，对上她疑惑的眼神，他无端意会到了，嘴唇微启，道："你猜。"

沐元瑜不用猜。

她一个字没有问，朱谨深已然知道她在想什么，那答案不可能有第二个。

他就是在自污。

京城这潭水，如她想的一般深，或者可能更深，而朱谨深指尖轻拨，向她展示了水面之下的一点暗流。

沐元瑜得承认，无论他的态度如何中二，他实则没有恶意。

否则他行事不会是这个顺序。

她镇定下来。不该她问的事，她现在就不问，时候未到，知道得太多未必是件好事，因为那同时意味着她涉入过深。

她站起来，很自然地告辞："我在这里也扰了殿下半日了，天色不早，我该走了，改日殿下心情好又得闲，我再来与殿下消闲。"

她通篇用的是"我"，没称"臣"。

朱谨深自然听得出这差别，神色舒缓，点了点头。

林安忙道："奴才送一送世子。"

他不顾才挨了十板子的屁股，身残志坚地硬是跟着沐元瑜往外走。

"世子，其实我们殿下人极好的。"出门不久，他就忍不住了，忙着道。

沐元瑜早知他跟出来有话要说，配合地放缓了脚步，摆出聆听的模样。

"我们殿下说那事，有是有的，但真不是那样。"林安很苦巴地皱着娃娃脸，说道，"其中内情没殿下允准，奴才不敢吐露，不过可以拣能说的告诉世子一点。当年的命令确是殿下下的，奴才动的手，没现成的板子，也不便惊动人去要，奴才就使椅子腿砸断了那逆奴的腿，动静大了点，为此惊着了大殿下。”

沐元瑜望了一眼林安的身板，又默算着把他的年龄往回倒推了一下，事出时他应该是个少年，力气没多大，也没有现成的工具，这样硬生生把人的腿敲断，那动静真不是一般的大，怪不得朱谨治至今见着他仍有心理阴影。

林安接着道：“大殿下随后就病了。这一来，奴才的小命差不多也就跟着玩儿完了，上辈子没积德，这一世投了这奴才秧子的命，又有什么法子呢？奴才哭哭啼啼地就打算认了，但殿下拦在了奴才前头。”

他的语气转为骄傲，说道：“哪怕皇爷震怒跟殿下说，若执意护着奴才这个卑贱之人，就将殿下赶出宫中，殿下也没有松口退让。”

沐元瑜不由得问道：“二殿下是为此出的宫？”

传闻只说是因责打朱谨渊近侍，原来还有这后续之事。

林安点点头：“那时殿下身子还要弱些，因为耗了心力和皇爷对抗，不多时也病倒了。皇爷气得不得了，到底对殿下还有些怜惜，没立时叫殿下迁宫，也没强把奴才提去。奴才提心吊胆地过了两年，以为风声差不多该过去了，这条小命该保住了，不想皇爷再次来问了殿下，是把奴才交出去，还是出宫。”

“奴才当时的心悬到了嗓子眼，但也想着，算了，多活了这两年，殿下很对得起我了，难道还真为我一个奴才被赶出宫去吗？”

这时他们差不多已走到了前院，林安眼圈红红地说出了下一句：“但殿下还是选了保住我。”

“我这条命，从此就是殿下的了。”

沐元瑜赞道：“你们殿下很负责任。”

主子不是好做的，地位高就一定能得下人归心？不，完全不是这样。

下人也是人，掌控不好，他消极怠工已算听话，略有些本事能耐的，有一百种花样能坑到主子身上，还叫主子无话可说。

林安急了：“怎么只是‘负责’呢？”

沐元瑜见他一副准备要夸出千字长文的架势，笑着摆摆手：“好了，我知道了，二殿下是个好人，不像外面传的那样。你留点空子，由我自己去发现，岂不更好？”

林安想想也是这个道理，方意犹未尽地道：“多谢世子今日来探望我们殿下，世子说了以后常来，可不要是诓殿下的客套话。”

“便是殿下不想见我，我也要常见殿下的。”沐元瑜笑道，“你忘了，我以后要和两位殿下一起读书？”

林安一拍脑袋，说道：“哎哟，可不是，瞧奴才这记性！”

“回去歇着吧，别送了。对了，我们都挨了板子，也算对抵了，你往后可不要记恨我。”

林安忙道：“奴才哪里会记恨世子？奴才小人之心，没想着世子愿意来，乱传了话，险些害得殿下对世子生出误会，就再挨十板子也是该的。”

他到底把沐元瑜送到门外，方才停下。

沐元瑜登车回到家里，这回沐元茂没等着她，面都没露。沐元瑜以为他用功读书去了，顺口一问，不想鸣琴和她说，沐元茂病了。

倒不是大病，只是小小风寒。

沐元瑜去看了看他，见他吃了药正睡着，就没有多打搅，静静退了出来。

“让厨房以后每日都熬些姜汤，我们南来的人一多半不适应这里的气候，让大家都喝着，暖和暖和身子。”

鸣琴答应着去了。

沐元瑜独自吃了饭，上炕小憩一会儿，但不多时就觉得头脑昏沉起来。

这炕虽然暖和，但初来的人不一定睡得惯，私兵里有好几个受不了这热度被烤出鼻血来的。沐元瑜睡得不安，起初也以为是炕烧得过热之故，便想转移到隔壁的架子床上去，不想掀开被子脚沾了地一站起来，整个人一阵天旋地转。

“世子？”

守在窗下做针线的观棋冲过来扶住她，见她色如桃花，便知不妙，手往她额上一搭，惊呼：“世子，你生病了！”

八大丫头里，她是通晓医术的那个，非疑难杂症的毛病都能治，当下一边叫唤别的丫头过来，一边搭脉辨证，开出药方。

整座春深院飞速运转起来。

沐元瑜是个健康宝宝，平常很少生病，这样的人一旦病倒，症状就比别人来得重。

她病因在先前打通政司回来犹豫着要不要去十王府时，站门洞子里吹的那一会儿冷风，此时发出来，令她先是高烧，烧退下去是咳嗽，咳了几日后喉咙整个嘶哑。皇帝在这中间正好召见她，她都没办法去，去了说不了话，还有把病过给皇帝的风险。

幸而她这陛见没什么要紧事要说，皇帝听了她的回话呈词，态度温和地下了口谕叫她不必着急觐见，安心养病便是。

沐元茂的小风寒是早已好了，但被她这场来势汹汹的病吓着了，他的荫监手续已经办完，照理可以入监读书了，他硬拖着不肯去，在宅子里守着沐元瑜。

有他在，沐元瑜其实不怎么方便，只好以怕过病给他为由不让他进屋，他就早中晚各来一趟，瞧一瞧沐元瑜有没有好转。

直到病到第十日，沐元瑜才终于缓了过来，各项症状相继消失，除了说话的声音还有些嘶哑，别的都算好了。

这十日她收到了一些探病礼物，出乎意料第一份是朱谨深的，他送的礼物很实用，但有点奇怪——是一个太医。

好在他得到消息的时间迟了些，沐元瑜那时的症状已经转成咳嗽，这点小毛病太医听听就够了，观棋又在旁边打着岔，拿自己开的方子请他指正。太医便把诊脉疏忽了过去，提笔改了观棋的一味可改可不改的辅药，算是不白来一趟，就去了。

第二份更让人意外，是朱谨渊的，比前一份的太医还要麻烦，因为他亲自来了。

他赶得不巧，沐元瑜此时已经把喉咙咳哑了，说话只剩下气音，跟他交流得靠纸笔。朱谨渊本不是这点眼色都没有的人，没打算久坐，但他见沐元瑜病至眼尾拖红，两腮发晕，这副神情原是憔悴，不知怎的，他倒觉得沐元瑜比上回所见更加秀气似的。

这位边疆来的有一半夷人血统的世子，从外貌上一点看不出来，倒像是养自江南水乡一般。

朱谨渊不禁多坐了会儿，丫头们见沐元瑜要抱病穿戴整齐出来见他行礼，原已不大乐意，再见他还盘桓不去，更加不悦，暗地里左一个右一个地冲他飞眼刀子。

飞了顿饭工夫，总算把他飞走了。

第三份礼物最诡异，两根圆胖老山参，来自李飞章。

不知他从什么渠道得知了沐元瑜生病的消息，打发人来丢下礼盒就走了。沐元瑜让病拖得心浮气躁，也懒得理他怎么会来这一出，照样收下记了礼单完事。

她终于痊愈的这日，时令已进入十一月，赶巧是个大晴天，阳光高照，丫头们把沐元瑜这些时日所用的衣物被褥之类拆洗的拆洗，晾晒的晾晒，把整个院子都挂满了。

沐元茂早在家里闷得待不住了，见她好了，马上来约她出去逛一逛。打进京就不停地有事，他还没正经闲散地往哪里走过呢。

沐元瑜也闷得不轻，就跟他一道出了门，往附近最热闹的棋盘街走去。

棋盘街就在大明门外，离着皇城极近，顾名思义，它就像一张棋盘一样，十方纵横。外围有一圈白石栏杆围着，栏杆里因直通着大明门，是不许做生意的，栏杆外则云集了天下商贾，什么奇珍稀罕物事都有，算是京城的核心商业区。

他们逛得正开心，碰上了个熟人。

是李家的小国舅爷。

他见着沐元瑜，眼睛一亮，打老远就扬声道："哟，病好啦？！"

沐元瑜不知他想干吗，收了人的礼，还是给了个笑脸："国舅爷客气，我不过得个小风寒，送了那么份厚礼来。"

李飞章极大气地挥挥手："两根参而已，不值什么！你们哥俩这是逛着呢？你们初来京里，我正也没事干，不嫌弃的话，我给当个向导。告诉你，京里有趣的地儿可多了，这棋盘街买买东西还成，若论别的，可没意思。别怕，看你哥俩这嫩生生的样子，那些不好的地儿我不领你们去，就去看看斗鸡怎么样？随便玩两手，这大冬日里，好些戏耍不好弄，就这个还热闹些。"

沐元瑜知道，所谓斗鸡其实就是赌博。李飞章这样的，玩的肯定不会小，上来就要拉着他们去赌，还说不好的地儿不领着他们去，那不好的地儿得是不好成什么样儿啊？

她心生警惕，摇了摇头："国舅爷自去吧，我不爱看那啄得血淋淋的样子，就在这里逛逛很好。"

"你一个男子汉，将来要接你父王衣钵镇守边疆的，怎么能怕见血呢？"李飞章不罢休，拦着不走，硬找了点歪理出来说服她，"就两只鸡而已，有什么可怕的？你看一回就知道其中乐子了，对了，你是不是怕我害你？那不能够，咱们也算不打不相识，男子汉大丈夫，谁记隔夜仇谁是孬种！"

他说着，"啪啪"把胸脯拍得直响。

沐元瑜摇摇头："我不怕血，也不怕你害我，"她指指跟在不远处的刀三，说道，"你还认得他吧？刀三哥这样的，打你八个不成问题。"

"就是！"沐元茂在一旁帮腔，"别想带坏我瑜弟，再动歪心眼，照样揍你。"

"谁动歪心眼了？我好心好意要领你们去玩，"李飞章一脸冤屈，道，"真不想去就算了，我又不会勉强你们。那你们想玩什么？只要说出来，这京里就没有我不熟不知道的。"

沐元瑜道："我先就说了，只想在这里逛逛。"

"这儿有什么好逛的？"

对话进入鬼打墙，沐元瑜道："刀三哥。"

李飞章见到刀三晃着膀子懒洋洋地迈开步子过来，立时举手投降："好好好，你爱逛就逛，你这小子，真是不识好人心。"

他悻悻然转头要领着仆从离开，正好和一个青袍官员撞了个满怀。

青袍至多五品，李飞章顿时要找着他出气："你长眼没有？往谁身上撞呢！"

李飞章这样的，算京城一霸，官员们大多认得他。

青袍官员喘着气，拱了拱手："国舅爷见谅，下官急着找沐世子传诏，不留神国舅爷忽然转身，所以冒撞上了。"

听说是找她，沐元瑜往那青袍官员面上看了一看，巧得很，正是那日接她请见表的那位，就上前笑道："可是皇上传我觐见？我不知道，出了门不在家，倒累得大人多跑腿了。"

青袍官员喘定了气，摇头道："不是，是有御史弹劾世子，皇上让把弹章抄了出来，让世子看过后上书自辩。"

公子
成双
非实品

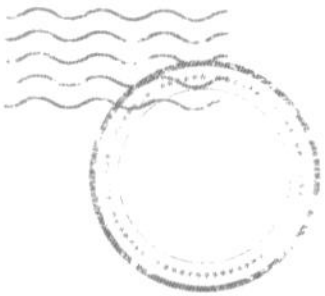

公子成双

他说着，从袖子里把一份手书掏了出来。

这不是正式诏书，可以不必行礼，沐元瑜满心纳罕地双手接了过来。

她展开一看，正文起头就是“臣敏劾滇宁王世子沐元瑜无人臣礼，跋扈不法，放纵无行……”

沐元瑜只看到这里，一阵风吹过来，把纸张吹得胡乱飘飞，她小心折好合上，抬头问李飞章：“你干的？”

李飞章也正斜着眼偷看呢，跟她的目光对上吓了一跳，立即道：“才不是！我要干还等这会儿？”

沐元茂可不相信，瞪他：“不是你干的还有谁？你刚才还想拉着我们去看什么斗鸡，是不是还想给瑜弟添一桩罪名？！”

斗鸡走狗不算罪名，但也真不是好人家的子弟会去的，李飞章回忆了一下自己先前的行为，登时露出了一个百口莫辩的表情。

他再要辩解什么，沐元瑜已没空理他，谢过青袍官员道了别，匆匆转身去上马车了。

车声辚辚中，沐元瑜重新打开抄录的手书从头至尾看了一遍。

这个名叫“华敏”的御史一手好文字，沐元瑜进京不过半个月，大半时间还在生病，硬是被御史安上了四大罪名。

第一个就是触目惊心的“无人臣礼”，里面详细论述了她如何当街欺凌了二皇子朱谨深；

第二个是“跋扈不法”，说她如何当街殴打国舅；

第三个是“放纵无行”，这个含糊了点，大意就是说她是从边疆来的，没规矩不懂礼仪；

第四个“奢靡无度”，说她买空了毛皮铺子之事，栩栩如生地描绘了她走之后，那间铺子如被洗劫过一般四壁空空。

别觉得最后一点是鸡毛蒜皮的小事御史就不会弹劾，御史这个监察的名号不是白给的，按朝廷制度，他们本身有任务指标，某年某月要弹劾多少人多少事，到期完不成任务弹劾不够，这考核就要挨到他们自己身上了。所以，有时候某大臣上朝时官帽戴歪了一点都能成个弹劾的理由，名头就是“失仪”。

沐元瑜捏着手书思索，沐元茂坐在旁边，见着她的表情，不知怎的觉得自己不该去打扰，于是把满腔纳闷都憋住了。

车行快到沐家老宅时，沐元瑜从沉思里回了神，向沐元茂道：“三堂哥，你先回家歇息吧，我要再出门一趟。”

沐元茂问她：“去哪儿？”

“十王府，”沐元瑜答道，“这里牵涉上了二殿下，我不便自己折辩，须得去征求一下二殿下的意见。”

沐元茂点点头：“好，那你早点回来，若有什么不好的事，别瞒着我啊，我也可以帮忙想想主意的。”

沐元瑜笑道：“好，不过没大事，你不用担心。”

沐元茂还是带着点担忧下去了，马车转了向，再往十王府的方向而去。

再次进入十王府见到朱谨深时，他刚下了学回来，一本《礼记》随意抛在桌角，他直身坐在窗下，左手执着一本半旧柔软的棋谱，盛放黑白子的两个棋罐都在他手边。他另一只手轻轻地搭在棋罐边上，一会儿伸手进去拈了个棋子出来，欲要往棋盘上摆放时，眼神微移，发现自己拈错了色，又轻轻丢了回去。

青玉棋罐里发出“叮”的一声轻响。

沐元瑜就在这声轻响中走了进来。

她打招呼行礼：“殿下安好，殿下吃药了吗？”

领她进来给掀帘子的林安立刻向她投来感激的目光——好人啊！

对比之下，朱谨深抬了眼，幽幽的眼神就显得莫测了。

“……”沐元瑜忙改口，“口误，口误，我只是想问殿下吃饭了没，我这个点来，不知有没有耽误殿下用饭。”

冤枉，她真没想进来就讨人嫌，纯粹因林安老跟她叨叨药的事，她进来前还说了，这时一顺口就带出来了。

朱谨深放了下棋谱，道：“都没吃。我这里饭食口味清淡，你爱吃什么，自己告诉林安。”

沐元瑜窘了，这是当她来蹭饭了？不过也难说，她街上逛了小半日，现在这个时辰来，可不正好卡上饭点了吗？不然，她也不会开口问朱谨深“吃了没”了。

她解释道："不敢有扰殿下，臣此来主要是有件别的事要相禀。请殿下过目。"

她从袖子里把那封手书取出来，交给林安，林安递了过去。

朱谨深接到手里，展开垂目扫过。

沐元瑜很尴尬地立着，没办法，这件事她就是不占理呀，先前传得官员们都知道时，朱谨深很大方没跟她找后账，可这下更好，索性成文了。口耳相传和文字的力量不一样，尤其这是正式弹章，是有可能变成节略上邸报的，那时她的光荣实绩将随驿站飞扬至天下州府。

那画面太美，她不敢想。

朱谨深看完了，将文书压到桌面，修长手指在上面点了点，问她："皇爷抄这个给你，是叫你写折辩？"

沐元瑜小心地点点头。

"那你写便是。"他好像不太当回事，偏了偏头，想起什么似的补充道，"哦，你是不是没怎么读过书，不会写这个？那你怎么不带个幕僚一起上京？算了，我给你写吧，你回去自己再抄一遍，别就这么交上去了，皇爷认得我的字。"

他就要吩咐准备笔墨，沐元瑜简直要给他跪下了——怎么能对她这么好啊，没生气，还要替她捉刀！

她满心感动地连忙阻拦："不，不，殿下，我会写，我就是想来跟殿下商量一下，因为这里面牵涉到了殿下，我怕我用字不谨，有伤殿下的声誉。"

朱谨深给了简洁干脆的两个字："随便。"

如果在朱谨深说出替她捉刀的话之前，沐元瑜也许就到此顺意告退了，但现在要她拔腿就走，总好似欠了人人情一般。她就不大好意思地道："殿下，要不我就在这里写了，写好了殿下替我过个目，若没问题我再上呈？"

这折辩本身不难写，无非是辩解加认错，辩解她与国舅皇子发生矛盾是事出有因，说到认错，她的方法手段确实是粗暴直接了一点，无礼这条可以往自己身上扣一扣，至于别的就免了。什么买空铺子之类，她花钱买东西，银货两讫，又不是强抢，大可理直气壮，顺便哭一哭自己远涉千里来到京城，风俗气候都要重新适应，但仍然其志不改，向学之心多强烈。

朱谨深发现，释放出的善意被回应是一件很愉快的事，沐元瑜不把自己被参劾当一回事，却第一时间跑来找他通气，只恐怕伤到他的面子。

这令他心情平静地愿意多透露一点："这弹章针对的不是你，你既会写，中规中矩地回应一下就行了，我看不看，并不要紧。"

沐元瑜迟疑了一下，道："殿下也这么觉得？"

朱谨深微觉意外："你看出来了？"

沐元瑜点点头，正因看出来了，她才会坚持要让朱谨深过目后再上呈。

原因无他，这个华敏对她进京以后的动态太熟悉了，说她"放纵无行"那一条虽然含糊，但字里行间欲盖弥彰地有牵扯上了文国公府，那么矛盾点出来了：既然这么详细地打听过她，又怎会不知道她已为第一二桩罪名付出了代价受过了罚？

第一二桩实则就是一件事，弹章里硬生生还切割成了两件，若说是想凑个数或者显得更耸人听闻些，其实没有这个意义，理由同上——她已经被罚过了。

那么为何要切割？这个问题看切割以后的效果也许能得出答案：在当初那桩事里，朱谨深其实并不是冲突的主角，华御史玩了这个文字游戏，将他放在了第一位，给只是被卷入的他添加了戏份，渲染了他与沐元瑜的不和，同时使得他的狼狈行状无可回避。

其中的种种不自然之处，仅仅以一个上进御史想拿滇宁王世子刷刷声誉来解释的话，沐元瑜认为说不过去。

朱谨深低下头去，指尖挪动，往下，在"无人臣礼"四个字上滑过，声音淡淡地道："项庄舞剑，意在沛公——大约还觉得自己很聪明吧，却连一个小小少年的耳目都没有瞒过去，妇人手段，专好弄这些无聊的小巧。"

妇人？

皇后还是贤妃？

沐元瑜下意识把这两个名号在心中滚了一圈，在朱谨深这个身份的层面上，能有理由有资格，同时还有胆量向他出手的只有皇帝背后的这两个女人了。

嫌疑人范围十分好圈定。

朱谨深没有进一步解释的意思，只让林安领她去书房。

他这里有两个书房，一个大书房在前殿，他起居的这间屋子旁边还设了个小书房，她现在进去的就是隔壁的小书房。

房内靠墙设置了两面顶天立地的紫檀大书架，当间一张紫檀灵芝纹大案，案上设着炉瓶如意等物，笔墨纸砚都现成摆着。

沐元瑜的折辩腹稿在马车上就已差不多打好了，此时提起笔来，凝一凝神，就下笔游走起来。

写的过程中，偶尔能听见隔壁传来落子的轻微清响，应该是朱谨深继续打起了棋谱。

沐元瑜不由得想，这位殿下虽然中二，倒是挺沉得住气，被人这样下了黑手，还不焦不躁的。

八百来个字的折辩，一大半辩解，一小半认错兼几句“皇帝英明”的拍马，她写得很顺，不多时就快写完了。

朱谨深走了进来，静静地看了一会儿，道：“你真念过书。”

写出这笔飘逸的字非一日之功，这份老练的遣词一样颇见功底。

沐元瑜正全神贯注地思考着收尾，没注意他走了进来，头顶上忽然传来声音吓了一跳，落笔时就拖了一点，写坏了一个字。

这不是正式文书，回去还要誊抄，沐元瑜信笔涂了重写，笑回道：“殿下这个话臣就不爱听了，臣必得做个文盲，才不辜负是边疆来的？”

“沐家小霸王嘛，可不就是这样。”

沐元瑜乍然听见这个尊号，被雷得一哆嗦。

“殿下，您打哪儿听来的？”

朱谨深道：“林安回来学的舌。”

“真是人言可畏，三人成虎。”沐元瑜不由得唏嘘，“殿下不知，我在云南名声很好的，不知为何进了京后会叫人误会成这样。”

朱谨深没有说话，他忽然伸出手，捏住了沐元瑜的下巴。他应该是想这么做，但可能没有对人做过，动作十分不熟练。而沐元瑜还未长成，脸颊虽圆，脸本身是小的，导致这个举动实际出来的效果是他的手直接包住了沐元瑜的小半张脸。

朱谨深对这个状况也是出乎意料，忽然摸到满手滑嫩的肌肤，他下意识顺手捏了一下，然后才强迫性地让沐元瑜转头仰脸，对上他的目光。

沐元瑜："……"

她在被碰触的那一刻，险些就反手把朱谨深侧摔出去，总算手里还握着的青玉管笔阻拦了她一刻，令她没真的出手。

朱谨深丝毫不知自己差点要被第二次欺凌，他低头道："可畏？你刚才的表情为何更像是'可喜'"？

沐元瑜心跳快了一下。

她说那句话的时候，以为自己低着头，朱谨深又比她高一截，应当看不到，就确实没有掩饰表情。

被外界误会成李国舅爷一般的人物对她来说是好是坏？当然是好。

这是在沐元茂之外，又一层有力的护身符。

她上京路上自己都曾考虑过要不要有意装得纨绔浪荡些，犹豫再三还是打消了这个念头。因为她本来不是这个性情，装一时容易，装几年难，而假使让人看出破绽反噬回来，她更加说不清。

这说不清不是说别人就会由此怀疑她的性别，两者间的关联没那么大，而是她本来上京打的旗号是一心向学，结果真来了，却搞出自污这一套把戏，若把自己在皇帝那里操作成一个年纪小小而心机深沉的虎狼之辈，那还不如老实做自己了。

她现在觉得这个决定很正确。你看，聪明人这么多，她不过片刻疏忽，不就叫朱谨深抓到了？

"殿下，我不是觉得可喜，只是因荒唐而觉得可乐。我不是那样的人，所以没什么好生气的，譬如殿下，不也从不和那些长舌生事之人计较？"

朱谨深道："谁说的？我计较。"

这个天就不好聊了。

她正腹诽，忽觉脸上一痛，却是朱谨深又捏了她一把，还道："你不是才生了场病，怎么还这么多肉，怎么长的？"

沐元瑜这就不太开心了，皱着眉拍开他的手道："因为臣生了病就好好吃药，不像殿下耍孩子脾气。"

林安缩在门边，趁着朱谨深背对他，无论如何也看不到他，满脸赞同大力点头附和，只差竖个大拇指。

朱谨深摸着被拍痛的手背眯眼道："你敢讽刺我。"

“不敢，臣实话实说，殿下多心了。”

朱谨深哼了一声，没继续跟她对嘴，转而拿起她的折辩看起来。

他指着其中一节道：“你说文国公府做什么？他家和你家是姻亲？”

朱谨深这样的，绝不像会出去说谁闲话的人，沐元瑜也就老实告诉他：“是姻亲，但是他家太太先往我家祖宅里塞了人，我们才有了些纠葛。我虽可以文饰过去，但他家太太对我三姐姐并不好，我就不想费这个劲了，事情该是怎么样，摊开来说明白好了，免得夹缠不清。”

朱谨深若有所思地慢慢点了下头。

# 第十一章 禁闭寺庙

沐元瑜的折辩摆在了皇帝的龙案上。

皇帝阅过，沉吟片刻，道："汪怀忠，把那匣子拿来。"

皇帝手边就摆着沐元瑜的折辩及华敏的弹章，汪怀忠很清楚他要的是哪个匣子，不消多问，默默去取了来。

"咔嗒"一声，暗锁打开了，敞开的匣子呈在了皇帝面前。

皇帝手按在了里面的密揭上，却又改了主意不看了，只向汪怀忠道："是褚有生走了眼，还是沐家的小儿离了父母管教，橘生淮北成了枳？"

汪怀忠已快五十岁，闻言眼角笑出了微微的细纹，说道："皇爷真风趣，沐家世子是个怎样的人，皇爷已经亲眼见过，您的乾断，自然比这些底下的人都严明。"

"你这老滑头，朕不过见了一面，看得出什么来？"皇帝笑斥一声，"叫你说，你说就是，难道还怕沐家小霸王连你也打一顿不成？"

汪怀忠弯腰赔笑："不是老奴藏私，皇爷总是见了一面，老奴连这一面都未曾见着，怎有本领隔空识人呢？"

皇帝哼了一声，心里却喜欢他这份谨慎，转而想起来什么，问道："祁王家的事，有回报了没有？"

汪怀忠道："尚未有信，不过老奴算着，年前总该有点消息回来的。"

“嗯，你催一催，宗嗣大事，一日不定下来，祁王都不好下葬，若拖过了年就不像话了。”

汪怀忠应着：“是，老奴这就叫人去内阁传一声。”

他就走到了殿门外，跟一个小内侍说了一声，此时恰好另有个内侍脚步轻巧地过来，躬身把一封手书递给了他，小声解释了一下。

汪怀忠会意点头，接了手书返身进殿，笑道：“皇爷，二殿下也有折辩过来，说是替沐世子注解两句。”

皇帝意外地道：“二郎倒不羞恼，还肯伸手管这件事？”

汪怀忠笑道：“老奴也有些意想不到，不过二殿下并不是个姑娘，就叫人扒了一回裤子，想来也没什么大不了的。老奴恍惚听说，二殿下倒似和沐世子投了脾气的样子，沐世子凡上门去，他都见了，这也算不打不闹不相识了。”

皇帝一边含笑听了，一边打开朱谨深的手书看去，开篇确是印证当日之事只是误会，沐元瑜是为保护堂兄才动的手，也并未造成什么伤亡，跟着是羡慕沐家兄弟手足情深，互为爱敬，然后言道，不似有的人家，兄弟相煎，什么愚蠢的手段都使得出来，十分无聊可笑。

皇帝猛地一闭眼睛。

汪怀忠意识到不对，小心地道：“皇爷？”

因见皇帝的脸色太难看，下一句“怎么了”他硬是含着没敢吐出来。

“谨深这个孩子……”皇帝吐出了一口疲倦的气息，缓缓道，“太能戳朕的心了。”

他把朱谨深的手书往案上一放，声音中带上了控制不住的怒意：“你看！”

汪怀忠头都不敢抬，缩头缩脑地上前快速瞄了几眼，登时倒吸了一口凉气：“二殿下这……”

这可是疯了？

什么“有的人家”？！皇帝又不傻，怎可能看不出他意有所指！向君父上这样的谏言，这、这……

以他那份炉火纯青的老辣，都不知该说什么好了！

“二郎外面看着淡，内禀风雷之气，朕早知他脾性不好，看在他体弱的份上，许多事睁一只眼闭一只眼。他从自己开了府，安静了不少，朕以为他大了，改过了，”皇帝手按在龙案边上，气得指尖颤抖，说道，“不想他一点也没有变，越性把脾气发到朕面前来了。”

汪怀忠忙劝他：“皇爷，皇爷，您别动怒，二殿下再大胆，哪敢冲皇爷怎么样？这是叫华敏那没眼色的说了他，一时气急，才胡说了。”

以他的眼力如何看不出华敏弹章里的蹊跷之处，便是皇帝心里也未必没数。不过这种事怎好明说出来，皇帝也断不肯认的，认了他面上如何过得去？

“手足相残这样的话关华敏什么事！”皇帝斥道，“你当朕糊涂了？他这是不信华敏是自己所为，以为必是有人指使了他——不是疑心三郎，就是疑心四郎，才说得出这个话来！”

汪怀忠噤口了，朱谨深的话说得太明确了，想替他转圜都无从做起。

“朕是当真以为他好了。”皇帝的怒火持续不久，很快止息下来，又转成了倦意，说道，“他和大郎都能和气了，怎会……唉，怪不得他那身子总是不好，心里憋着这一股热毒，怎么好得起来。”

储位未定，且目前一点都看不出头绪何在，汪怀忠是坚决不肯说任何一个皇子的坏话的。见皇帝的怒气下去了，他仍旧劝道：“二殿下也是个可怜人，打落生没过过一日平常人的松快日子，他心性激烈些，也是难免。况二殿下还没了娘，只有皇爷一个亲爹，皇爷不包容他，谁包容他呢？”

“朕包容他，他稀罕吗？”皇帝想到刚才看见的话，又一股气上来，发口谕道，“去十王府传旨，令二皇子去庆寿寺住两个月。他在十王府既安定不下来，那就去个更能让他静心的地方，若还不能，普天之下，莫非王土，有的是地方让他换！”

话说到这个地步，汪怀忠再不能多一个字，只能应诺：“是。”

离着过年还有段日子，十一月底的朝廷仍是十分忙碌地运转着，就在这忙碌中，二皇子朱谨深被发去庆寿寺的消息如一滴油掉了进去，将这寒冬点燃起来。

储位多年不定，宫里宫外的四位皇子便如四颗闪烁不定的明星一般，牵挂着朝臣们的心，谁也不知哪一颗将光芒大亮，升格紫微，也不知哪一颗将黯淡失色，滑落天际，从此与帝位再无缘分。

朱谨深在这个当口出了事，虽不知他出的什么事，但已经足够摇动人心。

各方人马都使出浑身解数打听起来，却没一个能打听确切的。

内宫的事若都这么容易就流传出来，汪怀忠汪大总管得先抹脖子往该去的地方去了。

但同为内宫中人，他自然多少要多那么一些方便。

皇帝那句“普天之下，莫非王土，有的是地方让他换”，因为气急，嚷嚷得大声了些，守在殿外的内侍中也有人听见了，悄悄地，这句话分别传到了坤宁宫沈皇后与永安宫所居的贤妃耳中。

“娘娘，要不要奴婢再去试试？”

“罢了。”

穿着对襟绿织金妆花通绣袄的沈皇后坐在炕上，裙摆上的织金云龙拖在脚踏上，金灿灿一片。她今年已过三旬，但保养极好，端着金镶玳瑁茶盅的手指仍如少女一般白皙纤细。

沈皇后望着手中金黄透亮的茶汤，数十朵细嫩的桂花在茶汤里浮浮沉沉，散发着鲜灵的香气。她缓缓道：“汪怀忠眼里只有皇上，不用去白费那个工夫了。”

在跟前答话的是沈皇后的心腹宫人孙姑姑，她闻言道：“若是能多听见一句就好了，也容易猜些。”

沈皇后把茶盅举到面前，想了想，有些心烦，喝不下去，到底又放下了，往旁边的炕桌上一搁，道：“二郎那个性子，是最难捉摸的，就是多听见了一句，恐怕也难猜。”

孙姑姑倒是能猜着她为何发躁，低声道：“娘娘可是怕……”

沈皇后抿唇不语。

孙姑姑道：“娘娘不必担心，国舅爷绕了好几道弯子找的人，再查不出来的。二殿下性情孤傲，素来不与人来往，他也没有这个人手去查。”

沈皇后摇头道：“这个本宫知道，只是二郎行事难以预料，明明是他吃了委屈的事，他怎么又会去惹怒皇上，被皇上发作了呢？这一来，底下的事暂时倒不好做了。”

沈皇后定的这个局，其实目的并不为羞辱朱谨深，如汪怀忠所言，他是皇子，又不是公主，就叫人扒过回裤子又怎么了？这根本不会对朱谨深造成什么实质性的影响。

但以朱谨深素常的脾气，他自己心里应当记恨过不去这一关才对。

沈皇后等了好一阵他和沐元瑜翻脸，没等到，两边渐渐倒有来有往起来。

这是沈皇后不能不警惕的，滇宁王府从不涉足京中事务，但不代表京中可以忽视掉这股隐在远方的庞大势力。

先几代时，皇家没有出现过这么棘手难辨的局面，有嫡立嫡，无嫡立长，不曾有需要竞争的时候。

她运道不好，偏偏赶上了这个局面，那就不得不早早筹谋起来。

她是中宫皇后，犯不着也忌讳去与边王有牵扯，她不能得到这股势力，那至少要保证这股势力同样不能为别人所用。

这个别人是特指，就是朱谨深。至于三皇子朱谨渊，沈皇后从没把他看在眼里，只这一个庶字他便永远翻不了身。

局面本来是对她有利的，沐元瑜一进京就和朱谨深闹了起来，她只要袖手观战就好，后续却走向了她看不懂的方向，这使得她不能安坐，要出一回手，把朱谨深与沐元瑜之间的罅隙人为放大，加深。

然而，这回的后续她仍然没有看懂。

朱谨深没有对沐元瑜怎么样，却直接把皇上惹怒了，把自己惹进了庆寿寺。

“娘娘，不管怎样，这对娘娘来说都不是一件坏事，二殿下第一回和皇上闹性子，把自己闹出了宫，第二回闹性子，连十王府都不能待了，这再有第三回，娘娘还用发愁什么？”

沈皇后想到皇帝气急传出来的那句话，沉在迷雾里的心不由得敞亮了一些，说道：“这倒是不错，几个皇子里，连傻了的大郎在内，谁不是对皇上恭恭敬敬，独有二郎阴沉沉的，总不知他想些什么，一时闹出来，又暴戾非常，他这个性子，本也不适合统御天下……”

永安宫里。

贤妃与朱谨渊也在就这件事谈着话。

他们说了半晌，一样的没有头绪。

贤妃难得地追问起了儿子：“三郎，你仔细想想，你与二郎同住十王府中，离他最近，当真没有一丝头绪吗？”

朱谨渊无奈地摇了摇头：“我虽同二哥住得近，可他那个人，哪是一般人亲近得上的，我是真不知道。”

贤妃喃喃自语：“这就怪了。”

奇怪的不是朱谨深受罚，而是这件事里，怎么想也罚不到他身上去啊。

事出反常就令人不得不在意。

由于没有线索，她也只能道：“罢了，你先出去吧，也该去送一送二郎。”

朱谨渊想到一贯给他气受的毒舌二哥被撵出十王府——虽然这气多是出自他自找，却也心中欢悦起来，答应一声，爽快地告退走了。

但他想象里朱谨深狼狈黯然避走的情景没有发生，因为等他回到十王府时，朱谨深的二皇子府里已经只剩了几个看门的侍卫内官，他本人早已收拾完毕，往庆寿寺“静心”去了。

另一边，沐元瑜的折辩递上去两日后，御笔批了字，发还到了内阁。

——有则改之，无则加勉。

这就算过关了，沐元瑜很快又被宣了陛见，皇帝问她：“年将到了，你才病了一场，是索性直接过了这个年再进学，还是现下就去？”

沐元瑜立着笑道：“臣的病已经全好了，在家里闲着也不知该做什么，听说授讲的翰林们都极博学多识，臣倒是想早些去，跟着好生长长学问。”

皇帝点点头：“你有这颗向学之心，很好。既这样，你明日就往十王府去吧，三郎也在那里，他比你长两岁，脾气一向还算好，但若有什么地方委屈着你的，你也不要讳言，只管来跟朕说。”

沐元瑜笑道：“臣拜见过三殿下一回，三殿下十分和气。不但三殿下，二殿下更加大度，不但不计前嫌，还肯体谅臣一些粗疏之处。臣能与两位殿下一处读书，都是蒙皇爷的隆恩，哪会有什么委屈的地方呢？”

皇帝听她提起朱谨深，尚有一点余怒未消，道：“二郎去庆寿寺里了，暂且不回来，你只先与三郎一道。”

沐元瑜还不知道朱谨深去庆寿寺"静心"的事，以为是他身体怎么不好了。这时候的人迷信，医药不管用的时候，就会自然转向求神拜佛等神秘手段上去，她关心地问道："皇爷，难道二殿下又病了？臣前日去看他时还好好的。"

亲儿子讽刺自家愚蠢可笑，这等丢人事体皇帝是再不愿提起来的，但听沐元瑜这么说，又觉纳罕——朱谨深的戾气发出来，连他这个老子的颜面都敢扫，旁人更不在话下，因此敢与他来往的人一向不多，这小世子倒是个傻大胆，还敢往跟前凑。

皇帝道："不是，他君前失仪，朕叫他好生反省两个月。"

这下轮到沐元瑜纳闷了，不好问朱谨深怎么失了仪。她知道没那么简单，朱谨深那个风仪，站那儿就是一道风景，恐怕他弯腰驼背的模样都比别人高雅些，有什么失仪的？

两个月的反省期还不算短，不像为了一点小事。

见皇帝没有别的话，她闷着头告了退，出宫门上了马车，心里来回琢磨。

她在犹豫要不要去看一下朱谨深。

朱谨深一向对她都算友善，眼下他出了事，若是个好人还罢了，让他爹撵到寺里去反省就反省一下，可他是个病秧子，若置之不理，似乎就有些无情。

毕竟她前日才去找着他商议事情。

想来想去，她掀开车帘，问外面的车夫："庆寿寺在哪里？离这里远吗？"

车夫是老宅旧仆，很熟悉京中道路，闻言回道："不算远。从这里去，一个时辰左右吧。"

沐元瑜微讶："那是就在城里？"

车夫道："是。"

这么近，她不去慰问一下就说不过去了。朱谨深见不见她是一回事，她不好装个没事人一样。横竖皇帝只说令他反省，没说是直接关了禁闭。

她道："那先不回家，去庆寿寺一趟。"

车夫遵命而行，约一个时辰后，来到了庆寿寺。

庆寿寺是皇家寺庙，平常虽然也接待普通香客，但百姓们畏惧皇家威严，一般都不敢来，所以虽在城中，门前却显得冷落，没有一般名寺的香火旺盛之象。

门前的小沙弥百无聊赖，见有客来，倒精神了些，跑进去替她通传，一时又出来请她进去。

沐元瑜才病过一场，很注意保暖，戴上裘帽，抱好手炉，下了马车，跟着小沙弥走了进去。

她不知道不远处，李飞章倚靠在自己的马车里，掀开一线车帘眼神复杂地望过来。

他连着来两天了，一直没能见上朱谨深。

这位二殿下，是太难靠近，也太难捉摸了，也许他可以试一试曲线救国……

就算暂时隔了一层，将来可能低滇宁王府一头，不过两家走的本来不是一个路数，影响不大，不管怎样，总比捏着鼻子去支持三皇子那个小妇养的强些吧。

庆寿寺里香火虽然不旺，但也没到人踪绝灭的程度，沐元瑜路过前殿时，还是见到有三四个人，大约是刚拜完了佛，从里面出来。

这是一家女眷，被护在当中的一人轻纱遮面，看不清脸，但度其粉嫩的衣着及纤细的身形，应当是一名年纪不大的少女，且家世良好。

沐元瑜不便多看，也没兴趣多看，很快收回了目光，抱紧了手炉跟着那小沙弥往后面的静室走去。

她走了一阵觉得不对，身后似乎一直传来脚步声。

她拿手拉着裘帽转头一看，却见是那少女一行人不远不近地跟在后面，见到她回头，那少女似是吃了一惊，低下头去，脚步跟着慢了下来。

静室这一片是没有什么佛像殿塔的，这里原只供人休憩用，不开放与香客闲逛。沐元瑜想着这少女大概是有什么长辈亲戚在那里休息，她拜过菩萨后过来会合，便没再多想，回身继续走。

离着静室还有一小段距离时，前方的路口出现了两个持矛罩甲的侍卫，分立左右守卫。

小沙弥上去说了一句，然后领着沐元瑜顺利过去了。

身后跟着的少女要跟上时，侍卫却将矛一拦，不许她们进去。

少女低声柔婉地说了句什么，沐元瑜没听清，只听得侍卫沉声道：“没有殿下的允准，任何人不得进入，尔等还是速速离去，免生误会！”

少女又说了句什么，侍卫仍是不让通行，且将矛尖向外，态度更加强硬起来。

尖锐的矛尖在冬日下闪烁着雪亮的光芒，少女不敢硬闯，却又不甘心就走，一时急了，扬声叫道：“前面那位小公子，请你留步！”

沐元瑜一边转身一边低声问小沙弥：“小师父，你知道那是谁家的女眷吗？”

小沙弥小声道：“是新乐长公主驸马家的一位姑娘，似乎是行三的。”

那位三姑娘见到沐元瑜走回来，盈盈下拜，声音羞涩地道：“小公子，烦扰你了。敢问你是进去看望二皇子殿下的吗？”

沐元瑜点头：“不错，姑娘叫我何事？”

少女道：“我叔母是新乐长公主，听说二殿下进了庆寿寺，叔母在府中十分记挂，今日我替母亲来祈福上香，便想顺路拜见一下二殿下，回去以安叔母之心。只是眼下却无法进入，能劳烦小公子带我一同进去吗？”

沐元瑜摆出个为难的表情，说道：“我倒愿意帮助姑娘，可我也只是客，说了不算，姑娘想见殿下，还是请人通传一声吧。”

少女叫住她已耗费了很大勇气，此时被委婉拒绝，就不知该说什么了，不愿就走，也不好意思纠缠，呆呆地立在原地。

沐元瑜见她帷帽前面的纱面被寒风吹得乱摆，劝了一句：“外面风大，姑娘还是不要久站的好。”

说完她就转身继续走了。少女没有法子，看着她走远，在面纱后咬了咬唇，只好慢慢地拖着步子离去了。

朱谨深反省的静室独占了一个小院，院中种着一棵有两百多年树龄之久的银杏树，此时叶子早已尽数落光，只余光秃秃的枝干向天空上延展，别有一种苍劲之美。

院子里很热闹。

朱谨深昨日才搬来，东西还没有归置好，他要住两个月，衣食住各样家什所用不少，林安忙忙碌碌地来回跑着指挥人做事。

沐元瑜绕过银杏树后，一眼见到朱谨深立在静室门前的廊下。

他裹着一件玄色大毛斗篷，那斗篷不知是什么材质做成的，上以金线织五章，斗篷色如乌羽，五章金灿夺目，玄金二色相互映衬，十分尊贵而又威严。

配上他自带的拒人于千里之外的气场，如立云端，不容亵渎。

朱谨深本人的气色仍旧是不太好，沐元瑜不禁想，他这病恹恹的样子都这样不凡，若是哪日好了，又该出色到什么地步？怪不得他才住进来第二日，就能引得小姑娘痴心追过来了。

所谓“顺路”云云，都到不惜求助她这个路人的地步了，这佛祖和朱谨深，到底谁才是被顺路的那个，不问可知了。

沐元瑜嘴角不由得弯起，带着点打趣的笑容上前行礼问安。

朱谨深眼神却尖，一下觉出她笑得古怪了，眉头扬了扬，问她：“憋什么坏呢？”

他跟她说话的口气太随意了，不但随意，还挺自在，一点不像被撵来反省的样子，倒像是出来散心来了。

沐元瑜笑道：“殿下不知，我才进来时，遇着了一位姑娘，自称是新乐长公主的侄女，小沙弥说她似乎行三。她要来拜见殿下，侍卫不许她进来，她不肯放弃，转而求上我了。殿下很受欢迎啊。”

她自觉自己说得够清楚了，连人家的排行都报了，不想朱谨深面露茫然，反问她：“那是谁？”

他又摇头道：“你真是闲的，什么不相干的人都搭理。”

沐元瑜：“……我没答应她，但那是殿下姑母家的亲戚，我不好连句话都不回吧。”

“姑母驸马家的侄女，没有十个，也有八个，你都理会，恐怕你理不过来。”朱谨深道，“你好大胆，打趣到了我头上，我看你自己才该小心些。他家与你适龄的也有三四个，你除了矮些胖些，别的也没甚缺点，也算一个金龟婿了。”

沐元瑜：“……”

她受到了暴击！

她从没想过自己在朱谨深眼里的形象是个矮胖子！

“殿下，您眼中看我……”她不可置信地伸手指自己的脸，“就是又矮又胖？”

亏她心中还曾不可免俗地为朱谨深的疑似另眼相看有过沾沾自喜，闹半天他对自己是这么个看法！

她简直要悲愤了，自己长得好，也不带这么鄙视人的呀！

“不是，”朱谨深纠正她，“只是都有一点。”

沐元瑜的周身持续涌着乌云，矮跟胖单独拎出来其实都还好，但二者合一，杀伤力不是两倍，而是十倍。就算只有一点，她也仍是跟这两个字都沾上了。

“你脸上这么多肉，我说你一个胖还说不得了？”朱谨深很为沐元瑜的低气压感到疑惑，解释道，“不是说你长得丑，你现在年纪小，刚开始长个子，矮些也是正常的。”

沐元瑜板着脸，并没有得到安慰。

她这辈子长到这么大，头一回在外貌上受到这么毁灭性的打击，更可恨的是，打击她的人很有资格这么说。

朱谨深是高而瘦的身材，裹着斗篷都能看出腰身的感觉，他的气质绝佳，长相俊朗，远看身形尤其醒目。

闷了片刻，她不甘心地给自己挽回尊严：“我这是君子不重则不威，殿下太瘦了，才应该多用些饭食。”

林安安排人干活，正好打她身边路过，闻言把头点得如捣蒜。

朱谨深眉头耸动，笑出声来了：“这句话是这么用的？”他转目向胳膊肘往外拐的林安，瞥他一眼道，“去给世子取一面镜子来，瞧瞧他的威严是不是真同他脸上的肉一样多。”

林安“扑哧”一声笑出来，望着沐元瑜的脸色又有些不好意思，强忍着道：“世子别生气，我们殿下、没……噗，没恶意。”

他当然不至于真去取镜子，捂着嘴弯着腰快速溜到银杏树那边去了。

沐元瑜现在切身感受到了朱谨深的风评为什么那么不好了——他的嘴坏起来真是太坏了！

她当即反击：“镜子就不必了，臣今日闲得很，待会儿亲手服侍殿下喝药，以谢殿下金玉良言。”

她扬声问林安："殿下的药好了没？"

林安大喜，回应："一刻就好，有劳世子爷了！"

这下轮到朱谨深的脸色变得莫测了，他发现了，沐元瑜以前是客套才称"臣"，但她现在是跟他不对付想反击一下时才假装客套一下自称"臣"，她实际干的事可一点都不臣。

他抽了抽嘴角，转身道："进来吧，别在外面吹风了。我看你那身体，也没壮实到哪儿去。"

沐元瑜跟在他后面，此时腾出空来方想起来问："不对呀，殿下，你都知道驸马家有多少个姑娘了，应当明明是认识人家的吧？"

"我知道的人多着呢，跟认不认识并没关系。"朱谨深头也不回地回她，"好几个叽叽喳喳的丫头片子，每回姑母带来的都不一样，谁知道她们谁跟谁。好了，你才多大，就到慕少艾的年纪了？一个劲念叨人家的姑娘们。"

沐元瑜心里吐槽，还训上她了，她就是慕少艾也不会慕姑娘。

她嘴上道："谁念叨了，我就是见到了，告诉殿下一声。"

两个人说着话，一前一后地进了屋。

朱谨深住的主屋已经先收拾出来了，不过寺里条件有限，收拾得再好，也不能和十王府里比，一共也就两间房，外间会客加书房，里间是起居的卧房。

地上铺的是水磨青砖，桌椅橱柜等几样家具倒是一般寺里不太可能出现的黄花梨木，木色温润，纹理清晰，看着低调，实则奢贵，可见皇家寺庙还是有些不一样的。

分宾主坐下后，沐元瑜问了正事："殿下怎么会突然来了这里？我进宫陛见，皇爷说起读书的事，我正想以后可以和殿下做同窗了，谁知皇爷却说殿下失仪。吓了我一跳，不知到底发生了何事，所以急忙来了。"

窗下的炕烧得暖暖的，朱谨深脱了斗篷坐着，神情漫不经意："没什么事，不过是说了两句他不爱听的话。"

沐元瑜见他这样自在，比在十王府里还安闲了些似的，以为确实是一点小问题，就顺口追问了一句。

朱谨深没有隐瞒，直接把自己补的条陈告诉了她，他的语调中含着以往少有的轻快之意："你说得对，事情该是怎么样，就摊开来说明白，我同他们装什么样，他们是乐在其中，我图什么呢？没完没了的。这下说明白了，我畅快多了。”

沐元瑜惊呆了：“殿下的原话就是愚、愚蠢可笑？”

她实在太低估了中二的威力。

她以为朱谨深换大板子坑国舅、管弟弟叫“东施”已经够中二了，万没料到那不过是前味小菜，他真的病发的时候，连他亲爹皇帝都照怼不误！

她想象了一下，别说皇帝那条至高无上的尊龙了，就是她爹滇宁王一个远在边疆的缩水版土皇帝，应当都万不能接受自己孩子这么评断。

朱谨深跟皇帝之间，不但有父为子纲，上头更压着一层君为臣纲，他敢跟君父这么说话，沐元瑜真要敬他是一个重症中二。

然后她才想起来点什么，问道：“我说得对？这里面有我的事？”

什么摊开来说明白的是有点耳熟，不过前日的事，记忆很快复苏，她慢慢睁大了眼睛——一点不错，还真是她说的，可她和朱谨深的情况是一回事吗？！

“殿下，”她无力地抹了一把脸，因为已经实在不知自己该拿出什么表情来了，说道，“您可没说是从我这儿得到的灵感吧？”

“就这点出息。”朱谨深鄙视地来了一句，见她眼巴巴望着，还是松了口，“没有，你当我是长舌妇吗？”

“哦。”沐元瑜这才松了口气。

# 第十二章 过招御史

正在这时，林安端着药进来了，他伙同外人算计自家主子，还是有点心虚，进来不敢看朱谨深，把药碗往沐元瑜手边一放，脚底抹油般溜了。

沐元瑜看看药，再看看朱谨深，道："殿下，您自己来还是我服侍着？"

朱谨深憋了许久的一口怨气倒给了皇帝，心头憋着的一股劲散了不少，僵持片刻，默默地把碗端过来，皱着眉屏息把药喝完了。

他到底还是抱怨一句："有什么用，喝了不还是这样。"

沐元瑜也不懂他这病到底是什么来头，单知道是胎里带来的弱症，就只能劝他："殿下喝了药能不能好我不敢保证，但是不喝药，那一定是好不了。"

"年纪不大，道理不少。"朱谨深说是这么说，口气是平缓的，倒是没有反驳她。

沐元瑜感觉他出了十王府后，情绪是真不错，就顺着和他聊下去："殿下说我出息不大，可您的出息也太大了，敢跟皇爷那么说话。叫我说，就让您出来反省两个月，皇爷算宽容了，我要是敢跟我父王这么说，哪里还等他撵我，我自己就得先赶紧逃到我外公家去了。"

"扯谎。"朱谨深不信，斜眼瞥她，"你家就你一个独苗苗，你父王舍得拿你怎么着？上房揭瓦还得给你递梯子，在底下守着怕你摔下来吧？

我们这样人家的烦心事，你怎么懂！”

添丁是件瞒不住也没必要瞒的事，沐元瑜坦白告诉他道：“家家有本难念的经，殿下这样尊贵都不快活，我又哪里有这运气能独善其身？我父王有个极心爱的侧室，我上京前，已有了身孕，大夫把了脉都说是男胎，现在多半已生下来了，只是我还没接着信而已。”

“家家有本难念的经……”

这句话的出处不可考，最初可能是百姓人家说出来而后流传开的。朱谨深幼年养在深宫，略长一点后住入十王府，他出门少，没听过这句俚语，此时听见，不由得深思起来。

过了片刻，他道：“倒是有点意思。你家里还有这种事？你却心宽，面上一点也看不出来。”

沐元瑜心道，我家里还有更可怕的事呢，说出来吓死你。

不知怎的，这句话一想，倒把自己想得乐起来，她勉强憋住了，道：“不心宽也没办法，我又没本事拦住我父王不去妾室那里，只好我自己努力，给我母妃争口气，免她些烦恼罢了。”

朱谨深以往从不曾和人闲聊过家常话，他这个身份，配合他闲话家常的也实在没几个，不经意就要弄成奏对格式。此时，他带点新鲜感，点头道：“你说得是，我娘要是还在，我大概也是这么想。”

他忽然提到自己的母亲。沐元瑜一怔，去望他面上，见他虽没有明显的忧伤之色，眼神中却掩不住伤感。天下的孩子就没有不依恋母亲的，朱谨深在这一点上却是惨，连母亲的面都没见着，想有个回忆的恋想都没有，只能纯靠想象。

她的态度里不由得加了几分怜悯和小心翼翼，说道：“殿下，其实您也是一样，先皇后虽然不在，但她泉下有知，若感应到您现在好好的，也会心生安慰的。”

“你是不是认为我不该和皇爷赌气，怕他处罚我？”以朱谨深的敏锐度，当即察觉出了她的潜台词，道，“无须担心此事，我心里有数。”

沐元瑜无语了，他这淡定模样，合着根本没拿怼皇帝当回事？

“我可能快去封地了。”

朱谨深却紧接着给她抛下了一颗重磅炸弹。

沐元瑜蓦然抬头，吃惊地道：“去封地？”

这个信息来得太突然了，滇宁王府不便插手内宫之事，但对于这样官面上的消息还是关注着的。朱谨深是嫡次子，长子有缺，而且缺得比他还严重，那么顺位下来就是朱谨深。若不考虑人为竞逐因素，只按正常程序，他正位东宫的法理性是余下三子中最高的。

这样一个东宫热门人选，说他要去封地？

封地去容易，再想回来就千难万难了。

沐元瑜在跟朱谨深的接触里，隐隐约约也感觉他对大位似乎没什么兴趣。药都懒得吃的一个病人，会有想当皇帝的野心？那除非当皇帝真能万岁万岁万万岁。

但真从他口中得到证实，她仍是吃惊非常。

她一时不知该说什么劝慰他，只是问道：“殿下，这事定了？您还没封王吧？封地更没定，对了，是不是还要先娶妻？”

“我这样有今天明日不知在哪儿的人，娶什么妻？何必祸害别人。”对比她的语无伦次，朱谨深态度很平静，“是都没有定，不过想定也快，费不了多少事。”

沐元瑜还是觉得晕乎乎的，问道：“殿下，这么大的事，您就这么告诉我了？”

“不是什么见不得人的事，没什么不能说的。”不过朱谨深见沐元瑜一副回不了神的样子，还是改了点口，“也没这么快，总得等到大哥和我加冠后吧，不然我就这么走了，这事也不好看。我和你说，就是我有这么个意思，所以我无所谓和他们怎么样，他们也不能拿我怎么样。”

这话沐元瑜倒是懂，只要朱谨深不打算去争皇位，那他就是一个无懈可击的状态。他再中二再不驯，皇帝只能训斥他几句，关关他禁闭，他这个身子骨，除非皇帝打算断送掉这个儿子，否则体罚是万万不会上的。至多把他封王撵到封地上去，眼不见心不烦。但这本也是朱谨深的打算，他等于并没有任何损失。

而假使其他想夺位的兄弟要对付他，那能做到的极致也就是让他封王就藩出局。本朝待皇室亲王一向十分宽宏，除非能给他扣上顶谋反的帽子，不然都动不了他。

终于消化掉这个消息，沐元瑜第一件事是想起保证来，说道：“殿下，我不会告诉任何人的。”

朱谨深无可无不可地点了点头：“先不说也好，不知皇爷怎么想的，加冠一事朝臣们催了好几年了，也没个了局。再看看吧。”

皇子加冠有特殊意义，往往会与皇权更迭相连。朱谨治情形特殊，皇帝一直藏着拖着，致使他快二十岁了还没行冠礼，他不行，他底下的弟弟们就跟着一并拖延了下来。

再接下去，沐元瑜就不提那些事，只和朱谨深随便闲扯着了——他都无欲则刚了，她还劝什么？就是她自己，要不是有个软肋滇宁王妃，她也不会和滇宁王屈服，滇宁王叫她不好过，她有的是法子给他把堵添回去。

两人这么没拘束地说话要轻松许多，有一搭没一搭的。时间很快到了中午，沐元瑜蹭了顿素斋方才走了。

马车在路上不疾不徐地驶着。

午后时光，沐元瑜有点犯困，头随着车轮的滚动一点一点，将要睡过去之际，马车慢慢停了下来。

刀三敲敲车壁，“嘿嘿”的笑声传进来：“世子，要不要出来瞧瞧热闹？”

沐元瑜惊醒了，此时也听到了动静，一群人不怀好意的笑声兼着一个男人杀猪般的叫声自马车外左手边的方向传过来。

她揉揉眼睛，打个哈欠，挪到前面去掀开了车帘，循声向外一望，巧了，是熟人。

那叉着腰立在旁边，挥舞着手臂指挥着几个狗腿子欺负人的不是李大国舅又是谁！

被围在中间殴打的男子正在奋力挣扎反抗，一时看不清脸面，不过从他的叫声里，能听出不是平头百姓，他喊道：“李飞章，你疯了，你敢指使人殴打朝廷命官！哎，走开，我的帽子，把我的帽子还给我。就算你是国舅，光天化日之下，如此目无法纪，本官必要参你一本，哎哟……”

男子一边呼痛一边胡乱放话。

这是条街道的拐角，附近没什么人，零星几个路人见到这豪奴出街横霸的架势也不敢过来劝阻，遥遥指点着看热闹。

来，拽着华敏往外逃。

华敏还当他是个好人，一路跑一路辛苦地把裤子往上提，终于跑出危险范围后，满怀感激地问这名“义士”的姓名，要感谢他。

刀三摆摆手：“不用谢我，我也是听命行事，我家世子让我救你的。”

京里公侯勋贵不少，华敏不知是哪家的世子，一再追问，刀三已在往回走了，头也不回地道：“你才参过的那个。”

华敏：“……”

他拎着断掉的腰带愣住了。

国舅爷李飞章领着豪奴归家，跟他老子承恩公报告：“爹，我把华敏那厮打了。”

承恩公年将古稀，记性不太好了，闻言道：“华敏是谁？”

李飞章不大满意：“爹，你这记性也忒差了，就是都察院的那个言官，才参过沐家那小子的。”

承恩公想起来了，摸了摸花白没几根的胡须，道：“哦，是他。你惹都察院的那群马蜂做什么，小心被蜇得满头包，爹这把老骨头也救不了你。”

“救不了才好呢。”李飞章自有打算，心机深沉地道，“爹，我为沐家小子打了言官，言官肯定要参我，皇爷会狠狠罚我，你说沐家小子见了这样，会不会多少有点觉得愧对我？有了这愧疚之心，后面就好办了。”

承恩公记性差，脑子还是够使的，想了想道：“你先前就说沐家的小世子好像得二殿下另眼相看，如今是确定了？”

李飞章点头：“一点不假。虽不知为了什么，却也管不了许多了，打从二殿下出宫，我就开始下工夫，耗到如今不见一点成效。二殿下无欲无求，独来独往，再耗下去，恐怕我也仍难找着亲近的机会，不如试试另一条路。沐家小子在京里不过习学，早晚要回去云南承袭王位，就算他比我们更亲近二殿下，也碍不着多大事，一旦事成，到时这京里我们就是独一份。”

承恩公背着手，在屋里踱了几步，沉吟着道：“你说的也有些道理，不过无欲无求这条，恐怕不见得。二殿下一贯冷清，何以忽然改了常态？依我看，他以前是潜龙在渊，现在是有所打算起来了。我们既然决心拥立二殿下，那这个机会确实不能错过，再往后落人一步，拾人牙慧意思就不大了。”

李飞章撇了撇嘴：“爹，您跟儿子说话，还掉什么书袋呢？直说我做得对不就得了。”

承恩公斥道：“我哪里掉书袋了？你有空该多读两本书才是，要不是成天这一副吊儿郎当的样子，二殿下也不至于总是懒得理你。”

“那怪我吗？爹您记性是真不好，当初不是您要搞什么韬光养晦，让我怎么胡闹怎么来吗？”李飞章瞪眼反驳，“我这可都是为了我们大哥儿做的牺牲，现在倒又怪上我不学无术了。”

小儿子，大孙子，老人家的命根子，承恩公斥责的口气本就不算重，再让老儿子一抱怨，登时更心软了，说道：“唉，当初你姐姐一举得男，多好的事，眼看我们家祖坟就要冒青烟，要出一个皇帝外孙，谁知道世事难料，你姐姐当时就没了不说，大哥儿越长越大，却是那个模样。他一个傻子，对人事都半懂不懂，在宫里被人欺负了都不见得知道说。皇上新后一个接一个地立，我们不赔着小心还能怎样呢？饶是这样，还是险些吃了个大亏。你就体谅些吧，看你外甥可怜，别和他计较了。”

“我也没计较过啊。”李飞章嘀咕，“爹，您又扯远了。算了，我不跟您说了，再说得说到天亮去。您准备准备，赶紧进宫给我求情去。”

承恩公道：“求什么情？你不正要皇上罚你吗？”

“那也不能真往死里罚啊！”李飞章受不了地推他，“走，走，我亲自服侍您老人家换衣裳。您还是不是我亲爹了，真是……”

李飞章的未雨绸缪做得很有必要，言官挨打是件十分严重的事，都察院十三道御史、六科给事中等所有科道官听闻有此恶劣行径，齐齐震动，对华敏展开慰问的同时，捋起袖子连夜写奏章弹劾谴责李飞章。

一来，这位国舅爷虽然一向纨绔，但这回真的过分了。

二来，年底了，大家也是需要一点业绩的嘛。

但这些专业监察挑刺的言官这回再快没有快过一个非专业的。

那便是滇宁王世子沐元瑜。

作为御史被殴的亲历者，她回到家就开始奋笔疾书，一封痛心疾首的弹章当日就进了通政司，流转内阁，而后上了皇帝御案。

国朝十分重视言路畅通，立国之初连普通百姓都可以直接上书给皇帝，地方官敢有阻拦者重惩。发展到如今，监察这一块由科道官主理不错，但非科道的普通官员也可以上书言事，只是对比言官而言，没有了“风闻奏事”这一项特权，必须得拿出实据来。

沐元瑜当然是有实据的，她本人亲眼看见，家仆施救，再确实没有了。

于是国舅豪奴如何跋扈，单薄御史如何受屈，如狂风中的一朵小白花般饱受摧残的一幕巨细无遗地跃然在了纸上，并飞快传遍京城。

国舅打御史，原就是一上好题材，属于诸项弹劾里的精品名目，老少咸宜，上下皆爱，再加上沐元瑜本人的身份，她先前与华敏的纠葛，与国舅的恩怨……哦，眼花缭乱，简直忙不过来。

大家本都准备着忙完了手头的事，就收拾收拾准备歇年假了，结果这场年底大戏火热登场。得，别歇了，看戏吧。

最单纯的那一拨认为沐元瑜宽容大度，华敏参过她，她在华敏落难时没有视而不见，仍旧伸了援手，可见本来秉性不坏，至于规矩礼仪差一点嘛，那是小节，比起祸害国舅总是好多了不是？

不那么单纯的一拨，则认为沐元瑜是借机洗白，她跟李飞章原就不对付，得了这个机会就马上踩他一脚给自己挽回点名声，小心思是有，不过也算题中应有之义，这么干很正常。

眼神格外毒辣、斗争经验异常丰富的，比如现任都察院大佬左都御史宋总宪才一眼看出了其中真正的题眼所在。

“这位世子身边有高人啊。”他向身边同僚下属叹息道，“看这出借力打力，以牙还牙的手段，多么精彩，一般人断断使不出来。”

下属是宋总宪的同乡，自打科举分了南北榜后，朝廷中同乡抱团的风气就愈演愈烈起来，这下属既是同乡，自然也算同党，所以宋总宪跟他说话无忌。

下属的目光望在上司手指所按的抄录出来的弹章中间的那段字句上，说道：“还是总宪眼明心亮，您不说，下官都没反应过来这蹊跷之处。”

单单只看这一段，其实没啥，无非是渲染了下华敏挨打时的模样，说豪奴如何丧心病狂，说华敏如何“抱头哀号，惨不可闻，衣衫凌乱，帽飞裤破，左臀一痣都露于人前，官威扫地，凄惨非常”。

思绪敏感度不那么高的，大概至多以为沐元瑜是为了拿华敏当个衬托，好突出自己救他是多大的恩德。

宋总宪的目光却不会只停于这一浅层，他第一时间联想到了华敏先前参劾沐元瑜的那份弹章，两下一映照，关键字段相似度不言自明。

这才真是腊月的账，还得快，以其人之道，还治其人之身，竟是一丝不差，报应不爽。

更高一筹的是，沐元瑜被参的时候还能写个折辩，华敏连这一点都做不到。沐元瑜参的又不是他，而是李飞章，认真来讲，还算是替他出头，他根本毫无理由回击，就算辩也辩不到沐元瑜身上。

对于下属的吹捧，宋总宪笑道："便是我不说，你过一刻自己也就想起来了。只要看过华敏那封弹章的，要不了多久，心里也都该回过味来。"

下属请示道："总宪，那我等下一步该怎么办？"

"怎么办？干着这份活，该参谁参谁吧。不过，就不用太卖力了。华敏不知受了谁的指使，拿沐世子当枪使在前，现在自食其果，他自家事，自家扛吧。"

宋总宪的反应虽然快，但还有个比他更快的。

那就是华敏本人。

他自己干了什么事，自己最清楚，被人照原样摔到脸上的时候，瞬间刺激得他差点跳起来。

沐元瑜这哪里是替他出头，根本是拿他开涮！

那文字绘声绘色的，拿到茶馆子里直接可以开讲一章书了！

他当初写朱谨深，可还没有这十分之一过分。他上书只为挑拨沐元瑜和朱谨深，可不想激怒皇帝，皇帝若看见他像沐元瑜写他那样写皇子，先得把他拖出来打板子。

他明参沐元瑜，暗地剑指朱谨深。

沐元瑜现在就明参李飞章，暗嘲他。

这针锋相对的意味太明确了，明明白白地告诉他：你玩的花样我知道，还给你！

这封弹章没出之前，华敏真当沐元瑜是个好人，一瘸一拐地回家以后，心里还曾闪过一丝愧疚。

这愧疚飞快转化成了脸疼。

他没想到自己和少年相比，他才是天真的那个。

更重要的是，这同时多半意味着他的挑拨失败了。

那封弹章是他交给幕后人的投名状，却出师如此不利，这种种失败的情绪叠加，使得他做出了一件不太理智的事。

他在参劾李飞章的奏疏已经递上去的情况之下，又挑灯夜战，另书就第二封弹章，弹劾沐元瑜大奸似忠，外似朴野，中藏巧诈，指使仆从明为援手，实为羞辱，还意图示恩，蒙蔽圣听……如此云云。

沐元瑜看到的时候正喝着暖乎乎的姜茶，一口茶直喷出来。

观棋正好站在面前等着接她喝完的空碗，裙子上被喷湿了半边，躲闪不迭地嗔道："哎呀，世子，我才上身的红绫裙子，新的！"

沐元瑜是真的笑喷了，摆着手边笑边道："什么值钱东西，库房里料子都堆成山了，你自己找去，随你爱什么花样，重做一件就是了。"

观棋本也不是真心疼裙子，就是借势跟她闹一下，撒个娇，闻言就笑了："那我可拿去了，世子不要心疼。"

"不心疼，不心疼。"沐元瑜仍是止不住笑。

观棋好奇起来，凑过来道："世子，笑什么呢？可少见你这样开心。这个人夸你了？"

"没夸我，骂我了。"

观棋就糊涂了，问道："世子，你挨骂还高兴呀？"

"这可不是一般的骂，大奸似忠，外似朴野，中藏巧诈……哈哈……"

沐元瑜把这一段字念出来给她听，观棋认得几个字，一般记记账可以，这一段她听也听得懂，但就是仍不明白笑点在哪儿。

"这是宋时的御史中丞攻讦王文公的话，这个人气急了，将我视同王文公，我只有受宠若惊，有什么可生气的。"

王文公，他的功过三言两语说不清楚，但他本人作为一个史上著名的思想家、政治家、文学家、改革家这一点毋庸置疑，能蹭一蹭他的评语，哪怕是政敌攻击他的，那也是太抬举她了好吗！

真不知道这个华敏是怎么想的！

就算御史掐起架来的时候讲究个语不惊人死不休，这种词也不好乱用的吧。

沐元瑜就照着这个思路写了折辩，先以一种很惶恐的心表示不敢与王文公并列，对于华敏指控她的罪名，则笔锋一转为黯然低落，也不辩解，只说万没想到华御史会如此误会于她，她也没什么好说的，从此避而不见也就是了，她上京来是求学的，不是为了和朝廷官员打嘴仗的，也不敢如此僭越。

看看这副嘴脸！

华敏险些气昏过去，她把他戏弄了个死，还要说不敢和他掐架！

什么便宜话都叫沐元瑜说完了！

和他交好的同侪见此，忍不住来劝他了："算了吧，你和一个半大孩子计较什么呢。不是我说，你给人扣的帽子也太大了，给人留了话缝，怨不得人说你。"

华敏对这一点是无可辩解的，他当时是气急了，那当然什么话狠就拣什么话说了，朝廷乱战里互相攻击的时候，比这狠的话还多着呢。只是今番确实忽略了沐元瑜的年纪，使得他的姿态不那么好看起来。

但他不服，辩解道："当时真是他那个随从来扯断了我的腰带，我后来回想起来，记得真真的！"

同侪倒不是不信他，朝廷里下黑手比这厉害的也多得是。有人对他道："那你回来参李国舅时，就该连沐世子一起参了，你当时不参，等到沐世子的弹章上了，你看出来不对了，再事后找补，那谁不以为你是报复的成分更大一些？"

华敏："……"

他甚是憋屈，他没同时参，因为他其实记得未必有那么清楚。

当时的情形太混乱了，他也有点吓破了胆。李飞章的风评一向是个浑人，什么都干得出来，沐元瑜才进京不就和他干了一架？他是真怕李飞章的豪奴们打死他，所以根本没注意多少别的，刀三往外拉扯他，李飞章的豪奴们没得到主人命令，没停手，也在往回拉扯他，不让他被救走，一锅粥的混乱里他没那么清楚他的腰带到底是怎么断的，裤子又是怎么掉的。只是随后沐元瑜上了弹章，他再回想，才觉得自己似乎是中了招，并越想越觉得不对劲。

同侪又劝道：“既然你没证据，就到此为止吧，再争下去，你又能争得出什么来？”

他心里有句话没好说——你一个专业的，跟一个非专业的掐成这个局面已经很丢人了，再强撑下去又有什么意义呀，就算赢了也不算多光彩。

华敏却不能甘心，别看御史是一个战斗性很强的体系，其实本质出身是士林华选，是从历届进士中择优选录的，除进士外，次一等的举人都混不进来。既是清流，就讲究名望，他留下这么个污点，严重是不算严重，却能硌硬死人，得用多久才能从人们的记忆中洗去？

再者，他就这么认了，对幕后人也不好交代啊。

他就努力去串联起来，都察院内部十三道共一百二十八个御史，除了顶上的几个大佬，余下的大多平起平坐，互不统属，在华敏的想法里，这些同僚虽然平时山头林立，但面对言官被殴这个局面的时候应该能够同仇敌忾，他的串联应该难度不大。

他这个想法也不算错。

事实上，不用他串联，参劾李国舅的奏章已经如雪片一般飞向御座了。

但再提到沐元瑜，响应者就寥寥了。

如宋总宪所料，此时御史们差不多也都回过了味来，那想法，也就都跟宋总宪的差不多。

不错，沐元瑜的弹章里是玩了花样。甚至华敏反扑沐元瑜的话也许是真的，但那又如何？是你先对人家玩了花样。

大家都靠笔吃饭，谁都不是傻子，就不要装无辜了。

御史们能为同侪被殴出头，可不表示同样愿意为同侪的私人恩怨埋单。这是输赢各安天命的事，谁知道你背后水多深，你是利益相关者，别人可不是，凭什么陪你一道湿身？

华敏串联失败不说，还迎来了另一桩雪上加霜的事。

在快要等身的参劾中，李飞章认了揍他，但不肯认是无缘由的，而一口咬定是为了飘红院的雪纤姑娘争风吃醋。

雪纤姑娘是教坊司出名的红姑娘，弹得一手好琵琶，朝廷里好风流的一拨官员都知道她，也几乎都去听过她的琵琶演奏。

当然，国朝禁止官员宿娼，所以这听琵琶就是单纯的音乐交流，不包含其他肮脏的交易——至少明面上是这样。

华敏不算风流，但难免有一些需要应酬的时候，酒桌上别人把雪纤姑娘叫出来弹一曲琵琶助助兴那是他控制不了的。所以，他不能说没见过雪纤姑娘，根本和她没一点联系。

李飞章要整他，功课还是做了那么一点的。他这样的纨绔浪荡子，打听华敏和哪个红姑娘有来往太容易了，教坊司一条胡同从头晃到尾，哪个场子他不熟？他又不是官员，可不受朝廷官员规定的束缚。

有好事的同侪悄悄来问华敏："嘿，你左臀上真有颗黑痣啊？"

必胜的仗被搅和成这样，华敏已经焦头烂额了，压不住脾气当即就勃然大怒道："你是何意？安心取笑于我？！"

同侪不太高兴："你这人怎么这样呢，我是好意来提醒你的。你还没反应过来啊？人家对你留手了，又知道你隐私部位的标记，又知道你和哪个红姑娘有交集，这二者联系在一起，要是下死手参你个宿娼，你这顶官帽还戴得稳吗？"

华敏愣住了，恨恨道："万万没有这种事！李飞章说和我争风吃醋已经是无中生有了，难道还敢真格诬陷朝廷官员不成！"

"为什么不敢？"同侪反问他，"买通一个官妓很难？是国舅爷缺钱？还是世子爷缺钱？这两人任意一人动起这个脑筋，你想想你的结果。"

华敏再度愣住。

同侪拍拍他的肩，说道："冷静一下，想想清楚吧。"

# 第十三章 庶弟出生

李飞章很生气。

他不是气自己被参得满头包，他对言官动手之前已做好了这个心理准备。

他不能接受的是，这场倒国舅大潮中第一个向他发起攻击的居然是沐元瑜。

就算不肯领受他的好意，沐元瑜也不至于倒打一耙吧？

还有没有点良心了！

他气愤地跑沐家老宅去质问，结果堵了个空。

沐元瑜可不像他那么闲，她之所以陛见过后还有空戏弄华敏，是因为她进学的地点位于禁城午门之内，皇极门的右厢，出入需要牙牌。她为新制的牙牌才又在家多等了两日。

此时牙牌已经到手，她便收拾书本笔墨跟诸皇子一道上课去了。

说是诸皇子，不过沐元瑜目前能见到的只有三皇子、四皇子。

大皇子头脑有疾，由大儒在深宫中进行一对一授课，二皇子则怼了亲爹被关进寺里反省。

沐元瑜以为她暂时就两个同学，在一个路过舍人的指引下寻到地方。她迈进朱红门槛的时候，才发现里面排了不少桌椅，已经坐了四个人，除掉三皇子朱谨渊之外，另有三个生面孔，其中两个年纪大些，大约二十出头，一个穿戴上明显精细些的则要小一点的模样。

沐元瑜懂了：这大约是伴读。

她的脚步声轻，踏进来时朱谨渊第一个发觉了，他露出和煦的笑容道："沐世子来了，这样早。"

沐元瑜上前行礼："三殿下早，臣惭愧，不及殿下勤勉。"

朱谨渊笑着起身拉她："我上回就说了，不用这样客气。来，你坐这里，皇爷说了你要来的事，早把你的位子都安排好了。"

沐元瑜谢过他，把带的东西在分配给她的那张书案上放下，客气地要再跟其他人自我介绍兼寒暄一下，一抬头，却见那三个生面孔的目光都齐刷刷地盯在她脸上。

其火热程度，远非单纯对新同窗的好奇所能解释。

她摸摸脸，大方地笑了笑："怎么了？我出门前洗了脸的。"

那个穿月白锦袍年纪小一点的少年先咧嘴笑了："沐世子别误会，我们就是……嗯，久仰大名，哈哈，久仰大名！"

另两个跟着一起笑起来，不过笑得都要含蓄些，其中一个主动介绍道："在下姓江，名怀远，湖广人。"他伸手指另一个年纪和他相仿的，"那是齐兄，名恒简，家乡浙江，我二人都是国子监监生。"

年纪小一点的少年忙抢上跟着道："我姓薛，名筹，家父现袭威远侯。"

这两人的自我介绍差别十分明显，除名姓之外，一个报了籍贯功名，一个则报了爹。

沐元瑜心里有数了，江怀远和齐恒简是文官路数，都不提出身，应当是没什么好提的，能进这道门槛，凭的是自己本事。他们能当国子监的监生，肯定不是如沐元茂一般走的荫监，不然爹的身份也矮不了，比较大的可能，是中秀才后品学优异而被地方政府推选入了京城国子监深造，走的是贡监路子。

皇帝挑选这样身家普通清白又聪慧优秀的监生作为皇子伴读，算是用心良苦了，这既比弄朝中重臣的子弟来致使皇子们拉帮结派靠谱，也比弄一堆读书上相对懈怠的勋贵子弟围着要强。

为了证实这猜测，她笑道："原来是两位秀才公，我失敬了。"

江齐二人一齐笑了：“不敢，不敢。”

他们这就是默认自己的秀才身份了。

人多了就是热闹，你一言我一语的，互相正叙着，打门外又匆匆走进一个人来。

这个人的年纪跟薛筹差不多，穿戴也差不多——不是指衣裳样式，而是其精美程度，他腰上还挂了一圈玉佩香囊荷包等物，跟江齐二人的简朴明显不是一个风格。

薛筹见到他就笑道：“许世兄，正要说到你。来，我给你引荐一下，这位就是云南的沐世子了，早就说他要来，今儿终于到了，以后我们就更热闹了。”

他又转向沐元瑜道：“沐世子，这是隆成侯府的许泰嘉许世兄，他是最早进来跟着殿下们读书的，当时我们都还没来呢。”

看来这是第一个定下的伴读人选，沐元瑜打量了许泰嘉两眼，只见他不但穿戴不凡，生得也好，进来时的步伐虽快，却不失风度，是个看上去英俊骄傲的少年。

少年对她的态度却让人存疑，和她见了礼，就挑动嘴角笑了笑道：“热闹？那肯定是热闹了。论这份本事，谁能及得上沐世子呢？”

他这不阴不阳的语气让书堂里顿时静了下来，江齐两个年纪大些的不知所措地互相望望——按理他们该出来打个圆场，可一个王世子，一个侯世子，两个小秀才哪里管得起？

还是朱谨渊微带责备地望过去：“泰嘉，你跟薛筹平日里闹惯了，沐世子才来，未必习惯你们那一套，你还是先客气些，别叫沐世子误会了。不然等二哥回来，见到你们这样，岂不要多增烦恼。他身子不好，心思原就重些。”

沐元瑜听出来了，这莫名其妙对她开嘲的许泰嘉应该是划归给朱谨深的伴读。朱谨深被反省了，暂时失去了来听讲读的权利，但皇帝不会记得特意下个旨给他的伴读让也不许来了，所以许泰嘉还是照常进学。

看在朱谨深的份上，她只是又望了许泰嘉一眼，心中记下有这桩事，没去立即与他计较。

皇子发了话，许泰嘉还是不敢硬顶的，低头说了个“是”字，自去自己位子上坐了。

让他这一搞，殿里的气氛就冷清下来，趁着侍讲的学士没来，薛筹凑到许泰嘉旁边，小声嘀咕着问他什么。

朱谨渊则又和沐元瑜搭起话来，指点她一些待会儿听讲时的礼仪。这些沐元瑜自然已有所了解过，还是认真听了，又谢过他。

薛筹走了回来，向朱谨渊及沐元瑜做出一个无奈的表情，表示什么也没问出来，又伸脖向殿外望了望，说道："讲读快开始了，四殿下还没来，不会是才上学堂，不习惯这作息，睡过头了吧？"

四皇子朱谨洵今年刚刚十岁，出深宫加入跟兄长们一道进学的队伍里还不满一个月，所以薛筹有此说法。

朱谨渊顿了顿，道："不会的，四弟年纪虽小，却十分勤恳，大约是有什么事绊着了。"

正说着，外面走进一个舍人来，拱手行礼道："三殿下，讲官们到了。"

朱谨渊坐直了腰板，正容道："请先生进。"

舍人出去，传了话，负责讲读侍书的官员们鱼贯而入，共有四人。

沐元瑜及伴读们都站立起来，只有朱谨渊不动。

讲官们上前向他行四拜礼，拜完后，分班侍立。

其中一人先站出来，拱手向沐元瑜道："可是沐世子？"

沐元瑜回礼："是，见过先生。"

这讲官道："今日由我先向三殿下宣讲《孟子》其中一节，不知沐世子的进度到了哪里？若是还没习到《孟子》，可由另一名讲官陪您至偏殿，另行习学。"

四书五经是学子的必读科目，皇子也不例外，其中五经没有一定的先后顺序，先学哪本都行。而四书则由朱圣人按照循序渐进的顺序排列过，依次为《大学》《论语》《孟子》《中庸》，此时官方皆以他注解的版本通行天下，学堂习学的顺序便也按照他的来，所以讲官要问这一点。

沐元瑜是早都学完了，她不考科举，学这些经义不用死抠字眼，能背能释义也就够了。此时被问，她还是谦虚了一下，回道："我在云南的先生正也说到《孟子》，请先生照常宣讲即是，不用特别为我顾虑。"

讲官就点点头，又走至朱谨渊身边问道："三殿下，四殿下今日是告病吗？何以未至？”

朱谨渊面有难色地道：“大约是吧，我心中也正牵念。先生稍候片刻，我着人去问一声。”

他喊过一个在角落里侍立的小内侍，叫他进内宫去传话。

沐元瑜眨了眨眼，低下了头。

这三皇子好意思说朱谨深心思重，他这份心思才真够使的——先就知道朱谨洵没到，那时一字不提要去叫他的事，现在讲官问了，才说“牵念”，他牵念早干吗去了？

给皇子当老师不容易，譬如这学堂，要踏进来都是有礼仪的，皇子说了进，讲官才能进，朱谨渊在弟弟未到的情况下把讲官放了进来，造成弟弟迟到的事实，而后才使人去叫他，这手段玩得是真绝。

怪不得朱谨深烦他，谁乐意身边贴一个这样爱下绊子的兄弟呢？

沐元瑜的位置在第二排正中，左边是薛筹，右边是许泰嘉。她左右看了看，薛筹一张心无挂碍的脸，正翻着自己面前的书，毫无所觉的样子，许泰嘉也在看书，但是嘴角抽动，表情略为怪异，应该是也听出来了。

许泰嘉确实要灵敏些，很快觉察到她的目光，一扭头回望过来，脸立时一拉，脖子却是一梗。

沐元瑜可不习惯总受陌生人的气，学着他的表情回了个一样的过去。

许嘉泰立时气得瞪了眼，按说他能听出朱谨渊搞的把戏，也不算是个笨人，不知怎的为何对沐元瑜好大意见，且掩饰不住，被挑衅回来，居然向她做了个口型：蛮子。

沐元瑜对这个称呼一点也不在意，她母妃疼她，她就跟着母妃做个蛮子怎么了？

对于他的鄙视，她向他挥了挥拳，用口型回应道：蛮子揍你。

许泰嘉：“……”

这裹得球一样的包子脸威胁谁呢？

那拳头也跟个包子似的，好意思伸出来吓唬人。

想笑怎么办？

他勉强冷哼一声，维持住了自己的架势，别过脸去不斗气了。

得了吩咐的小内侍没有去叫成，因为他刚出了殿门几步远，四殿下朱谨洵已经迎面跑了过来。

后面两个中年内宦一路跟着一路担心地叫道："殿下，慢些，小心摔了！"

朱谨洵没听他们的，跑到殿门前才停了下来，回身摆手喘气道："好了，我到了，把书给我，都回去吧！"

两个内宦追上来，其中一个把手中的书本递给了他，道："殿下，要不奴才陪殿下进去向先生解释一下？"

"不用！"

朱谨洵已经迈开短腿进了殿，头也不回地丢给他一句。

这番动静不小，里面已经断续听见了，都转回头去看他。

朱谨洵在众人的目光中走到了最前面，向四个讲官拱了一圈手，声音响亮中还带着些稚气："先生们见谅，母后昨夜着了风凉，早起觉头昏眼涩，我因心中担忧，候到太医来给母后诊脉，确认没有大碍后方才敢来，所以迟了一会儿，劳先生们久候了。"

讲官们皆回礼，先前问话的讲官赞道："四殿下真乃纯孝之人。"

朱谨洵羞涩地笑笑，抱着书归了座。

学生们这就算到齐了，学堂里只还空了一张书案，就是沐元瑜正前方属于朱谨深的那张。

她有点遗憾地往前看了看，可惜前后距离有点远，还是看不到朱谨渊此刻的表情。

大的不省事，小的也不是省油的灯啊。

刚开始跟一群人一起坐着听讲的时候，沐元瑜感觉新鲜又亲切。

她在云南读书时一直都是一个人，沐氏族人同她差不多大的子弟是有，但她刚开蒙时年纪小，滇宁王怕她不知轻重，玩闹里说话不留神泄了真身，所以一个伴读也没给她寻。后来她大了些，这项制度因循了下来，文武课都仍旧是她一个人。

这新鲜感没有维持多久。

无他，皇子们的精英教育实在是太无聊了。

朱谨渊先前给她介绍的是个大致的流程与礼仪，比如讲官们进来先领着诵读要学习的章节，而后再讲解释义，下午是练字，天气好的话也可能安排骑射之类。一般学堂也是这么教的，沐元瑜只没想到它实际进行的时候，和她以为的差远了。

将近一个时辰的工夫，先由讲读《孟子》的讲官上前，对着他们（主要是前排两个皇子）把要学的一节读了一遍，而后指导着朱谨渊和朱谨洵依次连读了十遍。

是的，没有看错，就是十遍，一点折扣也不打。而且不干别的，就是这么干读。

这一节书读完，讲官退下，换另一个讲经义的上来。目前讲的是《礼记》，讲官把要学的这节先宣读一遍，然后两个皇子照旧跟读十遍，其中有字音不清、句读不对的，讲官会指出来。

读罢，讲经官员下去，换另一个讲史的来。

原样程序再来一遍。

沐元瑜无聊得差点睡着。

她在云南上课可不是这么死板，她有问题可以随时提出来，褚先生会停下来予以解答，在她学得深入一些以后，也会和她探讨一些问题。

但也不能说讲官们的方法有误，有句话叫“书读百遍，其义自见”，文章多读几遍确实不坏，少年时记忆更好，这也是一种有效的学习方法。

只是对于少年本性来说，这个年纪多是活跃爱动，这么接连被往里生灌似的枯燥朗读，得努力压住性子才行了。

据沐元瑜在后排的观察，朱谨渊和朱谨洵就都很坐得住。

看来生在帝王家也不容易。

好在讲官们对伴读的关注相比之下要有限得多，在整个读书的过程中，都只站在最前排两位皇子的身边。这也很合常理，伴读伴读，重点在一个伴字，至于读不读，大半靠自觉，要是不能自觉，无法给皇子营造良好的学习氛围，那也很简单，出去换人就是了，想给皇子伴读的好人家能排到通州去。

沐元瑜虽没安伴读名头，只说一起读书，实际跟伴读也差不多，讲官并不来看着她也这么读。对她比伴读高一点的待遇，就是辅导皇子读完后会抽查一下她。

讲经的官员就来请她诵读才学过的《礼记》中的一节。

沐元瑜犹豫了一下，要站起来，讲官道："请世子坐着便可。"

她没坚持，就坐着把这一节念完了。

她念得还算顺，除了中间口误磕巴了两下，别的没有什么错误。

抽查的时候气氛要轻松一些，伴读们偶尔也是要被提问抽查，这个阶段没被抽到的伴读可以互相说个小话，讲官一般不会管，许泰嘉就往后一靠，低声道："就这几段话还念得磕磕巴巴。"

他做个自语的姿势出来，但近处的几个人都听到了。

朱谨渊轻咳了一声，道："泰嘉，沐世子刚来，应当是还不太适应这样的习学过程，你不要又调侃人。"

许泰嘉还想说什么，但见沐元瑜埋着头没理会他，自己觉得有点没意思起来，撇了下嘴，不说话了。

按说沐元瑜虽然读得有点磕巴，但应该可以算过关了，讲官却忽然眯了眯眼，望向她摊开在面前的书本，道："世子，请借书一观。"

沐元瑜："……"

做老师的是不是眼睛都这么尖？明明她两个同桌都没发现。

讲官伸着手，她再不想给也不好装死，只好慢腾腾把书往前递去。

朱谨渊心中好奇，不知这能出什么错？难道沐元瑜无聊走神在书上乱画了？他转身接到手里，帮她传递了一下，顺带着往书上瞄了一眼。

他瞬间露出一个掩不住的惊愕表情。

余下旁人都看见了，目光不由得都汇集到了他手中的那本书上，并跟随着转移到了讲官身上。

讲官接了书，低头一看，却并不如旁人预料的一般板起脸，而是笑了，道："果然。"

他将书合上，把封面向众人一亮，问沐元瑜道："世子是没带本经过来吗？"

沐元瑜有点讪讪的，还是站了起来说道："我不知殿下们的课程进度怎样，所以只带了这本集注。"

其实她那天去看朱谨深应该问一问，只是当时光顾着惊讶他为何到庆寿寺去了，忘了这一茬。等过后想起来，朱谨深毕竟在反省期，她不好为这点小事左一趟右一趟跑去打搅他，只好罢了。

她想着上学第一天，讲官不至于挑她的理，就先只往书袋里揣了一本必用的《四书集注》，打算着若讲到别的，先和别人凑合着看一下，等明天就知道该怎么带书来了。

不想皇子们上课是这个流程，气氛十分端肃，左右都是新同学，其中一个还莫名和她不对付，他们的书案中间又是隔开了一点距离的，方便讲官上前指导，她要移动身子凑过去未免有打乱秩序之嫌。

换讲到别的书时，她就只好继续摊着《四书集注》往下冒充了。

别人都没留神，这讲官可能是更为熟悉自己的课程，隔着一张桌子硬是发现了。

现在他把封面亮给众人看，笑着问她："世子的书经可是都已能通诵？"

这个"诵"可不是诵读的诵了，而是背诵的"诵"。

许泰嘉僵了脸，一声也不吭了。人家那磕巴哪里是不熟悉，是对着四书背五经，一不小心背串了，偏他当人不学无术，多嘴去嘲笑。

沐元瑜并不想出这个风头，道："并没有，只是先生说的这一节我恰巧是学过的。"

讲官点点头，没有多说什么，也不知信没信，只是将书还给她，又请她坐下。

沐元瑜不太自在地落座——因为书堂里各个方向的目光都盯过来，大概是先前吃了她土霸王的洗脑包，现在反差出来，都不习惯了。

早知老实承认没带书得了，她其实还是想尽量低调一点的。

此时皇子们的三个十遍都已读完，伴读们也抽查过了，第一堂课暂告一段落，学生们可以休息一刻。

讲官们退入偏殿喝茶润喉，沐元瑜则被人围拢上了。

薛筹先向她竖大拇指："沐世子，真人不露相啊！"

沐元瑜笑笑："哪里，凑巧而已，我在云南也不能成天玩耍，多少总是要念点书的嘛。"

她要转移焦点，就转身指后面的江怀远和齐恒简，跟着笑道："真人在这里呢，这两位秀才都考得了，四书哪一章不是烂熟于心？我这样的，也就只好和许世子比一比了。"

旁边的许泰嘉愣了一下才反应过来自己挨了冷箭，浓眉竖起，冷冷地说道："你什么意思？要比就比，我怕你？哼，会背一节书了不起了，心地冷酷，书读得再多又有什么用！"

他要说的是纨绔骄横乃至阴险狡诈沐元瑜都能理解，这冷酷是什么意思？

她对谁冷酷过了？

她一头雾水："许世子，你这抱不平替谁打的？"

她原先有一点以为许嘉泰作为朱谨深的伴读，是为了她曾冒犯过朱谨深才对她这样，可是她对朱谨深干的事，怎么也和"冷酷"扯不上关系吧？

许泰嘉绷着脸，却有点自悔失言的样子，不肯继续往下说了。

朱谨洵睁着好奇的大眼睛，目光来回望着他们，此时打圆场道："你们可是有了误会？现在不方便说就罢了，等下了学再好好说开来，都是同窗，不要吵架。"

朱谨渊也在望着他们，不过目光显得深沉许多，所以没有及时说出劝架的话来，让弟弟抢了先，只得跟在后面也劝了两句。

两个皇子纡尊开解，许泰嘉有天大的气也不好发了，这一日余下的时光，也还算太平。

只是到下午下学时，许泰嘉飞快走了，显然没有跟沐元瑜把话说开来的意思。

沐元瑜也懒得管他，来日方长，许泰嘉要成天这么别扭着，她是不会怎样，他得先把自己别扭出毛病来。

收拾了书本笔墨，她拎着书袋同江齐二人一起往外走。这两个人倒是好相处，开始对她有点小心翼翼的，发现她本人跟传闻里的不那么一样，就放开来正常说话了，一路出了几重宫门，互相告别。

然后，沐元瑜就让一个人堵上了。

没有别人，就是李飞章李国舅爷。

他从宫门外自家的马车里蹦出来，好似痴心女子终于逮着了浪荡的负心汉，劈头向她问道："终于等着你了！我为了谁揍华敏你不知道吗？你为什么参我？！"

他真是心里苦哇，抱心目中选定的未来储君大腿抱不上，想低个头抱一抱能抱上储君大腿的人的大腿，仍旧没抱上不说还反被踹了一脚！

沐元瑜被他那幽怨的眼神看蒙了，不想被他带歪，于是张口回道："为了公道与正义。"

李飞章气得倒仰，说道："你参我才是没有公道！你的良心都不会痛吗？！"

这个问题太好回答了，沐元瑜想也不想道："不会。"

李飞章："……"

他遭受到了会心一击。

本质上来说，沐元瑜还是个愿意与人为善的人，所以她在给予了李飞章连击之后，意思意思地挽回了一下："国舅爷，我参你，比别人参你要好，你再等等就明白了。"

李飞章平静了一点，他出离的愤怒本也有五成是做出来的，此时将信将疑地问道："你踩着我给自己洗白了名声，还说是对我好？"

沐元瑜反问他："我有什么可洗白的？别人就当我是个土霸王，对我会有什么损失吗？"

李飞章想了想，还真没有。

什么人才需要好名声？

文官。

因为那是他们立足的根本，四书五经，礼义廉耻，都是读这些一步步考上来才出了仕，不论私下本来面目如何，明面上必须把自己往君子里靠。

至于别人，比如勋贵、武将、外戚，乃至太监，不是不需要，是没有那么需要。

其中最大的差别，在于文官的名望是资本，是可以攒起来兑现的，而别人不能。

好比武将，想升官就要打胜仗，没听说谁因为名声特别好而扶摇直上的。即便有，也不如真刀真枪拼出来的能够服众。

至于李飞章这样的，他是外戚，那就是不能掌权，名声再好也一样，反之他再纨绔，只要不真干出杀人放火那样的大恶，那就照旧能做他的国舅爷。

"那我要等多久？"

李飞章这一追问，沐元瑜倒也想起来了，打量他一圈，道："国舅爷，你还没挨罚呢？"

李飞章登时垮了脸，说道："谁说没挨，我爹一年的俸禄都叫罚进去了。皇爷说了，这只是个开始，看那帮言官满意不满意，若是还聒噪，那就得接着罚！"

沐元瑜点点头："我说的意思就在这里了，你看后续吧。"

嘿，她还跟他打上哑谜了。

李飞章不大满意，但也没再穷追猛打了——有后续就好，然后他才能跟朱谨深有后续啊。

打发走了李飞章，沐元瑜坐着马车悠悠回了家。

在她的设想里，异地求学第一天，她的八大丫头应该蜂拥而出接着她嘘寒问暖才对，不想进了家门，只有鸣琴和观棋两个丫头出来了，情绪还好像不太高，默默地接过了她手里的书袋。

她仰脸问鸣琴："怎么了？"

鸣琴勉强笑了笑："世子，等进屋里再说。"

用不着到进屋，才迈进春深院，沐元瑜就明白过来了。

院子里摆着一堆箱笼物事，有的半开着，露出里面璀璨的锦缎金玉等物，丫头们正在往屋里收拾。

沐元瑜认得箱笼上的徽记，脚步顿了一顿，问道："云南来信了？"

鸣琴轻轻"嗯"了一声，陪着她上阶掀帘进屋，到里间把一封信拿给了她，望着她的眼神里满含着怜惜。

沐元瑜接到手里，外面的大衣裳也顾不得脱，迅速低头看起来。她的目光在白纸黑字间飞速掠过，很快寻到了关键的那一段字句。

——金秋九月初二，柳夫人生子，取名沐元瑱。

沐元瑜忍不住闭了一下眼。

瑱。

她便宜爹的封号是滇宁王，云南的简称也是滇。

这两个字如只是巧合，那是见鬼。

滇宁王将自己的王名截了半边，与辈分用字组合成了他新儿子的大名。

其用心不言自明。

信是滇宁王妃写给她的，大概是顾虑她的心情，提到这个新儿子的语意淡然，一语带过，更一字没有写滇宁王对此的态度心情。但沐元瑜只从这一个名字，已然再明白不过滇宁王的欣喜若狂之情，几乎有如亲见他的深情。

沐元瑜捏着信，大概她为这一天已然等待了足够久的时间，以至于它真的到来的时候，她在片刻的心痛之后，很快进入了一种禅定般的平静。

她现在，是正式坐定了弃子的名分。

唯一可庆幸的是，她这一颗弃子见机得快，及时脱离了滇宁王的掌控。

她要将这优势保持下去。

某个原本只是模糊的一掠而过的念头在此时清晰而明确起来：她需要择一大腿而抱之了。

权力在任何人的手中，都不如在自己手里靠谱。

晚饭后。

微黄摇曳的灯光下，沐元瑜盘腿坐在炕上，面前是一方棋盘。

她不善棋，也不好棋，会摆出这个架势来，只是因为她在洗浴过后，预备思索来路的时候发现自己并不能真正静下心来。

那一个“瑱”字如附骨之疽藏在她心底深处，时不时闪动一下，将她想到半截的思路打断。

她试过了踱步，静坐，闭目养神，皆不能奏效，最终莫名想起了朱谨深坐在窗下打棋谱的画面。那是中二皇子气息最宁和的时候，棋子捏到手里，他的呼吸好像都幽静下来。

她姑妄试之地让鸣琴去翻找了一副云子来，发现……嗯，有效。

云子就是棋子，是她家乡云南的特产，云南下辖有个永昌府，盛产此物，以玛瑙、琥珀等玉石制成，是棋子里的最上品，打问世以来非常受天下文人雅士的欢迎，还年年作为贡品进上。

虽然知道女儿不好棋，但滇宁王妃给她收拾行装的时候还是塞了两副。只要是好东西，以滇宁王妃的慈母心，不管她需不需要，总是不能漏下。

沐元瑜一颗颗拈着棋子，随手乱放，随着纯粹的黑白二色在棋枰上延展，她的心也渐渐专注在了这方棋盘上。

棋盘渐满，她张开手掌，将无序的棋子向后推开，重新在面前数出一颗黑子、四颗白子，摆好。

然后她的指尖在黑子上停留不过片刻，推开，让它出局。

要抱大腿，不但讲究自身的姿势与方法，还讲究个天时地利人和。

大腿里最粗最闪耀的那条是皇帝，而皇帝三者皆不满足。

论天时，他已将不惑，是一个意志已定的成熟男人，这样的天下至尊不会再将情感放置于理智之上，打动他的难度非常大；论地利，她有敕封，但无职无级，就算只隔一道宫门也很难有机会总是接触到皇帝；再论人和，那是不必论了，见都难见，还有什么可说的。

再有就是四位皇子，不出意外的话，下一任帝王就将在这四条潜龙里显现。

沐元瑜没怎么犹豫，以和推开黑子差不多的速度，很快挪走了第一颗白子。

朱谨治是个好人，但头脑有疾是个致命的弱项，他做亲王一点问题没有，为帝则是一场灾难。

然后她在第二颗白子上沉吟住了，过了好一会儿，终于还是动指挪开。

这抉择不是出自于她，而是朱谨深自己。

她面前只剩下了两个子。

三和四。

…………

她禁不住又往前看了看被挪开的第二颗白子。

虽然朱谨深志不在此，还是觉得抱他的大腿更顺手怎么办？

三皇子和四皇子就是典型的两个皇子模板，她想一想就觉得懒洋洋的，提不起劲来啊。

这样的就算抱到了，感觉彼此间也就是个利益交换，而这对她来说并不够。

利益是最牢固的结合，也是最脆弱的结合。

真正长久而坚实的情谊，需要利益，但绝不能只有利益。如果有朝一日她需要求助，一定是情况已经到了最坏的时候，届时她能提供的利益，滇宁王多半也能，只拼这项她毫无胜算。

人和人之间的气场是件很奇怪的事，朱谨深的脾气跟两个弟弟比起来要古怪得多，但他莫名地因为这古怪而比两个弟弟多了一样东西：人味儿。

起码，沐元瑜是这么觉得的。

而她还有优势，不但她倾向于朱谨深，朱谨深好像跟她也挺投缘，先一步向她伸出了友善的手，在这一点上，与其说是她选择了大腿，不如说是大腿选择了她。

在真正确立下抱大腿这个目标后，沐元瑜忽然发现，她的第一个问题居然不是怎么抱，能不能抱上，而是她想抱的大腿并没有成为大腿的志向。

…………

这可真是一件令人忧伤的事。

再说李飞章那边。

时日一日日滑过，很快过去了五六日，李飞章惊讶地发现，沐元瑜居然没有诓他。

他拉了老爹承恩公进宫替他求情，当时就被罚了一道，但一年俸禄实在不是多重的惩罚，按照言官们的秉性，应当继续群情激奋，再接再厉地参他才对。

参他的确实有，但力度远比他想象的要小。

因为他打了言官不错，那也就是打了嘛，明摆着的事，还有什么可深挖的？以他素日的德行，干出这种事并不出奇。

但沐元瑜下场就不一样了，她跟当事双方都有纠葛，华敏偏偏没沉住气，还反击了她，爆出了更多的料。他直指她是有意让随从装好人，实则下黑手，延长扩宽了那边的戏份，给了群众更多的研究素材，以至于转移了事件的本来重心，有意无意地减轻了李飞章所承受的压力。

李飞章并不觉得高兴。

因为他是真的没有预料到这个进展情况，而沐元瑜想到了。

不明真相的言官们猜测沐元瑜背后有高人，但他知道，不管沐元瑜有没有从云南带什么高人来，起码她在当初下令刀三去戏弄华敏的时候是完全出于她个人的决策，旁边并没有什么人给她递锦囊。

由此推断，其后的手段也没有什么人教她。

他有点发愁地去找了承恩公，说道："爹，那小子好像太厉害了点，他吃什么长大的，怎么我想不到的，他都知道。跟他一处混，好像不比接近二殿下容易。"

承恩公想得开些，道："人家厉害还不好？厉害了对二殿下才有帮助，他厉害他的，我们又不跟他争他的王位，没有利益冲突，怕什么。"

李飞章想想也是，他其实只是有点发酸不服。他觉得自己韬光养晦这么成功，应该是个很聪明能干的人设才对，结果叫人一比，跟个真纨绔似的，这不对头啊。

"对了，爹，你说二殿下现在应该是有所打算了，可我看好一阵过去了，他什么也没干，庆寿寺的门都没出过，难道真要在里面待满两个月不成？那可连年都在里面过了，宫宴都不能出席，多跌份啊？"

承恩公道："不出门才是对的。二殿下身子骨弱，皇上面上因他的脾性不大喜欢他，其实心里还是怜惜的，两个月恐怕是气急了才随口说的期限，没考虑到年节包括在内了。二殿下在寺里本分待着，不惹事，等到年底时，或是我们去求个情，或是皇上自己先想起来，自然就把二殿下放出来了。大节下到处热热闹闹阖家团圆，皇上还能真舍得二殿下一个人在寺里孤冷寂寞不成？"

李飞章讶然道："皇爷还怜惜二殿下？我瞧皇爷罚他可不手软，当年那桩事也不怨他，就为着他性子拗硬是把他罚出了宫。这回虽不知为什么，可一点动静都没听见，可见也不是什么大事，结果又把二殿下罚去了寺里。这眼瞧着父子俩就越走越远了，三殿下和四殿下什么时候受过这样的待遇？"

"三殿下和四殿下也从来没顶着皇上来过。"承恩公说着，叹了口气，"这二位殿下有娘教着，就要少走不少弯路，二殿下和我们大哥儿一样，娘去得早，凡事只有自己摸索着来。大哥儿傻，不担心事，人算计他也不知道，反而过得松快些。二殿下是个聪明人，那就不免要琢磨事，深宫里，有几桩事经得起细想的？他一想就难免要受熬煎，又没个人排解，心里压不住，面上要带些出来，又有什么法子。只盼着他再大些，能看开些吧。"

他话锋转回来，嘱咐李飞章道："二殿下这个人心地怎样，咱们家还是清楚的，他登大宝，对咱们家，对大哥儿都好，比——"

一个小厮连滚带爬地撞进来，道："国公爷，有中官老爷来宣旨意！"

李飞章面上一垮，说道："唉，一定是来罚我的。"

承恩公忙拉扯他："还不快走，啰唆什么。"

父子俩匆匆出了书房，赶到前院。中官来传的是口谕，候到承恩公在李飞章的搀扶下颤巍巍跪好了，李飞章自己也跪下，就宣道："圣谕，李飞章因琐事殴打御史，肆意妄为，有伤体面，着往庆寿寺，禁闭反省一月，接旨即刻启程！"

承恩公并李飞章都愣住了。

中官催促道："老公爷，国舅爷，还不领旨？"

"是是是！"

李飞章反应过来，满面笑容地连声道，"砰砰砰"磕了头领旨谢恩，又去扶他老爹起来。

他又请了中官喝茶，塞了红包，中官笑呵呵地都笑纳了。对于李飞章的探问，他却是大半避而不答，只是笑道："国舅爷安心，只要您好好遵旨，这事就算了了，忍耐一个月，到时候了自然放您出来，什么也耽误不了。"

李飞章还要再问，承恩公拉了他一把，使眼色叫他闭嘴，待送走传旨中官后，才道："人都告诉你了，你还紧着追问。"

李飞章莫名道："告诉我什么了？"

承恩公道："傻小子，什么叫到时候了放你出来，难道就放你一个，皇上的亲儿子还在里面关着不成？"

"嘿！"李飞章恍然大悟，一拍巴掌道，"皇爷这心思真是够绕的，只有爹您才有本事一眼看出来了。"

承恩公先前就跟儿子闲话皇帝会想辙把朱谨深提前放出来，此时恰恰应验，他心中也很有几分得意，捋了捋胡子道："好了，不要耽搁了，快让你媳妇给你收拾东西去，皇上说了即日就要前往，你可不要拖得违了旨，那可是自找罪受了。"

"知道了，知道了！"

李飞章阴错阳差地得到了接近选定目标的机会，不用承恩公多说，麻溜地自己窜回后院去找人收拾行装去了。

他一点也没有被关禁闭的郁闷，赶在当日太阳落山之前，就来到了庆寿寺。

“踏破铁鞋呀，无觅处，得来呀，全不费工夫……”

李飞章哼着自创的荒腔走板的小曲，也顾不得安置行李，立马往朱谨深所在的净室院落走去。隔着一点距离望见门口站着的侍卫的时候，他心中油然而生一种终于朝到圣般的激动感。

更让他高兴的是，朱谨深这回居然没有令人为难他，通传过后，直接放他进去了。

绕过银杏树，只见外间当地摆着的一张大案上，朱谨深面前铺着一张宣纸，他正执笔低头勾画着什么。

“这个时辰了，殿下还用功呢？”

李飞章干咳一声，清了清喉咙，上前出声道。

他顺带着瞄了一眼书案，却见朱谨深并非在写字，那张宣纸上是一幅略微潦草的疆域舆图。

“这是殿下画的？”李飞章抑制着鼓舞的心情问。

太好了，二殿下果然志在天下！

朱谨深“嗯”了一声，又说了一句“舅舅来了”算作招呼。

李飞章忙把自己也被罚来的事说了，又有点奇怪地望着那信笔勾勒出的舆图道：“殿下，您这上面打的叉是什么意思？”

只见舆图之上，南北直隶连同江南那一大片地区上都已被粗浓的墨笔涂去，其他行省里则零散着打了几个细叉，观其分布，并没有什么规律可循，如顽童胡闹。

但朱谨深当然不是顽童，所以他才有此问。

“没什么，”朱谨深语意淡然，“我看一看天下还有哪些适合诸王分封的封地。”

这一句话的工夫，他下笔又打了个叉，那表示那地方是又被他的王叔们先占了。

李飞章：“……”

他颤抖着声音问：“殿下，您闲着没事理这个做什么？”

“自然有用。”

李飞章：“……”

他眼已经直了，在心中无声地呐喊：爹，您老人家料事如神，苦心孤诣，一心要推二殿下上位，但怎么就没算到二殿下他可能根本、根本就没有这份心呢！

朱谨深好像还嫌他受的刺激不够，微微一笑，问道："听说湖广风调雨顺，人杰地灵，我如在那里择一封地，舅舅以为如何？"

李飞章："……"

他感觉自己又一次遭遇了连击加暴击。

……

咦，他为什么要说"又"？

# 第十四章 少年意气

李飞章被发配往庆寿寺之后，他打御史的那场风波渐渐平息下来，除了言官们对这惩罚还算满意，也因为另外一桩事爆出来，转移了大家的注意力。

这桩事的事发点不在京里，而在千里之外的湖广行省下的汉阳府。

此时时令已进入十一月下旬，一场鹅毛大雪降落下来，一夜间将京都变成一座银装素裹的雪城，放眼望去，一片无垠的白，几乎见不到异色。

沐元瑜进宫早，她要走的这段路内侍们还没来得及扫，鹿皮小靴踩在厚厚的雪地里，咔嚓作响。

江怀远和齐恒简两个国子监生出身普通一点，逢着讲读的日子一般都是最早来到学堂。今儿却例外，沐元瑜进殿的时候，只见到了江怀远一个人坐在最后。

她哈着气过去，有点奇怪地问道："江兄，齐兄怎么没到？"

江怀远抬头望见她，苦笑道："病了，烧得人都起不来了，迷迷糊糊的还要穿衣服想来，我硬把他按下了，告诉舍监给他请了大夫。"

沐元瑜理解地点头："难怪，这两天是够冷的，又落了这么大雪。"

说来她跟沐元茂的身体底子都还不错，起初病过一场后，渐渐都适应了过来，再没病过。

他俩正说着话，三皇子和四皇子也走了进来，见到齐恒简的位子空着，也都问了问。

听说他是病了，朱谨洵大人似的叹了口气，道：“我早起去给父皇请安，听到二皇兄身边的林安来报，二皇兄也病了，常给二皇兄看病的张太医开了药，二皇兄那边却有两味药材用完了，所以进宫来要，父皇忙着人取了送去了。唉，几时要是能找到个神医，把二皇兄的病除了根让他痊愈就好了，每年这么闹，太折磨人了。”

沐元瑜皱皱眉，朱谨深又病了？

不过他那个弱症，扛不住这样的天气被撂倒了也正常。

她的目光在朱谨渊和朱谨洵脸上绕了绕，就算不那么愿意，她可能也只有这两个选择了，朱谨深自己放开了要过安宁一点的生活，她不应该强拉病人入局。

嗯，朱谨渊这是什么表情？听到弟弟的话，他既不跟着表示担忧，也不是坦率地表露喜意，而是表情先僵了一下是什么意思？

沐元瑜旋即反应了过来，朱谨洵住在内宫，昨晚皇帝还很可能是歇在皇后宫里，所以他一大早就可以见到皇帝，顺带着得到了第一手消息。而朱谨渊已经出外到了十王府里，没有这个便利，当着众伴读的面，他为此而略觉不自在。

他大概是觉得自己被弟弟比下去了。

就她来读书这几日，这种类似的微妙场景已经发生过不止一次了。

沐元瑜面无表情地想：好烦啊，完全无法说服自己投靠这两个人。

朱谨渊的关心迟到地来了：“二哥又病了？他那个身子骨真是……唉！”

薛筹和许泰嘉两个人也跟着关切起来，许泰嘉作为朱谨深的伴读，更追着朱谨洵问了好几句。不过朱谨洵也不知道更多情况，道：“林安才拿了药去，不知到底怎么样。二皇兄每年冬日里都是这样，想来这次应该也和以往一样，只是人难熬些，不至于有大碍。”

他说着又摇摇头：“这年底真是不太平，汉阳的消息传了回来，父皇的心情原就不甚好，这下更坏了。”

朱谨渊眼神一凝，这件事他倒是知道的，不愿让弟弟一直专美于前，他就忙接上道："可是祁王家的事？我听说时吓了一跳，皇族血脉也有人敢混充数，幸而查出来了，不然如何对得起地底下的列祖列宗。"

他这个口气说得就太严重了，众伴读忙问起来是何事。

沐元瑜跟着听了听，原来说的是分封在汉阳府的某藩王家事。

这位祁王是亲王位，正宗的朱氏子孙，论封爵论根脚都比滇宁王更高一层，但论运气就差了点。滇宁王殚精竭虑赶在知天命之年后终于弄出了一个宝贝儿子来，祁王不知是什么缘故，却是直到闭了眼，他一后院女人里才终于有一个生了个遗腹子出来。

祁王妃如护眼珠子般护着那孩子，替他向朝廷请封，虽则还裹在襁褓里，但只要是个男婴，就有承袭王位的权利。不想却有个侍妾逃出府去，向当地官府首告，说那孩子不是祁王的血脉，而是祁王妃伙同外人栽给祁王的野种，奸夫就是祁王妃的娘家兄弟。祁王妃放任弟弟与祁王的侍妾通奸，更意图以娘家血脉冒充天家传承，胆大包天，罪大恶极。

汉阳知府接到首告后不敢怠慢，当即急书传报了朝廷，皇帝见是如此要事，从大理寺和锦衣卫分别抽调了人马，二法司会同去查。

如今结果出来，祁王妃的弟弟在三木之下招了供，果与那侍妾有偷情之事，祁王妃见到大势已去，闷死了孩子，闭门悬了梁。

"祁王妃好大胆！"薛筹惊叹道，"涉及宗嗣，我们这样的人家都是慎之又慎，再含糊不得的，祁王妃居然敢动这个脑筋，真是……"

许泰嘉接话道："亲王无嗣就要除国，祁王爷一去，凭祁王妃是保不住封地的，她大概是因此动了贪婪之心，虽然荒谬，倒也有她的一点情理。"

国朝律例，亲王位一般不得以过继子嗣传承，哪怕是亲兄弟的子嗣，过继来也只能传承香火。至于亲王尊位及封地都属于朝廷，一旦无嗣，就将统统收回，谓之除国。

朱谨洵就道："不错，除国的诏书才发了下去，父皇这两日都闷闷的。"

这个过程里，沐元瑜一直没说话——她略心虚。

她便宜爹的胆，可没比祁王妃小在哪里，区别只在于他没拿别人的种充自己的罢了。

一说到皇帝的状态，朱谨渊就又输了，就算他能常进宫看望贤妃，也没那么容易就见到皇帝，他心头便又是一堵。朱谨深在时，他是兄长，他矮一头也罢了，终于朱谨深被罚得不能来了，在这学堂里便该以他为长，嫡弟不知有意无意，言语里总抢他这个哥哥的风头，不叫他安心领这个头，给他添堵。

他按捺住心里的不悦，灵机一动，又将话题转了回去：“不说那些事了，总是已经处置了，和我们也没什么关系了。倒是二哥那里，他一个人住在寺里，又病了，不知奴婢们伺候得到底怎么样，有没有怠慢，不如下午我们跟先生告个假，去探望一下二哥？”

朱谨洵愣了下，忙道：“这是应该的。”

他转目望向众伴读：“你们要去吗？我看人不宜太多，二哥毕竟病着，病人都怕吵闹，若有事不能去的，不要勉强，我替你们把问候带过去就好了。”

伴读们商量了一圈，江怀远身份最低，朱谨洵都说了人不宜太多，他就识趣地先道：“那我就不去打扰二殿下了，齐兄也病着，我早些回去看看他。”

余下人等就都不肯让了，许泰嘉见此，向沐元瑜撇了撇嘴：“沐世子，我看你还是算了吧，去干什么呢，二殿下不见得有精神见你。”

沐元瑜悠悠道：“那可不一定，你大约不知道，我与二殿下一见如故，十分投缘。”

她这是第一次在公开场合表露出自己对诸皇子的倾向，就算只是个客套话，她也没有对别人这么客套过。朱谨渊和朱谨洵都顾不得暗暗憋着的那股劲了，一齐看过来，目光中都含着小小的惊异。

沐元瑜很无所谓，就朱谨深那样的身体一旦就藩，作为一个病弱亲王，他对有志竞逐皇位的皇子们将毫无威胁，她并不怕自己因此而引来谁的猜忌。

朱谨渊心情难辨，不过闲话到这个时候，讲官们已在殿外候着，不能再拖了，他只有先发令让讲官进来，同时向讲官告了下午的假。

听说他们要去探望朱谨深，讲官点点头：“二位殿下手足情深，很该如此。”

他爽快准了假后，就讲起课来。

讲读到中午，诸人在学堂里用了饭，收拾收拾，就出宫坐了各自马车一齐往庆寿寺去。

两位皇子打头探病，虽未提前相约，侍卫也不便将人拦在外头，一路到了静室附近，他们正要进去，李飞章忽然打旁边跑了出来。

他被罚进庆寿寺是举朝都知道的事，朱谨渊和朱谨洵都停下来打招呼，李飞章胡乱回了礼，却是一把扯住沐元瑜道："臭小子，你坑得我好苦！我要找你算账，今日你必须得给我赔礼道歉才行！"

他二人有恩怨也是众所皆知，朱谨渊就要打圆场："舅舅，算了吧，都是过去的事了，何必还计较呢。"

李飞章瞪眼道："本来是过去的事了，可这小子还参我，又和我结下了新恨，不行，我非得讨回这个公道不可！"

沐元瑜听他话说得蹊跷，向朱谨渊摆手道："请殿下先去看望二殿下吧，不用担心我，我和国舅爷有误会，我们到旁边去聊一聊，说清楚了就好了。"

她顺着李飞章的拉扯走了，朱谨渊见此，不便跟上去，只好摇摇头先迈进了院子。

许泰嘉落在最后，扭头看着，却是颇为幸灾乐祸地笑了笑。

那位国舅爷可不是讲道理的人，姓沐的小子这回该吃点苦头了。

他不知道的是，与他想象的不一样，李飞章把沐元瑜拉到一个背人角落后，就松开了手来，转而从自己怀里取出一封塞得匆忙而有点皱巴巴的信来，向她请求道："帮我个忙，把这信送我家给我爹去。我自打进了这鬼地方就出不去了，我身边的人也不许出去。我要求二殿下的人，可二殿下不发话，也没人理我，幸好你来了，可算天无绝人之路。"

说着，他也不等沐元瑜答应，就把信塞到了她手里去。

被强制帮忙的沐元瑜捏着信愣了愣，问道："国舅爷，我们好几个人来，你怎么就偏寻上我了？"

就算他们不如外界以为的仇人相见分外眼红，也没建立起什么情谊吧？

李飞章道："我怕他们拆我的信。"

沐元瑜奇道："你就不怕我拆？"

"我觉得你不会干这种事。"李飞章想着又补了一句，"你要拆，就是辜负了我对你的信任。"

当然，他心底另藏了一层真实想法。沐元瑜初来乍到，是与各方势力牵扯最少的人，最犯不着窥视他的信件，从对他最残酷的意义上来说，沐元瑜假使要对付他，实在也不需要偷看他的信才有办法。

沐元瑜甚是无语：“你信不信任我，我不太介意。”

说是这么说，她还是把信收了，问他：“还有别的事没有？”

李飞章摇摇头，道：“你要看二殿下，就快去吧。”

于是与同伴们比，沐元瑜落后了一刻才走进了朱谨深的卧室。

朱谨深此刻的心情很不好。

他病了就够烦躁了，还来一堆他不想见的人，乱哄哄挤到床边，七嘴八舌，吵得头疼。

唯一一个他不那么烦的人，该来居然没来。

可见，他一点没将他放在眼里。

没意思。

他闭上了眼，准备开腔轰人了，一道先前不曾有过的清亮声音响起来：“殿下病得怎么样？吃药了吗？”

朱谨深睁了眼。

他面无表情地道：“每次都是这一句，你就没有第二句话好说了吗？”

沐元瑜笑道：“如果殿下贵体无恙，臣当然也不想总是问这一句啊。”

如果朱谨深那一句还能让人以为他只是在不耐烦的话，那沐元瑜回的这一句就令人再难错辨，这样的对答，怎样也不是两个关系不好的人之间该发生的。

许泰嘉看到这场景傻得厉害——什么时候的事？他错过了什么？

不管怎样，好生气哦，二殿下跟他说话时不耐烦就真的是不耐烦，才没有这种花枪。

他还在这么想着，朱谨深就让他的想象成真了，道：“我头有些晕，多谢你们来看我，好了，都回去吧，我这屋子你们不要久待，别过了病回去。”

他话说得再礼貌，也是在撵人了，几个人连椅子都还没坐热。

不过他话说得也在理，朱谨渊和朱谨洵常年见他这病弱的样子，听说可能过病，还真有点害怕，顺势就从床边的椅子站了起来。朱谨渊道：“那我们就不打搅二哥了，二哥好好养病。”

朱谨洵跟着道："寺里清苦，二皇兄缺了什么吃的用的，千万及时打发人进宫去说，父皇很挂念二皇兄的。"

薛筹和许泰嘉也说了两句，无外乎愿朱谨深早日康复之类，而后一行人陆续往外走。许泰嘉走了几步觉得不对，回头一看，果然见沐元瑜还立在床边未动，便催她道："沐世子，快走吧，别在这里吵着殿下。"

沐元瑜不动，说道："许兄，你先去吧，不用管我，我本来来晚了，等殿下用了药再走。"

许泰嘉望一眼朱谨深，见他漠然无语，至少是不反对，只好轻轻跺一跺脚，跟在薛筹后面走了。

等这帮人都出了门，朱谨深方侧了头，声音微哑地道："你怎么这样能惹事，又跟许泰嘉不对付上了？"

"殿下看出来了？"沐元瑜一笑，摊手道，"不过可不是我跟他不对付，是他莫名其妙找着我的不自在，我从没招惹过他，谁知他怎么了。"

朱谨深以眼神示意床前先前朱谨渊坐着的椅子，说道："坐下说话吧，那么站着，我看你费劲。"

见沐元瑜从善如流地坐下了，他才道："你要是没惹过他，那我倒知道为什么了。"

这个逻辑可怪。沐元瑜"咦"了一声："请殿下赐教。"

朱谨深转过脸去咳了两声，沐元瑜忙道："算了吧，殿下别说话了，等过两日好些了，我再来看殿下，那时再说。"

朱谨深却转回脸来，道："不妨事，咳嗽未必是件坏事，我以往病着，堵在心口咳都咳不出来的时节才难过。"

他接着问道："当日借住过你家老宅的韦家有两个未嫁的姑娘，你见过吗？"

沐元瑜有了丝预感，回道："见过。是二姑娘还是三姑娘？他家两个姑娘的年纪差得不远，似都有可能。"

"二。"朱谨深隐隐露出丝笑意，和聪明人说话就是省力，所以他不烦躁。

韦家最早是借住在文国公府的，京里这些勋贵人家盘根错节，韦二姑娘有机会见过许泰嘉并不奇怪，以韦二姑娘的清丽容色，许泰嘉生出恋慕之心来也不奇怪。

沐元瑜明白过来了："原来如此，我说他怎么劈头给我下了个心地冷酷的评语，原是为着我撵韦家走的事。"

朱谨深道："你们若没别的冲突，那就只有这一桩了。你这么快就会意到，是韦家那姑娘生得很好吗？"

沐元瑜老实道："是挺美的。"

虽然她在公开的折辩里都不客气地带了韦家一笔，不过那是彼此利益的冲突，在私人感情上，她对韦家小姑娘并没什么恶感。

朱谨深打量了她一眼，只见她圆嘟嘟的脸颊稚气尚存，提起情事却是这样反应迅速一点就通的样子，都说边疆那些地方的人知事早，难道是真的？

"你也有喜欢的姑娘了？"

沐元瑜不知话题怎么拐到了她身上，一愣，啼笑皆非道："殿下在想什么，我还小呢，哪里就谈上那些事了，我其实也不太懂的。"

她顺嘴反问一句："殿下这样问我，莫非殿下心有所属了？"

朱谨深这个年纪，才是情窦初开最当年的好时候，她可还记得上回来徘徊不去的驸马家的三姑娘。

朱谨深躺在枕上，态度有点懒懒的："没有。只是许泰嘉以前和我念叨过，我见他兴头得很，但不知有什么意思。听他那些话，都蠢兮兮的。"

"哦。"沐元瑜忍笑。这还真典型是这位殿下会有的口气，人家和他说心事，他觉得人家蠢兮兮的，不过这么说也不算错，被荷尔蒙控制的少男少女看在冷静的旁观者眼中确实会有一种盲目感。

朱谨深瞥她："你笑什么？"

被看出来了，沐元瑜也就不憋着了，笑道："人人都有这一遭的，等殿下哪天也犯了这个蠢，就知道其中也许是有些趣味了。"

朱谨深兴趣索然地道："那还是免了吧。你还替许泰嘉说话，他找你麻烦，你不生气？"

"他也没干什么，无非自己别扭着，对我又没有影响。"沐元瑜道，"再说，看殿下的面子，我也不能和他计较啊。"

"你想得倒多。"

朱谨深说了她一句，面色却是舒展开来，说道："你们之间的事，不用管我，该怎么样就怎么样吧。许泰嘉心地不坏，只是人天真了些，那个韦二姑娘，是有人有意引他认得的，他傻得很，就上套了。他家里断不会同意这种亲事，他想也是白想。"

沐元瑜不料这里面还掺着事，诧异地道："殿下怎么什么都知道？这种事不可能是许泰嘉告诉殿下的吧？"

朱谨深道："这还用人告诉我？韦二姑娘在文国公府里时一直戴着父孝，不能见外客，外男就更不用说了。文国公府又不是什么小门小户，许泰嘉这个年纪上门，不可能有偶遇韦二姑娘的机会，他既然能遇到，还不止一次，以至于心动，自然是有问题了。"

沐元瑜是真没想到这一点，她知道韦二姑娘是亡父以后上京的，但因为她对韦家本身实在并不上心，所以也就没深想，谁知这样看似寻常自然的小事之后，一挖也能挖出隐藏关卡来。

朱谨深弱得门都不怎么出，只凭许泰嘉少年情热的几句叽咕就能推演出其中纰缪——她心中闪过强烈的惋惜之情，朱谨深要不是吃亏在这个身子，大位还能有什么疑问？

他中二的性情都并不构成任何障碍，因为他看似怼天怼地，但他的脾气不是无的放矢，他清楚自己在做什么，以及这么做的后果，并同时考虑好了后路——分封就藩，在这一整个安全值的范围之内，他才放任了自己的中二。

"殿下这几日好好吃药没有？"

朱谨深："……"

他不回答，但是望向沐元瑜的目光传达着控诉之情：你怎么这样烦？还能不能好好聊天了？

沐元瑜以严肃的眼神回视他："我觉得殿下应该保重贵体，好好吃药，如果殿下贵人事多，记不起来，臣愿效犬马之劳，以后天天过来，提醒殿下吃药。"

真是越对比越觉得货得扔，她现在觉得与其捏着鼻子去曲意迎合那两位话不投机半句多的，不如试着再抢救朱谨深一下，说不定他能好点呢。

也是凑巧，林安这时正端了药进来，沐元瑜忙接过来，摸着碗壁试了试手温，见正好温热，应该是晾好了才拿过来的。

林安腾出手来，上前扶着朱谨深半坐起来，往他背后塞了个长方引枕撑着。

沐元瑜拿白瓷小勺舀了一勺药汤要喂他，朱谨深摇摇头，直接接过药碗皱着眉一口气喝掉了。

这个过程里，沐元瑜眼睛亮晶晶地满含期盼地望着他。

他要是好了就最好了，他们就可以君臣携手，披荆斩棘，向上攀登，以后他成了大腿，她安心当挂件。到她有难的那一日，把先前的功劳小本本拿出来算算账，求个情，有林安的例子在前，可见朱谨深对自己人还是负责肯罩着，想来她求个保命应该不难。

嗯，她想一想都觉得未来明朗了起来。

朱谨深把药碗还给她，抬头看着她道："我喝个药而已，你这样开心做什么？"

"想到殿下好好吃药，痊愈有望，我替殿下欣慰呀。"沐元瑜笑眯眯地回道。

她一边把药碗放去旁边，配合着林安扶他重新躺下，一边絮叨道："殿下，药是不是很苦？我今天来得急了，下回来，我给殿下带些蜜饯。我们云南的气候好，果子可甜了，做成的蜜饯也好吃，殿下尝一回就知道了。"

林安很感动："世子爷人真好，别人再没有这样挂念着我们殿下的。世子爷要是真能天天过来，就更好了。"

沐元瑜道："我又没有别的事，只要殿下不嫌我烦，我就天天来给殿下解个闷又有什么。"

"胡说什么，你不念书了？"朱谨深轻斥她一句。

沐元瑜"哦"了一声，略有遗憾，她还真不大想去念书了，原就是个幌子，她现在已经打定了主意，对继续去观看那两个皇子间的争斗并没有多大兴趣了。

"殿下早点回去就好了，我一个人在那儿无聊得紧，都没有什么人说话。"

这是真的，朱谨渊和朱瑾洵分了派别，底下的伴读又怎能独善其身？他们面上维持着和平，各自心里真想着什么，只有自己知道，既然都不交心，又能有多少话可说。

这样一比，许泰嘉那种找碴都有点可爱起来，起码他是真实的。

朱谨深觉得沐元瑜那张包子脸微皱着有点可怜的样子。

大概他从云南来到京城，确实有很多不适应的地方吧，他在南疆是独一份，谁也不敢给他脸色看，到了京里，哪还有这份优势？

自己看他顺眼，对他好点，他就依靠上来了。倒是一片赤诚，都不懂得保留。

朱谨深沉默了片刻，道："你不上学时，要来就来吧，不过我可没答应你什么。"

沐元瑜心领神会地一点头："我懂，我懂，我保证不烦着殿下。"

她可没那么大脸，以为自己真有本事压迫朱谨深吃药，他之所以听了，最主要的原因还在于他自己目前只是懒得吃药，没到排斥的程度，所以她以一种不招人烦半开玩笑的方式劝一劝，他才无可无不可地听了。

凡事当有度，目标已经确定，她只要顺着慢慢走就好。

朱谨深喝了药后渐渐有些困倦起来，沐元瑜见他乌黑的眼睫有点往下掩垂，轻声道："殿下，那我告辞啦，改天我再来看殿下。"

朱谨深点点头，嘱咐了她一句："书还是好好念，你和别人说不到一起去，少说就是了，不要因此耽误了正事。"

"殿下放心，我知道的。"

沐元瑜披上斗篷出去，回家半途上想起受了李飞章的托付，便又转了道，往承恩公府去。

到了公府门口，说了代为送信的事，她很快见到了承恩公。

与沐元瑜想象的不同，这位正牌子国丈今年六十有九，须发皆白，但于分明的老态之中，又别有一种疏朗清癯的气度，与李飞章那个典型的纨绔小国舅比，完全不是一个风格。

由此可以想见，当日从无数道采选里脱颖而出的元后是何等端庄风采了。

承恩公对她的到来很热情，在她的再三推辞下，仍旧坚持把她邀进去坐了坐，拿她当小孩子对待，不但让人给她上了茶，还上了点心。

沐元瑜心里有点犯嘀咕，不知李飞章在家是怎么说的，她可是揍过参过李飞章的人，承恩公还对她这样，一点看不出芥蒂。可他要真这样明辨是非，又怎么会把小儿子宠成那副德行？

他稍微管管，李飞章也不至于那么不着四六吧。

她规矩地在圈椅里坐着，礼貌地尝了块点心，承恩公站在当地，当着她面拆了儿子捎来的信。

“……”

他的眼睛忽然瞪大，捏着信笺的手指颤抖着，好似受了什么绝大刺激，整个人都摇摇欲坠起来。

沐元瑜吓一跳，忙丢下咬到一半的点心跳起来过去扶住他：“国公爷？”

门口守着的小厮见势不好，忙也冲进来帮忙，两人一起把承恩公扶着坐进了主位的太师椅。

“好了，你出去。”

承恩公深深地呼出口气，有气无力地摆了摆手，先把小厮撵出去。

而后他把信笺交给沐元瑜，道：“你看看，这小子真是、真是要气死我！”

沐元瑜以为李飞章是在庆寿寺里待得不耐烦，跟他爹提出了什么非分要求，她没有接信，不管提什么，也不关她的事。但承恩公已经把信放到了她眼皮底下，她还是下意识低头一看。

她的瞳孔急速收缩了一下。

“真有此事是不是？”

承恩公的手忽然不抖了，气息也不急促了，他盯着沐元瑜的表情，向她问出了一句。

这老头儿不是好人，头回见面，居然就诓她。

沐元瑜镇定下来，道：“国公爷说什么？晚辈听不懂。”

李飞章的信很简单，只两行字一句话：二殿下有意就藩，择定湖广，爹您大误大误！

望见这句话的一瞬间，沐元瑜忽然明白了许多事。

想下注的不只有她，承恩公府早有此意，李飞章此前一切看似颠三倒四没有道理的行为，此时都有了答案。

要说承恩公府这决心，下得可比她狠多了，李飞章根本是不计代价地要跟随朱谨深，甚至连她的主意都打上了。

真是不能小瞧任何一个人。

不过承恩公府有一个最大的失策，大概是因为始终未能靠近朱谨深的缘故，居然不知道他无意帝位这么要命的事。

这样看来，承恩公先前的表现倒也并非全然作态了。

承恩公亲切地称呼她：“贤侄……”

沐元瑜一呆，忙摆手：“国公爷，使不得，这可错了辈了，晚辈当不起。”

她跟李飞章说话时看着像是平辈论交，那是因他天生一副不靠谱的调调，其实两个人并不是一辈的，朱谨深管李飞章叫“舅舅”，她要是跟李飞章平了辈，那跟朱谨深又怎么算？明摆着占皇子们便宜。

承恩公也反应过来近乎套过头了，干咳了一声，换了称呼道：“沐世子，你分明知道，又何必跟老头子打马虎眼？你我开诚布公地谈一谈吧。”

沐元瑜才叫他诈了一道，肯跟他坦诚就见鬼了，笑一笑道：“国公爷，殿下们的事，别说晚辈不知道，就是知道，又哪里好多嘴呢？我只是受国舅爷之托，来送个信，现在信送到了，晚辈也该告辞了。”

想了想，她还倒打了一耙：“国公爷是殿下们的外家，您知道的事，当然远比晚辈为多，不知为何倒要来问晚辈，可算问道于盲了。”

承恩公叹了口气：“老头子若真知道，自然不来问你了。沐世子，有些旧日的事，你恐怕是不知道的，所以才会这么说。这样吧，我都告诉了你，只与你换一句准话，如何？”

这准话自然是朱谨深到底是不是决意就藩了。

沐元瑜心中一动，听承恩公的意思，好似作为大皇子的外家，他曾经与朱谨深发生过什么嫌隙似的——或者也可能是朱谨治与朱谨深之间，这导致承恩公虽然选了边站，但朱谨深不接受，而且拒他于千里之外，以至于承恩公这样的老谋之人，连最基本的脉都摸错了，搞了个南辕北辙。

他要是一股脑把注全部押在朱谨深那边，等过两年朱谨深利落走人就了藩，他这选错队站的，竹篮打水一场空，真是能把自己呕出血来。

坦白讲，承恩公这个提议还是挺有诱惑力的，能多了解一点朱谨深，对她往后要走的路也有好处。但犹豫了好一会儿，沐元瑜还是摇摇头拒绝了：“国公爷见谅，这应当涉及殿下的私事吧？如果殿下想让我知道，早晚有一天我会知道；如果殿下不想让我知道，那么我也不想背地里拿条件交换去打听什么。假使殿下有一日听闻，晚辈将无颜以对。”

她并不着急，只要她在京一日，就是安全的，说好了习学几年，滇宁王要是想提前召她回去，除非称病，他敢这么干，她就敢忽悠皇帝去要一堆官员太医什么的同行。滇宁王已经领教过她伪奏的胆量，短时间内不会糊涂到再来刺激她。

朱谨深的身体是另一重拉长战线的因素，不管怎么样，总得他先看到康复起色的希望，才会有余力想下一步，否则他不急，他们这些……咳，急又有什么用？

承恩公皱了皱眉，这沐世子这样沉得住气，怪不得儿子回来说这小孩子厉害！

按说李飞章已经传了信回来，他未必一定要沐元瑜的肯定，但他已经错判了一回，不能再错第二回了。他的想法又与沐元瑜不同，皇子们一日日长大，争斗必将日趋尖锐，没有多少时间留给他犯错了。

沐元瑜站起躬身拱手道：“晚辈不知国公爷想做什么，但不论要做什么，我们总都盼着二殿下早日痊愈，这一点上的敬望之心，晚辈想应该都是一样的吧。”

在下注这件事上，就算他们下的是同一个人，但路线并不一样，承恩公府明显是投资，而她的话，打个不那么恰当的比方，其实近于养成，这是年龄带给她的独有优势。

所以短时间内他们很难有什么交集合作的机会，归根结底，核心点在朱谨深身上，他无意，她跟承恩公府打得再火热也是没用。

她再度提出了告辞，承恩公再倚老卖老也没法强留她下来，无奈只好送客。

不管沐元瑜与承恩公府各自怀着怎样的心思，在保密朱谨深有意就藩这一点上，双方是达成了心照不宣的高度一致。

不可说，不可说，说了大家只有散伙。

但两方都不知道的是，这个主意已经有人打上了。

沈皇后会动这个念头，其实跟两方还都有点关系。

华敏知道沐元瑜参李飞章的真实用意是什么，沈皇后作为幕后的人，自然也知道。那一巴掌还在华敏脸上的同时，掌风也是带在了她脸上。

虽然并没有人知道，但她确实感觉到了痛，以及由此而来的焦躁。

事情总是脱离掌控的滋味很不好受。

不能再拖了。日子往后拖一日，对她就不利一日，因为那意味着朱谨深又多活了一日。

国朝立储的程序其实是不复杂的，从嫡从长。储位目前之所以在有好几位皇子的情况下还空悬，最大的原因是朱谨深多病，而他多活一日，他在这方面的缺陷就减弱一点，在朝臣心中的分量就加重一点。

沈皇后现在只能庆幸自己下手够早，早早见机给朱谨深盖了个脾性恶劣的黑章，才算从他身上给己方找补了些优势回来。

但这不够，不足以抵消掉他嫡出及排行居上的绝对法理。

如果哪日议储，哪怕他只剩一口气，都绝对绕不过他。

沈皇后想等朱谨深下一次犯错，但她没有等到，她先等到的是他和滇宁王世子“言笑无忌”的信息——朱瑾洵回来告诉她的。

她若继续这么干等下去，到底是朱谨深再次犯错来得快，还是他和云南那股军权势力彻底勾连在一起来得快？

不趁着朱谨深这回惹怒皇帝一气将他按下，她还有没有下一次机会？

沈皇后转动着手腕上碧绿温润的玉镯，下了决心。

# 第十五章 知交渐深

翌日。

雪后的这一日是难得的晴好天气，太阳一早就升起来，金灿灿的阳光毫不吝惜地洒落在皇城之上，宫禁内主道上的雪已差不多扫净了，只有重重屋檐上的积雪还闪烁着晶莹的光。

沈皇后严妆翟衣，头戴着九龙四凤冠，在宫人的簇拥下，踏过干冷的条石宫道，走进乾清宫内，向刚下了早朝的皇帝大礼参拜，进表谏言，请于腊八祭祖日，为诸皇子行冠礼，以慰祖先。

帝后的这番奏对以飞一般的速度传到了内阁、六部，乃至整个朝堂。

朝臣们闻得此事，皆对沈皇后称颂不已，以为“贤后”。

要为皇子们行冠礼这事，打从大皇子朱谨治十五岁起，朝臣们就开始上书了，直到如今，吵嚷了好几年，与皇帝不断互相博弈。

最起初是请立太子，那时朝臣们尚不知朱谨治头脑有疾的事，只隐约听说长皇子不太聪明。不太聪明有什么呢？本朝立长从来优于立贤，长只有一个标准，人人都看得到，贤可就复杂太多了，易使龙子相争，国朝不稳，所以历代以来在明面上的规矩几乎都以长嫡为先。

皇帝当时被逼到没有办法，只能将一直藏于深宫的朱谨治拉出来在几个九卿重臣面前亮了亮相，重臣们都惊异沉默了。不聪明和傻可是两个截然不同的概念，不聪明无非庸碌，弄个傻皇帝上台，那是等着重演几王之乱了。

重臣们消停了一段时间，同意了立储一事再往后等一等。

朱谨治的脑疾一直在治疗中，他比常人的成长要缓慢许多，但比他自己小时候还是有进步，渐渐能分清人，简短的一点应酬对话也不在话下，也许哪日找到个神医，能彻底把他治好了呢。排在他之下的朱谨深是差不多的问题，一个体弱多病的皇帝一样非社稷之福。

至于皇三子和皇四子，连越两个无过错的嫡兄立他们本身就是一件争议非常大的事。就不说朱谨深了，连朱谨治在朝中都是有支持者的，届时会是一场旷日持久的口水战，而只要上面两个嫡兄还在，这场口水战可能都不会有落幕的一天，自然也争不出个结果来。

重臣们退了一步，不表示皇帝从此就耳根清净了，因为言官们是不会放过这个既能表忠心又能怼皇帝的好话题的，几年间都一直陆续在上书。加上重臣们也认为缓立太子是一回事，而皇子们正常的人生大事是另一回事，不能为此都耽误了吧。比如行冠礼，朱谨治过完年就二十岁了，就是按古礼也该行了，再往后拖，难道要说他二十多岁了还不算成年人吗？

再有，他的婚事也该进入议程了。他不大婚，拖累得后面的朱谨深都不好提，连带着三皇子朱谨渊也不过比朱谨深小一岁，一步一步地眼看着都要长起来，个个打着光棍，难道天家子还不如寻常百姓家的男丁不成？

朝廷体面上实在不好看。

内阁的杨阁老本来性急，为此急得都找上皇帝死磕了，他的门生张桢也为此事被贬谪到了云南。

现在沈皇后站出来，她是六宫之首，天下国母，她的进表是往朝臣那边加上了一块重重的砝码，连皇帝也不能无视。

沈皇后此举太无私了，她所出的皇四子才十一岁，从她本人的利益角度来说，前面诸皇子的各项权益越拖延着，皇四子越有成长空间，才越好追赶上来。也并不是没有人猜测皇帝之所以压着前面几位皇子，就是为了等皇四子长大。

但沈皇后没有一心偏私自己，她出了这个头，真是深明大义。

腊八这个时间节点也提得好，祭祖日告太庙，行冠礼向先帝们祭告后继有人，多现成的好日子，虽然赶是赶了点——只有半个月了。

但问题不大，朝臣们先前的不断上书也不是毫无成果，皇子们的成礼冠服从年初的时候就下发到尚衣监去做了，算是皇帝给朝臣的一点交代，只是大半是糊弄，所以做到年尾了皇帝也不说要择日行礼，仍使的是一个拖字诀。

这冠服按说只要做朱谨治的就好，但因为他的特殊情况，恐怕他独自行礼时要出问题露丑，所以是议定了与皇二子、皇三子一起的，届时他便自己糊涂了，也可以看一看弟弟们，跟着弟弟们来。

朝臣们之所以大赞沈皇后，与此次冠礼不会有皇四子也有一定关系，皇四子年纪与哥哥们差得有点远，再带上他就显得皇家做事草率不慎重了。

皇帝这回大概是很受触动，也可能是撑不住了，总之，他沉默了一日之后，做出批示，昭告群臣，准奏了沈皇后的谏言。

举朝震动，旋即各项准备事宜如陀螺般飞速运转起来，不但要赶腊八的时间点，更怕错过了这个店，皇帝又反了悔，下个村不知在何处了。

坤宁宫里，沈皇后满眼疼爱地拉着儿子的手道："洵哥儿，你不要眼热你的哥哥们，你放心，娘自然是最疼你的。等过两年，你独自再办一场冠礼，那时你父皇，九卿重臣，文武勋贵，为你冠礼祝祷，目光都在你一人身上，才显得出你的贵重，比和他们掺和在一起强多了。"

朱谨洵声音清脆地应了："是，我都听母后的。"他又笑嘻嘻地道，"母后，我今日进学，一路所见的人都夸赞母后，说母后贤明厚德。"

沈皇后唇边露出一丝深深的笑意："是吗？"

她转了头，目光同身边的心腹宫人孙姑姑对上，孙姑姑心领神会地笑了，低声道："娘娘的深意，这些人也就知道个皮毛罢了。"

沈皇后心中舒畅，唇边的笑意便又加深了。

"真是个好日子。"

讲读的书堂就在皇城内，沐元瑜很快听闻了这个消息，当时就不禁发出了一声赞叹。

薛筹笑道："我跟沐世子是英雄所见略同。"

许泰嘉却是悄悄瞪了她一眼。

不论私下关系，当下诸人都离了座，向坐在前排的朱谨渊行礼道贺。

朱谨渊的年纪对冠礼不是那么着急，但能跟嫡兄们一道举行对他是一件能抬身价的好事，所以他一贯温煦的眉目间也有些压不住的喜意，连声让众人免礼。

候到讲官进来，他也对朱谨渊道了贺，且善解人意地把讲读结束得早了些。

下了学后，沐元瑜没有回家，直接让车夫前往庆寿寺。

车行到半途时，她的车壁上忽然传来“砰砰”的敲击声，还有少年在外面呼叫。

马车的行速被迫慢了下来，车夫转身要向她禀报，跟在车旁跑的许泰嘉已见机一把掀开了车帘，冲里面道：“哎，停一停，是我！我和你说两句话！”

沐元瑜示意车夫停下，许泰嘉呼呼喘着粗气，踩着车辕很不见外地爬了上来。

沐元瑜莫名看着他：“许兄，你有什么急事？”

他在学堂里不说，现在追着她的车跑。

许泰嘉坐到她旁边，平复了一下气息，拱拱手：“沐世子，你是不是要去看望二殿下？”

沐元瑜点头：“是啊。”

她懂了，许泰嘉应该是也要去，他的车跟在她后面，渐渐发现彼此路线相同，所以下车追她来了。

许泰嘉吞吞吐吐道：“……我可能误会你了。”

沐元瑜当时沉浸在自己的思绪里，根本没注意到他瞪的那一眼，也就不知道他现在在说什么，只能道：“许兄，你说明白些，我不知你何意。”

“就是你说好日子那个话啦！”许泰嘉不料自己自作多情，又有点羞恼起来，道，“我以为你是忘了二殿下，二殿下对你那么好。”

这对朱谨渊来说当然是个好日子，可对朱谨深就未必了，他可还关在庆寿寺里反省呢。

沐元瑜明白过来，不由得失笑：“我说这句话，不是你以为的意思，我说的是腊八。”

许泰嘉点头："我懂，所以我说我可能误会你了嘛。"

不，你不懂。

沐元瑜心中叹息。

沈皇后这个冠礼日子选得太好了，正好卡在了朱谨深的两个月反省期内。

当然，不是没人想到这一点，不过在朝臣们的想法里，这样的大日子，皇帝还能把朱谨深关着不叫他出来行礼不成？朱谨深主动好好认个错，给皇帝个台阶，自然就能出来了。

许泰嘉显然就是这样想的，他理所当然地道："我们快去告诉二殿下一声，让二殿下赶紧递个条陈，早日出来，别耽误了正事。"

朱谨深不会递的。

沐元瑜不敢说自己对他的了解有多深，但她就是笃定这一点。

冠礼这件事如果不是沈皇后促成，他对皇帝服软乞怜的可能性本就不大，何况是沈皇后促成的了。

沈皇后这封谏言一上，沐元瑜就知道上回华敏背后的人多半是她了。

其后，朱谨深惹怒皇帝的话讽刺的也正是她。

现在要朱谨深借着她的东风，完成自己的冠礼，以他的高傲，他怎么可能低得下这个头？

他不低这个头，就不能出来，行不了冠礼；他不行，他的兄长庶弟却都行了，祭祖诏天下宣告成年，他尴尬地夹在当中仍是个未成年人，而再说到他落后这一步的原因就更不堪了，因为犯错被罚反省。

沈皇后于光明昭昭之后，是给朱谨深挖了一个巨大的坑。

这一手阳谋，玩得实在漂亮，所以沐元瑜在知道后的第一反应是：这实在是个好日子。

选得太好了。

太坑人了。

朱谨深这日的心情本来还不错。

祁王的身后事闹得不小，又涉及后闺香艳，又涉及朝廷封地，且连着皇家血脉，他在病榻之上也听说了，喝了两日药，觉得精神稍好些后，就让林安去街面上寻一些有关汉阳府的书籍来看。

这不容易，此时游记类书籍本就不多，普通书肆也没门道卖府志这样的官样记录，林安跑了好几条街，才搜罗到两本内容沾边的回来。

朱谨深倒不挑拣，凑合着看了。

林安作为心腹，当然是知道朱谨深志向所在的，憋了一会儿，小心翼翼地问："殿下，您想择汉阳为封地吗？"

朱谨深没瞒他，"嗯"了一声："汉阳原就是藩王封地，如此被朝廷收了回来，我若想去，应该便宜些。"

藩王出封，列爵而不临民，食禄而不治事，看上去相当快活自在，其实不尽然。首先第一条，就是个封地的问题。

藩者，屏障也，最早的藩王制度有戍卫九边的重要军事意义，藩王们的封地因此多在广西、宁夏、甘肃一带，包括滇宁王受封的云南，都不是什么气候调和风物繁华的好地方。

国朝初年封在那里，还有个手握军权的好处，自成祖以藩王逆袭上位以后，连这个好处也被剥夺了，各王府府卫被大幅度削减，藩王们都只得老实窝着。

封在内陆的也有，只是就得看运气了，第一两京直隶周边绝无可能，北直隶离中央太近，不能容藩王酣睡，南直隶连着江南一大片则是天下文治经济的繁华之地，也是国之粮仓重地，也不可能放藩王进去染指。

好的跟坏的都去掉，再减掉已经被现有藩王们占去的，余下的选择就不太多了，看着中原地大物博，想选块合心意的封地其实还真不容易。

林安有点闷闷地道："殿下的身体若能痊愈就好了。"

那哪用操这些心，早就正位东宫了，哪儿也不用去。

朱谨深嗤笑了一声："怎么，你原来比我有上进心？十二监四司八局，你挑一个吧，我送你进去还不难。只是往后的路怎么走，就看你自己了。"

"殿下说什么呢！"林安忙道，"我打小就跟着殿下，这辈子也跟定殿下了，攀谁的高枝也不如在殿下身边安心，除非哪日殿下嫌我烦，不愿要我了，不然我哪儿也不去。"

朱谨深道："哦，我现在就挺嫌你的。"

林安摸着脑袋，嘿嘿笑了："殿下打认得沐世子以后，风趣了不少。"

主仆两个正有一搭没一搭地闲扯着，侍卫来报，说沐元瑜同着许泰嘉一起来了。

“这可真是说曹操，曹操到了！”

林安眼睛一亮，也不等朱谨深允准，匆忙跑出去相迎了。

他迎到了人，路上很开心地道：“沐世子，许世子，我们殿下好些了，正一个人看书呢，你们来了，可就热闹起来了。”

沐元瑜摇摇头，露出点苦笑道：“那可不一定，我们今日来，却是给殿下添堵的。”

林安不解何意，怕他们是来通报什么机密事，一时不敢问，引着两人到了静室后，就自觉站到门外守着去了。

两人进到屋里，许泰嘉张口就要说，沐元瑜掐了他一把，赶在他前面用斟酌过的平和口气把事说了出来。

整个过程里许泰嘉吸着冷气，一直瞪她。

死蛮子！这么大手劲，他的手臂一定被掐青了！

要不是当着殿下的面，一定要收拾她！

说个事也要争个先后，哼，明明是个蛮子，还挺能邀宠。

他脑补腹诽无数，没注意朱谨深坐在炕上，苍白英挺的面容渐渐冰冷，神情如屋外檐上残余的冰雪。

他抬了眼，向沐元瑜道：“你这样小心是做什么？怕我被人气死？”

许泰嘉这才觉出不对来，疑惑地左右望望。

沐元瑜不好说她真的有点这么想。以朱谨深的敏锐度，他一定听得出沈皇后包藏的祸心，他一个病人，叫人这么添堵，对他的病情能有什么好处？

气死是夸张了，气到心情郁结病情加重却是很有可能的。

这种实话万不能说，她只能道：“哪里，是我替殿下生气，不想把我的情绪传给殿下，所以如此。”

许泰嘉仍是茫然，沈皇后是继母又是国母，一个孝字压着，朱谨深很难做出什么有力反击，因此至今没和沈皇后在明面上发生过任何冲突。许泰嘉作为伴读，知道一点两方不对付，但没想到已经汹涌到了这个地步。

“扯谎。”朱谨深却是毫不留情地揭穿了她，冷冷地道，“你想多了，我要有这么大气性，早就气死了，还等得到今日？！”

还说不生气。

沐元瑜在心里无奈地翻了个白眼，听听这口气，根本就是快暴走了。

她瞄了一眼朱谨深手里握着的书，薄薄的一本书册已被捏得泛起了波浪形，他的指甲边缘都用力得泛了白。

她想劝却不知从何劝起，索性先闭嘴。

许泰嘉不懂，上去撞了枪口：“殿下，您别想太多，管他那许多呢，皇上准了您的冠礼，这可是件大事。我和沐世子来，就是告诉您赶紧写个认错的条陈上去，不能耽误了。”

“我好稀罕吗？”

许泰嘉有点张口结舌：“这、这能不稀罕？拖好几年了，皇上总算松口了，您不抓紧着，谁知道下回在哪儿呢。”

沐元瑜受不了了，她看得出朱谨深已在努力压着脾气没对他们不相干的人发作出来，许泰嘉再劝下去，可就不一定了。

她拉了他一把，向朱谨深道：“殿下，您好好想一想，我们就先不打扰了，您有什么事，随时使人去召我们。”

朱谨深得到的处置是入寺反省，没有禁闭这一条，所以他的人是可以在庆寿寺出入的。

她拉着许泰嘉出去，许泰嘉哪里想听她的，但惊恐地发现自己居然挣脱不开她的拉扯。沐元瑜进学堂时已经是深冬，天气凛寒，学堂没开过骑射武课，他不知道沐元瑜在这上面的能力。

一路身不由己地被扯出了门，知道朱谨深情绪极为不佳，许泰嘉也不敢大声嚷嚷，直到下了台阶过了银杏树，快到院门口了，他才跳起脚来：“喂，你干什么，快放手，不然别怪我不客气！”

沐元瑜打断他道：“许兄，你是殿下的伴读，殿下现在不想理会人，你看不出来吗？”

那言下之意很明确，许泰嘉也不可能听不懂：外人都看出来的事，你一个亲近的倒不明白？

他就不太跳得起来了，说道：“那你也不能说都不说一声就替我做了决定，还使那么大劲。”

他一捋袖子，说道：“你还掐我，我胳膊肯定青了！真是，你是小娘吗？还掐人，我妹妹才这么干。”

沐元瑜好笑地道：“我不使劲也拽不动你呀，难道我说了，你就听我的？”

她凑过去看他的胳膊，只见青倒没青，但留下了一个很显眼的红印。

许泰嘉指着嚷道：“你看，你看！”

沐元瑜顺口反嘲了一句：“你是小娘吗？就这点印子还嚷嚷。”

见他瞪眼要跳，她举手道：“好了，我错了，明日我带块砚台给你赔礼。”

许泰嘉此时倒还大方：“赔礼就不用了，你知道错了就好。”

正说着，林安跑了过来，道：“沐世子，殿下请您回去。”

沐元瑜一怔，道：“好。”她便往回走。

许泰嘉下意识跟上来，林安赔笑道：“许世子，殿下说，他只是要找个人说话，没有要紧事，您还是请回府去，天色晚了，别叫家中长辈悬心。”

他们今日下学虽早，但过来庆寿寺的路上也需一段时间，再要返回自己府中又需不少时间。许泰嘉家中有个老祖母，是极为宠爱他的，所以他才养成这样天真的脾性，他到天黑不回府，老祖母必要挂念他。

沐元瑜在京上无长辈，到哪儿去无须跟任何人报备，就没有这个顾虑。

许泰嘉犹豫片刻，老实说他没怎么见过朱谨深动怒，刚才那样，他现在回想起来也有点发怵，加上他往日跟朱谨深实在不太聊得到一块儿去，两人年纪差不多，心性却完全不一样。于是，他就道：“那好吧。”

他转头向沐元瑜嘱咐道：“有什么事，你明天告诉我啊。”

沐元瑜应了，跟着林安返回静室。

朱谨深的脸色还是冷着，但眉宇间的躁郁之气已经去了不少，见她进来，示意她坐，还解释了一句：“我刚才不是冲着你们。”

“我知道。”沐元瑜很理解，谁叫继母这么暗算都得暴怒，朱谨深已经算克制了。

“你确实知道？”朱谨深有点深思地凝视着她，问道，“许泰嘉都不知道，你怎么会懂？”

沐元瑜很坦然地道：“大概因为我比他聪明吧。”她想想又补充一句，“也比他了解殿下。”

有的人倾盖如故，有的人白首如新，朱谨深想，这确实是件很奇妙的事。

许泰嘉做了他三四年伴读，不如一个认识不到两个月的新朋友懂他。

他什么都没有说，她已经知道他会生气，并理解他生气的点，不觉得他狭隘古怪，许多话他都省得再解释。

这种通透感有效地压下了他的暴躁，有人分担的感觉比他想象的要好得多。

朱谨深的脸色终于缓和了下来，也是直到此时，他才发现自己手里还捏着本书，封面已经皱巴成了一副很委屈的模样，他勾了下嘴角，信手丢去一边。

“有人视我如眼中钉，肉中刺，我从前为此愤愤不平，渐次觉得应当放开，但别人并不这样以为。所以我现在觉得，我还是应该长在这里，好好地，做我的钉与刺。”

朱谨深这一句话出来，沐元瑜顿时喜笑颜开：“殿下，真的吗？您不打算就藩了？”

朱谨深：“……”

他愣了一下，微觉晃眼。

他之前对沐元瑜相貌最大的感受，就是她已经是个半长成的小小少年，怎么脸颊还那么圆，下颌都看不出什么锋锐转折，柔和得还像个孩童般。

林安也是个娃娃脸，但似乎和她的就不是一个路数。

他原觉得她是发育得晚，没长开，为此戏谑嘲笑过。但沐元瑜现在笑开来，眉眼弯弯，露出一排白白的小牙齿，明明还是张包子脸，却分明地有种明眸皓齿的明亮感。

朱谨深有点不确定地想，可能是他误会了？沐元瑜其实长开了，但因为天生女相，所以总是这个模样？那以后倒是不怎么好嘲笑他了。

他并不是会踩朋友痛脚的人。

并且，他还有点微妙地同情沐元瑜起来——一个以后要做郡王的人，长成这样一张脸，他可怎么带兵啊。

然后他才想起道：“你又高兴什么？”

问话的同时，他的心情又舒缓了一点下来，跟一个总是很容易就开心起来的人在一起，那些烦恼好像也不再令他那么耿耿于怀了。

沐元瑜笑道："我高兴以后可以一直跟着殿下啊，我在京里人生地不熟的，只有殿下肯照顾我，殿下若走了，把我一个人抛闪在这里，受了欺负连个说心事诉苦的人都没有了。"

更重要的是，大腿跑了，她一个挂件将何去何从？再去想别的辙不是不能，可是要多添无数麻烦。

原来她还想着要寻个什么契机才能在不令朱谨深反感的情况下，自然地让他消掉就藩这个念头，这可好，沈皇后撞上来，大大帮了她一把。

从她的立场上来说，她简直该给沈皇后送块匾额。

不过沈皇后下的套还是得解决。

"殿下，眼下这件事，您打算怎么办呢？"

她是觉得挺难办的，因为这个套的对症性很强。假使今天面对这个局面的是朱谨渊，那这根本不算个事，以他的性格，衡量过利弊之后肯定不带犹豫地就跪了，傲气算什么？到手的实惠才是真实惠。

在这个处理方法上无所谓高低，因为朱谨渊恐怕是发自内心地觉得跟皇帝服软是天经地义的事，沈皇后的软刀子挨就挨了，权当忍辱负重。

但朱谨深不是这样的人。

"不怎么办。"

果然，朱谨深一出口就带着他鲜明的个人风格，他说道："皇爷叫我反省，我反省着就是。"

主动认错讨饶换取冠礼的机会？

呵，他应得的东西，为什么要乞讨才能换来？

沐元瑜头疼片刻，说道："好吧，那就随他去了。"

能令朱谨深不想着就藩已是很大收获，别的就缓一缓也无妨。她不想劝朱谨深应该如何如何做，他心里自然比任何人都清楚讨巧的手段是什么，他不做，那就是不想做。

然后她目光随意游移了一下，瞥见被朱谨深扔到一边去的那本书，不欲一直将话题停留在不愉快的事情上，就信手捡起，道："殿下在看什么书？我可以看一下吗？"

见朱谨深点了头，她翻开来。

这是一本湖广人著的当地风物志，因朱谨深先前看的是汉阳卷，她一打开便正好也是这两页。

这地名眼熟，沐元瑜很快想起来，好像那地儿的祁王刚绝了嗣，封地被收了回来。

她额上悄悄冒出一点冷汗。

好险，朱谨深都在着手挑选自己的封地了，可见他原本心意之坚，不是随口说说而已。

朱谨深手指敲了下炕桌，忽然道："沐世子，你能帮我一个忙吗？"

沐元瑜忙抬头道："殿下请说。"她又补了一句，"殿下叫我的名字就好啦。"

朱谨深道："嗯，你明日去学堂时，替我向讲官问一问有什么书里记载汉阳的事迹比较详细一点。"

他眯了下眼，道："当着朱谨洵的面问。"

沐元瑜立时领悟过来，笑道："殿下，是，我明白了。"

朱谨深还要继续搜集汉阳的书籍似乎和他暂不就藩的念头相悖，其实不然，有的时候，默默私下进行的才是当真要做的事，未做之前就先宣扬起来的反而不一定是。

她把手里的书扬了扬，道："殿下，那这本书也不妨借我一下？"

朱谨深点了头："你拿去吧，我大致翻过，也不需要了。"

这个时辰已经不早，沐元瑜拿着书站起来告辞。朱谨深转头看了一眼窗外灰蒙下来的天色，道："你回去恐怕得天黑了，这里空屋子还有几间，要不让林安给你收拾一间出来，你凑合住一晚？"

以朱谨深这样孤绝的个性，他肯留宿客人应当是很纳罕的事了，沐元瑜要没秘密，一定求之不得地留下来，顺道刷个秉烛夜谈之类的成就。但她现在只能遗憾地婉拒："多谢殿下美意，我有个择席的恼人毛病，不便在这里打扰殿下，还是回去好一些。"

朱谨深无所谓地点了头："随你。对了，除了问书之外，别的事你不要做，冠礼的事，我自有数。"

沐元瑜往外走的脚步顿住，她转头，睁大眼："殿下，您有办法？！"

听这口气，还不是临时生出的灵感，而是本来就有，嘿，那敢情这半日他就是在干生气呀？

亏她还跟着发愁了好一会儿，简直浪费感情。

朱谨深眼中露出一点笑意："我什么时候说过没办法？"

沐元瑜回想了一下，发现还真没有。

"殿下，"她忍不住抱怨道，"您就眼看着我着急，也不说一声。"

"没看出来你着急，你都说了'随他去'。"

"我那是怕给殿下压力嘛。"沐元瑜嗔道，"没想到殿下倒不怕给我压力。"

朱谨深抽了抽嘴角，眼中笑意加深："哦，你还能给我压力了。"

沐元瑜："……"

她都服气了，这份嘴毒的功力到底是怎么练就出来的？

虽腹诽，却到底还是忍不住好奇，她走回来问道："殿下有什么法子？"

朱谨深火气尽去，此时倒是不吝告诉了她："冠礼的事，我从前和大哥有约定，会和他一起行，他记不住那许多麻烦的礼仪，说好了到时候让我提醒他。"

沐元瑜迟疑道："这样就可以？万一大殿下忘了呢？或者还有三殿下，再还有礼官，都可以提醒大殿下的。"

朱谨深摇头："你见大哥少，不知道他的性子，他许多事上糊涂，但在他特别介意的事上，他会记得非常清楚，并且认个死理，谁都无法说服他。老三就不要提了，他跟别人面前都好，但大约觉得大哥不懂，所以对着他时就不耐烦。大哥面上不说，心里其实有点怕他，对他没有信任感，不会肯听他的。"

沐元瑜有点懂了："所以，大殿下会出头去找皇爷？皇爷若不允呢？"

变数还是挺大啊，难道皇帝还能叫一个傻儿子胁迫住不成？

朱谨深告诉她，真的能。

"皇爷当然可以找一堆礼官环绕住大哥，但这不能保证大哥不出问题。"

是了，傻儿子想成事难，但坏事真的容易，并且你还无法把握住不顺他的意的话，他会在哪个环节上崩溃坏事。当然，很可能不会出事，冠礼就顺利举行完成，可是皇帝赌得起这个可能性吗？

"赌不起。"朱谨深望着她恍悟的表情，愉快地告诉她，"皇爷是个很要体面的人，而我不是。”

所以，朱谨深如果赌输了，无非就是不参加这次冠礼，他的名声本来也就一般，丢得起这个人。而皇帝是万乘之君，从他把长子藏了那么多年已可看出他对有个傻儿子多么介意。现在在成年礼这么重要的场合上，满朝重臣都会共襄盛举，朱谨治要是有一点差错，皇帝这个脸丢的，简直年都没法过了。

说穿了，在冠礼这件事上，朱谨深根本没打算跟沈皇后较劲。他直接又找上皇帝了，光脚的跟穿鞋的，拼一拼谁更不要脸，谁豁得出去，谁就会赢。

沐元瑜：“……”

忽然有点同情皇帝怎么办，这儿子真是一个比一个糟心的节奏，傻的太傻，聪明的又太聪明了，脖子梗得好比强项令。

她拱了拱手，只能拜服：“殿下英明，臣万不能及也。”

她心里其实清楚，朱谨深能这样捏住长兄的脉，推演出他的举动，绝非一日之功。一般的弟弟，朱谨治不信任朱谨渊，却肯信任他，这是多年善缘累积下来的功底。大概深宫之中，一个傻，一个弱，无论智力相差多远，于情感上还是有共鸣之处的吧。

“殿下，那我告辞啦，明日我就帮殿下去问书。”

朱谨深点了下头。

沐元瑜退了出去。

# 第十六章 皇子冠礼

翌日的学堂上。

催眠效果十分好的十遍又十遍后，进入休息时间，沐元瑜把那本风物志拿了出来，去向讲官问询。

讲官笑道：“二殿下几时对汉阳有了兴趣？若论风物，那地方倒没什么格外出彩之处。”

沐元瑜道：“我也不知，可能是殿下在寺里无聊，想寻些消遣吧，让下人去买了两本，都不合意，知道先生们博学，所以托我向先生请教一声。”

讲官想了想，去找着另外两个讲经的和讲史的讲官商量了一会儿，回来报了两本书名给她。

这个过程里，别人看似都没留意，实则耳朵都竖得直直的。

朱谨深打入庆寿寺后，除了病了一回，没有任何动向，安静得不行。

如今虽然是问书这样的小事，也算是起了一点涟漪，不管有用没用，卡在将行冠礼这个关口上，各人都先暗暗记下了。

再小的一件事，在有心人的眼中也能解读出独特的意味。

沈皇后放下尚服局递上来的锦缎清册，心中突突一跳，向儿子确认道：“洵儿，你没听错，确实说的是汉阳？”

朱谨洵点点头：“母后，我听得真真的，只是不知道为什么二皇兄忽然想要那里的书籍看，先生都说那里没什么名胜。”

沈皇后定了定神，让朱谨洵的奶嬷嬷来领了他到旁边去吃奶糕。

朱谨洵听话地去了。

沈皇后的脸色立即压不住地难看起来。

孙姑姑知道她在想什么，汉阳这个地名本身没有什么，跟朱谨深联系在一起，其中的文章就令人不得不深思了。

她低声道：“娘娘可是觉得二殿下是以退为进，博取皇上怜惜？”

沈皇后却摇头，咬了咬牙关道：“若是如此倒好了，恐怕皇上知道，不会觉得他是乞怜，更多地会觉得他是要挟。认个错就能解决的问题，偏偏要玩这套把戏。皇上不给他行冠礼，他就沉不住气地放风要去封地，做得太过了。”

“那娘娘是以为……”

沈皇后沉默了一会儿，露出掩饰不住的几乎是有点痛苦的表情道：“……我恐怕沉不住气的那个是我。”

“娘娘，您的意思是，”孙姑姑反应过来，惊道，“您觉得二殿下真的有意向外分封？这怎么可能？他可是最顺理成章的……”

后面的话碍于沈皇后的心情，她没有说出来。

但沈皇后当然听得出来，虽然她不喜欢听。

“我不知道，我不知道他是怎么想的。”沈皇后苦笑着道，“二郎几年前就搬出宫去了，他离皇上远了，可是我们同样也离他远了，所知的一切都不过是猜测。”

孙姑姑劝道：“娘娘一定是多想了，二殿下又不傻，怎么会主动放弃大位，想着就藩去呢？”

沈皇后反问：“那为何会有汉阳这一茬出来？正因为二郎不傻，他若没有这个意思，才断不敢放这个风出来。这绝不是能行险的事，若万一弄假成真，是再没有后悔药吃的。”

汉阳的原主祁王刚去，这块封地空缺出来，朱谨深就好巧不巧地对它表示了兴趣，别人或者不留心，可落在她这样心头担事的人眼里，太醒目了，根本不容忽视。

孙姑姑疑惑着道：“奴婢还是觉得不太可能。”

沈皇后心乱如麻，道：“本宫何尝不是这样觉得，可哪怕是有一丝这样的可能……”

那她就是干了一件非常可怕的蠢事。

可怕到她简直不敢细想。

只是一刻钟的工夫，她先前为自己绝妙主意生出的一切自矜已经荡然无存，只余下一腔百爪挠心的焦躁。

孙姑姑见这样下去不是个了局，想了想，道：“娘娘，不如让四殿下寻机再问一问，无论问出个什么结果，真话假话，总比我们坐在这里没有定论，只能胡猜要好一些。”

沈皇后心里是真的乱，根本安定不下来想事，只能先随便抓个主意用了：“好吧。”

于是课间时候，沐元瑜就迎来了朱谨洵关心的探问：“沐世子，你把书的消息告诉二皇兄了吗？二皇兄还需不需要别的？他在寺里行动不方便，若还想看别的书，和我说就好了，我想办法替二皇兄找。”

做戏做全套，沐元瑜还真又往庆寿寺去跑了一趟，只是这趟只是纯消闲而已，和朱谨深胡扯了几句就罢了，没提什么别的事。

此时朱谨洵来加了戏，沐元瑜抹了把脸，跟他临场发挥起来：“唉，这事四殿下别提啦，提到我就纳闷。”

朱谨洵睁大了清澈的双眼，问道：“怎么了？”

朱谨渊也转头望过来。

沐元瑜道：“那书不是二殿下叫我问的吗？我谨记着，赶紧把先生说的去禀告他了，结果您说奇怪不奇怪，我去了，二殿下又说他不想看了，哪有这样变主意的，白叫我来回跑腿。这样的天气，可冻死我了。”

朱谨渊笑道：“大概二哥又对汉阳的风物没兴趣了？他有时心血来潮，做这样的事难免，我们是都习惯了，沐世子来的时候短，再过一阵，就知道了。”

他没有那么大的脑洞想到朱谨深居然有意就藩，在像他这样大部分人的心中，世上怎可能有不想做皇帝的皇子——如果有，那一定是故作姿态。

许泰嘉有点稀里糊涂地凑过来道：“不想看了有什么稀奇？我有时也

是这样的，在书铺里翻到一本好书，站在那里能看半天，买回家来就不想翻了。”

“这也值得你抱怨。”他说着还瞪了沐元瑜一眼。

沐元瑜笑眯眯地讨饶：“好啦，我不说了，二殿下找我办事是我的荣幸，再跑十趟我也高兴。”

许泰嘉这才满意地退了回去。

这一幕很快原样落入了沈皇后耳中。

“又不想看了？”

沈皇后揉着额头，觉得脑袋里有根筋一抽一抽地疼，道：“难道真的？”

他被她的作为刺激得逆反了？

孙姑姑凑上前替她按捏着太阳穴，嘴里道：“娘娘，沐家世子嘴里的话，可不一定作得准。您忘了，他极有可能已经和二殿下勾连上了，现在这样，只是在故意迷惑娘娘。”

“我知道，但是……”

但是她静不下来。

她控制不住自己不去想。

因为从那个方向想，很多事情居然是说得通的，朱谨深从来不对皇帝摇尾妥协，不时还惹怒皇帝。他是没有本事讨皇帝的欢心吗？不，他的体弱是缺陷，同时也是优势。皇帝心里其实怜惜他，只是他自己心里燃着一团旧日的烈火，炙烤得别人不能靠近。

他跟皇帝的关系一步步变坏，他自己当然知道，但是他没有弥补回转的迹象。

如果他想登大位，他怎么敢这样任性得罪君父？

这就是心理战的可怕之处，别人知道你想要什么，针对这一点设出陷阱，再说服自己没有那个可能，也情不自禁地要到那陷阱边上望一望——假如里面就有他要的东西呢？

沈皇后这样显而易见的烦躁，孙姑姑看在眼里，一时也不敢说什么了，只能默默地替她按捏起来。

然而，还有更烦人的消息报进来。

宫人进来小声道：“娘娘，大殿下那边，有人看见他站在奉天殿外面，问了才知道，他似乎是找皇上好几日了，皇上烦了，不要见他，他今日就索性在外面等着了。”

沈皇后刚闭上眼，打算养一会儿神，又不得不睁开来问道：“为了什么事？”

“这、暂时打听不出来。”

“那就去打听！说这半截话，你是要本宫和你猜谜吗？！”

宫人不料她会发这么大的火气，低低应了声，噤若寒蝉地忙退了出去。

头痛的不只有沈皇后，还有皇帝。

他快被朱谨治纠缠死了。

朱谨治已经连着来啰嗦他好几天了，他烦了，不放他进来，他就在殿外等，不许他站在殿外，他就站到宫道上等。

跟傻子较劲到现在，皇帝觉得自己都要变傻了。

他只能没好气地丢下御笔，道：“把他叫进来，站那里是给人当景致看吗！”

汪怀忠应声出去，很快领着脸已经被寒风吹成了一颗大红苹果的朱谨治进来。

他看上去更傻了。

皇帝简直觉得辣眼睛，斥道：“你们一个两个的都能耐了，朱谨治，你还学会要挟朕了是不是？！”

朱谨治傻傻地道：“儿臣不敢。”他被风吹到现在，脸都冻僵了，说话都不怎么利落了，慢腾腾地道，“儿臣只是很着急啊，二弟总不回来。”

皇帝道：“他回不回来，和你有什么相干，不是让你和三郎一起练习礼仪了吗？你不去，老在这里烦朕，你还着急，你着急的什么？”

朱谨治道：“可是我和二弟说好了。”

“他犯了错，那就应该好好反省，没反省好认错之前，就不能回来。”皇帝斩钉截铁地道，“朕都和你说过几十遍了，你怎么就是听不懂？”

“我懂，我替二弟认错了，还不行吗？”朱谨治可怜巴巴地道，“皇爷还要罚人，我也愿意认罚，只要二弟回来一起和我学习礼仪。他不在，我害怕啊。”

皇帝恼道："你怕什么？又不是叫你一个人，不还有三郎和你一起，再还有礼官们，怎么就非二郎不可！"

"三弟讲话太快，我听不清楚。"朱谨治露出更可怜的表情道，"我笨，不敢多问，怕他烦我。"

"那你怎么就不怕二郎烦你，难道他还对你循循善诱不成？"

皇帝说着心里不禁冷哼，朱谨深那个脾气，会有耐心就见鬼了！

"我问多了，二弟也烦我，可是他明讲啊。"朱谨治自有自己的一套逻辑，"他讲出来，我就不怕了。"

皇帝觉得糟心，道："你都是什么怪话！"

"我怕我做不好，给皇爷……阿嚏！"

朱谨治一句话没说完，打了个喷嚏。他打完揉了揉红红的鼻子接着道："给皇爷丢人。"

他这一句出来，皇帝将欲勃发的怒气熄灭了。

汪怀忠适时见机劝解："皇爷，大殿下也是一片孝心。"

朱谨治不懂这些，他想什么就说什么，又绕回去了："皇爷，我和二弟早就说好了，他都答应帮我的。"

这个儿子越是傻，越是显得他的孝心纯挚，皇帝沉默了一刻，向汪怀忠道："去问问，二郎这些天都在做什么，病好了没有。"

汪怀忠忙去了，皇帝不至于派人监视儿子，但要打听一下儿子的粗略近况，当然不难。

他很快回转来，禀报道："二殿下好一些了，还有闲情要了书看，只是主意变得快，沐世子替他问了来，他又不要了，沐世子因此在学堂里说了一句。"

皇帝问道："要什么书？"

"汉阳的风物志。"

祁王除国的旨意是皇帝亲手下的，谁也不比他对这件事记忆深刻，他的眉头立时便是一动，疑惑地道："先要……又不要了？"

汪怀忠笑了笑，眼角的皱纹里若有深意，但他的回应很简短："是。"

"论起动这些给人添堵的心眼，那是谁也比不上他。"皇帝以听不出褒贬的口气点评了一句，旋即哼笑了一声，转向朱谨治道，"你不要在这里和朕夹缠不清了，有这个工夫，你不如去问问你弟弟，他到底是反省得怎么样了，知错了没有。”

朱谨治忙道：“知了知了，我都知错了。”

汪怀忠笑着上前拉住他的胳膊道：“殿下知了可不算，皇爷都说了，须得二殿下知错。您别怕麻烦，就跑腿去问一问，二殿下肯定是早已知错了，您就多问一句也不算什么。对了，老奴听您刚才打了喷嚏，恐怕是叫风吹着了，可别得了风寒，您赶紧先回去，叫身边人熬碗姜茶暖一暖。”

他总算把朱谨治糊弄走了。

皇帝无奈地按了按眉心，深觉自己眉心的褶子又重了点。

皇子们的冠礼在即，皇帝有许多事要和沈皇后商议，这几日一直歇在坤宁宫里，当晚也不例外。

宫门将闭时，朱谨治欢天喜地地进来求见了：“皇爷，皇爷，我去问了，二弟说他知错啦，说是他言行无状……嗯，冒犯皇爷，明天二弟是不是就可以回来了？”

他一边说着，一边忙把手里捏着的纸笺递上去，说道：“这是二弟认错的条陈。”

然后他才想起跟一旁的沈皇后请安：“娘娘好，我这么晚来，打搅娘娘了。”

沈皇后根本没注意他的问安，只是眼前发晕——什么意思？

她勉强露出笑容问道：“大郎，你今日去看二郎了？”

朱谨治哈着白气，开心地点头：“皇爷准我去的，叫我问二弟知不知错，我一问，二弟就承认了，态度可好。”

当然好了。

沈皇后心头的那一股气堵的，差点把自己憋死。

皇帝亲自着人去问，先一步给了台阶，朱谨深除非和面前的朱谨治一样也是个大傻子，才会不顺着下来！

情况怎么会急转成这样，她意图给朱谨深挖的坑，他没掉下去，把她自己埋了。

现在这个状况，等于是她促成了朱谨深的冠礼，这冠礼一行，哪怕没封太子，从此也意味着皇帝可以给他分派差事了——当然前提是皇帝有这个意愿。

到底发生了什么？

怎么就会变成这样啊？

接下来的小半个月里，所有人里过得最省心的是林安。

因为不用他出尽百宝地劝解，为了顺利完成冠礼，不在中途又病倒掉链子，朱谨深默默地自觉地恢复了用药。

大概沐元瑜的话俨然也有一点她的道理——所谓吃药不一定好，不吃药一定好不了，朱谨深坚持了十来天后发现，他身上好似确实轻快了那么一点，不总是虚弱得让他话都懒得说，更懒得搭理人。

当然，他自觉这更多的可能是因为他在跟皇帝那场无声的拉锯战中取得了胜利，能给皇帝找点麻烦，看皇帝不痛快了，他就痛快。

这让他的心情舒缓之下，对旁人的态度少见地居然能用“温和”来形容，突出表现在他出了庆寿寺，加入习学礼仪的队伍后，朱谨治行礼时第六次转错了方向，他都没有多说什么，只对着和他转了个对脸的长兄使了个眼色，朱谨治便忙又转回去。

皇帝悄悄来看过，见此回去和内侍道：“总算他还有点度量，知道不和傻子计较。”

皇帝能说儿子傻，汪怀忠是绝不会出口的，笑道：“二殿下年纪还小，有时急躁些也难免，等行过了冠礼，成了大人了，自然就稳重了。”

皇帝不置可否地道：“但愿吧。”

冠礼实际需要皇子们做的事情不算多，但仪式十分冗长，单加个头上的冠就要加三次，衣裳换一套又换一套，余者还有醮礼受敕戒之类，朱家三兄弟一起，少说要耗个大半日工夫。

为他们三兄弟祝赞的官员们早就定好了，公侯勋贵，内阁大臣，都是德高权重之辈，地点则设在了奉天殿里。

时间很快到了正日子，这一日里的盛况自不必说。冠礼时，文武百官也都在场，各穿了朝服，如平日上朝时一般排了班，其中有不少人是头回见到三位皇子齐齐出现，十分好奇，都努力运目去望。

皇帝在奉天殿中升座，面目威严，实则手里捏了一把冷汗。

总算儿子们关键时刻都还争气，朱谨治没出糗，朱谨深也没半途倒下，仪式一直顺利地进行着。

三加完成后，皇子们皆换了衮冠冕服，衣织五章，腰悬玉带，在玉阶上一字排开，只从外表来说，端的是三个挺拔英秀的好儿郎，群臣皆赞叹不已。

朱谨深瘦削的身材占了便宜，大部分臣子离得远，看不清皇子们的面容，只遥见三人并列，寒风中朱谨深袍角翻飞，颀长清冽如立于风雪中的青松翠竹，他的气势未必压倒兄弟们，但这股文官们很爱称颂的气质令他矫然不群。

站位靠后不明真相的低阶文官们小声地互相递着话："左边那个是二皇子不是？都传得那样，今日一见，明明不然啊。"

立在他旁边的青袍官员幅度很小地拨动着嘴唇，肯定加认同："就是他，我也没有想到。"

华美清越的乐声起，皇子们入殿跪下，赞礼官亦跪，宣讲最后的敕戒："孝于君亲，友于兄弟，亲贤爱民，率由礼义……"

敕戒毕，他们向皇帝行五拜三叩大礼，再往坤宁宫见皇后，一般行礼。

皇子们的冠礼一般不取字——取了天下有资格叫的人数不满一个巴掌，实在没多大意义，到此这场仪式终于差不多结束了。

之所以说"差不多"，是因为隔日还要往奉天门去站一站，接受百官行礼道贺。

沐元瑜没有职级，没能围观这场盛会，她再次见到朱谨深时，已经是冠礼过去三四日后了。

此时年节的脚步逼近，一些清闲的衙门已经落衙封印，过了腊八后，学堂也不开课了，放学生们回去松散自习，国子监倒还依旧开着。沐元茂坐监时要在监舍住宿，不能回来，沐元瑜独自在家闷了几日，找不到事做，就溜达到十王府去了。

巧得很，许泰嘉也在。

沐元瑜由林安引着进去时，他眉飞色舞地和朱谨深正说着什么，那表情很难形容，居然是有点猥琐。

朱谨深坐在另一边，神色倒还正常，但眉目之间，也有点说不出的和平常不一样的古怪。

这个场景略眼熟，好似同窗男生们在交流某种不可说学问时会有的氛围。

沐元瑜就顿在门口了，不会吧——朱谨深这个模样，实在很难把他跟那些东西联系在一起，感觉他应该立刻高冷地把许泰嘉打出去才对。

但他侧着脸，半边轮廓在朝阳下显得分外英挺，居然是很认真在听许泰嘉说话。

“你这副表情看着我做什么？”

大概是她望着许泰嘉时不经意流露了些鄙夷，许泰嘉感觉到了，扭头瞪她。

“许兄，你拿面镜子照照，就知道为何了。”沐元瑜爽快地回应他。

好好一个小帅哥，一大早就挤眉弄眼地传播不和谐信息，不惭愧吗？

“嘿，你找碴是不是？”许泰嘉要跳起来。

林安忙来打圆场，喜气洋洋地向沐元瑜道：“世子不知道，我们殿下有喜事了，昨天晚上成人啦！”

沐元瑜一时没反应过来，什么昨晚成人，朱谨深的冠礼不是几日前就举行过了？

她的表情忽然僵住。

她懂了。

这就不是一般地，而是非常尴尬了。

大概是觉得她也是个“男人”，又和朱谨深关系不错，所以林安很大方地跟她分享了。

要说这也确实是个好消息，彰显着朱谨深从此有了孕育子嗣，开枝散叶的能力。在这时代来说，这件事远比冠礼那个仪式重要得多。尤其是发生在朱谨深身上——这个年纪才，咳，真算十分晚了，大概是因他先天体弱的关系。

许泰嘉本已站起来，结果莫名其妙地看见刚才还怼他照镜子的蛮子世子打脖颈往上，直到脸颊，忽然蒸腾出一片云霞般的红晕。

“哈哈！”他转怒为喜，一下子乐起来，“沐世子，你害羞啦？莫非你还没有？”

朱谨深也望过来，替她说了句话：“他还小呢。”

沐元瑜：“……”

她完全不想加入这个话题。

再怎么当男人养大，她骨子里仍是个姑娘。

早知会撞上这种事，她怎么也不会过来，现在再想找理由要走晚了，实在也没法想理由。不管她想什么，许泰嘉肯定都会咬死她是被羞走的，到时候笑她一整年算少的，少不得还能替她各处宣扬宣扬，哦，她一点也不想跟别人讨论自己的“成人”。

她的预感没错，倾慕小姑娘是很有意思的事，调戏会脸红的差不多同龄的男孩子同样很有一种恶劣的乐趣。许泰嘉已经走过来，一路笑一路道：“不小了，沐世子，我就是这个年纪有的。”

他拉她过去坐，说道：“来来来，你也听听，也是个小爷们，害什么臊嘛，谁不要经过这一遭。你不听，以后嚷着尿床就出大乐子了。”

沐元瑜十分不情愿地叫他拉过去，听他过来人的经验之谈。

听了一会儿，她渐渐淡定下来。许泰嘉的家教大概也很严谨，或者是有朱谨深在旁，他不敢说得十分露骨，说来说去，无非那几句，什么每个男人都要经过这一遭，从此就成人了之类的。

就是他神烦，不管说什么，总不忘记要揶揄她两句，哪怕她不脸红了，平淡下来都没用，他处在变声期，乐起来鸭子般“嘎嘎”叫着。

沐元瑜让他整烦了。朱谨深也不再帮她，他长腿微微交错，面露一点兴味，居然也是一副看她笑话看得挺乐意的样子。

许泰嘉又问她：“沐世子，你虽然还没成人，不过说起来倒是都懂，你们那儿知人事是不是都特别早？”

“是啊。”沐元瑜扯着嘴角回应他，“不但早，还特别厉害，夜御十女是标配，低于这个数出门都不好意思和人打招呼。”

许泰嘉：“……”

他头回听闻“标配”这个词，但其意思不难理解，他很快会意，惊呆片刻，然后方反应过来。他拍了沐元瑜肩膀一把，呼出一口气道：“你吓唬谁呢，就算是，你又不是那些龙精虎猛的蛮子，别往自己脸上贴金。”

“我是半个。”沐元瑜从来不忌讳承认滇宁王妃那边的血统，斜睨着他，“就算打个折，也还有五女呢。”

她被许泰嘉消遣了半日朱谨深没出声，这时候却皱了皱眉，道：“你这点年纪，不要胡来，伤了元精，以后后悔可来不及。”

沐元瑜：“……”

她不知道为什么，在家时听那些私兵的荤话听得多了，从不觉得有什么，被朱谨深说一句，她却禁不住满身不自在了，从他那张嘴里吐出“元精”这种词，真的好奇怪啊。

沐元瑜含糊而飞快地道：“殿下，我没有，我跟许兄开玩笑呢。”

许泰嘉得了话柄，马上道：“就知道你胡吹大侃，看看你这小身板，倒是会想美事，十女八女的，不怕榨干了你！”

他总这么消遣沐元瑜，旁边侍立的林安看不下去了，把好心肠又有本事能劝动他家主子喝药的世子爷怼走了，以后他主子再犯起毛病来，谁来救场啊。

他帮腔道：“许世子，奴才虽然是个残身，不懂这些事，不过听人说过，沐世子上京，随身带了十八个丫头呢，都是家里长辈给准备的。沐世子现在年轻，再过几年，就指定厉害起来了。”

不然给备上这么多丫头干吗？总不能都是铺床叠被的吧，少不得也得派上些别的用场。

林安自觉自己想的很有道理，他是打小净的身，没有体会过人欲，越是没有，越觉得有是一件极好的事，并且是越厉害越好。他就照着这个逻辑给沐元瑜背书了。

果然很有威慑力，许泰嘉又惊了，结结巴巴道：“十、十八个？”

他也是豪门贵公子，院子里的人，连没留头的小丫头加扫地粗使的老婆子凑在一起的话也能轻松凑满十八这个数。但沐元瑜情况又不一样，她是出门在外，还是这么远的门，谁家父母会给带上这么多妙龄丫头？

除非她确实有需要——现在或者将来。

许泰嘉脑子都蒙了，嗡嗡地响着，他调侃半天沐元瑜，其实真没有多大恶意，就是少年习性闹着玩。他这个年纪，对性处于十分憧憬又好奇的时候，难得借着朱谨深的事叽叽呱呱地说起来，又可以在还未成人的小同窗面前炫耀一下，就有点停不下来。

现在要跟他说，他面前软包子一样的小同窗将来有可能变身成威武雄壮的一夜十次郎——真觉得不好意思跟他说话了怎么办？输好多啊。

沐元瑜抽搐着嘴角道：“没有那么多，就八个，你是打哪儿听来的流言？”

许泰嘉才松了口气，但是八个好像也不算少？

林安抓了抓头，道：“就街上吧，具体是谁说的我记不起来了。”

沐元瑜便也不追问了，这种空想意味浓重的流言没什么好追究的，闲话而已。

但朱谨深盯上她了，眼神幽深地看过来：“你也太娇惯了，用上这么多丫头，你如今父母长辈俱不在身边，管得过来吗？”

沐元瑜有点茫然地回道：“管得过来呀，都是跟了我好几年的姐姐了，很得力的。”

“你没懂殿下的意思，”许泰嘉回过神来，插了句嘴，“你家现在没长辈在，弄这么多如花似玉的丫头贴身服侍着，或是勾引了你，或是你自己把持不住，过早跟你闹出事来，折腾空了身子就麻烦了。你看殿下，常在身边服侍的都是内侍，你见着女婢没有？你可别觉得我们多管闲事，你要有长辈在，殿下肯定不跟你废话这个。”

沐元瑜：“……”

还绕不出这个话题了，她只能干咳一声，道：“殿下放心，我心里有数。”

“单你有数没用。”不想朱谨深张口就驳了她，“你的丫头们离了约束，没个惧怕，保不准哪个就生出攀高枝只为自己的心来。”

沐元瑜又想咳嗽了，她想说这不可能，但理由无法宣之于口，难道要说她根本就没这功能，不可能满足得了丫头们吗？

好在大概是看她实在窘然，又或者再说下去反起了反效果，把她说“开了窍”，朱谨深点了这一句，总算罢休了。许泰嘉再要提这些，他就阻止，把话题绕到别的事情上了。

沐元瑜以为此事到此为止，不想她闲坐半日，蹭了顿午饭走了后，下午时，一个中年妇人在林安的陪伴下到了沐家老宅。

这妇人服色不同，乃一身宫装，梳着极光溜的尖顶狄髻，两边插着花头簪，顶上挑心，皆是金饰，可见是个有身份的宫人。她面庞白皙，五官端正，看上去严肃慑人。

林安给她介绍：“这是周姑姑，从小奶我们殿下长大的。”

朱谨深的乳母？

这时候的乳母身份与一般下人不同，在主家都挺受尊重，如朱谨深这样打小没娘的，乳母的分量通常就更重。

沐元瑜忙招呼道：“姑姑好，不知姑姑来有何事？”

林安凑上前小声道：“世子爷，殿下不放心，让姑姑来，给您的丫头们说两句话。”

跟她说话还罢了，跟她的丫头们能说什么？

沐元瑜这下真傻了，哭笑不得道：“哈？”

林安大概也觉得此举不太好说，眼神有点发虚，但还是努力解释道：“您别觉得我们殿下管太宽了，殿下是担心您。您毕竟年纪小，不知道有些奴婢离了主子管教能闹出多少花样来，别的都还好说，只您身子这一项，那是马虎不得的。殿下出个面，给她们紧紧弦，为着您上面还是有人照管，让她们有个惧怕的意思。”

告诉她们别仗着滇宁王和滇宁王妃不在，就勾引着她这个小主子无法无天纵欲过度是吧？

沐元瑜自打认识朱谨深至今，对他的性情是差不多摸着脉了，他的喜怒，她一般都能理解为什么，但她还是头回从他身上感受到控制欲这种东西。

她扶额，无奈地笑道：“多谢殿下好意，这样吧，我把丫头们召集起来，由我自己跟她们说，姑姑在旁边替我镇个场，可好？”

她给丫头们训话，跟外人来的差别可大了。朱谨深不知她的秘密，从他的立场来说，是为了她好不错，不然连奶娘都派出来干吗呢？但就她而言，她不能叫自己人寒心。

林安觉得也行，就点头道：“奴才回去能交差就行。”

他是内侍，无须忌讳回避，当下沐元瑜领着他们进了春深院，把八个大丫头叫出来排成两列，林安一看，眼神就不对头了。

鸣琴等人皆是山里生苗，如今年纪大多在二十上下，八人站出来，一色的肤白貌美大长腿，臃肿的冬装都掩不住她们高挑的身段，这、这看上去就是狐狸精的现成模子啊！

还是八个！

这一屋子，打个马吊能凑齐两桌！

林安原来心里有点悄悄觉得他家殿下想太多了，管到人家家里的丫头去，这差事派的，他都为难。但他现在觉得，到底是他家殿下，就是慧眼如炬，高瞻远瞩！

他同时又有点羡慕沐元瑜，看看人家，外面不起眼，随便能拉一屋子秀色可餐的女子出来。他家殿下那日子过的，他身子弱，皇帝怕他伤了本就不多的元气，给他身边派的仅有的几个宫女也是像周姑姑那样的，唉……

他真心疼他家殿下。

沐元瑜不知他思绪放飞了这么远，把丫头们排好了，就介绍了一下周姑姑和林安。

丫头们糊里糊涂地点头，不知这个组合来是什么意思，但以鸣琴为首，还是向周姑姑福身行了礼。

然后沐元瑜咳嗽一声——她得憋住快冲到嗓子眼的笑意，才能说出底下的话来。

她背了手，道："二殿下见我年纪小，照顾我，特命人来我们家里看看，你们可有淘气不听话，仗着远离我父王与母妃，欺负了我的……"

丫头们听着她的话，仍旧顶着一张张懵懂的脸。

鸣琴温柔地道："我们哪里有这个胆子，自然一切以世子为尊。"

沐元瑜摇头："全听我的也不行，我要是勾引着你们干点什么，你们不能答应我，当然，你们更不能主动勾着我干点什么，不然二殿下知道，要和你们算账。"

"噗！"

当着一旁脸色阴沉的周姑姑，丫头们已是极力忍耐，但瞬间仍是漏出了一两声笑，没笑的，也是忍得肩膀直颤，随时可能破功。

这一幅画面出来，在冬日萧瑟的庭院里更如花枝乱颤，凭空添出春色动人。

林安不由得忧心地又打量了一眼沐元瑜，这真的很难把持得住吧？

滇宁王心也太大了，给儿子身边放这么多刮骨钢刀，还是他们夷人就是这么厉害？

沐元瑜也不太说得下去了，努力憋着笑道："好了，以后都老实点，听明白了没有？"

丫头们纷纷应声："是。"

娇声软语，响成一片。

沐元瑜再次转向林安和周姑姑道："两位看，这样可以了吧？"

林安额头冒汗，忙道："行了，行了，打搅世子爷了。"

周姑姑也没有多说什么，沐元瑜要留他们喝杯茶，林安也没有答应，说要回去交差，就匆忙去了。

等到走出了沐家老宅，周姑姑抬手抹了把脸，表情忽然松弛下来，眉目跟着显得和善了不少，她轻声抱怨道："殿下年纪渐长，怎么行事倒像小孩子起来，还叫我来吓唬人。"

林安缩了缩肩膀，道："依我看，殿下还就这阵过得鲜活点。好了，别说啦，这风大，快回去吧。"

他说着，扶着周姑姑上了门外的一辆青帷车。

春深院里，丫头们已经笑成了一团，观棋笑得气都喘不过来："世子，您刚离了云南不久，怎么又给自己招了个长辈来，这是把您当儿子管了不成？"

沐元瑜也是只能摇头失笑，跟丫头们闹了一会儿，天色就黑了下来，用饭洗漱安歇。

隔日无事，她想着多赖一会儿床，却早早就醒了，不仅醒了，身上还很不舒服。

她闭着眼，带着困意，感受了一下，然后反应过来，一下掀被而起。

天色还未大亮，屋里灰蒙蒙的，但已然能看到她垫褥上暗红的痕迹。

…………

鸣琴已经起来了，听到动静，掌了灯进来，问道："世子醒了？"

她走到床边，掀了帐子，然后愣住，过了一会儿，目光中含着温柔和喜悦，又带点心酸地望向她，低声道："世子长大了。"

又一场大雪落下来。

朱谨深在廊下负手而立，目光淡漠地望着廊外飘雪如絮，无声覆满中庭。

包子脸有十来日没过来了。

是嫌他管太宽了？嘴上不说，心里暗暗跟他生了气。

他头回交朋友，可能没把握好分寸。

但为什么不跟他说？

麻烦。

# 第十七章 正旦异样

这场雪下罢，这一年终于走到了年底，爆竹声声中，旧的一岁去了。

正旦初一日。

窗外黑乎乎的，沐元瑜已经从温暖的被窝里爬出来，闭着眼睛由丫头们替她穿衣梳发洗脸。

她昨晚和沐元茂两个守岁守到了半夜，照说没人管着，她不用太讲究这个风俗，但他们都是头回离开父母远在他乡，逢着这家家户户团圆日，心里难免有点孤寂，两个人抱个团，总是热闹点。

他们天南海北地胡吹着，听着外面传来的远近不一的爆竹声，直说到眼睛睁不开才各自去睡了。沐元茂还要赖着不走，意图跟她抵足而眠，可惜他的神智不太争气，往她炕上倒了片刻就睡得人事不省了，沐元瑜召了刀三来把他扛回了他自己院子里。

过会儿他要是醒了，也不知道还记不记得有这回事。

“三哥倒是好，可以赖床到中午，也没人管他。”脸都洗过了，沐元瑜还是困得睁不开眼，咕哝了一句，又揉自己的眼，“不行，还是好困，给我换块冷的布巾来吧。”

观棋应声去了，过片刻回来，把一块才在冷水里浸过的柔软布巾盖到她脸上。

冰冷的触感瞬间刺激得她一个激灵，人也一下清醒过来。

沐元瑜吸着气把布巾又在脸上按了一会儿，确定自己的睡意都被冻飞了，方还给观棋。

鸣琴提着食盒进来，见此道："世子别着急，时辰还早着。我们这儿离皇城近，怎么都赶得及的。"

大年初一沐元瑜还要这么勤勉地天不亮就起床，是因为今日有正旦大朝会，朝会后还有赐宴，这是一年中最隆重的节日之一，各项规格都是极高的，作为镇守南疆的边王在京中的代表，皇帝特意给了沐元瑜旨意，让她也去参加。

鸣琴说着话，手脚利落地把早膳摆好，考虑到要参加朝会，到时不便如厕，除了一碗粳米粥外，余下八样小点都做得很实在，便是那碗米粥，也熬得很稠。

易钗到现在，这种小麻烦沐元瑜并不是第一次遇到，她现在只庆幸她的初潮来得太是时候，此时早已过去，不然要处理的麻烦可就翻倍了。

匆匆用过饭，鸣琴和观棋一起拿了她的大衣裳来。作为郡王世子，她也是有冕服的，只是一般穿到的时候不多。

熨得服帖平整熏了青竹淡香的中单、蔽膝、青衣纁裳一件件展开，上身，最后是冠冕，戴上系好，两个丫头又前前后后地忙碌着，替她将每个细小的皱褶都拉直抚平。

沐元瑜尽职地笔挺站着，方便她们做最后的整理，直到两人都满意了，往后退几步，打量着她，异口同声地发出夸赞。

沐元瑜低头看看，自己也觉得很满意："还好这种衣裳都做得宽大，里面可以穿厚一点。"

冬日里上朝可是件苦差事，尤其这种大朝会，在京文武百官都要到场，哪个殿里也排不下这么多人，都得站在丹墀下的阔大广场上，西北风一刮，透心凉。

鸣琴听了，忙要去把才换了新炭的手炉拿给她，沐元瑜摆手不接："朝会正式场合，应当没人揣手炉进去，我若带了也不好看。"

冕服再宽大，也没到塞一个手炉进去都看不出的程度，何况万一不慎溅出个火星燎着了衣裳，那可就坏大事了。

鸣琴发愁："那可怎么好？"

"没事，那些年长的官员都受得了，我当然也挨得住。"

当下收拾停当，外面天色也蒙蒙亮起来，沐元瑜出了门。她今日服色不同，马车上下不那么方便，所以是坐轿前去。

不多时到了皇城前，沐元瑜到的时候不早不晚，午门附近已聚集了不少官员，有的在外面两旁的值房里等候避风，有的就候在高耸的门洞外互相走动攀谈。

沐元瑜这一身装束到场还是很显眼的，藩王就藩后无诏不得擅离封地，有的终身再没有进过京，尤其国朝承平后，朝会上再出现藩王是比较稀罕的事——世子也一样。

一路行来，沐元瑜感觉她遭到了被视同国宝般的围观。

向她行礼的人也不少，沐元瑜只能从服色上分辨是几品，人是一概不认得。官员太多，她也无法一一询问，只能微笑点头致意而已。

从极靠近午门的一间值房里快步走出一个朱袍老者来，下阶迎上前很亲热地笑道："贤侄，不知你也要来，不然早送了信，叫你与我一道了。"

这老者正是文国公，总算看见张熟面孔，沐元瑜心下也微微松了口气，拱手笑道："晚辈本也想去请教国公爷，只是有些不好意思，如今看见国公爷太好了，晚辈头回来参加朝会，正有些忐忑，恐怕有什么不谨慎之处，失了仪。"

文国公心知她说的是何事，既碰了面，那事情摊开了说大家都很高兴，他就呵呵笑道："贤侄说的哪里话，不痴不聋，不为家翁，妇人家原来小气些，过去便过去了，我们还能为些许小事伤了和气不成？"

他又道："贤侄只管安心，这样的大朝会不需说什么话，按班站位，随波逐流即是。朝会时的礼仪贤侄可得人指点了吗？"

沐元瑜点头道："学堂里先生教过，内官来下旨意时，也让我往礼部去寻礼官又习学了一遭。"

她说着话，进了文国公先前所在的那间值房里，里面已有五六个人，或坐或立，一色的朱袍梁冠，公侯伯扎了堆。

文国公携着沐元瑜进来，一一给她指点介绍，完了问她："贤侄，你如今和皇子们一道读书，我倒可以问你一问，不知这次正旦朝会，皇子殿下们可来吗？”

这个问题问出来，一屋勋贵们都聚目望来，看来是个众人都关心的问题。

沐元瑜还真不知道，说道：“没有听闻来不来，以往殿下们不参加吗？”

文国公道：“朝会都没有来过，次后的赐宴说不准，大殿下和二殿下都体弱，有时列席，有时不列席，三殿下倒是每回都在，这一二年四殿下长大了些，也一并来了。”

另一位宣山侯笑着从旁补充道：“腊八时三位殿下都行了冠礼，照理说是可以加入到这样的朝会中来了，所以国公爷有此问，老夫也有些好奇。”

但沐元瑜真没有想起关注这个，只能道：“腊八过后学堂就停课了，那以后我没怎么见到殿下们，没处探问。不过，二殿下和三殿下都住在宫外，若要来，也当从这里过，我们都能看见的。”

文国公点头：“贤侄说得是。”

再说了一会儿，外面响起了“咚咚”的鼓声，这是宣示百官们可以进入午门排班站位了。

诸人忙停了话头，出值房门汇入官员们的大流中，分文武两道，各循其门而进。

排队的空隙里，沐元瑜听见不少官员也在议论着皇子们的事，多是失望喟叹，因为到这个时辰还不见朱谨深和朱谨渊过来，肯定是不会来了。

沐元瑜也有点失望，人进入陌生的场合，脾性再稳重也想和熟悉的人凑一起，况且皇子们不来，她有郡王世子的封号，又有代表滇宁王的象征意义，站位在武官序列的第一个，行礼什么的都参考不了别人，压力略大。

好在如文国公所说，这样的大朝会不奏事，虽庄重，但其实没什么花样，保持礼仪不出错即可。

该跪就跪，该拜就拜，逢着山呼万岁时就呼，皇帝并不和具体哪个官员有交流，官员们也省心，君臣更多的时间是在听音乐。

正旦这样的节庆大日子，朝会是一定要用乐的，从皇帝出现升座开始，就奏一曲韶乐，又一曲韶乐，每一首的时长都还不短。

好冷啊……

沐元瑜在心里哆嗦，她有点后悔没揣上那个手炉了，礼官跟她说了有用乐的流程，但不会细到告诉她每首有多长。

站位这么靠前也很吃亏，后面的官员们还能仗着皇帝和纠察礼仪的御史们看不见的空当里跺跺脚搓个手，她就站皇帝眼皮子底下，不行礼的时候，动都不敢动。

沐元瑜胡思乱想着，不知时辰过去多久，只看见东方的朝阳渐渐高起，照在身上带来一点聊胜于无的暖意，但她并未觉得安慰，因为她有了一种更惨的感觉——饿。

她早膳吃得不算多，因为怕没法找到安全如厕的地方，但算着应该够撑到赐宴的时候。

她到底经验不足，漏算了寒冷的因素，饥寒往往相伴，因为人在挨冻的时候，热量消耗是加剧的。

于是沐元瑜现在的状况就变成了：又冷又饿。

有多大荣耀，就得受多大罪。

她苦中作乐地安慰自己，她这一空降，把一溜勋贵们全压后面去了，她觉得难挨，别人看她站在这里，指不定还满心羡慕。

这么等着挨着，终于，最后一首《贺圣明》的韶乐奏完，群臣拜倒，皇帝摆驾回宫。

广场上混乱起来，这个时候，四品以下的官员们可以退出回家了，以上的继续留下等候赐宴。

沐元瑜自然是在等赐宴的之列。

然而更让她心酸的事情发生了，她一扭头，发现饿的不只是她一个，有不少留下的官员一边三三两两地聚集着，一边从袖子里掏出酥饼、红豆糕、芸豆卷等各色干点来。

这些糕点她家里不知堆了多少，但她现在一块都没带。

她抱着最后的希望望向文国公，他袖手正和身后的人说着话，没有也摸出点什么垫垫肚子的意思。

总不能让文国公再去跟别人要吧？那也太丢份了。

她好歹是个郡王世子，刚才朝会都站第一个的。

但是好饿啊。

沐元瑜抚摸一下站得发酸又饿到发软的腿，默默往午门外走，那里有值房，就算饿肚子，总比还站在这里吹冷风强。

再等一等，等到赐宴就好了。她心里安慰着自己，一路强迫自己遗忘饥饿的感觉，走到了门洞处。

外面一行人正往里走，只是走的不是和她一个门。

中间为首之人一身衮冕，衣饰和她有相像处，但更为尊贵。

沐元瑜眼中顿时放光，拐了弯扑过去就问道：“殿下，您有吃的吗？！”

朱谨深：“……”

沐元瑜激动之下没顾及旁人，她这一嗓子喊出来，在她之前先离开还未走远的低品级官员纷纷转过身来，皆惊愕注目。

周围尚有一两个离得更近的青袍官员正向朱谨深躬身见礼，腰弯到一半，都忘了直起来。

这、这算什么场面？

滇宁王家的世子见到皇子礼都不行，一开口就问他讨吃的？还几乎扑到了皇子身上去。

官员们都参加过这样的大朝会，片刻过后，倒是都理解了她现在的状况，少年人正长身体，正旦大朝会又确实冗长，小世子没经验，不知揣些点心进来，饿肚子是难免。这种亏，在场不少官员初入官场时都曾吃过。

但虽然如此，这态度也太不见外了，可能毕竟是边疆来的世子，心性质朴，不那么通礼仪。这要扑的是三殿下还好，二殿下可一向不怎么搭理人，尤其听说两人间还有旧怨，就算明面上是尽释前嫌了，谁知道二殿下心里到底是怎么想的。还记恨着的可能性非常大，说不准就要借这个机会，治这小世子一个失仪，让他在这样的场合里丢一回脸。

众人瞩目里，朱谨深终于开了口：“笨得很，怎么不知道自己带点心来？”

沐元瑜不知他先前为何沉默了一会儿，等得已要忍不住催他了，听他终于出声，忙可怜巴巴地道：“我是来赴宴的，以为人来就好了，哪里知道还要自己带东西吃，礼官也没有跟我说。”

“礼官教你礼仪罢了，还管你饿不饿肚子。”朱谨深训了她一句，抬步转了向，道，“跟我过来。”

“殿下，您身上没有吗？”

林安在后面喷笑：“世子爷，您是饿糊涂了吗？我们殿下要是在袖子里面揣块糕，那成什么样子，您问也该问我。不过我现在也没有，我们打府里才过来，一会儿就赐宴了，用不着备这个。”

饥饿确实让沐元瑜的思维运转缓慢了不少，听林安这一说，她才反应过来，忙跟着朱谨深走。

一行人往值房的方向去了，留下身后一群惊讶的官员。

沐元瑜跟是跟上去，其实不知道为什么去值房。他们可是明白，那两长溜值房里有六科值房，职级低权力大的六科给事中们日常就在此轮值，节假日也不例外，所以会备上简易的小炉子及一些垫肚子的点心。

他没责备这小世子，还真带他找吃的去了？

都说二殿下脾性不好，这一看，没那么计较，也还是肯体恤人的嘛。

官员们窃窃私语着各自散了。

此时高阶官员在午门里等着赐宴，低阶的准备回家，一路所过的值房里都空着，只有吏科里一个刚从朝会下来的给事中正占据一盘点心大嚼，看样子吹半日冷风也是饿了。

见到朱谨深跟沐元瑜先后进来，他眼都瞪圆了，一下险些噎着，忙丢下啃到一半的红豆糕起来行礼。

朱谨深道：“不必多礼。沐世子饿了，给事中这里有什么吃的，劳你拿些来，回头我还过来。”

在此处当差有个好处，离内宫近，皇帝常会想着赐些点心果品过来，这大节下，更不会缺吃的。

那给事中忙道：“有，有！殿下哪里话，几块点心，说什么还不还。”

他进到里间，很快取了三四盘新的没动过的点心出来，一边来回跑一边道：“沐世子请用，都是皇上节下才赐的，新鲜香甜。”

沐元瑜饿得快发昏了，草草跟他道了谢，就上前吃起来。她没多想，先拿的是块酥饼，那酥饼烤得又香又脆，就是有一个不好处：掉渣。

这是人力没办法控制的，吃相再优雅的人一口咬下去也一样掉。沐元瑜啃了两口反应过来，略略转过身，背向朱谨深站着，一手护住酥饼的下缘才继续吃起来。

朱谨深垂下眼，目光在她不慎掉在地上的一点碎渣上掠过，闪过丝笑意——刚才那样鲁莽地冲上来，现在吃个饼还不好意思起来，难道背对他就不掉渣了？

看沐元瑜饿得那样，他也没说什么，给事中要把自己的正位让给他，他微微摇头，随便找了张椅子慢悠悠坐下。

林安服侍人惯了，自觉地上前替沐元瑜找了个茶盅倒茶，又劝她："哎哟，世子，您可慢些，别噎着，来，喝口茶。"

沐元瑜"嗯嗯"应了，接了茶盅一口气喝了半杯又继续吃。

宫里赐下的点心，都做得小而精致，一盘下去，她胃里那种火烧火燎的感觉才渐渐消失，重新服帖了起来。

袖里摸了帕子出来擦了擦嘴，朱谨深见她终于转过身来，问她："这就吃饱了？"他往桌上望了眼，"也没吃多少。"

"垫一垫就好了。"沐元瑜解释，"吃太多，等会儿赐宴就吃不下去了。"

朱谨深道："你还懂得要留肚皮，那这么早出来，怎么不知道在家多吃一点。"

沐元瑜的理智都回来了，笑道："谁让朝会时殿下没来，不然我跟殿下一处，殿下指点指点我，我知道有这个门道，出去现让人买也赶得及。"

朱谨深惊异扬眉："你这也赖得上我？"

"不是赖，殿下来了，我看见殿下就安心了嘛。不然我独个在这里，总是有点紧张，怕哪里做得不好，让人笑话了去。"

朱谨深道："哦，你还怕人笑话。"

沐元瑜知他意指何处，她自己回想起先前张口就问他讨吃的那个画面也有点窘，这时候后悔也晚了，索性破罐破摔道："我在别人面前自然是怕丢脸，殿下不是外人，我就是丢了，让殿下笑话两声也没什么。"

给事中悄悄瞄她：这世子胆可真大，你谁呀，就跟皇子不是外人起来，这么一句连一句地往上凑，有点分寸没有，就不怕皇子嫌你皮厚翻脸？

皇子没翻脸，站起来还笑了一声："好了，吃饱了就走吧，不要在这里打搅给事中当值了。"

给事中愣一下，忙道："没事，节下暂时没有公务，下官也就在此闲坐，预备着皇上万一有传唤而已。"

朱谨深向他点点头：“正旦还当着值，给事中辛苦了。”

得皇子这一句，尤其是传闻里很难打交道并且也确实不与人打交道的这位，给事中心里舒畅，笑道：“都是臣等分内之职，殿下过誉了。”

他虽不介意，朱谨深在朝臣的值房里坐着终究不好，说了两句话后，还是带着沐元瑜走了出去。

他两人走在前面，朱谨深带的内侍们隔了一点距离跟在后面。

朱谨深已确定年前是自己想多了，就沐元瑜这个没心没肺的傻模样，不可能跟他有什么芥蒂。

他问道：“腊八后学堂放了假，好一阵子没人管你，你忙什么呢？没往哪里淘气闯祸吧？”

没忙什么，就是成了个人……

沐元瑜心里干咳一声，她的初潮没什么可说的，丫头们早都服侍得她好好的，只是不知为何，她心底有一些掩不住的怅然。

大概做男人虽然自由，但不能诚实坦率地面对自己，永远要隐藏起少女娇柔的那一面，她心里也不是不遗憾的。

这种莫名的脆弱感触令她不想出去见任何人。

直到初潮走了又过了一阵，她才慢慢调整过来。

这种话不可能与朱谨深倾吐，她笑道：“我哪里有淘气，年底了，京里的亲朋们送节礼来，我要一一预备回礼，再有自己家的年货也要准备，虽然就我和三堂哥两个人，也不能太马虎了。”

朱谨深的目光却在她面上停了片刻，说道：“你是想家了？不高兴不用撑着，谁还说你不成。”

沐元瑜无语，他这眼也太锐利了，在他面前简直藏不住情绪，不过是回想起来的一点低落也让他看了出来。

她只好道：“是，今天正旦，我想我母妃了，她肯定也很想我。”

原是顺嘴扯出来遮盖敷衍他的，不想这句话一说出来，她当真有点泪目起来。

她在京里不容易，柳夫人生了儿子，滇宁王妃在云南一定更难。

朱谨深也无语了。

他侧过脸望着沐元瑜的红眼圈，有点后悔。

跟父母隔了这么远，大年下肯定是想家的，还用他问吗？

这可好，把人招哭了。

他跟林安要了帕子过来，难得地把声音放软：“别哭了，别人还以为我欺负你了。你怕生，跟着我就是了。”

沐元瑜也不想能把自己说红了眼，非常羞愧地摆手：“多谢殿下，我自己有。”

她就要取自己的手帕，不想朱谨深嫌弃地道：“你那帕子不是才擦过嘴？”

他还是把一方雪白的帕子塞给她了。

这洁癖，居然还记得这种细节。沐元瑜又被弄得想笑，就哭不出来了，拿帕子擦擦眼睛，想着以他的洁癖，被她用过的帕子他应该也不会要了，就自己塞进了袖子。

朱谨深愣了一下，只是借她用用，这顺手牵羊是什么意思？

算了，一条帕子也不值什么，要回来倒显得他多小气。

他伸了手给她，道：“过来，你没父母在京，我给你当个兄长也还当得起。人都怕我，你跟我一道，就算有什么疏忽失礼处，想来一般人也不至于敢说你了。”

沐元瑜犹豫了下，他这是在教她狐假虎威？

她有点感动地牵上去，她在值房里待了一阵，身上已经回暖，倒是朱谨深体弱，掌心仍是冰凉，她握到手里，不由得搓了两下。

朱谨深微微拧眉：“你做什么？”

“殿下，你手太凉啦，我给你暖暖。”

“……随你。”

御宴就在奉天殿里举行，只是此时吉时未到，皇帝没有升座，臣子们也不能抢先进去，都在丹墀上站立等候，互相说些闲话。

见到朱谨深携着沐元瑜缓步上阶，身后内侍簇拥，群臣皆是眼前一亮。

这一对皇子并王世子的名声都很微妙，彼此间还生过不那么斯文的矛盾，但不得不说，二人这般并立行来，只看外表的话，如一双玉璧，气质都是文人易生好感的那一种。而那清雅的风度与他们脚下的汉白玉石阶，以及玉阶上的辉煌宫殿匹配起来，又更生出一种不容轻亵的尊贵。

群臣回过神来，都忙站过一边行礼。

此时留下的都是高官显宦，内阁六位辅臣也在其中，朱谨深也不能托大，挨次还了礼，口称“先生们”。

这一任的内阁首辅姓沈，与沈皇后同姓，但并没有什么亲眷关系。沈首辅过了正旦，寿数已是六十有二，这个年纪有的官员已经垂垂老矣，各种老年病找上身来不得不致仕还乡，有的官员则老当益壮，又见识过许多大风大浪，正可为朝廷发挥余热，是定海针一般的人物。

沈首辅是后者。

作为百官统率，见过礼后，他第一个与朱谨深说话：“殿下这么早便来了，老臣观殿下，近来身体似健壮了一些。”

朱谨深微微笑了下，道：“阁老说得是，我自己也觉比往日有精神些。”

沐元瑜闻言扭头，分辨他说的是客套话还是真心话。

他要是真能养好一些，那比什么都强。

朱谨深暂没理她，继续与辅臣们说起话来。他往年便是来，也是打过一声招呼后就让内侍们围绕着到一边去了，极少与朝臣多话，此时竟让他们有些出乎意料。丹墀上的朝臣不由得渐渐聚拢了来，就是不与朱谨深说话，也默默留神看一看他，在心里评估着这位往常没机会了解的皇子。

沐元瑜老实地站在旁边充当背景板，不多时，就见到朱谨渊也来了。

沐元瑜眼尖地发现，朱谨渊进午门时的脚步还是从容舒缓的，往丹墀上一望，脚步一顿之后立即加快了起来。

他是看见兄长不走寻常路，忽然与朝臣打成一片意外着急了吧。

沐元瑜无聊地乱想着，只见朱谨渊快步走上玉阶后，站到朱谨深身侧，拱手行礼道：“二哥这么早便来了。”

朱谨深随意地点点头。

朱谨渊也不以为意，和煦如春风般地和朝臣们打起了招呼。

群臣挨次行礼，面上一团和气，心里各有一本账。

这两位皇子是同住在十王府的，来参加赐宴，却没有一道前来，朱谨深却是跟滇宁王世子混在了一处。

内里的微妙处，引人深思。

再说得一会儿，朱谨洵也来了。三位皇子齐聚，沐元瑜再挤在群臣的包围圈里就有点不合适了，她拉了下朱谨深的手，悄悄道："殿下，我去和国公爷说一会儿话。"

朱谨深垂眼看她："嗯，赐宴时辰快到了，别跑远了。"

沐元瑜点点头，松开他的手，自然地往后退。

此时丹墀上十分热闹，四品以上的高官加公侯勋贵有好几十人，再有内侍宫人们不停地往里运送桌椅膳食等物，布置宴席，还有乐工们也在重新编排入殿，以便圣驾来时奏乐迎驾。

勋贵与文官是泾渭分明的两个圈子，文国公等没有来凑这个热闹，隔了段距离自成一圈，在另一边闲话。到处散落的人潮里，沐元瑜努力运目寻到了他，正要往他走去，听得身后传来一声低语。

那一句话的音量实在很小，但于这场合里响起来，却如一道霹雳，震在沐元瑜耳中。

"你不要乱来。"

这是一句暹罗语。

此次正旦朝会并无藩国外邦来朝，这丹墀上怎么会忽然冒出来一句外语来？！

沐元瑜努力控制住自己不要转头——她寻不到的，此人既小心到连语种都换了，不可能会留把柄候她回头去抓，她只能大概分辨出这句语意十分紧张的话来自于官员圈中。

这就很麻烦了。

因为她身后看似是一个大包围圈，环绕着三位皇子，但事实上又按派别分了几个小圈，并且随着各自关注皇子的不同，就在沐元瑜走出来的时候，这些圈子还在变动，她完全无从分辨身后离她较近的是哪些官员，那句话是从谁口中说出来的。

唯一明确一点的是，她的身后同时还走过一队乐工。

那句话八成是对乐工说的。

原因很简单，因为假使是一个官员要警告另一个官员，那从先前的大朝会到现在，这个人有无数次机会可以进行，但乐工他无法接触，所以只能在此刻冒险出口。

并且很可能是，他现在才发现到了这个乐工的不同寻常，所以紧迫之下别无他法。

沐元瑜放慢了脚步，她身后仍然熙熙攘攘，谈笑之声不绝，看来没有人注意到那一句话。

天朝上国，除了鸿胪寺四夷馆等少数几个专与外邦打交道的机构，一般官员都不屑于去学外邦文化。

沐元瑜慢慢走到了文国公那边的圈子里，有一句没一句地加入他们的谈话中，心里在飞速运转筹算。

这种情形下，她第一个想到的是有人预谋行刺。

但这也太不可思议了。

从进第一道宫门起，层层守卫，森严无比，都是她亲眼所见，但这个叵测的人仍是混了进来。

没有真正滴水不漏的护卫。

那么，拼演技的时候到了。

沐元瑜控制着表情，吸着冷气，蹙起眉头，抬手捂住肚子。

文国公很快注意到了她，问道："贤侄，你怎么了？"

沐元瑜微微弯着腰，低下头含糊而不好意思地道："我先前饿了，吃了块糕，现在好像不太舒服……"

文国公忙道："要紧吗？若十分不舒服，贤侄不要硬撑，快出去找个大夫看看吧，我稍后替你向皇上告一声罪，想来皇上会体谅的。"

沐元瑜摇着头："不是很要紧，我……嗯，国公爷，我失陪一会儿。"

她就捂着肚子弯着腰甚是狼狈地转头走了，文国公料着她是去找更衣处所，原要跟上去指点她，但见她飞奔而去，挤到了那边去找朱谨深，想着大概是问他去借个内侍引路，内侍在宫中行走原也比他们这些外臣方便，就停了步。

沐元瑜挤到朱谨深旁边，很不见外地拉他着的手道："殿下，殿下，我肚子疼。"

朱谨深被她拉得往旁边走了两步，眉心微拧，打量着她："怎么回事？"

"先前在值房里吃的点心可能不太新鲜，"沐元瑜苦着脸跟他抱怨，"我、我想……"

这娇气包，吃点糕饼也能吃出问题来。

朱谨深看出她的意思，就要招呼林安，不想手心忽然被掐了一下。

他心头一凛，改了口："那你就回去吧，我替你向皇爷禀报一声。"

"我不回去，头回参加赐宴我就出了岔子，到时候众目睽睽，人人都知道我闹毛病出来，我多丢人啊。"沐元瑜恳求他，"殿下，我知道您身边的内官懂一点医术，你让他给我看看吧，若不要紧，我就坚持一下。嘶，好痛，我、我现在想……"

"就你多事。"朱谨深斥她，"点心都是才赐下来的，有什么不新鲜。我看你是在这里吹久了冷风。好了，别在这里啰唆了，跟我过来。"说完就领着她走。

大朝礼节烦琐时辰冗长，有些年老的臣子支撑不住，有过倒下的先例，沐元瑜太年少，头回来参加，出点小问题不算奇怪。她找朱谨深也正常，两人原就是携着手来的，众人都看在眼里。

现在见他们走了，众人也没觉得有什么不对，继续谈论起来。

朱谨渊还挺高兴，朱谨深叫人拖了后腿，这一走，被他夺走的臣子们的注意力就到他身上了，他卖力地抓紧这难得能与这么多重臣交谈的机会。

出了侧面的东华门，长长的宫城夹道里只有两三个内侍远远地在前面行走。

沐元瑜改回了脸色，匆匆把自己听到的那句话及当时的具体景况说给了朱谨深，末了道："殿下，我听到的只这么一句，不知道里面有什么事，或者是我想多了，但兹事体大，我觉得我应当都禀给你。"

朱谨深"嗯"了一声，面色冷肃，脚下不停，说道："你做得没错，现在我们去见皇爷。"

皇帝正在乾清宫里休憩。

大朝时臣子们在广场上吹冷风，他在殿里正襟危坐，保持威仪，一坐将近两个时辰，其实也不容易。

听说儿子拉着沐元瑜来求见，他挺诧异地挑了眉，道："二郎和沐家的小孩子？这两个怎的又凑到了一起，还焦不离孟孟不离焦起来了。让他们进来吧。"

皇帝要清静，此时殿里除了一两个贴身的近侍外没别的人，朱谨深进来，没多的废话，直接把事说了。

皇帝默然听了，全程没有打断。

这时离着赐宴的时辰已经很近，所以乐工们才都往里进场准备。

一旁的汪怀忠面色大变，忙道："皇爷，竟有这样大逆不道的事，皇爷万金之躯，万万不能涉险，还请皇爷下令，奴才这就去将那些乐工先拿下再说。"

"二郎，你说这事要如何处置？"

对这等疑似干碍圣驾的要紧禀报，时间又紧迫，皇帝却没有立时雷厉风行地拿主意，反而先问起朱谨深来了。

既然有这个疑窦，这队乐工要被拿下审问是肯定的，但怎么拿是个问题。

就近调拨锦衣卫闯入押走是最直接便捷的手段，但动静有点太大了，若打算这么办，皇帝也不至于要问朱谨深。

正旦大宴上动刀兵之事，总非祥兆，会令大臣们起疑惧之心，这么多人瞒不住，届时传扬到外面去，也不太好听，对民心也有影响。

朱谨深没怎么思考，片刻后道："皇后娘娘在后宫宴请诰命们，也需用乐舞，依儿臣之见，如今只说出了点问题，要将两边的乐工对调一下，将奉天殿里的乐工先哄出来，半途到文华门外时拿下，让侍卫们手脚利落些，尽量少惊动人就是了。"

皇帝嘴角微微翘起来，没对此置评，却转向一旁的汪怀忠道："二郎说的话，你都听见了？出去叫人照办吧，动静小些，别弄得人鬼哭狼嚎的，不吉利。"

汪怀忠忙弯腰应了，道："还是二殿下考虑周全，奴才是个粗人，想得少了。"

说着，他快步退了出去。

他是想得少了吗？当然不是。他是皇帝的奴才，大局怎么样，皇帝问到他他才要想，不问，那就什么也越不过皇帝的安危，他全部的态表在这件事上就够了。

沐元瑜心下感叹，人精太多，略傻一点的，只怕在这宫里都混不下去。

她正想着，皇帝转向她道：“元瑜，你立的这项功劳朕记在心里了，恐怕打草惊蛇，暂且不便明着赏你，就先寄放在这里吧。”

沐元瑜忙躬身道：“皇爷言重了，臣不过听到一句话，将这句话转禀给皇爷罢了，哪里谈得上什么功劳。”

皇帝摇头道：“难道必要等刺客到了朕眼前，扑上来替朕挡了刀挡了枪的才算立功？能将大事化小，小事化无，才更为善举。或是你想要个什么，直说出来也是一样的。”

沐元瑜心里立时嘀咕起来，能恕了她是个假世子就最好。不过这肯定不可能，她也不过下意识白想了一下，嘴上仍只是推辞不受，道：“皇爷准我与殿下们一道读书就是隆恩了，二殿下平时又很额外照顾臣，臣什么也不缺。皇爷能平安无事，统御万民，就是臣及天下百姓最好的福气了。”

皇帝听得禁不住笑了：“怪不得二郎看别人都桀骜，独能跟你处到一块儿去。这张嘴，可是比你父王能说多了，朕记得他可内敛得很。”

朱谨深淡淡道：“皇爷想差了，沐世子在儿臣面前可没有这样顺服，这样的好听话，儿臣也从没听见过。”

沐元瑜这就不服气了，道：“臣日日盼着殿下身体康健，殿下一点也不记得了。”

朱谨深道：“这算好听话？”

“这还不算？这都是臣的一片挚诚之心。殿下若不满意，要听别的，臣再说就是了。”

“我不要。好了，走了，皇爷还要处置公务，别在这里啰唆了。”

皇帝正稀奇地看他们斗嘴，说的其实都是无聊话，但正因无聊，朱谨深还能一句一句地堵回去才稀罕。

这种小辈间的斗嘴有效地冲淡了他心中对于正旦赐宴上有人要搞事的阴影，见朱谨深说完拉着沐元瑜要告退，他点点头：“去吧。”

两人出来。

因不想撞上锦衣卫拿人的场面，沐元瑜的脚步有意放慢了些。

朱谨深觉出来了，问道：“你又怎么了？难道真有哪里不舒服？”

被他看出来了，沐元瑜也就叹气道：“不是，我是想那些乐工里，无辜的人也要跟着受牵连了。”

“心软得不是地方。”朱谨深说道，“你以为开宴时真出了事，那些乐工能逃过一劫？你若没提前听到不对，那时无论皇爷有没有伤到，抑或是伤着了别人，牵连清查的范围只会更广，这样的大案落到锦衣卫手里，再不可能善了，这个新年里，必将血流成河了。”

沐元瑜心里好过了些，说道：“殿下说得是。”

朱谨深忽然想起来什么，问她：“你还懂暹罗话？”

沐元瑜习惯性谦虚：“好奇，在云南时学过一点。”

朱谨深看了她一眼：“说实话，这种虚头巴脑的应酬话，你留着跟别人去说。”

沐元瑜发现他不中二的时候，正经还挺有气势，一身朱红冕服，那一眼从五色旒珠下掠过来的时候，能如刀锋般刺得她心底一凉。

她不想承认自己瞬间有点怂，掩饰性抓了下脸，道：“真的。我在云南闲工夫多，有暹罗人跑过来做生意，我听着他们的话想学，就让父王找了个通译，其实没学多久，也就一般日常的话能听懂。”

“还有呢？”

沐元瑜不大想说，但朱谨深都追着问了，她不回答也不好，就慢腾腾地道：“我母妃是百夷人，百夷语，我会得多一些；我的丫头有苗人，苗语，我也懂一点。”

朱谨深的语气甚是惊讶：“你会这么多语言？倒是深藏不露。”

“都是殿下问我的嘛。”不然谁要说。

朱谨深道：“哦，其实没问你这个，我就是随便加了一句。”

沐元瑜：“……”

她雪白的脸在旒珠下板着，看在朱谨深眼里甚是有趣，他悠悠道：“又生气了。你这样的，也就我能忍得你了。”

有没有这么恶人先告状的！

“殿下，您这样的脾气，臣和您到底谁忍谁，还需要商榷一下吧。”

“我脾气再坏，也没有把谁压在当街扒裤子。”

沐元瑜哑然了，过了好一会儿不可思议地道：“殿下，您能把这事拿出来说啊？”

原谅她不计较是一回事，主动拿出来当谈资又是另一回事，这位殿下看上去不是个很要面子的人吗？

哦，她想起来了，他说过他不要，他亲爹皇帝才要。

这就可怕了。

一个聪明人居然还不要脸。

朱谨深淡定地补了一刀："为什么不能说？你能做得，我说不得？"

"能，当然能。"沐元瑜甘拜下风。

他两人在前面互呛，不知道后面跟的内侍们都快同手同脚了。

他们感觉今天好像跟了个假的殿下。

他们家殿下不要面子？

呵呵，骗谁呢。

换个人来试试，他家殿下能忍过两句就算输。

只有林安见识多了，没什么感觉，听见身后的脚步声不齐，还往后瞪了一眼——发什么呆呢？路都走不好！

内侍们的表情重新恭肃起来。

# 第十八章 花灯盛宴

朱谨深和沐元瑜回到奉天殿时，乐工已经换过了一拨。

虽不知为何事要对调乐工，但也没谁没眼色地去追问，平静地过去了，大臣们仍是言笑晏晏。

待到正宴开席，就没什么可多说的了，规格再高的宴席，最终也无非吃喝二字。朱谨治在最后跟随皇帝一起进入，吸引了大家的注意力。

他不太记得沐元瑜了，但又对她有点印象，路过她的座位时疑惑地轻轻“咦”了一声，他被自己模糊的记忆困扰住，站住了不走。

皇帝觉出不对，在几步外转身，脸色沉下来。

这个傻儿子真是令他头痛，不带来大臣们要东问西问，让他不得安宁，带来了，又无法每时每刻都控制住他。

沐元瑜笑着起身行礼，自我介绍后道：“大殿下，臣在二殿下那里同您见过一面，时候短，恐怕您不记得了。”

朱谨治恍然大悟：“哦，对，你是二弟的朋友，我想起来了！”

只见过一次，那不记得很寻常。

皇帝脸色缓和了，而后用余光先瞥了朱谨深一眼，他懂这个同样不省心的儿子为什么难得有个处得来的人了。

有眼色会圆场的人，总是不招人讨厌。

宴席如往常般开了场，又如往常般结束。

一切看似和乐平静，是一个新年的好开端。

年节里事多宴多，正旦赐宴过去不多久，元宵的赐宴又来了。

这一回赶得不巧，沐元瑜正在月事期里。

她原不想去，但来传话的内官说了，皇帝口谕她一个人在家中过节冷清，指明叫她务必去热闹热闹。

这就不好推了，沐元瑜懂皇帝的心思，大概是觉得她才揪出了乐工那件事，将一场风险消弭于无形之中，所以元宵的赐宴也把她喊上，有点以示恩宠的意思。

皇帝特意给面子，做臣子的不能不遵命，扫皇帝的兴可不是为臣之道。

所以，她就只得强上一把了。

好在到十五这天已是月事的第三日，没那么要紧了，她在丫头们的帮助下武装周全，出门往皇城而去。

这一日街上之繁华喧闹，尤甚正旦那日，歇业的店铺有大半已重新开张迎客，门前一路散落着红红的鞭炮纸，花灯摊子摆得到处都是，还有直接挑着货担叫卖的，整条街都洋溢着年节的喜庆。

沐元瑜出门的时辰是下午，因为元宵举行的是晚宴，皇帝将御午门观灯，大宴群臣，据她临时打听到的，灯谜赛诗什么的活动都少不了，是文臣们一个很好的展现才华的机会。

这对沐元瑜来说也是件好事，想来也不会有人对她这个云南土霸王的文采有什么期待，她安静地坐着看看花灯就行了。

元宵宴与民同乐的性质强一些，不要求着冕服来，沐元瑜在宫门前下了车，验了牙牌，拥着猩猩红大氅往里走。

午门内壮观的数百人大宴席已经排布整齐，周围的花灯棚子也扎好了，沐元瑜曾听说往年还会堆鳌山，那是由众多彩灯堆叠成的一整座山灯，远观如鳌。有言官参奏此举太过靡费，今上从谏如流，自太后仙逝后，就不再令制鳌山了，此举很得群臣赞誉。

她的席次在殿里，倒是不用总在外面吹冷风，她在内侍的指引下进了殿，殿里亦是彩灯高悬，流光溢彩，灯火辉煌。

沐元瑜身上多少有点不舒服，懒得与人交际应酬，只在席位旁边站定，等候皇帝御驾。旁人来与她说话，她才搭个腔。

同时她也留神听了听，有资格同列席在殿里的大佬们并没有提到正旦那日有什么不寻常的，看来这事是还没有出个结果，所以便是有人消息灵通知道了，也压着不说。

时间一点点过去，外面的天色渐渐晦暗下来，诸皇子也陆续到了。

这回是朱谨渊先来一步，他到不多时，朱谨深缓步也进了殿。

沐元瑜等久了无事，正发着呆，朱谨深走到她身边出了声："直着眼睛想什么呢？"

她才一下惊醒过来，忙行礼："殿下来了。"

朱谨深打量着她："怎么了？一副无精打采的样子。"

沐元瑜寻了个理由："没什么，昨晚闹得有些晚了，现在有点犯困。"她又道，"殿下好兴致，我还以为今日看不到殿下。"

元宵灯宴比正旦宴轻松，但耗时更长，还有户外活动，她以为以朱谨深冷淡的样子，多半不会来凑这个热闹。

朱谨深伸手解开他披着的那件玄金大氅，随意地点了点头："本不想来。不过想一想，我在这里坐一刻，有人便要睡不着觉，又有些趣味，所以不如来了。"

沐元瑜："……"

感谢沈皇后，她把朱谨深的宅属性都刺激没了。

朱谨深却又望了她一眼，道："你没人管着，在家到底怎么闹的，不过一阵不见，人都瘦了似的。"

他说着，伸手掐了沐元瑜的脸颊一把，肯定道："真的瘦了。"

冰凉的手指把沐元瑜掐得一愣，好在他使劲不大，她也没觉得痛，自己摸了把脸，有点发愁地道："我堂哥也这么说。不是闹的，大概是我开始长个子了，打进了新年起，我夜里睡觉腿脚就总抽筋。"

让她选，她宁愿胖点，好模糊一点性别，但进入生长期这事没法控制，她本身也不是易胖体质，别人过个年胖一圈，她过个年，下巴都变尖了。

愁人。

朱谨深经过这一遭，抽筋的话他懂，就点头道："怪不得，叫你的丫头每日给你上碗牛乳，那味道有点怪，但有用的，太医当年给我说的方子。另外……”他压低了声音，补了一句，“离丫头们远点。”

声音中有浅淡暧昧的调笑之意。

沐元瑜侧头瞥他，少年，你知道你这张脸跟这种腔调很不搭吗？

但杀伤力很大。

就是不搭，反差才大，以至于在许泰嘉那里平平无奇的一句话，从他嘴里说出来竟无端有种风流意味。

成个人真是不得了了。

不过也正常，许泰嘉处于一个对男女情愫十分好奇冲动的时刻，朱谨深又何尝不是？他困于体弱来得迟缓压抑，但终究是个正常男人，开个这种程度的玩笑其实很轻微了。

沐元瑜就反唇相讥：“多谢殿下提醒。不过，臣觉得，殿下也该离许兄远些，别叫他带歪了。”

朱谨深却坦然得多，说道：“人之大欲，也没有什么。不过你年纪小，才该谨慎。”

沐元瑜发现，她不是真男人，在面对某些特定话题的时候还是有劣势，比如她现在就不能像许泰嘉一样，热火朝天地跟朱谨深聊，只能认输点头，好把话题带过去。

说了一会儿话，开宴的时辰到了。

皇帝升座，照例先是一串烦琐的礼仪，而后才开席。

沐元瑜面前摆着酒、四色菜、粉汤圆子，果子、茶食、小馒头等吃食。

说实话，这些比她家里的菜色差远了，鸣琴她们现在吃的说不准都比她好。但没法子，这就是钦定份例，她这还是第一等的了，殿外头广场上的百官比她这桌还差些。

更糟的是，因为开席前的礼仪太多，又是用乐又是祝祷，搞到臣子们真正能开吃的时候，菜已是半温了，手脚再慢点，只好吃冷食了。

沐元瑜不是娇惯性子，若在平时，冷就冷吃了，卡在身上不方便的关口里，她不太敢。

她挑拣着用了些，别人兴致倒是都不错，酒过三巡，殿内一派其乐融融景象。

皇帝笑对几个皇子道："好了，你们也不要在这里拘着了，难得这样的好日子，出去赏灯去吧，乐意猜灯谜的，也去猜一猜，猜中最多的回来朕这里有赏。只不许叫翰林们帮着作弊，朕知道了，可是要罚。"

他又特意向朱谨深道："二郎若不能吹风，就别勉强去了。"

朱谨深起身拱手道："只是一会儿工夫，无事。"

殿里重臣们面面相觑：这话略狂啊。

潜台词隐晦了些，但能在殿里的哪个不是八面玲珑，谁听不出来。

都看着他离座出来，路过滇宁王世子席时，滇宁王世子原好好坐着，他一伸手，把人拉起来，拎着一道出去了。

众人不禁失笑，年轻皇子，到底有锋芒些，却又爱闹。

众目睽睽下沐元瑜不好挣扎，出了殿门，无语地向他道："殿下，我不想猜谜，就想坐着歇一歇。"

朱谨深道："你坐那里，都快睡着了，仔细失仪。不如出来散一散，吹吹风就清醒了。"

他还挺有理。

沐元瑜没法跟他分辩，只好懒洋洋地跟在旁边。

两个人下了玉阶，选了座左近的花灯棚子走进去，这一棚专为猜谜而制，每一盏里都有一个谜面，已经有不少品级低一些的官员在里面晃悠，猜中了去向四个棚角上的内侍说出答案，若对了，就可以把那盏花灯拿走。

朱谨治今晚没来，跟着出来的朱谨渊拉着朱谨洵快走了两步，赶上来笑道："二哥今日兴致好，难得见二哥对灯谜这等小物有兴趣。"

朱谨深道："嗯，你们好好猜。"

朱谨渊语塞住了，他说不出这话哪里不对，但是听到耳里，莫名有点心堵。

他好像十分被小瞧了，不，根本就没有被瞧在眼里。

他勉强笑了笑："二哥也是。"就转头走了。

朱谨洵站在原地望了望，犹豫片刻，却没有走，而是跟起朱谨深来。

朱谨深也不管他，负手仰脸看起花灯来。

各色花灯流溢的光彩照在他苍白而又轮廓英挺的面庞上，令别的官员都不时注目过来。

这位殿下，近看风仪简直有点玉树临风，比那日冠礼之上还要让人转不开眼。

沐元瑜原也在看花灯，但一直投注过来的目光太多了，她略微一留意，不由得拉了朱谨深的衣袖悄悄笑道："殿下，你看花灯，别人把你当花灯看了。"

朱谨深"嗯"了一声，道："别吵，我在猜谜，要是输了，回去找你算账。"

沐元瑜："……哦。"

她有点想笑，他面上显得云淡风轻，心里其实很在意输赢啊。

朱谨深顺着面前的一排花灯走，由头走到尾，一声也没出。

沐元瑜心下有点忐忑起来，别是他一个都没猜出来吧？这些灯谜比她在外面买回家里摆着的那些要深奥一些，俗话俚语少，多是从经史子集里延伸而来的。

朱谨深这个身子骨，动不动就病倒，她到京这么久，没和他上过一天课，可见他缺课缺成什么样了。他天性再聪明，若是根本没听闻过出处，那也是不知从何猜起的。

朱谨洵一个孩童跟在他们后面，已经指了两盏灯叫内侍把贴的绢条取下来收着了。

一排花灯走到头，朱谨深转了脸，看起相邻的另一排花灯来。

此时这个棚子里的官员们已经知道了皇子们在赌赛，都识相地停下猜谜，转而关注起皇子们来。

他们不时交头接耳两句。

"三殿下又猜中一盏。"

"四殿下也中了。"

"三殿下还是要多两盏。"

"正常的，四殿下毕竟晚入了几年学……"

"二殿下怎么了，还不出手，只是来回看……"

又一排花灯走完，沐元瑜真的发起虚来。

这要输给弟弟们，朱谨深面子往哪儿摆啊，他在殿里大话都放过了。

她忍不住又去拉扯他的衣袖，在他转头时跟他使眼色：殿下，你猜不出别强撑呀，我告诉你嘛。

两人此时站在一盏八角绢制彩绘鱼虫宫灯前，宫灯制作十分精美，上面还镶着翠玉，翠玉旁贴着谜面：不失人，亦不失言。

想到朱谨深这样的人要落面子，她总觉得不落忍，仗着彼此袖子宽大，抓了他的手在他手心写字：以成其信。

这是《礼记》里的一句。

她才写到第二个字，朱谨深忍受不住手心发痒的感觉，拍开了她的手，睨了她一眼："捣什么乱。"

土霸王，还想作弊？

他要靠她过关，何必出来丢这个人，老实待在殿里不就得了。

这点道理都想不通，真是傻。

但以前，也从来没人这么犯傻来帮他。

流转不定的宫灯光华照在一直跟在他的那张清俊面孔上，朱谨深发现沐元瑜不知是在殿里喝了几杯温酒，还是出来吹了冷风，抑或两者兼有，两腮泛着微微的嫣红，下巴瘦出了纤巧的弧度。这一张脸孔比起少年来，倒更似少女的秀美。

前阵子朱谨深还觉得沐元瑜这么大了还一副孩童样，脸颊鼓鼓的，他心生怜悯都不好嘲笑了，不想她瘦了一点下来，更惨了。

比起像女人，还不如像个孩童。

沐元瑜不知他在琢磨什么，见他不要帮助还罢了，干脆走都不走了，着急地低声道："殿下？"

这是晃神的时候吗？

朱谨深回了神："哦。"

仍不见急色，缓步重新往前走，保持着一声不出的高雅姿态。

沐元瑜也是服气了，猜不出他想做什么，索性当他是中二病又犯，放松下心情不管了。

猜不到就猜不到吧，大不了一起丢人！

路过到中间那排花灯时，他们和朱谨渊碰上了。

朱谨渊旁边跟了个内侍，手里已经捏了一摞绢布，粗粗一看，足有十数条之多。

沐元瑜面无表情地迎视他，就算里子暂时输了，面子不能倒。

朱谨渊也望着她。

不对啊，他老看她干什么？

要显摆，他也该跟他中二哥显摆去，冲她一个跟班来什么劲。

沐元瑜正觉得有点别扭，不防让朱谨深拍了一把：“乱看什么，你也猜两个，总是出来一趟，空手回去好看吗？”

沐元瑜忍不住道：“殿下不是也空着手？”他还好意思说她。

“你猜你的，不要管我。”朱谨深训完补了一句，“少东张西望。”

他说末一句的时候，眼神没在沐元瑜身上，而是跟朱谨渊对上了。

他这个庶弟的眼神不对头，盯着沐元瑜居然能盯呆了。

朱谨深目光寒如凛冰，直直地对戳过去。

蠢货！盯着一个少年发什么痴？

朱谨渊一下被冻醒了，没敢呛声，有点狼狈地别过脸去。

他也不知自己是怎么了。

他只觉得沐元瑜今日跟平常不太一样，举手投足都好像慢了一拍似的，带着倦意，两腮微红，好像刚到京不久生病他去看他那一回的模样。

但又比那回更多了点说不出的意味。

那种懒散，令他不觉就多看了一刻。

沐元瑜已经走过了他身旁，往前行去。

他禁不住又回头看了一眼。他对朱谨深这个兄长一向有很多意见，但同时也有挥之不去的优越感。再嫡再长又怎么样，天生一个病秧子，许多事就休提了！

他受不了朱谨深的气，但因为他的这个致命弱处，从不觉得自己需要嫉妒他，这是头一回，他心里生出如被蚁噬的微痛来：为什么总跟着那个病秧子，他有什么好！

他又有什么不好。

朱谨渊在原地站了片刻，才平复了心神，继续专注猜起灯谜来，心头那股必要争第一的气势不知不觉间更盛了。

时间一点点流逝，寒星圆月下，人潮中，花灯如海如昼。

沐元瑜称职地做了一个小跟班，跟着朱谨深把整座花灯棚子几百盏花灯从头至尾观看了一遍。

而后，朱谨深就袖手站在灯棚的一个角落上了。

朱谨渊和朱谨洵两兄弟还在里面绕。

到这时候沐元瑜要是还猜不出他葫芦里卖的什么药就有点傻了，她眼角眉梢都是忍不住的笑意：“殿下，你这样对兄弟，有点不太温柔呀。”

朱谨深道：“哪里？我是有谦让着他们。”

沐元瑜摇摇头——这也叫让，这个让法，只怕能把两个可怜皇弟让得喷出一口血来。

她站的时候有点久，腿脚有点发酸，就往搭灯棚的木柱上靠了靠，环胸等人出来。

他两个摆出这个无所事事的架势来，朱谨渊和朱谨洵从花灯的缝隙里看见，也不太走得下去了，先后绕了出来。朱谨洵仰头道：“二皇兄，你怎么都不猜？”

朱谨深不答，只问他：“你们还猜吗？”

朱谨洵转头望了望身后内侍手里抓着的一把绢条，犹豫了下，摇摇头：“不猜了，能猜的我都差不多猜了，再耗下去，父皇要等急了。”

朱谨渊跟这个兄长同住十王府，平常又时不时顶着他的冷脸去找他，多少更了解他一点，此时心里觉得不妙，但叫他再猜，他也很勉强了，猜不出来干站着白给官员们指点也不好看，不太甘心地只能道：“我也猜好了。”

他也转头看看内侍手里的绢条，自觉数量十分可观，胜过朱谨洵是绰绰有余，比朱谨深也不见得就输了，心里方安稳了一点。

朱谨深点了头，修长玉白的手指从宽大的朱红衣袖里伸出来，指向灯棚，声音微哑地开了口：“把剩下的，都取下来给我。”

…………

周围的人全愣住了。

从朱谨渊，到朱谨洵，再到临近的官员，包括守在这个角上的内侍。

只有沐元瑜没傻，但她虽然已经提前猜到，这一幕真发生在眼前的时候，仍旧控制不住心底激动的情绪——这帅，这酷，这文气纵横，这风流写意，出去勾搭小姑娘简直一勾一个准！

别说小姑娘了，对中年大叔都一样有效。

看看陆续回过神来的那些官员的眼神就知道了。

朱谨深要不是个皇子，得一帮上去相逢恨晚要结交的。

那内侍还傻着，沐元瑜笑嘻嘻地举手拍了他肩膀一把，道：“小公公，莫发傻啦，殿下吩咐你干活呢。”

“呃？哦！”那内侍方反应过来，还有点不敢置信，“这……全取下来？殿下不要再看一看？还有起码好几十个呢。”

朱谨深简洁地回应了他：“看过了。”

“哦、哦，是。”

内侍恍惚着走进了灯棚。

朱谨洵还好点，他跟朱谨深差了几岁，不是一个比较层次上的，怎么输都正常。朱谨渊的脸色都发青了，说道：“二哥，还剩下这么多，你就这么走了一遍，都不细看，全叫人拿下来，万一等下有猜不出来的，岂不是不好。”

“哪里不好？”朱谨深轻飘飘地回了他一句，“你不是赢了？”

朱谨渊被噎了一下，想回嘴，偏心中又急又怒，想不出合适的字句来，呆立片刻，一赌气扭头走了。

哼，就不信他都能猜出来，口气吹得太大，一会儿有他丢人的时候！

朱谨洵倒是又站了一会儿，但朱谨深并不理他，他也觉得没意思，自己默默抬脚走了。

剩下朱谨深和沐元瑜，他们没有等多久，因为除了得了吩咐的内侍之外，其他官员好奇轰动起来，一起伸手帮忙取绢条，不一会儿工夫便把剩下的全汇总交到了内侍手里。

沐元瑜兴致勃勃地接过来，道：“给我，一会儿我给殿下念。”

她捧着一大把绢条，一跳一跳地跟在朱谨深旁边走。

朱谨深道：“高兴什么，这会儿又有精神了？”

沐元瑜忍不住笑道：“我高兴我眼光好，早早就选了依靠殿下。”

“你这也往自己脸上贴得着金。”朱谨深拾步上阶，唇边流淌出笑意。

“随殿下怎么说，我就是高兴。”

两人一路进了殿，身后不远不近地还缀了好一批官员，围拥在殿门口观看。

二殿下这一手，可太挥洒自若了，谁不要来看个后续。

皇帝已经从小儿子朱谨洵的口中知道了这件事，在御座上道：“既这样，三郎和四郎的少些，就从他们先开始如何？”

论排行该是朱谨深先来，不过重头戏要压后也是惯例，群臣都默认了这个顺序。

当下内侍报谜面，朱谨渊和朱谨洵当殿答谜底。

不多久结果出来，朱谨渊共猜准了二十三道，朱谨洵十五道。

皇帝和颜悦色地挨个勉励过，深深地望了朱谨深一眼，道：“二郎上前来。”

沐元瑜借这个空当把自己手里的绢条点过了数，自觉地跟着上前一步，禀报道：“皇爷，臣这里共有谜题五十二道，这就开始了？”

皇帝笑道：“你给二郎报题？好，开始吧。”

沐元瑜就扬声道：“其一，《论佛骨表》。打孟子一句。”

朱谨深答道：“是愈疏也。”

再报一题。

朱谨深再答。

一清亮一微哑的声音在殿中交错响起，如行云流水，配合得恰到好处，中间几乎没有停顿处。臣子们原还有窃窃私语的，随着一道道题答下去，渐渐都不响了，殿里安静得只有那两道声音在响。

朱谨渊的脸色越来越青——这种吊打，完全没有还手之力，朱谨深甚至连题都没有选，他只是把他们选剩的都拿了过来。

就算知道要输，输成这个萤火与皓月的架势也太让人承受不来。

五十二道题统统答完。

位于百官之首的沈首辅捋须给出权威定论：“殿下才气过人，毓秀聪敏，无一错处。”

殿里殿外一片赞誉之声，明月当空，气氛大好。

皇帝养儿子到如今，心都烦碎了，头一回被长了这么大的脸，眼看群臣交口夸赞，那份龙颜大悦是不必提了，一时都不说话，靠在龙椅上，满面含笑地听臣子们不重样的赞语。

臣子们见他爱听，说得更起劲了。

热闹了好一会儿，皇帝才过足了瘾，把之前定好的彩头赏赐给了朱谨深。

是一柄白玉如意。

朱谨渊和朱瑾洵也没落空，皇帝也口头许诺各赏一方端砚，但两个人谢恩时笑容都有些勉强。

谁还缺一方砚台不成？就是如意，也不是什么稀世珍宝，难得的是露的这份脸面。

这个气氛下，再多的失落也只得压着。而有了这段助兴的插曲，元宵宴的气氛更和乐了，接下来皇帝又善解人意地出了一道作诗题，给翰林们露脸风光的机会。

君臣的谈笑声直持续到戌末，皇帝还领重臣们登了一回午门，看了看外面百姓们的喜庆灯海，方宾主尽欢地散了场。

“一群废物！怎么能让他出这么大的风头！”

坤宁宫里，沈皇后刚送走各家的诰命们就听说了这件事，气得不轻。

殿内的宫人们都低头噤声，不敢应答。

孙姑姑心下苦笑，说实话，她觉得沈皇后这句叱骂有些没道理。

这能怪谁呢？

朱谨深一个成年皇子，元宵是团圆宴，除非他本人病倒，否则是没有理由阻止他参与的，既参与了，底下就没有办法控制。

他出的这回彩，凭的是他本人实打实的才气，与任何外力无关，想给他下绊子要怎么下？属于他脑子里的东西夺不走，除非一棍子把他敲晕敲傻。

他都不依赖帝宠，再出尽百宝挑拨得皇帝厌恶他，也阻碍不了百官对这样一个皇子的瞩目乃至归心。

令沈皇后沉不住气的也正是这一点。

她作为母后，有权过问皇子们的课业怎么样。她知道朱谨深的书一向念得不错，但她本人小户出身，在书经上见识有限，探不到别人的底。她以为朱谨深念得不错，但她的洵儿一样也念得很好，从入学堂就总得先生夸赞。

她不知道读书人能有这么多玩法。

沈皇后不是会被情绪长久左右不讲道理的人，起初的惊怒过后，她慢慢冷静了下来，疲倦地叹了口气：“罢了，总是我大意了。”

她以为没那么着急，朱谨深不是长寿之相，又不得帝心，这两项短处都太明显，所以她慢慢地织着网，很有耐心地等待着收获的那天。

本来一切都在顺利地进行着，但不知从什么时候起，意外接二连三地发生，她按捺不住，出了一回手。

这么一来，结果是把自己搞得处于劣势。

已经错了一回了，这回她再不甘，也不能草率行事了。她必须要好好想清楚，谋定，而后动。

见沈皇后的怒气止息了下去，宫人们才敢重新动作起来。此时时辰已经很晚了，出去打水的打水，服侍沈皇后卸妆的卸妆，整座宫殿重新运转起来。

翌日清早。

朱谨深在床上睁开眼来，面色铁青。

林安听到动静过来要服侍他穿衣，一见他这个模样，吓了一跳：“殿下，怎么了？”

昨晚灯宴不是心情还很好，怎么睡一觉起来就变了脸？

总不会是有人在梦里揪了他的逆鳞吧？

朱谨深一语不发，自己在被子里窸窸窣窣，过了片刻，丢出一条绸裤来。

林安接到手里，一摸裆处，明白过来，但同时他也更不明白了，又要高兴又不敢高兴地纠结着问道：“殿下这不是好事吗？”

上回还是上个月的事了，中间这么久再没有，他心下还有点不安，因为据他打听，别人家的少年这时候都是生龙活虎的，他家殿下身子弱，成人来得迟不说，一回以后还没动静了。这下又好了，他可开心。

他再看朱谨深却不是这么回事。

那副表情出离震惊甚至还夹杂了点惊恐？

他揉了揉眼，很怀疑是天色太早，屋里光线不好，他看错了。他家殿下生死都看淡了，还有什么能吓着他的？

…………

他没看错。

朱谨深此刻确实是这个情绪。

他第一回梦遗，许泰嘉有来调侃地问过他，但他其实不记得有梦到什么，混沌着就过了。

而这一回他醒来，梦里那嫣红的颊边，弯弯的笑眼，点在他手心发痒的触感，鲜明得让他的心突突乱跳，跳得他想立刻去隔壁府邸把朱谨渊揍一顿。

都是老三那个歪心邪意的，乱盯沐世子瞎发痴，把他也拐带歪了。

不然，他才不是这样的人。

忘掉，一定要尽快忘掉！

# 第十九章 心猿意马

沈皇后不知道，她这个元宵过得闹心，她的眼中钉也不见得快意。

朱谨深记事以来甚少有同龄玩伴，许泰嘉勉强算一个，但去年冠礼以前，也从未和他讨论过深入性的男人话题。许泰嘉这点眼色还是有的，他早两年就成了人，朱谨深一直没动静，跑皇子面前说这个，是显摆还是戳心呢？

这让朱谨深对其中的某些细节问题所知很模糊。

比如说，他就拿捏不准他梦里出现了不该出现的人，这个问题是应该一笑置之呢，还是已经严重到必须处理的程度？

对，他是很想忘记的没错。

但元宵过后，学堂很快重新开了课。他一走进去，望见沐元瑜那张殷切盼望一见到他就闪耀着欢喜的笑脸时，他的感觉不是以往般的舒坦，而是心虚。

他生平头一次知道什么叫心虚，居然有掉头就走的冲动。

他知道世上有男风这回事，因为过去的一点经历，他知道得还很早。

等到长大出宫，他还陆续听说了教坊司的隔壁就有男风馆，这一方面是因为少数人本就好这一口，另一方面则是朝廷律法禁止官员宿娼，于是官员们另辟蹊径，将本来小众的这个门道催生成了产业。好些官员和世家大族好奇要尝鲜的子弟都会去光顾。

朱谨深会知道得这么清楚，只是他不喜欢糊涂，凡事既然知道了，就想弄个明白。

他本人对这种事可绝无半点兴致。

沐元瑜爽朗明快，跟他曾听闻过的那种涂脂抹粉的小倌们没有任何相像，也绝不该把他们联系到一起——除了她长得娘了点之外。

可她那个堂兄还更娘呢。

朱谨深记性好，见过一次的人再不会忘掉。沐元瑜只是过于秀气，她那个堂兄眉目间简直是有点艳的。

“殿下，你脸色怎么这么差呢？”

沐元瑜疑惑的目光跟着他，一直跟着他到前面的座位坐下也没有收回来。

她觉得朱谨深不太对劲，脸上带着种说不出来的古怪不说，脚步都慢腾腾的，好像随时打算退回去，眼睛也不看人。

早来的两个皇弟站起来跟他打招呼，他都只是敷衍地点点头，眼神不知道在放空什么。

这个模样，他不会还厌学吧？怎么踏进学堂就一副不高兴的样子？

讲官还没到，沐元瑜重新坐下来，她的位置在朱谨深的正后方，伸手指戳他：“殿下，殿下？”

朱谨深没回头，闷声道：“做什么？”

他身体往前倾着，不叫她再戳到。

身后一时没了动静。

片刻后，一张笑脸凑到了他面前：“殿下，你是不是元宵晚上在外面待久了，身体不舒服了？”

朱谨深的瞳孔瞬间微有放大——沐元瑜还从座位绕出来跑到他面前来了！

这一下完全无法回避，朱谨深一看到沐元瑜那双弯弯的笑眼，梦里的记忆立即复苏回放，尴尬得他身上一麻，感觉自己浑身的寒毛都竖了起来。

这日子没法过了。

他压制不住地转头瞪了朱谨渊一眼。

朱谨渊正不太开心，嫡兄回归，他在学堂为首的短暂时光结束，令讲官进来的权利也不属于他了，结果还莫名其妙吃了嫡兄一个白眼，他可冤枉："啊？"

他想偷偷瞪朱谨深一眼还没来得及呢，结果先被瞪了？

什么世道！

这点便宜都占不着，好生气啊。

朱谨深瞪完他，垂下了眼，说道："没什么事，回你位子上去，讲读的时辰要到了。"

沐元瑜"哦"了一声，她看出朱谨深怪怪的，但他不说，也没有她逼问的份，只好依令回到座位上。

但她心里很不习惯，朱谨深没对她这样过，她有点小失落。

朱谨渊见这样，倒是若有所思起来，眼神也不禁亮了点——难道两个人闹矛盾了？

朱谨深没理他，传了令旨："请先生进。"

讲官们依次进入。

讲读开始之后沐元瑜发现，朱谨深上课是有优待的，朱谨渊和朱谨洵要读十遍的文章，他读三遍就行。

朱谨深一副不大乐意说话的样子，沐元瑜不好和他聊，趁着课间时悄悄问了许泰嘉。

许泰嘉倒是给了她解答："殿下体弱，从来学堂一直是这样的，只要能按时完成功课，先生们对他都很宽容。"

沐元瑜道："殿下还有完不成的功课啊？我看他这些书早都念完了，再在这里坐着都有点浪费时间，怎么不专门另开了课呢？"

她以前没想过这个问题，是以为朱谨深体弱，常缺课，他习学的进度相应会慢，因此还跟弟弟们坐在一个屋里。但经过元宵宴那一遭，可见书经之类他早就烂熟于心了，还有什么必要在这里读这些早就知道的东西。

他要另开课是极便宜的事，皇家还能缺先生不成，只怕翰林院里一堆争着抢着要来的。

许泰嘉也有点纳闷，说道："不知皇爷是怎么想的，总之就一直这样了，好像先生有跟皇爷反映过，不过之后还是这么着了。"

“泰嘉，过来一下。”朱谨深站起来，说了一句。

“哦，殿下找我有事？”许泰嘉忙应了一声，顾不得理会沐元瑜了，站起身跟朱谨深到往门外走去。

朱谨深现在看见沐元瑜就觉得不自在，不想看她，但不知怎的，余光又忍不住瞟了一眼。

她回到了自己的座位上，低着头，好像有点闷闷的样子。

她倒是懂事，没有要跟过来。

朱谨深心里又不忍起来，这事并没有沐元瑜一点错处，他躲着她，只怕她还以为自己在给她脸色看。

他绝没有这个意思，他心里那点纠结，还得尽快理顺了才好。

他就拉了许泰嘉到外面，跟他这个“过来人”取了取经。

“殿下问我一般梦到谁？”许泰嘉抓了抓脑袋，道，“那可说不准，是女人都有可能吧。”

朱谨深经没取着，先吃了一惊：“都有可能？这是什么意思，你不是喜欢韦家那二姑娘？”

提到韦瑶，许泰嘉先是有点害羞地笑了两声，跟着又嘿嘿道：“我是喜欢她没错，不过梦里的事嘛，谁说得准，又不是理智控制得了的。再说，人家一个清清白白的姑娘家，我这样想她，也不恭敬呀。”

朱谨深很受不了地皱起了眉，打量一眼许泰嘉，觉得这个伴读思想略肮脏。谁都可以！难道他今天梦桃红，明天就梦柳绿不成？

怎么梦得下去的？

对比之下，他忽然有种微妙的，他梦见沐元瑜也不太是个事的感觉：好歹他没有这么脏吧。

……但他梦里干的事，也没有那么干净就是了。

头疼。

朱谨深心头的疑虑从一个诡异的角度得到了一点释放，他感觉从“谁都可以”的伴读那里也得不到更多的有效信息了，遂微带嫌弃地望了他一眼，转头进殿了。

许泰嘉心里其实十分好奇，不知朱谨深是梦到了谁这么不对劲。他正犹豫着要不要问，不料朱谨深已经单方面中断了聊天，还鄙视了他一把。

“……”

怎么了嘛，男人不都是这样！

梦里的事还要挑剔别人，这洁癖还能不能好了？

哼，二殿下再厉害，不信他连自己的梦也能管得住。

他一路腹诽着跟了进去，只见殿里朱谨渊转过半个身子，不知正跟沐元瑜在说些什么。

他忽然感觉前方有杀气。

没梦错人以前，朱谨深真心不会管沐元瑜和谁说话这种事，他没这么闲也没这么小心眼。但有了那个梦以后，他自己不对劲，看别人也很难对劲起来。

他总觉得朱谨渊是不是在动什么龌龊心眼。

他走过去，坐下，随口吩咐人：“请先生进。”

一个舍人应声而去，朱谨渊有点惊讶地停住了话头，抬头道：“下节讲读的时辰到了？”

朱谨深面不改色地道：“到了。”

不管到没到，讲官听到传唤，已经从偏殿出来了，总不能把人拦回去再歇一会儿。朱谨渊只好不太情愿地转回了身。

才复课，讲官安排的课程还是比较轻松，上午讲读完，下午练练字，这一天的课业就结束了。

众人收拾了东西陆续出了殿，沐元瑜见朱谨深还是不大说话，但除此之外，并没有别的什么不对头，主动跟他说话，他也理人，她就心宽放下了。

她不爱盯着人追根究底，谁没个心情不好的时候呢，有人爱分享，有人习惯自己承担，都正常。

这脾气不是冲她来的就行。

她这样大方，一副心无挂碍的样子，朱谨深受她所感，渐渐便又释然了些。

没什么大不了的，他不说，不会有任何人知道，只当是他没经验之下出的一点小错误吧。

快到午门时，后方有女子娇柔的声音响起：“二殿下，三殿下，新乐长公主在此，请二位殿下留步。”

朱谨深和朱谨渊都站住了脚转身，沐元瑜没被点名，但她见许泰嘉及另两个国子监生伴读都停步转身行礼，便也随大流地跟着躬了躬身。

新乐长公主是皇帝唯一的胞姐，先帝在时很宠爱她，亲自给选了家世清白容貌俊雅的驸马。初嫁时新乐长公主循例住在十王府里，后来今上登基，对这个胞姐也很照顾，除了给她长了封地之外，过得几年，还在驸马府的左近另赐了一座府邸。新乐长公主就搬去了新府邸里。

可惜这位公主夫妻缘浅，驸马早早过了世，两座府邸虽然挨着，另一座早就没了主人。新乐长公主是个深情的人，情愿守着一座空府邸，也不愿再行嫁人，守寡到了如今。

咳，以上是官方版本。

据沐元瑜知道的小道消息，则是新乐长公主打死了丈夫以后，就放飞了，在私下蓄养面首，且不止一个。十王府离皇城太近，将来皇子们也要住进去，皇帝怕这位胞姐把自己的儿子们带坏了，所以才拣别的地方另赐了府邸，让她往远一点的地方住去。

这也算中了新乐长公主的意，她就放飞得更厉害了。据说有一回她的面首甚至闹到了明面上，为争风吃醋，当街大打出手，结果引起了御史弹劾。

因本朝严防外戚的政策，不少公主都过得挺一般，这位算是个异数，被弹劾之后，也就受了皇帝一回诫饬。御史再参她没有德行，她无所谓，言官再牛终究管不到一位公主的被窝里去，此事也就不了了之了。

讲真，沐元瑜听到的时候有点神往。

这才没白投了个公主的胎。

此刻有机会遇见，她趁机打量了一下。

新乐长公主去年做的寿辰，今年四十有一，但从面容上完全看不出什么岁月的痕迹。她妆容齐整，发髻堆云，满头金翠耀眼，是个一眼望去娇艳若桃李的贵妇人。

新乐长公主披着一件织金牡丹的披风，在宫人的跟随下缓步走到众人跟前，笑道："二郎，三郎，这会儿是才下了学？"

朱谨深和朱谨渊都应是。

"皇上教子未免太严厉了，元宵才过没两日，就让你们开起课来。"新乐长公主说了一句，这话也只有她这个做姑姑的才有资格说。

朱谨渊恭顺地笑道："姑母心疼侄儿们，不过歇了这么久，我们也该勤力起来了。"

"三郎总是这么懂事。"新乐长公主夸了他一句，接着道，"进学是应当的，不过也要适度，别累坏了身子，尤其是二郎，更要留些神。"

朱谨深淡淡道："多谢姑母关心。"

新乐长公主知道他向来这个样子，也不以为意，转而道："你们成日只是读书，也闷得慌，我月末要开一场赏梅宴，不如你们来热闹热闹？正好天气和暖一些，梅花也开到最后一点好辰光了，再不赏，就得等年底了。"

她是个好交际爱热闹的性子，常找各种名目开宴席，朱家两兄弟都知道。朱谨深不喜这种场合，原要拒绝，但话快出口时，他心中一动。

他会梦错人，是不是跟他少与姑娘接触有关系？他身边常年只有周姑姑这个年纪的宫人，他又不出门，与别的姑娘一年到头话都说不得几句，到知人事的时候，身边常出现的人里只有一个沐元瑜长得像样，以至于他没有选择地带入了。

顺着这个思路下去，他越想越觉得有道理。

沉默片刻后，朱谨深道："那就叨扰姑母了。"

新乐长公主开宴，不管请什么人，驸马家那边的姑娘总要来几个，有两个已经托赖这种宴席嫁到了不错的人家。为着这种好处，夫家对于新乐长公主的放纵原就没什么权利说话，如此更是闭嘴装瞎了。

朱谨渊见鬼般转头看他，这嫡兄吃错药了？去参加元宵宴还罢了，现在连这种无聊的赏花宴都说要去？

新乐长公主也甚感意外，她邀约不过顺口一句，没想着皇侄儿们能答应，惊喜地道："这就对了，二郎闲时很该出门逛逛，总闷着有什么意思。我定在正月二十八那日，你等着，回头我再给你补个帖子。"

朱谨深道："不劳烦姑母，到那日，我只管去就是了。"

"不行，帖子必得给你。"新乐长公主哈哈笑道，"不然呀，姑母只怕你是一时兴起，回头反悔，就推说忘了。"她又望向朱谨渊道，"三郎呢？"

朱谨渊不觉得这种宴会对他能有什么帮助，新乐长公主宴请的人，总是女眷居多，以他皇子之尊，跑女眷圈里打转有什么用？

他就道："不巧了，侄儿倒是想去，只是二十八那日有些事，却是去不成了。”

新乐长公主知道他这是托词，原本是无所谓的，但极少露面的朱谨深都说要去，他反而不去，找的借口也很敷衍，她心下便微有不快，点头道：“好吧，那你没有口福了，我那里可准备了上好的花宴。”

她又往沐元瑜面上打量了一眼，道：“这是沐家的小世子爷？你来吗？若来，我也给你补张帖子。”

沐元瑜躬身笑道：“多谢长公主邀请，臣随二殿下。”

新乐长公主笑了：“皇上说你们玩得来，我还不大信，二郎眼界高，再没见他搭理过谁，原来倒是真的。你们一道来，更热闹些了。泰嘉呢，你来不来？”

她跟许泰嘉比跟沐元瑜要熟悉得多，说话口气也随意。

许泰嘉是真有事，正月二十八正赶上他一个表舅做寿，虽不是很近的亲戚，他不去也不好，只有遗憾地婉拒了。

新乐长公主道：“过寿是正经事，确该去的。”

一通话说完，她出了午门上车去了。

朱谨深等一行人继续往外走，朱谨渊试探着问道：“二哥，你怎么想起去参加姑母的宴会了？你以前从不去的。”

朱谨深道：“想去。”

朱谨渊：“……”

他总不能再追问他为什么想去吧？他倒是可以追问，但同时可以想见的是朱谨深一定也有的是话噎他。

有这么个兄长，心胸差一点的简直要短寿。

母亲贤妃总要他忍耐，用朱谨深的刻毒衬托出他的宽和，可这些年下来，他总有种错觉，不是他拿朱谨深当了反面背板，而是他自己上赶着做了朱谨深现成的出气包。

朱谨渊如此想着，再不想说话，心塞地走了。

正月二十八这一日很快到了。

沐元瑜没去过公主府，一大早先去了十王府，会齐了朱谨深一起去。

她到的时候，正赶上太医来给朱谨深请平安脉，朱谨深并非只用一张固定的药方，随着他的身体变化，四季天时，这药方时时跟着他的具体状况在变。

沐元瑜在外间等了一刻。

她隔帘听见林安问道："王太医，我们殿下如今是不是好了不少？我觉得殿下似是健壮了。这病几时能除根呢？"

一个中年人的声音回道："殿下这一冬调养得宜，确比去年要好一些。这方子臣回去会同同僚们斟酌斟酌，给殿下另换一个。"

他话说得很好，但对于能不能除根的话，却是避而不答。

朱谨深冷淡的声音响起来："换了方子，我不过仍旧如此对吗？"

里面静了片刻，王太医道："下臣无能。"

朱谨深道："罢了，你去吧。"

他性子虽冷，但没有迁怒过大夫，王太医主治他多年，心下很怜悯他，叹了口气道："可惜臣的师兄不在了，不然，殿下的病未必没有希望。"

林安带点鼻音说道："太医还是别说了，李先生人都死了，说他又有什么用。"

沐元瑜不知这个太医的师兄是谁，但听到提了一个李姓，她心中倒是立刻有了个认准的人选。

若说这位李大夫，在民间是大大有名，当年已经传出了万家生佛的名头，皇帝都曾下诏征过他。可惜这位神医太神，终年只在各处乡野出没，天南海北，居无定所。征了几年没把人征来，等终于有了信，却是他采药摔下万丈悬崖的消息。

王太医说这个，只是一时忍不住感叹，心里也知无用，无奈地收拾了药箱出来。

沐元瑜又等了一刻，等到朱谨深穿好大衣裳出门一起上车。

她觉得朱谨深此刻心情一定不好，就没坐自己的车，跟他挤了一辆，打算替他排解排解。

结果朱谨深却没什么异样，现在的公主府离着十王府约有一个时辰的车程，他带了副棋打发时间，上车就自己跟自己下起来。

这份心理素质也实在让人佩服，略想不开的，能先把自己愁死悲死，他只是变得中二了一点，比起来倒是十分坚韧了。

沐元瑜很欣赏地时不时看看他。

朱谨深觉出来了，低着头出声:“看什么？你若无聊，我跟你下一盘？”

他的口气很勉为其难。

沐元瑜对此也敬谢不敏：“罢了，我不打扰殿下。我只是觉得殿下对着棋盘时最英俊最智慧，整个人都闪闪发光。”

朱谨深嘴角微勾，却道:“我是庙里的菩萨吗？还发光，亏你想得出来。”

沐元瑜撑着下巴道：“我实话实说嘛，可不是在讨好殿下。”

同在一车的林安侧目：看看，都夸成这样了，还要说自己没在拍马，这份功力比他这个专业的都厉害。

不过，也是实话就是啦，他家殿下就是吃亏在脸色差了些，不然更俊。

朱谨深要下棋，他们一路说的话不多，这两句过后，气氛又安闲下来，马车不疾不徐，一个时辰后，来到了新乐长公主的府邸。

公主府前已停驻了不少各色马车，朱谨深的马车上有徽记，一驶过来，横驻在府门前正要寻位置停下的两三辆马车连忙避让。

其中一辆大约是避得急了些，车行不稳，自车厢里传出一声轻轻的少女呼痛声。

马车停好，沐元瑜先跳下来，目光无意一转，只见那辆马车另寻了个地方停住。有名年二十三四的青年下了车，穿得甚为富贵，他探着身，从马车里又扶出名少女来。

少女手还捂着额头，从沐元瑜的方向，能看见她的大半张侧脸。

这就够她认出是谁了。

是曾借住过老宅的韦二姑娘。

她没想到能在这里碰见她。

“进去了，发什么愣？”

朱谨深催了她一句，沐元瑜回过神来，忙应了一声：“好。”

前方，新乐长公主专门留在门房上接待他们的女官已经赶出来，引领着他们进了朱红大门。

新乐长公主是个富贵闲人，她与过世甚早的驸马只得一女，好些年前已经出嫁。她平日无事，除养面首之外，也好收拾个宅子，中庭花圃移种的那一大片梅树，盛开时节云蒸霞蔚，在整个京城都很有名。

这回宴席，男女客各分两边，女客在梅林这边宴请，男客在梅林那边宴请，满树凌寒怒放的花朵恰好做了天然的屏障。

朱谨深是晚辈，进府之后，先去向新乐长公主请安。

新乐长公主见到他来，十分欢喜，知道他不与生人应酬，丢下一堆正在说话的夫人出来，拉着他到旁边道："二郎今番赏脸，直到今日早上，我都怕你又反了悔，去抓你的人都预备好了。"

朱谨深微微笑了笑："姑母言重了。说好了的事，岂会不作数。"

新乐长公主笑拉着他的手拍了拍，道："既来了，不要外道，姑母这里，同你自己家又有什么分别？那边有些同你年纪差不多大的少年，有宣山侯家的，武顺伯家的，你愿意跟他们说说话就一处待着，若懒得说，他们好闹，投壶射覆之类的玩器都备好了，你看他们耍着玩也行。再还嫌吵，就往梅林里走走，看上哪枝就折下带走，回家去熏熏屋子也是好的。再有各色点心茶水都齐备，你要什么只管吩咐人。"

朱谨深应着："姑母费心了。"

新乐长公主又向沐元瑜招招手："你也是，头回来，不要拘束，你以后就知道，我这里没那么多规矩，随意些都无妨的。"

沐元瑜笑道："是。"

她第一回到公主府来，终究谨慎些，话说得少。

新乐长公主的注意力也不在她身上，又和朱谨深道："二郎，你今日来，其实倒是来着了。那日人多，我不好说，你从进门至今，可有发现什么？"

沐元瑜有些莫名其妙，他们被女官直接领到了梅林这里，路上什么特别的事也没发生，至多见到一些女眷，这能发现什么？新乐长公主宴客，自然以女宾为主。

朱谨深凝思片刻，却道："姑母今日的来客有些不同？有一些人，似乎不当出现在姑母宴上。"

有他这一句提醒，沐元瑜也反应过来了，从府门前的那些马车，再到他们路上碰见的女眷的装束打扮，二者结合能看出其中一些家世身份比较平常。

一两个倒没什么，皇帝家也有两门穷亲戚，可超出这个比例就有点奇怪了。以新乐长公主的身份，就算设宴找乐子，也不会找着这些人家。

“二郎，你话虽不多，心里却比别人都明白。”新乐长公主笑着夸道，“我今日宴请的客人，倒有一大半是四品以下的人家，你再猜猜，是为什么？”

这不用猜了，沐元瑜脑中瞬时灵光一闪，想到了原因。

朱谨深差不多同时微微扬眉，道：“大哥要选妃了？”

朱谨治年前行了冠礼，翻过年来正好二十岁，这个年纪还没媳妇，再拖下去真的不好看了。年前官员们止于冠礼就消停下来，是因为正好卡在了过年的时候，这时候哪怕是厚道点的债主都不会去讨债，官员们也为此暂时忍耐了，让皇帝过了一个好年。但可以想见的是，随着各衙门开印，官员们在短暂的观望之后，一旦发现皇帝还没有给儿子娶媳妇的意愿，一定会不停地上言。

新乐长公主点点头：“正是。唉，照理说，应当在京畿地区采选家世清白的平民女子，只是你也知道，大郎和别人不一样，他自己都不太立得住，若再娶个没多少见识的小户之女，两口子怎么过日子？所以皇上的意思很明确，把大郎媳妇的标准往上提了提，起码找个知书达理的，不至于轻易叫身边人哄骗欺压了去。”

朱谨深点头不语。

他明白了，皇帝改变皇子妃的选取标准，一定程度上违背了先帝时立下的制度，所以没有公开采选，而是让新乐长公主私下出面把把关，选定了人，届时直接下中旨指婚，免得跟群臣扯皮。

门户定为四品以下，是为了避免引起太大的反弹。

“这是个巧宗儿。”

新乐长公主说了这句话后止住，望了沐元瑜一眼。沐元瑜识趣地走开了些，假装去看梅花。

新乐长公主接续一开头的话题，有点神秘地压低了声音道：“二郎，你借这个机会也看一看，若有中意的，别害羞，告诉姑母，姑母替你去求皇上。从这些人家的姑娘里选个妻子，总是比那些小门小户的强。”

朱谨深愣了一下后摇摇头：“多谢姑母好意，侄儿对此暂时无意。”

他并不觉得娶个妻子回来守着他这个病秧子有什么意思。

若是别人，新乐长公主还能再劝一劝，打趣两句，但这个侄儿说出口的话一句是一句，不似别人软和，其意也坚。饶是她这样会交际的人，打趣的话也出不了口，只好笑道："你不大出门，有些事上开窍晚也是难免。既这样，姑母不勉强你，你随意逛逛，乐一乐，也不白来一趟。我这里有事，暂且走不开，另叫个人来领你过去那边。"

说着，她就转了头，向几步外的一名女官望了一眼，那女官会意返身进入屋内，很快带着一个少女出来。

少女年十五六岁，穿一身桃红袄裙，戴一顶赤金花冠，面庞秀丽，到新乐长公主面前福身："叔母。"她又向朱谨深行礼，颊生红晕，与衣裙相映衬，说道，"见过二殿下。"

新乐长公主道："芜娘，我这里忙着，你好生引着二郎到梅林那边去。"

少女低低应着"是"。

朱谨深向新乐长公主拱了拱手，道："姑母，那我去了。"

新乐长公主笑着点点头。

芜娘轻巧的脚步踏在梅林的青石小径上，虽引着路，并不敢越到朱谨深前面去，只是不时出声提醒方位，又试探着寒暄几句。

朱谨深开始还理她，过三句以后就不大出声了，至多"嗯"一声。

沐元瑜听着她的声音总觉得有些耳熟，一边听一边费神想着，想了好一会儿终于想起来了，这不是庆寿寺里跟过她的那个驸马家的三姑娘吗？

当时她戴着帷帽，她没见到过她的相貌。

怪不得明明后面跟着女官，新乐长公主还偏多使唤一个姑娘来给他们引路。

此时朱谨深的回应已经一句短似一句，芜娘一个人努力找着话题，气氛略微尴尬。

这样下去也不是个事。

沐元瑜接过了话头，有一句没一句地和芜娘聊起来。

她是第一次来公主府，看什么都是新鲜的。芜娘说梅花开得好，她就势夸一夸，问一问都有多少品。芜娘是公主府的常客，都答得出来，不时指点着梅林告诉她，两个人聊得挺不错。

小径到了尽头是一座精美清幽的轩阁，上书"倚芳轩"三个古篆，里面隐隐已有些谈笑声传出来。

到这里芜娘一个姑娘家就不好再近前了，女官先快走了几步进轩里去通传，芜娘则有点失落地福身告辞。

她走了之后，朱谨深揉了揉额头。

沐元瑜见他一副明显烦不胜烦的样子，颇觉好笑地道：“殿下就这样懒得搭理她？我瞧她说话挺文雅的。”

朱谨深略有些烦恼，道：“哪里文雅，无趣得很。亏你能和她说那么久，你倒和谁都聊得来。”

芜娘的说话在他看来不是文雅，而是转文，转的还是比较浅显的那种。大约是听说了元宵宴上的事，还要拿两个不知打哪儿听来的灯谜请教他谜底。他又不是专门猜灯谜的，不懂不会自己去看书，问他干什么。

没文化不是错，没有还非假装有就烦人了。

沐元瑜道：“我不是看殿下不爱理她吗？我不把话接过来，她只有继续烦着殿下了。”

朱谨深不说话了。

他是天生性敏而慧的人，只这一句话，他已经觉出了差别。

一般的讨好亲近他，芜娘说来说去他只觉得没意思，沐元瑜不过一句话，他心里立刻服帖下来。

他不太需要很多的样本已经能得出结论，他今天可能是白来了，或者说，还不如不来。

因为没有这个对比，他还觉察不到自己心态上的差别对待有这么大。

有鉴于此，他走入倚芳轩的时候，变得意兴阑珊起来。

倚芳轩里人不多，拢共四个少年，另加一个年纪大些的青年，听到女官的通传，都拥到门前来拜见。

这几个人朱谨深大概只认得两个，其中一个就是宣山侯家的嫡次子武弘逸，他善解人意地把轩里的人挨个都介绍了一遍。

轮到那青年时，他微微一顿，才道：“这是建安侯的外甥，韦启峰韦兄。”

沐元瑜目光一凝，她先已猜着，能扶韦二姑娘下车的外男必是至亲之人，果然如此。

她隐约记得这韦家的长子是个十分纨绔的大混混，十天半个月不回家是常事，无人管得了他。如今看，他还真混得有两分本事，能混到长公主的宴席上来了。

新乐长公主先前说话的前一段没有避她，她听得清楚，这可不是一般的宴席。

她有替朱谨治选妃的意思。

韦启峰带着妹妹在这时候出现在这里，当然不会是简单的巧合。

说起来，韦二姑娘的父亲生前是正四品，算是不那么合四品以下的规矩，但人既然已经去世了，那当然就有可商量的余地了。

就韦二姑娘来说，她家世飘零，娘家做不出什么危害朝廷的大事，而她本人养于官宦人家，资质够得上知书达理的标准，她要博取这一条出路，还真是可以想想的。

轩里的少年们都是随母前来，豪贵子弟坐不住，进来不多时已张罗着要投壶，他们收拾了几案交椅，空出当前一块地方，空地当中摆上一尊铁壶。

案椅被调整得绕着这块空地摆成了一圈，这一圈案椅的后面角落里摆着一只花腔小圆鼓，沐元瑜拿眼一扫，只见每张案几的边角上皆放着数支木矢，其中一张上还随手丢着一枝红艳梅花，一缕幽香若有似无，反比在那片梅林边上行走时更觉沁人心脾。

看这架势，大约是打算先击鼓传花，花传到谁手里谁再去投壶，将两个游戏结合在了一起。人虽不多，倒是挺会玩儿。

这些少年并不知朱谨深要来，新乐长公主拿不准这个外甥的性情，不确定他到底会不会来，所以该做的准备虽做了，但并没有提前告诉给客人们。此刻他进来，都知他体弱，投壶这种讲究技巧，但同时也很需要腕力的游戏他多半是玩不来。于是武弘逸就张罗着要让人把投壶的器具移走，另想个文雅的游戏来。

朱谨深摆了下手，道："不必，你们玩你们的，我看看便可。"他说着侧头问了一下沐元瑜，"你会吗？若会，跟他们一道玩去。"

沐元瑜道："略懂。"

朱谨深听到这两个字，意味深长地道："哦，又是略懂。"

沐元瑜忍不住笑了，有些习惯很难改，她其实也不是特意谦虚，但被问这种话，总不好说个“很会”吧，万一遇着个高手被吊打，岂不是很难看。

朱谨深到最上首坐下，沐元瑜挨到他旁边跟着坐了，道：“殿下光看有什么意思，不如一道来，花若传到殿下手里，殿下就给我们讲个笑话。”

二皇子殿下这样的人物讲笑话……

少年们的目光望过来，都新奇又好笑，感觉用不着朱谨深讲，单是这句话就很好笑了。

朱谨深不置可否，道：“胡闹。”

说虽这么说，等到各人就位，负责击鼓的内侍背向众人而坐，鼓点响起来梅花传到沐元瑜手中的时候，她向朱谨深一递，朱谨深还是悠悠接过来了，丢给了下一个人。

少年们满心想听他讲笑话，只是不敢串通内侍捉弄皇子，鼓声便还是公平地响着，第一次停下时，花正拿在武弘逸手里。

他放下花，笑着拿起木矢道：“我试试。”

游戏的赏罚规则很简单，一次投四支矢，一支不中，罚酒一杯；两支不中，罚酒两杯；全中则赢，有权指定在场任一人下场博弈，博弈者不能完成指定的花样则罚酒一杯。

终究是在公主府邸上，少年们不敢玩得太疯，这规则制订得算是很斯文了。

武弘逸不用站起来，就在案几后屏气凝神片刻，出手连投，“咚咚”四声，全中。

“武兄厉害！”

少年们“啪啪”拍掌鼓噪，一边紧盯着他，看他要指谁博弈。

武弘逸笑指了最靠近门边的一个少年，道：“我要贯耳。”

那少年很豪气地拿起一支木矢，说道：“看我的！”

他眯了眼出手投去，木矢斜斜挂在了铁壶的壶耳上，成功。

内侍下场收拾木矢，少年们继续下一轮。

四五轮玩过，还没有人被罚酒，拿到花的和被指定的博弈者都能顺利过关，便有人不满足了：“这没意思，加码，弄得难些才有趣，照这样玩法，天黑也分不出个胜负来。”

于是四支矢变成了六支，壶口拢共就那么大，多了两支，难度是呈倍增上去。

规则修改后，第一轮花停在了沐元瑜手里。

她先前还没有拿到过花，只被指定了一回，不过只要投一支，看不出深浅来。

内侍往她案上添了两支矢，她一一拿起，也不大看，甩手连投，六支全入壶中，而后在众人的拍掌赞叹声中指着武弘逸道："武二哥，我要连中。"

她庶姐沐芷静嫁的就是武弘逸的嫡亲哥哥，所以她称呼不同，但旁人不依了，笑着嚷嚷道："世子偏心，武兄全壶都中了，连中有什么不行？可见是亲戚了，公然袒护。"

武弘逸也笑，拱手告饶道："行了行了，那就请世子另指定一个你们认可的花样。只是我若中了，除殿下与世子外，你们可得共罚一杯，不许耍赖。"

少年们到如今滴酒未沾，并不怕罚酒，都笑嘻嘻应了。

沐元瑜笑道："那就加点难度，贯耳连中吧。"

武弘逸应声拿起两支矢来，一一投掷出去，分挂在了铁壶的两侧壶耳上。

这就是成功了，少年们服气地举杯共受罚一杯。

游戏继续进行下去，因加了难度，再拿到花的少年有中的，也有不中的。沐元瑜留意到一件事，那就是这些少年，没有指定韦启峰博弈的。

不知是他运气好还是不好，从开局至今，韦启峰也没有拿到过一回梅花，等于他与朱谨深一般，是做了彻底的看客。

但朱谨深做看客，是身份高贵，无人敢拉扯他，他闲适旁观；韦启峰做了这个看客，却是隐隐有些被排挤的意思，游离于这热闹之外，心里如何是滋味，越旁观，越是沉不住气。

"咚！"

鼓声停下，这一回梅花终于停在了他手里。

他一下站起来。

少年们有点惊异地望着他。

# 第二十章 亲人骤逝

靠门边的少年嘴快，嚷道：“韦兄，站着投可不对，你年纪长，难道还要占我们便宜不成。”

“谁要讨这个便宜了！”韦启峰羞怒道，他不过是一直憋屈着，终于等到了翻盘的机会一时失态而已。

他心里拿定了主意，这些小崽子都看不起他，无非是嫌他家世低微，不如他们是正牌子公侯世家出身，如今终于能出手，必要亮一手厉害的镇镇他们。

他就不理别人，把椅子调转了个向，背对铁壶，而后才坐下。

少年们面面相觑，有人忍不住道：“韦兄，你是要盲投？”

这一手本事，在座的还真没有。

韦启峰一次把六支木矢都抓到手里，傲然道：“不错。”

听见果然如此，少年们都大感兴趣起来，他左右手的两个人还特意把椅子往旁边让了让，给他留出足够的地方来。

其实少年们还真没有多少瞧不起他的意思，只是他们都是京城本地人氏，差不多的豪门下一代，原都认识有来往。韦启峰是个外来户，又不是一个年龄段的人了，他常在外面混迹，身上气质也不一样，少年们出于本能对他疏远了些，真不见得就是鄙视。

韦启峰安心打算让众人开眼，他敢背过身去，自然也是有这个能耐，一支支矢背向着投掷出去，飞跃入壶口，投了个全壶。

他态度是狂妄些，但这一手着实漂亮，登时赢来满屋喝彩之声。

韦启峰自得地拎着椅子转回身来，享受在众人的赞誉之中，先前的郁闷总算扫去了不少。

然后他喝住了要去收拾铁壶中箭矢的内侍，伸指向沐元瑜道："沐世子，我要仙人背剑。"

屋里静了片刻，有对于投壶不那么精通的少年都没听懂这是个什么意思，小声问了旁边人，才知道就是背转身盲投。

这是安心以技压人，甚而是存心为难人了。

武弘逸皱了皱眉："韦兄，还是换个花样吧。"

韦启峰扬着脸，慢慢说道："武贤弟不要着急，我还没有说完。我知道这难了些，所以只要沐世子能投中一支，便算赢了。"

武弘逸便犹豫了，这在他看来仍然是难，一般人谁会去练盲投，但话到这个份上，他再争下去也不好看，没投就先输了大半气势。

沐元瑜正剥着个黄澄澄的蜜橘吃，觉得十分甜，被指名找了碴，她也不急，掰开分了一半给朱谨深，这才扭回头来笑道："韦兄说话不尽不实吧？既如此，拦着人收拾箭矢做什么，你的意思，应该是仙人背剑、骁箭合起来才对吧？"

叫她这一句点破，少年们皆耸然动容了。

这难度哪里是降低，是翻倍才对！

韦启峰并不否认，睨视道："如何，沐世子不敢？"

朱谨深不会投壶，但他书看得多，投壶在士人中一向是项风雅的活动，先朝大儒乃至有特著一本《投壶新格》的，余者专述投壶的也不少，这些名目他都听得懂，眉心微蹙，问沐元瑜："你的'略懂'成吗？"

沐元瑜向他眨眨眼："我试试。应当不会给殿下丢人。"

朱谨深道："……怎么就丢我的人，你的输赢，你自己负责。"

不过问他一句，又赖上他了。

沐元瑜可有理由："我跟殿下一道来的嘛。"

她一边回着话，一边站起把自己的椅子转向，而后从案几上抽出一支木矢捏到手里。

众人的目光都聚集到她身上。

有纯看热闹的，有如武弘逸这般替她紧张的，还有韦启峰这般等看笑话的。

这么点年纪的少年，唇红齿白那个嫩相，一看就是娇惯着养大的，会个全壶了不得了，盲投加骁箭，不可能会中。

沐元瑜害他家被仓促赶走，这笔账，今日终于要讨回来了。

沐元瑜扒着椅背，半拧过身子对地中央那尊铁壶凝视了片刻，记准了它的方位，而后勾着嘴角转身。

投壶源自射礼，但又与射箭不同，投壶投得好的人不见得射得好箭，能射一手好箭的人，投起壶来却一定不差。

再能混的大混混，不过仍旧是个纨绔，与她为保命学来的技艺怎么相比？

她扬手，木矢入壶，“咚锵”一阵乱响，韦启峰先前投入的六支木矢飞射而出，散落在地上，独留她投入的那支正立壶中。

激矢令还。

一矢入，余者皆反。

此为骁箭。

打脸别人最怕遇见的是什么？

遇见狠角色被反打脸。

那痛楚不但一点折扣不打，还双倍返还。

韦启峰要不摆出那么一副他就是找碴的架势，出个简单一点的花样，这一巴掌扇回来，还不至于扇得他这么面上无光。

哦，错了，不只一巴掌，是连环掌才对，沐元瑜投壶成功以后，少年们的欢呼声每一声都似一记耳光，刮在他脸上，生疼。

韦启峰僵在座椅上片刻，猛地站起来，粗声说要去更衣，遁走无影。

他不想走，这一走全盘皆输，可再留，也实在留不下去。

少年们原就和他不熟，他在不在都无所谓，见他走了，没人有兴趣去拦一下，只管继续玩闹下去。

韦启峰出了门，一路沿着小径疾走，快到宴女客的花厅时，拿眼一扫，见外面守着的有个认得的女官，上前对着她问道："公主呢？"

女官见他神色不善，有点犹豫地答道："公主还在里面待客。"

"我要见公主，你去通传一声。"

女官道："这恐怕不太方便，公主今日待客不同往常。"

"有什么不方便的，"韦启峰粗暴地打断了她，"都定了的事，不过外面装个样子。你去不去通传？你不去，我自己进去了。"

女官心下暗暗叫苦，这可真是个混世魔王，里面都是官家女眷，让他闯进去还得了。

这样粗俗没有礼仪的男人，不知公主怎么偏跟他混在了一处？

无奈之下，她只有转身进屋。

过一会儿后出来，她低声道："韦公子跟我到西轩去，稍候片刻，公主就来。"

韦启峰便跟着她，七绕八绕，走了一段路，进了一间轩室。

这轩室临水，四壁贴着名人字画，案上摆着一盆水仙花，布置得十分雅致。

韦启峰毫无心情欣赏，焦躁地在里面走来走去，直到听到门前传来了轻巧的脚步声，眼睛一亮，走过去相迎。

"快进去。"新乐长公主见到他要出来，忙把他推到室内，说道，"今日来的人多，带的下人也多，别不留神被谁看到了。"

韦启峰不以为意，道："公主这里，还有谁敢乱走不成。"

他一边说，一边就势握住了新乐长公主的手。

新乐长公主让他暖热的手掌一握，心头一酥，声气就软了："你不是和那些孩子在那边玩？这么急吼吼地叫我过来做什么？"

韦启峰将她拉到怀里，在她鬓边一吻，道："公主，我和姓沐的那小子不对付，你替我想个法子治一治他，叫我把这口气出了。"

青年雄壮的男子气息包裹过来，新乐长公主整个身子都酥了，声音懒懒地道："还为那事？都多久之前了，依我说，过去了便罢了，总记挂着做什么。"

韦启峰咬牙道："我咽不下这口气。公主，这是你府上，你随便吩咐个谁，要捉弄他容易得很。”

说着他又向她面庞吻去，口里不断说些亲热的话。

新乐长公主不由得伸手环住他，但在韦启峰再一次催促之后，她还是道：“韦郎，这事不成。他是同二郎一道来的，且二郎对他另眼相看，我捉弄他，一个不好，岂不连二郎的脸面一起扫了？二郎这孩子孤僻得很，难得肯到我这里一回，我给他找不痛快，下回再想亲近就难了。”

韦启峰道：“那又怎样？又不是去找二殿下的麻烦，做得干净些，别留下把柄就是了。”

新乐长公主坚持着摇头，说道：“你没见过二郎，他外头不管事不理人，心里最明白不过，我未必瞒得过他，不能冒这个风险。嗯……你快让开，别闹了，我还要去见客呢。”

韦启峰这种混混看着放荡粗俗，其实很懂察言观色，见这样都不能如愿，知道是不能哄得她松口了，失望之极。以他的身份，新乐长公主不应，他也根本不可能硬逼到她答应。

他只得让开了一点，道：“算了，我不为难公主了，不过我妹妹的事，是公主答应了我的，必会作数吧。”

新乐长公主闭着眼，直到平复了心头的骚动，方睁开来道：“我答应你的事，又几时不作数了？你那妹妹我见过了，果然端庄贤淑，秀丽可人，配得上皇子妃的位置。我会将她上报给皇上的，不过我不能只上报一个，总得再寻两三个陪衬，最终结果如何，还需看皇上的意思。”

“皇上都将这事交在了公主手里，皇上的意思，不就是公主的意思了？”韦启峰又伸出手去，摩挲着新乐长公主娇艳的面颊，道，“我们兄妹的前程，就在公主的手上了。倘若如愿，我韦家与公主成了亲戚，以后来往，自然也便利了，不用总这么偷偷摸摸的。”

新乐长公主忍不住笑了：“什么亲戚，你的妹妹做了我侄儿的媳妇，你也打算给我做个大侄子不成？”

“有何不可？公主愿意，我给公主当儿子都行。”韦启峰的声音变得暧昧起来。

新乐长公主让他撩得心头又火热起来，顾虑着外面还有一花厅的客人等着，勉强又遗憾地按捺下了，拍开他的手道：“好了，别再乱来了。你跟那些孩子玩不到一处去，就别去了，在这里坐坐，或是回梅林里去走走，别的地方可别乱去，今儿人多，叫人撞上了说不清。”

韦启峰应了，道：“等散了，我送我妹妹回去，再回这里来，公主给我留个门，别叫我被关在外面吹冷风。”

新乐长公主满面抑不住的笑意：“好了，知道了。”

她叫进门外守着的女官来，把衣裳重新整理了一遍，又把鬓钗都理好，重新变回高贵的长公主殿下，开门去了。

韦启峰独自待在轩室里，过一会儿，抬手捂住脸，猛然干呕了一声。

这样曲意逢迎一个四十多岁的老女人，他实在……

她比他娘都小不了几岁！

她粉涂得再好，也涂不出少女自内焕发而出的光洁神采。

夜晚衣裳脱下来，那一身雪白然而松弛的皮肉，更加让他满心厌恶。

但他要往上走，没有别的选择。

大丈夫，忍人所不能忍，才能成人所不能成。

这个女人已经这把年纪，纠缠不了他几年。他借着这个机会改换掉门庭，重新回到勋贵的序列里，以后的日子，才舒心畅意。

韦启峰这样想着，手掌狠狠地在自己面上抹了一把，把胸中翻腾的呕意压了回去。

倚芳轩里，鲜艳的红梅花终于停在了朱谨深手中。

他还没有做出任何反应，气氛已经掀起了一个小高潮，少年们个个偷偷乐着望向他。

他们还从没听说二殿下说过笑话呢，不知他要说个什么。

沐元瑜也极有兴趣地歪头望着他。

众所瞩目中，朱谨深表情高冷，目光从众人面上淡漠扫过，启唇道：“笑话。”

众人：“……”

总算沐元瑜了解他一些，一下反应过来，“哈哈”笑着拍桌道：“殿下，您真是说了个笑话啊！”

这种脑筋急转弯一样的机智换到别人身上可能会让气氛结冰冷场，但从朱谨深嘴里抖出这个机灵来，不只好笑，简直可爱。

少年们反应过来，相继哄堂大笑，有人叫嚷道："殿下，才两个字，这可不算，哪有这样糊弄人的！"

朱谨深本人很撑得住，并没有笑，淡定地道："笑话不在长短，笑了就算。"

他要这样解释，旁人也无话可说，笑了一阵。此时时间快至午时，是吃饭时辰了，内侍进来收拾了投壶器具，将案椅重新摆布，少年们各自起来，活动活动腿脚，或是更衣如厕。

沐元瑜向朱谨深道："殿下，我有个丫头特别喜欢梅花，长公主这里梅花开得好，我想选一枝给她带回去，我出去走一走，您愿意同去吗？"

朱谨深听了半日吵闹，现在少年们都出去了，他正好静静，就不大想动，说道："你去吧，时间别太长了。"

"好，我替殿下也选一枝。"

沐元瑜说着，出了倚芳轩，往梅林里走去。

梅花依品种不同，花时稍微有一点差别。长公主府上的这片梅林为了尽量延长赏花的时间，有些梅树是错开了品种种的，正月末，有的梢头仍在怒放，有的则已枯萎在枝上，还有的凋零在地上，缤纷落英，人踏其上，如行在花毯之上。

也因如此，想找一枝半开的适宜回家插瓶的梅花不那么容易，沐元瑜不知不觉就走到了梅林深处。

梅林的另一边是女眷的宴客地方，也可能有女眷入梅林赏花，她一时醒觉过来，要退，晚了一点，侧前方已绕出了一个少女来。

巧了，她认得她。

是韦瑶。

但也仅止于认得，她礼貌性地笑了一笑，转身要走。

"沐世子，请留步。"

韦瑶却出声叫住了她，声音温柔，隐含着一点郁悒。

"沐世子，能听我说两句话吗？"韦瑶追上来两步，恳求道，"我只说两句，耽误不了世子多少时间。"

沐元瑜有点犹豫，她不大想听，也不觉得跟韦瑶有什么好说的，但人已经追上来，她拔脚继续走，跟落荒而逃似的，也很奇怪。

韦瑶见她脚步慢下，忙转到她面前来，道：“我在府门外就看见世子了，只是看得不真切，还以为看错了，花厅里听长公主说起，才知世子真的也来了。”

沐元瑜道：“韦二姑娘，你有什么话就快说吧，你我孤男寡女耽搁在这里，叫人看见了，只怕对你的闺誉不好。”

韦瑶面色微红，道：“世子说得是。那我就直说了，世子别见怪，我知道我很冒昧，可我实在也是找不到别人问了。不知世子知不知道今日这梅花宴是为何而开？”

她这么问，估计自己是知道的。沐元瑜不知她何出此问，先反问道：“知道又如何，不知道又如何？”

她心下其实有点讶异，皇帝将这件事托付给新乐长公主，为的就是不要闹出大动静，瞒着臣子们先把人选圈定了。按这个逻辑来说，今日来的官眷们都不会知道开这花宴的真实意图才对。

“不、不如何。”

沐元瑜等了片刻，不见她的下文，不太有耐心了，说道：“韦二姑娘，你如果话说完了，那我就走了。”

韦瑶急了，顾不得琢磨措辞了，脱口道：“我只是想问一问，世子与皇子殿下们一道读书，可知道大殿下是个怎样的人吗？”

沐元瑜一怔。她不是发怔韦瑶为何问朱谨治，而是她难道不知道朱谨治不与皇弟们一道读书吗？

“韦二姑娘，你这可问错了人，我并不与大殿下一处读书，大殿下自有先生专门教授。大殿下是个怎样的人，我无法回答你。”

韦瑶失落又意外：“是这样吗？我不知道。”她愣了片刻，道，“打搅世子了，我只是太惶恐了，世子看见我出现在这里大概很意外，其实我自己都没想到。”

她说到这里，苦笑了一下，道：“我并不敢想我有这么大的福气，可是……”

她好像有许多话憋着说不出来，就沐元瑜之前的记忆，她不是这样说话总打磕巴的人，她那个二哥才有点莽撞，不太会处事。

这个姑娘要是为了如何在皇子妃选拔中拔得头筹来问她朱谨治的事，沐元瑜此刻已经离开，但看她模样，好似并不怎么情愿，或者说，是觉出了其中有些她不能说出口的不对之处，因而却步不前。

她不知走了什么门路能出现在这个宴席上，但她本人对朱谨治显然一无所知，因为她连朱谨治不在学堂进学这样官面上人人都知道的事都未曾听闻。

这不矛盾，一个深闺少女的耳目，是可以闭塞到只有四面墙的地步，她的人生步伐，也往往由不得她自己掌控。她被动地被推到了这个她没有想过的局面上，然而她本身又算聪明，知道天上不该掉这个馅饼，所以她惶恐无措。

沐元瑜在这当中最为关注的一点是，由以上可知，韦瑶一定不知道朱谨治头脑有疾的事。

假使万一她中了选，这对两个人都不是件好事。

当然皇帝从前瞒得紧，别的人家姑娘也未必知道，可那些姑娘也没有问到她面前来，她管不到那么多。

韦瑶与她不过一面之缘，两家还发生过很不愉快的交集，就这样，韦瑶还是找上她问了，她对自己的命运，尽了最大的努力在把控。

“韦二姑娘，我确实不能回答你的问题。”沐元瑜想着，慢慢道，“你想知道大殿下的事，何不去问你姨母呢？”

文国公府世代在京，对朱谨治的情况一定多少知道一些。

她这句话已经相当于提示。

韦瑶先喃喃道：“世子不知，为着先前那些事，姨母和我家已经疏远了。”然后她反应过来，轻轻“啊”了一声。

这里面若没有事，沐元瑜何必叫她去问别人，一个“不知道”打发她不就完了？

韦瑶感激地盈盈下拜：“多谢世子。”

“不必谢我，我也没有说什么。”

沐元瑜摆摆手，转身离开。

韦瑶立在原地看着她的背影，心潮起伏。

回想起来，她都不知道自己怎么在见到他的那一刻，有勇气拦下他。

这对她这样的未嫁姑娘来说，几乎是死皮赖脸的举动。

但她还是做了，他明显在躲避她，态度也不算十分和善，但她就是没来由觉得他和别的人不一样。他年纪不大，处事果决可靠，同时身上又有种奇异的宽容。她以前没有见过这两种品质能在一个人身上共存，刚才的对话则加深了她这种印象。

可惜她家世寒微，这份福气，她更加没有。

韦瑶低了头，踩着一地落花，慢慢去了。

大皇子选妃是件意义很重大的事，但这后续沐元瑜围观不到了。

自新乐长公主府回来后，她擎着一枝精挑细选折下的梅花，笑意盈盈地交给鸣琴："喜欢不喜欢？给你放在屋里插瓶，能香一阵子。你怎么了？"

沐元瑜惊讶地望着她的大丫头眼中渐渐漫上了一层泪水，说道："别哭，发生什么事了？有人欺负你了，还是我不在家时谁来找了碴？"

她还想打趣鸣琴是不是被她送的花感动的，但没说得出来，因为她知道身边丫头们的性情，外表看着娇滴滴的，内里没有软弱的，会随便哭泣的人扛不住与她共同承担秘密的压力，不能在她身边留住。

"世子，外老太爷……"鸣琴泪眼模糊地道，"去了。"

"啪！"

沐元瑜手中的梅枝跌在地上，发出一声轻响，娇嫩的花瓣离开枝头，零落了一地。

沐家繁衍至今，亲眷不少，各个房头老太爷拉出来，轻松能凑一桌马吊。

但外老太爷只有一个。

滇宁王妃的父亲，她的外祖父，干崖宣抚司宣抚使，南疆土司势力的第一人。

她外祖父今年七十三岁，在这个时代已算得高寿。但他的身体一向很好，一年到头连个喷嚏都不打，比滇宁王都要康健得多。

沐元瑜茫然地想，她从前听过一句老话，七十三，八十四，阎王不请自己去，居然是真的。

怎么办？

她在京城刚刚将未来理出个头绪，择定了要走的道路，心胸因此开阔了不少。这一个消息如一只巨手，顷刻间将她推回了无法选择的命运深渊之中。

而她不知道这回还有没有能力再爬上来。

她忽然觉得很累。

“世子，世子，你心里难过就哭出来，别这样。”鸣琴摇晃着她，似乎也还有别人的声音响着，但她听不真切，只感觉快要被自己内心的黑洞吞噬。

谋事在人，成事在天。天并不站在她这一边。

“世子，你说说话，别吓我们。”

“世子，没事的，娘娘说了叫世子不必回去。”

“世子，世子？”

丫头们接二连三焦急的呼唤声终于把沐元瑜召回了神，她用力揉了一下额角，说道：“不要吵，进去再说。”

丫头们小心翼翼众星拱月地将她拱进了屋里。

窗下的炕烧得很暖和，但丝毫驱散不了她心底的寒意。鸣琴摸着她的手，感觉有点冷，抹了眼泪给她倒了杯热茶来，那烫意熨在手心也仍旧像隔了一层。

好像这世上所有的温暖都再与她无关。

但这都是无所谓的细枝末节了，沐元瑜问鸣琴：“我外祖父怎么去的？母妃的信呢，拿来我看。”

鸣琴摇头道：“没有信。娘娘太着急了，也怕路上出意外落了人把柄，来的人带的是口信。外老太爷是去年初添了一桩晨起眩晕的毛病，外老太爷的性子您知道，英雄了一辈子，没把这点小病放在眼里，说都没与人说。拖到了七月里我们走的那阵，症状严重起来，变成了头痛，这才请了大夫来。不知中间怎么治的，总之没有治好也没有治坏，说是老人病，只能好好保养，外老太爷不耐烦，嫌那大夫没用，把他赶跑了。大舅爷孝顺，又另请了好几个大夫，说的话都差不多，说是外老太爷年纪到了，难免如此，没有立竿见影能管用的药。外老太爷也无法了，只好凑合着，大舅爷倒是没有放弃，一直还在寻找好大夫。不想就在元宵那日，外老太爷晨起出门，下台阶时忽然头痛发作，一跤摔下去，跌了一脑袋血，再没醒过来，人就……去了。”

鸣琴的声音又哽咽起来，说道：“信使一路换马不换人，日夜兼程赶了来，现在人已经累晕了，刀三在外面照顾他。等他休息一下缓过来，世子再细问他。”

观棋从旁补充道：“还有一句要紧的，娘娘说，王爷一定会有信来，不管王爷怎么说，都让您务必不要回去。”

沐元瑜静静地独自待了一会儿。

人生过于冷酷，至亲逝世，甚至都没有给她留下伤悲的时间。

因为一着不慎，她和母妃的性命可能也将随之而去。

宣抚使是世袭职位，外祖父去后，她大舅舅将会接任。大舅舅是滇宁王妃的亲哥哥，但兄长在位，与亲父在位，与滇宁王妃的意义不可能一样，对滇宁王的震慑程度也不一样。

“我不能不回去。”沐元瑜道，首先直面了这件不能逃避的事实。

“为什么不能？”观棋急道，“世子只是外孙，又隔了这么远，在京里服孝也是一样，娘娘都是这么说的。”

“父王不会放过这个机会。母妃的人八百里飞驰来报，父王的人也不会慢到哪里去。”

“来就来了，这里是京里，王爷的人还敢闹出动静来，硬抓您回去不成？”

“不是来向我报，是向皇上。”沐元瑜无力又疲倦地道，“外祖父是朝中大员，他去世，一定要向朝廷禀报的。父王就势向皇上请求让我回去吊唁，难道我还可以拒绝吗？”

那她成什么人了？！

丫头们都束手无策了：“这、这可怎么办？”

沐元瑜也没有办法。

她木木地坐了一会儿，好似想了很多，又好似什么都没想，最终终于从一团快要将她纠缠窒息的乱麻里找出一根线头，道：“家里有熟麻布没有？若没有明日天一亮去买，给我制一身丧服。”

鸣琴轻声应了：“是。”

沐元瑜说完这句，又默然了一会儿，还是慢慢吐出了第二句：“给我收拾行装吧。我明日就去跟皇上说，可能不过两日，我就该赶回去了。”

鸣琴大惊道：“也不用这么急，不如先瞒着，世子想几日，说不准能想出个折中的法子来。”

沐元瑜摇摇头：“没有用。外祖父去世的消息不可能瞒住，一定会上报，那我瞒这几日可以做什么？我知道外祖父去世，不服白尽孝，又是有什么心思？不论父王有没有上书，皇上会不会让我回去，这一条一定不能瞒，否则一旦暴露，该把锦衣卫招来了。”

她自入京以来，不敢说自己的所有决定作为全无错处，但她确定所有表面的放肆飞扬皆严格地卡在了该在的界限之内，不能越的雷池，她从未踏过。

比如这一件。

八个大丫头一直在起居上将沐元瑜照顾得妥帖周到，但遇了事，主意一直是她自己拿，听她这样说，都只得应了。

次日起来，沐元瑜在午门验过牙牌，仍旧先往学堂去。

朝廷逢九日有大朝，她这么早去求见皇帝也见不到，只能先到学堂，一边等待一边先给讲官告个假。

这一夜她几乎没怎么睡，天未亮的时候就起了，到学堂也是第一个。

两个国子监伴读结伴随后到来，见到她已经坐在了前面，感觉挺意外，跟她打招呼：“世子今日这样早。”

沐元瑜没什么心情说话，简单应了。

她惯常不是这样，从未有过一些贵族子弟眼高过顶不理人的习气，见如此，江怀远表示了关心：“世子怎么了？可是身体不舒服？若不适，不要强撑，等先生来了，我替世子告个假就是。”

沐元瑜谢了他的好意，摇头道：“不是，我外祖父去世了，我等着参见皇爷。”

外祖是至亲了，听说是这样不幸的消息，江齐二人忙都正容，又劝慰了她两句保重身体，不要过于哀伤。再见她没精神说话，他们也很理解地闭了嘴，安静在后面坐下。

再过一刻，许泰嘉和几个皇子也陆续来了。朱谨深从背影看就觉得她蔫头耷脑的，走到她身边时侧眼一瞥，她毫无所觉，人发着呆，眼皮下还有一点浮肿。

他敲敲她的书案，问道："怎么了？"

又想家了？上回见他差不多的模样，还是过年的时候。

沐元瑜抬眼看他，心一抽一抽地痛，哽咽着道："殿下，我昨晚才接到的信，我外祖父去世了。"

她痛亲人的逝世，也痛对自己命运的无能无力。

朱谨深一怔，皱眉道："你外祖是干崖宣抚使吧？你节哀顺变，人生七十古来稀，生老病死，也是人之常情，在所难免。"

沐元瑜默默点了点头。

朱谨深觉得她不太对劲，怕她糊涂忘了什么，年纪小又不太知事，提醒道："你的孝服呢？叫人做了没有？该穿起来了，你今日也不必来的。"

沐元瑜应道："我的丫头在做了，我接到的是我母妃的信，要上禀给皇爷，怕皇爷还没接到我父王的信，忽然见着我一身孝服惊着了，所以没穿，今日回去就换。"

给外祖守孝是小功，礼仪上没有给父母及祖父母的孝道来得严苛，朱谨深听她说话还有理有节，大面上不错，遂不再多说什么，到她前面坐下了。

到讲读时辰开始，沐元瑜先站起来跟讲官们说了，讲官们都惊讶着安慰了她几句，接下来也不再打扰她，由她安静地坐着。

朱谨深指了个小内侍替她观望着奉天殿那边的大朝，第一节讲读结束时，百官鱼贯而出散了朝，小内侍飞奔回来告诉了她。

沐元瑜谢了他起身，去求见皇帝。

她走出殿外没几步，身后一个熟悉的清冷声音道："等一等。"

沐元瑜无精打采地转头。

朱谨深走到她旁边，探究地望着她："里面是不是有什么别的事？"

外祖去世，伤心是难免的，可人一下颓成了这样，他总觉得不对劲。她哭一场都很正常，欲哭无泪就有些奇怪了。

沐元瑜左右望望，这是一片空阔地方，左近没有人在，她犹豫着，低声吐露了一点："我父王应该会让我回去奔丧，我怕这一去，父王不会再放我来了。去年我来京里习学，是我自己主动要求的，父王本不想叫我来，挨不住我闹，才同意了。”

朱谨深明白了。以滇宁王的立场来说，他当时膝下独此一子，当是宝爱无比，确实不会愿意远送到京里来。

“滇宁王让你回去奔丧，你是不能拒绝的。”他先道，然后顿了片刻，又道，“但你还想回京里来？”

沐元瑜点点头：“但我恐怕说了不算。”

只要她回去，滇宁王要留下她有的是主意，毕竟她在京里又不是有正经差事。

朱谨深也明白这一点，顿了片刻，道：“你现在心情不好，这些事就不要多想了。你先去见皇爷，若有你父王叫你回去的信，你叫人告诉我一声。”

沐元瑜心下一颤，她想问，又不太敢问。朱谨深与皇帝的关系一向不好，难道他愿意替她出面去向皇帝求情？这个情，又要怎么求才能如愿？

朱谨深不是个喜欢啰唆的人，见她无话，转身就走了。

沐元瑜望着他的背影，说不出心里是什么滋味，好似在漫天洪水中望见一块浮木，虽不知能不能攀上去，却已陡然间生出了无穷的希望。

她混沌至今的情绪终于清明起来。